Les Neuf Dragons

Michael Connelly

Les Neuf Dragons

ROMAN

TRADUIT DE L'ANGLAIS (ÉTATS-UNIS)
PAR ROBERT PÉPIN

ÉDITIONS DU SEUIL
25, bd Romain-Rolland, Paris XIVe

Titre original : *Nine Dragons*

Éditeur original : Little, Brown and Company, NY
© 2009 by Hieronymus, Inc.
ISBN original : 978-0-316-16631-7

Les droits français ont été négociés
avec Little, Brown and Company, New York

ISBN : 978-2-02-092388-0

© Éditions du Seuil, mai 2011, pour la traduction française

www.seuil.com

À toute l'équipe d'Enterprise Boulevard,
Lebanon, Indiana.
Merci et encore merci !

PREMIÈRE PARTIE

À la brigade spéciale Homicides

1

De l'autre côté de l'allée, Harry Bosch jeta un coup d'œil dans le box de son coéquipier et le regarda remettre droit ses piles de feuilles, ôter ses dossiers du milieu de son bureau et, pour finir, ranger dans un tiroir la tasse à café qu'il venait de rincer – son rituel quotidien. Puis il consulta sa montre et s'aperçut qu'il n'était que quatre heures moins vingt. Il eut alors l'impression que, jour après jour, ce rituel, Ignacio Ferras l'entamait une minute ou deux plus tôt que la veille. On n'était que mardi – le long week-end de Labor Day venant à peine de s'achever, la semaine serait courte – et déjà il manœuvrait pour partir avant l'heure. C'était immanquablement un appel de chez lui qui déclenchait son petit numéro. Une femme l'y attendait avec un bambin qui marchait à peine et des jumeaux tout neufs. Elle surveillait la pendule tel le marchand de bonbons les petits gros dans sa boutique. Elle avait besoin de repos et de son mari à la maison pour le goûter. D'habitude, même de l'autre côté de l'allée, même avec les cloisons antibruit d'un mètre vingt qui séparaient les postes de travail de la nouvelle salle des inspecteurs, Bosch entendait les deux bouts de la conversation. Elle commençait toujours comme ceci : « Quand est-ce que tu rentres ? »

Tout enfin rangé dans son box, Ferras regarda Bosch et lança :

– Je vais filer, Harry. Avant les embouteillages. J'attends des tas d'appels, mais ils ont mon numéro de portable. J'ai pas besoin de rester là à poireauter.

Et de se frotter l'épaule en parlant. Ça aussi, ça faisait partie de son numéro. C'était sa manière à lui de lui rappeler, mais sans le lui dire, qu'il avait pris une balle dans le corps quelques années auparavant et que partir plus tôt, il en avait gagné le droit.

Bosch se contenta de hocher la tête. Le problème n'était pas vraiment de savoir si son coéquipier quittait tôt le boulot ou ce qu'il avait ou n'avait pas gagné. C'était d'être sûr de son attachement à la mission que représente tout travail d'élucidation d'un homicide et si cet attachement existerait encore lorsque enfin ils recevraient le prochain appel. Ferras avait subi neuf mois de soins et de rééducation avant de pouvoir reprendre son service. Mais l'année qui avait suivi cette reprise l'avait vu travailler avec une répugnance qui mettait Bosch à bout de patience. Ferras ne montrait plus aucune ardeur au travail et Bosch en avait assez de l'attendre.

Tout comme il en avait assez d'attendre un nouveau meurtre. Cela faisait quatre semaines qu'ils n'avaient plus d'affaires et la fin de l'été était déjà plus qu'avancée. Aussi sûrement que les vents de Santa Ana descendent des cols des montagnes, il savait qu'un meurtre allait se produire.

Ferras se leva et ferma son bureau à clé. Il ôtait sa veste du dos de son fauteuil lorsque Bosch vit Larry Gandle sortir de son bureau à l'autre bout de la salle des inspecteurs et se diriger vers eux. En sa qualité de plus ancien dans la maison, Bosch avait eu le droit de choisir son box lorsque la brigade des Vols et Homicides avait commencé à quitter un Parker Center bien décrépi pour rejoindre le nouveau Police Administration Building. La plupart des inspecteurs de classe 3 avaient choisi les box dont les fenêtres donnaient sur City Hall. Bosch, lui, avait pris le parti opposé. Il avait cédé la vue à son coéquipier et opté pour le box d'où l'on pouvait observer ce qui se passait dans la salle des inspecteurs. Et là, en voyant approcher le lieutenant, il sut d'instinct que son coéquipier n'allait pas rentrer chez lui en avance.

Dans sa main Gandle tenait un morceau de papier arraché à un carnet et marchait avec un petit sautillement de plus que d'habitude. Pour Bosch, cela voulait dire que l'attente avait pris fin. L'appel était arrivé. Et avec lui le nouveau meurtre. Il commença à se lever.

– Bosch et Ferras, lança Gandle en arrivant près d'eux, c'est votre tour. J'ai besoin que vous vous attaquiez à une affaire pour le South Bureau.

Bosch vit les épaules de son coéquipier s'affaisser. Il n'en tint pas compte et prit le bout de papier. Puis lut l'adresse qu'on y avait inscrite. South Normandie. Il connaissait.

– C'est une boutique de vins et spiritueux, reprit Gandle. Un homme à terre derrière le comptoir et la patrouille tient un témoin. C'est tout ce que j'ai. Vous voulez y aller ?

– Pas de problème, répondit Bosch avant que son coéquipier puisse se plaindre.

Mais ça ne marcha pas.

– Lieutenant, dit Ferras en se tournant pour montrer la tête de sanglier empaillée au-dessus de la porte de la salle, c'est la brigade spéciale Homicides ici. Pourquoi faudrait-il qu'on prenne une affaire de vol dans une boutique de vins et spiritueux ? Vous savez bien que ce sera un membre de gang et que les mecs du South Bureau pourront boucler le dossier... en tout cas mettre un nom sur le tireur... avant minuit.

Il n'avait pas tort. La brigade spéciale Homicides avait pour tâche d'élucider les affaires complexes. Unité d'élite, elle traquait les dossiers difficiles avec l'adresse sans faille du sanglier qui cherche la truffe dans la boue. Et une histoire de hold-up dans une boutique de vins et spiritueux n'entrait pas vraiment dans ses compétences.

Gandle, dont la calvitie naissante et l'air sévère faisaient de lui le parfait administrateur, écarta les mains en un geste d'absolu manque de sympathie.

– Je l'ai dit à tout le monde à la réunion de travail la semaine dernière. Cette semaine, on est de renfort pour le South Bureau.

Avec tous les autres en formation homicides, ils sont en effectif minimum jusqu'au 14. Ils ont décroché trois affaires pendant le week-end et une ce matin. Bref, ils sont débordés. C'est votre tour et ce vol, c'est pour vous. Point final. D'autres questions ? La patrouille vous attend en bas avec le témoin.

– C'est bon, patron, dit Bosch, mettant ainsi fin à la conversation.

– Bien, vous me tenez au courant.

Et Gandle regagna son bureau. Bosch ôta sa veste du dos de son fauteuil, l'enfila et ouvrit le tiroir du milieu de son bureau. Il sortit son carnet de notes en cuir de sa poche revolver et y mit une recharge neuve à la place de l'ancienne. Tout nouveau meurtre avait droit à un bloc neuf. Sa routine à lui. Il regarda l'écusson d'inspecteur gaufré dans le rabat du carnet et remit ce dernier dans sa poche revolver. De fait, la nature de l'affaire le laissait indifférent. Tout ce qu'il voulait, c'était une affaire. C'était comme le reste. À ne plus pratiquer, on perd son mordant. Et ça, il n'en était pas question.

Les mains sur les hanches, Ferras regarda la pendule au-dessus des panneaux d'affichage.

– Merde, dit-il. Chaque fois !

– Comment ça, « chaque fois » ? lança Bosch. Ça fait un mois qu'on n'a plus d'affaires.

– Oui, ben, je commençais à m'y habituer, moi.

– Oui, ben, si tu ne veux plus travailler aux Homicides, t'as toujours les vols de bagnoles. C'est du neuf heures-cinq heures.

– Tu parles !

– Alors allons-y.

Bosch s'engagea dans l'allée et se dirigea vers la porte. Ferras le suivit en sortant son portable pour pouvoir appeler sa femme et lui annoncer la mauvaise nouvelle. En quittant la salle des inspecteurs, les deux hommes tendirent le bras et tapotèrent le sanglier sur le museau pour se souhaiter bonne chance.

2

Bosch n'eut pas besoin de faire la leçon à Ferras en gagnant South L.A. Conduire en silence en tenait lieu. Son jeune coéquipier donnait l'impression de se ratatiner sous la pression de ce qui n'était pas dit et finit par se confier :

– Ça me rend fou, dit-il.

– Qu'est-ce qui te rend fou ?

– Les jumeaux. Ça fait trop de boulot, trop de pleurs. Effet domino garanti. Y en a un qui se réveille, ça fait démarrer l'autre. Et après, c'est l'aîné qui se réveille. Y a plus moyen de dormir et ma femme...

– Quoi ?

– Je ne sais pas, elle devient folle. Elle n'arrête pas de m'appeler pour me demander quand je vais rentrer. Alors je rentre et c'est mon tour, je m'occupe des gamins sans arrêt. Le boulot, les enfants, le boulot, les enfants, le boulot, les enfants tous les jours.

– T'as pensé à une nounou ?

– On n'a pas les moyens. Pas comme ça marche maintenant. Et on n'a même plus d'heures sup.

Bosch ne savait que dire. Sa fille, Madeline, avait maintenant treize ans et un mois et se trouvait à presque seize mille kilomètres de là. Et il ne s'était jamais impliqué directement dans son éducation. Il ne la voyait que quatre fois par an – deux fois à Hong Kong et deux fois à L.A. –, et ça s'arrêtait là. Quel conseil pouvait-il légitimement donner à un père à plein temps qui, lui, avait trois enfants, dont des jumeaux ?

– Écoute, je ne sais pas quoi te dire. Tu sais que je te couvre. Je ferai ce que je pourrai quand ce sera possible. Mais...

– Je sais, Harry. Et j'apprécie. C'est juste la première année avec les jumeaux, tu vois ? Ça sera nettement plus facile quand ils seront un peu plus grands.

– Oui, mais ce que j'essaie de te dire, c'est qu'il y a peut-être plus que les jumeaux. C'est peut-être toi, Ignacio.

– Moi ? Qu'est-ce que tu racontes ?

– Qu'il s'agit de toi. Que tu as peut-être repris trop tôt... Tu y as pensé ?

Ferras rougit et ne répondit pas.

– Hé, des fois ça arrive, dit Bosch. On prend une balle et on se dit que la foudre pourrait frapper deux fois.

– Écoute, Harry, je sais pas quel genre de conneries tu me sers, mais je me trouve bien comme ça. Pas de problèmes. Il s'agit seulement d'un manque de sommeil et du fait que je suis tout le temps crevé et incapable de rattraper les trucs parce que ma femme me pèle le cul dès que j'arrive à la maison, d'accord ?

– Comme tu veux, mec.

– C'est ça même, mec. C'est comme je veux. Crois-moi, ce qu'elle me balance me suffit. J'ai pas besoin que tu t'y mettes, toi aussi.

Bosch acquiesça d'un signe de tête et l'on en resta là. Il savait quand lâcher le morceau.

L'adresse que leur avait donnée Gandle se trouvait dans le soixante-dixième pâté de maisons de South Normandie Avenue. Soit à quelques rues à peine du tristement célèbre croisement des avenues Florence et Normandie, où quelques-unes des plus horribles images des émeutes de 1992 avaient été prises par les hélicos des chaînes de télé et diffusées dans le monde entier. Il semblait bien que pour beaucoup ce soit l'image de Los Angeles qui leur restait.

Mais Bosch se rendit vite compte qu'il connaissait le coin et la boutique où ils devaient se rendre à cause d'une autre émeute et pour une raison différente.

Un périmètre de sécurité avait déjà été mis en place autour du magasin Fortune Liquors. Un petit nombre de badauds s'était rassemblé, mais dans ce quartier un meurtre n'avait rien d'extraordinaire. On avait déjà vu... et bien des fois. Bosch rangea la berline au milieu de trois voitures de patrouille. Puis il alla chercher sa mallette dans le coffre, ferma ce dernier et se dirigea vers le ruban jaune.

Ferras et lui donnèrent leurs noms et numéros d'écusson à l'officier chargé de noter les allées et venues, et ils passèrent sous le ruban. Alors qu'il s'approchait de la porte du magasin, Bosch glissa la main dans la poche droite de sa veste et en ressortit une pochette d'allumettes. Vieille et fatiguée, cette pochette. Sur le rabat on pouvait lire « Fortune Liquors », avec l'adresse du petit bâtiment jaune qu'ils avaient devant eux. Il ouvrit la pochette d'un coup de pouce. Il n'y manquait qu'une allumette et la devise agrémentant chaque rabat de pochette était, pour celle-ci :

Heureux celui qui sait
trouver refuge en lui-même.

Cela faisait plus de dix ans que Bosch avait cette pochette sur lui. Moins pour la devise que parce qu'il croyait à ce qu'elle disait. À cause de l'allumette qui manquait et de ce que ça lui rappelait.

– Qu'est-ce qu'il y a ? lui demanda Ferras.

Bosch se rendit compte qu'il s'était arrêté en approchant du magasin.

– Rien. C'est juste que je suis déjà venu ici.

– Quand ça ? Pour une affaire ?

– En quelque sorte, oui. Mais ça remonte à loin. Allons-y.

Il passa devant son coéquipier et entra. La porte de la boutique était ouverte.

Plusieurs policiers de la patrouille et un sergent se tenaient debout à l'intérieur. Le magasin était étroit et tout en longueur. Du style pièces en enfilade, il comportait trois allées dans sa largeur. À l'autre bout de l'allée centrale, Bosch aperçut un couloir avec au fond une porte qui ouvrait sur une aire de parking à l'arrière du bâtiment. Les armoires à boissons réfrigérées tapissaient le mur de l'allée de gauche et le fond du magasin. Les alcools étaient rangés dans l'allée de droite, l'allée centrale étant réservée aux vins, rouges à droite, blancs à gauche.

Bosch aperçut deux autres policiers de la patrouille dans le couloir du fond et se dit qu'ils devaient garder le témoin dans une réserve ou une arrière-salle. Il posa sa mallette par terre près de la porte. Puis de sa poche de veste il sortit deux paires de gants en latex, en donna une à Ferras et enfila la sienne.

Le sergent remarqua l'arrivée des deux inspecteurs et se détacha de ses hommes.

– Ray Lucas, lança-t-il en guise de salut. On a une victime par terre, derrière le comptoir. Nom : John Li, écrit *L-i*. Pour nous, c'est probablement arrivé il y a moins de deux heures. Ça ressemble beaucoup à un hold-up où le type ne voulait pas laisser de témoins. Au commissariat de la 77ᵉ Rue, on était nombreux à connaître M. Li. C'était un petit vieux bien sympa.

Lucas fit signe à Bosch et à Ferras de s'approcher du comptoir. Bosch tint sa veste de façon qu'elle ne touche rien lorsqu'il ferait le tour du comptoir et se glisserait dans le petit espace derrière. Il s'accroupit comme un attrapeur au base-ball pour regarder de plus près la victime étendue par terre. Ferras, lui, se pencha au-dessus de Bosch comme un arbitre.

L'homme mort était de type asiatique et donnait l'impression de n'avoir pas loin de soixante-dix ans. Il était allongé sur le dos, ses yeux sans expression fixant le plafond. Les lèvres tirées en arrière sur des dents serrées en un rictus de mépris ou peu s'en fallait. Il avait du sang sur les lèvres, la joue et le menton. Et ce sang, il l'avait craché en toussant dans son agonie. Le devant de sa chemise en était trempé et Bosch décela au moins trois entrées de projectiles sur sa poitrine. Sa jambe droite pliée était bizarrement passée sous la gauche. Il était évident qu'il s'était effondré sur place dès qu'il avait été touché.

– Pas de douilles à l'horizon, dit Lucas. Le tireur les a ramassées et a été assez astucieux pour sortir le disque de l'enregistreur au fond du magasin.

Bosch acquiesça d'un signe de tête. Les gars de la patrouille avaient toujours envie d'aider, mais c'était là des renseignements dont Bosch n'avait pas encore besoin et qui pouvaient être trompeurs.

– À moins qu'il ne se soit agi d'un revolver, dit-il. Dans ce cas, des douilles, il n'y en aurait pas eu à ramasser.

– C'est possible, lui renvoya Lucas. Mais des revolvers, on n'en voit plus beaucoup par ici. Se faire prendre dans une fusillade avec des tireurs en voiture alors qu'on n'a que six balles dans son arme, personne n'en a envie.

Lucas tenait à ce que Bosch comprenne bien qu'il connaissait le terrain. Et que lui, Bosch, n'était qu'un touriste.

– Je note, dit celui-ci.

Puis il se concentra sur le cadavre et étudia la scène de crime en silence. Il fut vite à peu près sûr que la victime était effectivement l'homme dont il avait fait la connaissance dans ce même magasin bien des années plus tôt. Et au même endroit derrière le comptoir. Il remarqua un paquet de cigarettes qui dépassait de la poche de sa chemise.

Il remarqua aussi que la victime avait la main droite barbouillée de sang. Il n'y vit rien d'inhabituel. Déjà tout petit, on porte la main à une blessure pour essayer de s'en protéger et de faire partir la douleur. L'homme n'avait rien fait d'autre et s'était probablement agrippé la poitrine dès que le premier projectile l'avait atteint.

Il y avait environ dix centimètres entre les points d'impact qui formaient un triangle. Bosch savait que trois coups rapides tirés presque à bout portant auraient donné un groupement plus resserré. Cela l'amena à penser que le tueur avait tiré une fois sur la victime, qui était aussitôt tombée par terre. L'assassin s'était alors très probablement penché par-dessus le comptoir et avait dû tirer deux autres fois sur elle, le résultat étant cette dispersion.

Les balles lui étaient entrées dans la poitrine en déchirant les chairs et faisant d'énormes dégâts au cœur et aux poumons. Le sang qu'il avait expectoré par la bouche montrait bien que la mort n'avait pas été immédiate. M. Li avait tenté de respirer. Après toutes les années qu'il avait passées à travailler sur des affaires, Bosch était sûr d'une chose : il n'y a pas de morts faciles.

– Pas de tir à la tête, lança-t-il.

– C'est juste, dit Ferras. Et ça voudrait dire quoi ?

Bosch se rendit compte qu'il avait réfléchi tout haut.

– Peut-être rien. Il semblerait seulement qu'en lui en tirant trois dans la poitrine, on ait voulu n'avoir aucun doute sur l'issue, sauf que... aucune balle à la tête pour en être sûr ?

– C'est un peu contradictoire.

– Peut-être.

Bosch lâcha pour la première fois le cadavre des yeux et regarda autour de lui à hauteur de visage. Et découvrit aussitôt une arme glissée dans un étui fixé sous le comptoir. Placée donc là pour être facilement accessible en cas de vol ou pire – sauf qu'elle n'avait même pas été sortie de son étui.

– Il y a une arme là-dessous, dit-il. On dirait un calibre .45 dans son étui, mais le vieil homme n'a pas eu le temps de la prendre.

– Le tireur est entré à toute allure et l'a abattu avant qu'il puisse atteindre son arme, constata Ferras. Les gens du quartier savaient peut-être qu'il en avait une sous son comptoir.

Lucas fit un bruit avec sa bouche comme s'il n'était pas d'accord.

– Qu'est-ce qu'il y a, sergent ? lui demanda Bosch.

– Cette arme doit être récente. Ce type s'est fait voler au moins six fois depuis que je suis arrivé ici, il y a cinq ans. Et pour autant que je sache, il n'a jamais dégainé. C'est la première fois que j'entends parler d'un flingue.

Bosch hocha la tête. La remarque était pertinente. Il tourna la tête pour s'adresser au sergent.

– Parlez-moi du témoin, dit-il.

– Euh, en fait ce n'en est pas vraiment un, répondit Lucas. C'est son épouse, Mme Li. Elle a trouvé son mari mort en entrant dans le magasin pour lui apporter son dîner. Elle est dans l'arrière-salle, mais il va nous falloir un interprète. On a demandé à l'ACU...

Bosch regarda encore une fois le visage du mort, puis il se leva, ses genoux émettant un fort craquement. Lucas venait de mentionner ce qui était autrefois connu sous le nom d'Asian Crime Unit[1] et avait été récemment rebaptisé Asian Gang Unit[2] afin d'apaiser les inquiétudes selon lesquelles le nom de cette unité aurait sali la réputation de la population d'origine asiatique de Los Angeles en suggérant que c'étaient tous les Asiatiques de la ville qui trempaient dans le crime. Cela dit, les vieux flics du genre Lucas parlaient toujours de l'ACU. Et quel que fût cet intitulé ou acronyme, la décision de faire appel à un enquêteur de plus aurait dû revenir à Bosch, qui avait la responsabilité de l'affaire.

– Dites, sergent, vous parlez chinois ? lui demanda-t-il.

– Non, répondit Lucas. C'est pour ça que j'ai fait appel à l'ACU.

– Comment étiez-vous sûr que c'était un interprète de chinois et pas de coréen, voire de vietnamien, qu'il fallait demander ?

– Ça fait vingt-six ans que je fais ce métier, inspecteur. Et...

– Et le chinois, vous savez ce que c'est en l'entendant parler.

– Non, ce que je veux dire, c'est que depuis quelque temps j'ai du mal à assurer mon service sans un petit truc pour me secouer,

1. « Unité des crimes asiatiques ». (NdT.)
2. « Unité de lutte contre les gangs asiatiques ». (NdT.)

vous voyez ? Et que donc, une fois par jour, je passe ici m'acheter une boisson énergétique. Ça vous redonne du tonus pendant cinq heures. Bref, à cause de ça, j'en suis venu à mieux connaître M. Li. Qui m'a dit un jour que sa femme et lui venaient de Chine. Voilà, c'est comme ça que je le sais.

Bosch acquiesça d'un signe de tête, bien gêné d'avoir ainsi tenté de l'embarrasser.

– Va peut-être falloir que j'essaie une de ces boissons, fit-il. Mme Li a-t-elle appelé le 911[1] ?

– Non, comme je vous l'ai dit, elle ne sait pas beaucoup d'anglais. D'après ce que m'a raconté la dispatcheuse, elle a appelé son fils et c'est lui qui l'a fait.

Bosch quitta l'endroit où il se trouvait et fit le tour du comptoir en sens inverse. Ferras, lui, s'attarda un peu et s'accroupit pour avoir la même vision du corps et de l'arme que Bosch.

– Où est le fils ? demanda celui-ci.

– Il est en route, mais il travaille dans la Valley, répondit Lucas. Il devrait arriver d'un instant à l'autre.

– Dès qu'il arrive, débrouillez-vous, vous et vos hommes, pour le tenir à l'écart de ça, dit Bosch en montrant le comptoir du doigt.

– Compris.

– Et maintenant, il va falloir essayer de garder cet endroit aussi dégagé que possible.

Lucas entendit le message et fit sortir ses hommes du magasin. Ferras, qui avait fini d'examiner l'arrière du comptoir, rejoignit Bosch près de la porte, où ce dernier regardait la caméra fixée au milieu du plafond.

– Et si tu allais derrière ? dit Bosch. Histoire de voir si le type a vraiment sorti le disque de la caméra de surveillance et de jeter un coup d'œil à notre témoin ?

– Compris.

1. Équivalent américain de notre police secours. *(NdT.)*

– Et… euh… trouve-nous le thermostat et baisse un peu la température. Il fait trop chaud ici. Je ne veux pas que le cadavre commence à pourrir.

Ferras se dirigea vers l'allée centrale. Bosch se retourna pour avoir une vue d'ensemble de la scène de crime. Le comptoir faisait dans les trois mètres cinquante de long. La caisse avait été installée au milieu, laissant ainsi de l'espace pour que les clients puissent poser leurs achats. D'un côté de la caisse se trouvaient des casiers pour les chewing-gums et les bonbons. Et, de l'autre, des endroits où poser des articles du genre boissons énergétiques, un casier en plastique contenant des cigares bon marché et une vitrine pour le Loto. Au-dessus, une réserve à cartouches de cigarettes fermée par un grillage fin.

C'était derrière le comptoir que se trouvaient les alcools de qualité, les clients devant donc les demander au patron. Bosch y vit six rangées de bouteilles Hennessy. Il savait que les cognacs de prix avaient la faveur des membres de gang haut placés. Il était presque sûr que le magasin Fortune Liquors faisait partie du territoire revendiqué par les Hoover Street Criminals, gang qui, jadis tenu par les Crips, était devenu si puissant que ses chefs avaient décidé de lui donner leur nom et leur réputation.

Bosch remarqua aussi deux autres choses et s'approcha de nouveau du comptoir.

La caisse enregistreuse y avait été tournée de travers, faisant ainsi apparaître un carré de poussière sur le Formica où elle était placée avant. Bosch se dit que le tueur l'avait tirée vers lui pour sortir l'argent du tiroir-caisse. L'hypothèse était d'importance dans la mesure où elle laissait entendre que ce tiroir, ce n'était pas M. Li qui l'avait ouvert pour donner l'argent au voleur. Ce qui signifiait sans doute aussi qu'à ce moment-là il avait déjà été abattu. L'idée de Ferras selon laquelle le tueur était entré en tirant était donc peut-être juste. Et significative pour un procureur qui, voulant poursuivre au pénal, pourrait ainsi prouver la préméditation. Plus important encore, cela donnait à Bosch une meilleure idée de ce qui s'était passé et du genre d'individu qu'il allait falloir rechercher.

Il glissa la main dans sa poche et en sortit les lunettes qu'il mettait pour travailler de près. Il les chaussa et, sans toucher à rien, se pencha par-dessus le comptoir pour examiner les touches de la caisse enregistreuse. Il n'en vit aucune marquée *open*, ni non plus la moindre indication sur la manière dont on pouvait ouvrir le tiroir-caisse. Ne sachant pas trop comment procéder lui-même, il se demanda comment l'assassin avait pu, lui, le savoir.

Il se redressa et regarda les étagères adossées au mur derrière le comptoir. Les bouteilles de Hennessy se trouvaient au milieu et, placées devant, permettaient à M. Li de les atteindre facilement quand des membres de la Hoover Street débarquaient dans le magasin. Cela dit, tout y était bien droit et aucune bouteille ne manquait à l'appel.

À nouveau il se pencha en avant en travers du comptoir. Et cette fois essaya de toucher une bouteille. Il s'aperçut alors qu'en posant une main sur le comptoir pour ne pas perdre l'équilibre, il pouvait atteindre la rangée et en descendre une sans difficulté.

– Harry ?

Il se redressa et se tourna vers son coéquipier.

– Le sergent avait raison, dit Ferras. Les images de la caméra de surveillance sont enregistrées sur disque. Et il n'y en a pas dans l'appareil. Quelqu'un l'a enlevé, ou alors M. Li n'enregistrait jamais rien, l'appareil étant seulement là pour faire bien.

– Et il n'y a pas de disques de sauvegarde ?

– Il y en a bien deux ou trois sur le comptoir, mais le système n'en accepte qu'un à la fois. Ça enregistre et réenregistre sur le même. Il y a longtemps, j'ai travaillé aux Vols et on voyait beaucoup de ces appareils-là. Ça enregistre à peu près une journée et après ça réenregistre par-dessus. Il faut extraire le disque quand on veut vérifier quelque chose, mais il faut le faire le jour même.

– Bien. Fais en sorte qu'on ait tous les disques.

Lucas réintégra le magasin par la porte de devant.

– Le type de l'ACU est arrivé, dit-il. Je vous l'envoie ?

Bosch le regarda longtemps avant de répondre.

– C'est pas l'ACU, mais l'AGU, dit-il enfin. Et non, ne me l'envoyez pas. Je sors tout de suite.

3

Bosch passa dehors et retrouva la lumière du soleil. Il faisait encore chaud bien qu'il fût déjà tard dans la journée. Secs, les vents de Santa Ana soufflaient à travers la ville. Les incendies qui s'étaient déclarés dans les collines remplissaient le ciel de fumées aux teintes cireuses. Bosch sentit la sueur sécher sur sa nuque.

Dans l'instant ou presque, un inspecteur en civil le rejoignit à la porte.

– Inspecteur Bosch ?

– C'est ça même.

– Inspecteur David Chu, de l'AGU. C'est la patrouille qui m'a appelé. Comment puis-je vous aider ?

Petit, Chu était plutôt fluet. Il n'y avait pas l'ombre d'un accent dans sa voix. Bosch lui fit signe de le suivre et repassa sous le ruban pour regagner sa voiture. Il ôta sa veste en marchant, en sortit la pochette d'allumettes, la remit dans la poche de son pantalon, retourna sa veste, la plia et la glissa dans le carton propre qu'il gardait toujours dans la malle de sa voiture.

– Fait drôlement chaud là-bas, dit-il.

Et de déboutonner sa chemise jusqu'au milieu pour y glisser sa cravate. Il avait décidé de se lancer à fond dans l'étude de la scène de crime et n'avait aucune envie qu'elle se mette en travers.

– Fait drôlement chaud ici aussi, lui renvoya Chu. Le sergent m'avait dit d'attendre que vous sortiez.

– Oui, désolé. Bon, alors voilà ce qu'on a : le vieil homme qui faisait marcher ce magasin depuis des années est mort derrière son comptoir. Au moins trois balles tirées au cours de ce qui ressemble beaucoup à un vol. C'est sa femme, qui ne parle pas anglais, qui l'a trouvé en entrant dans le magasin. Elle a appelé leur fils, qui nous a appelés. Il est clair qu'il faut l'interroger et c'est là que vous entrez en scène. Il se pourrait aussi qu'on ait besoin d'aide pour le fils quand il arrivera. C'est tout ce que je sais pour le moment.

– Et vous êtes sûr qu'ils sont chinois ?

– Plutôt, oui. Le sergent de la patrouille qui a passé l'appel connaissait la victime, M. Li.

– Savez-vous quel dialecte parle Mme Li ?

Ils regagnèrent le ruban jaune.

– Non. Ça va poser problème ?

– Je me débrouille dans les cinq dialectes chinois principaux et parle couramment le mandarin et le cantonais. Ce sont le plus souvent des gens s'exprimant dans ces deux dernières langues qu'on rencontre à L.A.

Cette fois, Bosch souleva le ruban pour que Chu puisse repasser dessous.

– Et vous, vous parlez...

– Je suis né ici, inspecteur. Mais ma famille est originaire de Hong Kong et à la maison on parlait mandarin.

– Ah bon ? J'ai une fille qui vit à Hong Kong avec sa mère. Elle commence à bien se débrouiller en mandarin.

– Un bon point pour elle. J'espère que ça lui sera utile.

Ils entrèrent dans le magasin, Bosch lui faisant vite voir le corps étendu derrière le comptoir avant de gagner le fond de l'établissement. Ils y retrouvèrent Ferras, Chu étant aussitôt mis à contribution pour faire les présentations à Mme Li.

La toute nouvelle veuve avait l'air en état de choc. Bosch ne vit rien qui aurait pu indiquer qu'elle avait versé la moindre larme pour son mari. Elle donnait l'impression d'être ailleurs, ce que Bosch avait déjà vu plus d'une fois. Son mari était étendu mort à l'avant du magasin et elle était, elle, entourée d'inconnus qui parlaient une langue différente. Bosch se dit qu'elle devait attendre l'arrivée de son fils et qu'alors les larmes se mettraient à couler.

Chu se montra gentil avec elle et lui fit la conversation. Bosch pensa qu'ils parlaient mandarin. Sa fille lui avait dit que c'était plus chantant et moins guttural que le cantonais et d'autres dialectes.

Quelques instants plus tard, Chu se détacha de Mme Li pour faire son rapport à Bosch et à Ferras.

– Son mari était seul au magasin quand elle est partie chez elle pour préparer le repas. Et quand elle est revenue, elle a cru qu'il n'y avait personne. Jusqu'au moment où elle a trouvé son mari derrière le comptoir. Elle n'avait vu personne en entrant. Elle s'était garée derrière et s'était servie de sa clé pour ouvrir la porte du fond.

Bosch acquiesça d'un signe de tête.

– Combien de temps s'est-elle absentée ? Demandez-lui quelle heure il était quand elle a quitté le magasin.

Chu s'exécuta et se tourna vers Bosch pour lui donner la réponse :

– Elle quitte tous les jours le magasin à deux heures et demie pour aller chercher le repas. Et elle revient tout de suite après.

– Y a-t-il d'autres employés ?

– Non, ça, je le lui ai déjà demandé. Il n'y a que son mari et elle. Ils travaillent tous les jours, de onze heures du matin à dix heures du soir. C'est fermé le dimanche.

Un classique de l'émigration. Sauf qu'ils n'avaient pas prévu la fin par balles.

Bosch entendit des voix à l'avant du magasin et passa la tête dans le couloir du fond. L'équipe de médecine légale de la police scientifique venait d'arriver et se mettait au travail.

Il revint à ce qui se passait dans l'arrière-salle, où l'on continuait de questionner Mme Li.

– Chu, lança Bosch.

L'inspecteur de l'AGU leva la tête.

– Demandez-lui pour son fils. Était-il chez lui quand elle l'a appelé ?

– Je lui ai déjà posé la question. Il y a un autre magasin. Dans la Valley. Il était en train d'y travailler. La famille habite à mi-chemin de ces deux établissements, dans le district de Wilshire.

Bosch comprit très clairement que Chu savait ce qu'il faisait. Il n'avait pas besoin qu'un Bosch vienne lui souffler ses questions.

– Bien, dit-il, on repart devant. Vous vous occupez d'elle, et quand son fils sera arrivé, ce serait peut-être mieux d'emmener tout le monde en centre-ville. Ça vous va ?

– Ça me va très bien.

– Bon. Vous me dites si vous avez besoin de quelque chose.

Bosch et Ferras traversèrent le couloir pour regagner l'avant du magasin. Bosch connaissait tous les membres de l'équipe de médecine légale. Une autre équipe, celle des services du coroner, venait elle aussi d'arriver pour répertorier tout ce qu'on trouvait sur la scène de crime et emporter le corps.

Bosch et Ferras décidèrent de se séparer. Bosch resterait sur place. En tant que responsable de l'enquête, il superviserait la collecte des éléments de preuve et l'enlèvement du corps. Ferras, lui, quitterait le magasin pour aller frapper aux portes. Fortune Liquors se trouvait dans un quartier de petits commerces. Il ferait du porte-à-porte pour essayer de trouver quelqu'un qui ait vu ou entendu quelque chose ayant à voir avec le meurtre. Les deux enquêteurs savaient qu'il y avait toutes les chances que cet effort ne mène à rien, mais cet effort, il fallait le faire. Le signalement d'une voiture ou d'un individu douteux pouvait être le morceau du puzzle qui permettrait de résoudre l'affaire. Rien que du travail de base.

– Ça t'embête si je prends un gars de la patrouille avec moi ? demanda Ferras. Ils connaissent le quartier.

– Pas de problème.

Bosch songea que se familiariser avec le terrain n'était pas la vraie raison pour laquelle Ferras voulait prendre un type de la patrouille avec lui. Son coéquipier pensait avoir besoin de quelqu'un en renfort pour frapper aux portes et visiter les magasins du quartier.

Deux minutes après le départ de Ferras, Bosch entendit des grands cris et du barouf devant le magasin. Il passa dehors et vit deux policiers de la patrouille de Lucas qui tentaient d'empêcher quelqu'un de franchir le ruban jaune. L'homme qui se débattait était de type asiatique et avait aux environs de vingt-cinq ans. Il portait un tee-shirt moulant qui mettait en valeur sa sveltesse. Bosch se dirigea rapidement vers la source du problème.

– Bon, on arrête ça tout de suite, dit-il avec force afin que nul ne doute de son autorité. Et on le lâche.

– Je veux voir mon père ! s'écria le jeune homme.

– Sans doute, mais ce n'est pas la meilleure façon de s'y prendre.

Bosch s'approcha encore et adressa un signe de tête aux policiers.

– Je me charge de M. Li, dit-il.

Les policiers laissèrent Bosch avec le fils de la victime.

– Nom et prénom ?

– Je m'appelle Robert Li. Et je veux voir mon père.

– Je comprends. Et je vais vous laisser voir votre père si vous le désirez vraiment. Mais pas avant que tout soit dégagé. Je suis l'inspecteur en charge de l'enquête et même moi, je ne peux pas voir votre père. Je vais donc vous demander de vous calmer. Vous ne pourrez avoir ce que vous voulez que lorsque vous serez complètement calme.

Le jeune homme baissa les yeux et acquiesça d'un signe de tête. Bosch lui mit la main sur l'épaule.

– Bon, c'est bien, dit-il.

– Où est ma mère ?

– À l'intérieur, dans l'arrière-salle, où un autre inspecteur l'interroge.

– Est-ce qu'elle, au moins, je peux la voir ?

– Oui, vous pouvez. Je vous ferai passer par-derrière dans une minute. Mais j'aurais quelques questions à vous poser d'abord. Ça vous va ?

– Très bien. Allez-y.

– Première chose, je m'appelle Harry Bosch. C'est moi qui suis en charge de cette enquête et je vais retrouver l'individu qui a tué votre père. Ça, je vous le promets.

– S'il vous plaît, pas de promesses que vous n'auriez aucune intention de tenir. Vous ne le connaissiez même pas. Vous n'en avez rien à faire. Pour vous, c'est rien de plus qu'un… Ah, ça ne fait rien.

– Rien de plus que quoi ?

– Je vous ai dit que ça ne faisait rien.

Bosch le dévisagea un instant avant de réagir.

– Quel âge avez-vous, Robert ?

– J'ai vingt-six ans et je voudrais voir ma mère, tout de suite.

Il fit mine de se retourner et de gagner l'arrière du magasin, mais Bosch l'attrapa par le bras. Le jeune homme était costaud, mais Bosch avait une poigne qui étonnait. Le jeune homme s'arrêta et regarda la main posée sur son bras.

– Permettez que je vous montre quelque chose et après je vous conduis auprès de votre mère, reprit Bosch.

Il lui lâcha le bras, sortit la pochette d'allumettes de sa poche et la lui tendit. Li la regarda sans marquer la moindre surprise.

– Et alors ? On en donnait à tout le monde jusqu'à ce que l'économie commence à se porter mal et qu'on n'ait plus les moyens de le faire.

Bosch reprit sa pochette et hocha la tête.

– Cette pochette, je l'ai eue ici, dans le magasin de votre père, il y a douze ans de ça. Vous deviez avoir dans les quatorze ans.

On avait eu quasiment une émeute dans le coin. Ici même. À ce croisement.

– Je m'en souviens. Ils ont pillé le magasin et battu mon père. Il n'aurait jamais dû rouvrir ici. Ma mère et moi, on lui disait de le faire dans la Valley, mais il n'a pas voulu nous écouter. Il n'était pas question que quiconque le chasse et regardez un peu où ça l'a conduit, dit-il en montrant la devanture du magasin en un geste d'impuissance.

– Oui, eh bien, moi aussi, j'étais là ce fameux soir, dit Bosch. Il y a douze ans de ça. Il y avait eu un début d'émeute, mais ça s'est vite arrêté. Ici même. Il y a eu un mort.

– Un flic, oui, je sais. Ils l'avaient sorti de sa voiture.

– Et moi, j'étais dans cette voiture avec lui, mais ils ne m'ont pas pris. Je n'ai été en sécurité qu'en arrivant à cet endroit précis. J'avais besoin de fumer et suis entré dans le magasin de votre père. Il était là, derrière son comptoir, mais les pillards lui avaient fauché jusqu'à son dernier paquet de cigarettes, dit-il en levant haut la pochette. Il y avait plein d'allumettes, mais pas une seule cigarette. Et c'est là que votre père a porté la main à sa poche et m'en a tendu une. C'était sa dernière et il me l'a donnée.

Bosch hocha la tête. Il avait fini son histoire. Tout était dit.

– Robert, enchaîna-t-il, je ne connaissais pas votre père. Mais je vais retrouver le type qui l'a tué. Et ça, c'est une promesse que je vais tenir.

Robert Li acquiesça d'un signe de tête et fixa le sol.

– Bien, dit Bosch, et maintenant allons voir votre mère.

4

Il était presque minuit lorsque, l'analyse de la scène de crime terminée, les inspecteurs regagnèrent enfin le commissariat. Bosch avait déjà décidé de ne pas envoyer Mme Li et son fils au nouveau Police Administration Building pour y être interrogés de manière officielle. Après leur avoir fixé des rendez-vous pour le mercredi matin, il les laissa partir chez eux pour entamer leur deuil. Puis, peu après avoir regagné le commissariat, il renvoya aussi Ferras chez lui afin qu'il tente de réparer les dégâts dans sa famille. Et resta seul pour organiser le classement des éléments de preuve et pour la première fois réfléchir à l'affaire sans être interrompu. Il savait que ce mercredi serait chargé, vu les rendez-vous avec les proches de la victime le lendemain matin et les résultats de certaines analyses qui arriveraient dans la journée. Sans même parler de l'autopsie qu'il allait falloir programmer.

Si, comme prévu, le porte-à-porte que Ferras avait effectué dans les petits commerces du coin n'avait rien donné, les efforts déployés dans la soirée avaient fait apparaître un suspect possible. Le samedi après-midi précédent en effet, soit trois jours avant son assassinat, M. Li avait eu une altercation avec un jeune homme qui, à ses yeux, piquait régulièrement des trucs dans son magasin. D'après les propos de Mme Li traduits par l'inspecteur Chu, l'adolescent s'était mis en colère, avait nié avoir jamais dérobé quoi que ce soit et joué la carte raciale en prétendant que M. Li ne l'accusait que parce qu'il était noir. Ce qui semblait risible dans la mesure où la clientèle du magasin était à quatre-vingt-dix pour cent constituée par les gens du quartier qui l'étaient aussi. Cela dit, M. Li n'avait pas appelé la police. Il s'était contenté d'expulser le jeune homme et lui avait ordonné de ne plus jamais revenir. Mme Li avait alors dit à Chu que, arrivé à la porte, l'adolescent avait lancé à son mari que la prochaine fois qu'il viendrait, ce serait pour lui exploser la tête. La réponse de Li avait été de sortir son arme de dessous le comptoir et de la pointer sur le jeune homme en lui disant qu'il serait prêt à le recevoir.

Cela signifiait que l'ado savait que Li avait une arme sous son comptoir. Qu'il décide de tenir sa promesse et il faudrait qu'il agisse aussitôt entré dans le magasin et tire sur Li avant que celui-ci puisse sortir son flingue.

Mme Li avait promis de regarder des trombinoscopes de gangs le lendemain matin afin de voir s'il ne s'y trouvait pas une photo du jeune homme. Si jamais celui-ci avait à voir avec les Hoover Street Criminals, il y avait des chances que la police ait sa photo dans ses archives.

Pourtant Bosch n'était pas totalement convaincu que cette piste soit viable ou que le gamin fasse un suspect bien crédible. Certains éléments de la scène de crime ne cadraient pas avec un acte de vengeance. Il ne faisait aucun doute qu'il fallait aller jusqu'au bout de la piste et parler au petit jeune, mais Bosch ne s'attendait guère à clore l'affaire avec ça. Ç'aurait été trop facile et il y avait là des indices qui n'annonçaient rien de commode.

En retrait du bureau du capitaine se trouvait une salle de réunion avec une longue table en bois. On s'en servait surtout de salle à manger et, à l'occasion, pour des réunions du personnel ou pour discuter en privé d'enquêtes impliquant plusieurs équipes d'inspecteurs. La salle des inspecteurs étant encore vide, Bosch l'avait réquisitionnée et avait étalé plusieurs photos de la scène de crime tout juste arrivées du labo sur la table.

Il les avait disposées en une mosaïque de clichés dont les bords se chevauchaient, l'ensemble représentant la totalité de la scène de crime. Cela ressemblait beaucoup au travail de l'artiste anglais

David Hockney, qui avait vécu un temps à Los Angeles et créé plusieurs collages représentant des scènes de la vie en Californie du Sud. Bosch s'était familiarisé avec l'artiste et ses mosaïques parce que celui-ci avait été un moment son voisin dans les collines au-dessus du col de Cahuenga. Bien qu'il ne l'eût jamais rencontré, il se sentait un lien avec lui parce que, et ce depuis toujours, il avait l'habitude d'étaler les photos de scène de crime en une mosaïque qui lui permettait de chercher de nouveaux détails et angles d'approche. Et Hockney faisait la même chose dans son travail.

En regardant les photos et sirotant une tasse de café noir qu'il s'était préparée, Bosch fut tout de suite intrigué par ce qui avait retenu son attention quand il était sur les lieux. Là, derrière le comptoir, au milieu des rayons de devant, les bouteilles de cognac Hennessy étaient intactes. Il avait donc du mal à croire que le meurtre ait à voir avec un gang – pour lui, qu'un membre de gang prenne l'argent et n'embarque pas la moindre bouteille de cognac était peu vraisemblable. Toute bouteille de cognac constituait un trophée. En plus du fait que ces bouteilles étaient à portée de main, surtout si le tireur avait eu à se pencher par-dessus le comptoir ou en faire le tour pour ramasser ses douilles. Pourquoi ne se serait-il donc pas servi en passant ?

La conclusion à en tirer était qu'il fallait chercher un assassin qui n'aimait pas le cognac. Et qui ne faisait donc pas partie d'un gang.

Autre point intéressant : les blessures de la victime. À elles seules, elles invalidaient la thèse faisant un suspect du mystérieux voleur à la tire. Trois balles tirées en pleine poitrine ne laissent aucun doute quant à la volonté de tuer. Cela étant, aucune n'avait été tirée dans la figure de la victime, semblant faire mentir l'idée selon laquelle le mobile du crime aurait été la colère ou la vengeance. Ayant enquêté sur des centaines de meurtres, et la plupart avec usage d'armes à feu, Bosch savait bien que lorsqu'on a un tir en pleine figure, le mobile est très vraisemblablement d'ordre personnel et que le tueur connaissait sa victime. D'où le fait qu'on peut tenir le contraire pour vrai. Trois balles dans la poitrine, cela n'a rien de personnel et dit le professionnel. Bosch était sûr que le voleur à la tire n'était pas l'assassin qu'on cherchait. Ce qu'il fallait trouver, c'était plutôt un parfait inconnu pour John Li. Quelqu'un qui était entré calmement dans le magasin et lui avait collé trois balles dans la poitrine, puis, tout aussi calmement, avait vidé le tiroir-caisse, ramassé ses douilles et filé dans l'arrière-salle pour ôter le disque de la caméra de surveillance.

Bosch savait aussi qu'il ne s'agissait probablement pas d'un crime d'un genre nouveau. Dès le lendemain matin il lui faudrait vérifier s'il ne s'en était pas produit de semblables à Los Angeles et dans les environs.

Et là, en regardant la photo du visage de la victime, il remarqua soudain autre chose : le sang que Li avait à la joue et au menton avait été étalé. Et les dents, elles, en étaient exemptes. Il n'y en avait pas la moindre goutte dessus.

Il rapprocha la photo de ses yeux et tenta de comprendre. Il avait tout d'abord cru que le sang sur le visage de Li avait été expectoré. Que c'était du sang monté de ses poumons ravagés lorsqu'il avait essayé de reprendre un dernier souffle. Sauf que… comment cela aurait-il pu se produire sans que ses dents en soient éclaboussées ?

Il reposa la photo et parcourut des yeux la mosaïque jusqu'au cliché où l'on voyait la main droite du mort. Elle était retombée le long de son flanc. Et il y avait du sang sur les doigts et le pouce, un trait rouge descendant jusqu'à la paume.

Il reprit la photo où l'on voyait le sang étalé sur la figure de la victime et comprit brusquement que Li avait porté sa main ensanglantée à sa bouche. Ce qui voulait dire qu'il y avait eu double transfert. Li ayant porté la main à la poitrine, du sang s'y était déposé, sang qu'il avait ensuite transféré de sa main à sa bouche.

Toute la question était de savoir pourquoi. Ces gestes étaient-ils ceux que l'on a dans les derniers instants de l'agonie ou Li avait-il fait autre chose ?

Bosch sortit son portable et appela le numéro des enquêteurs des services de médecine légale du coroner. Il l'avait en numérotation rapide. Il vérifia l'heure tandis que ça sonnait. Il était minuit dix.

– Services du coroner.

– Cassel est-il toujours là ?

Max Cassel était l'homme qui avait travaillé la scène de crime et emporté le corps.

– Non, il vient juste… Non, un moment, il arrive.

L'appel fut mis en attente, puis Cassel parla.

– Je me fiche de savoir qui vous êtes, moi, je m'en vais. Je ne suis revenu que parce que j'avais oublié mon thermos.

Bosch savait qu'il avait une heure de trajet pour rentrer à Palmdale, où il habitait. Les tasses à café avec thermos qu'on branche dans l'allume-cigare étaient un vrai *must* pour tous les gens du centre-ville qui passaient beaucoup de temps en voiture.

– C'est moi, Bosch. Vous avez déjà collé mon bonhomme dans un tiroir ?

– Non, tous les tiroirs sont pris. Il est au frigo numéro 3. Mais j'en ai fini avec lui et je rentre chez moi.

– Je comprends. J'ai juste une petite question. Vous avez regardé sa bouche ?

– Comment ça, si j'ai « regardé sa bouche » ? Bien sûr que je l'ai regardée. C'est mon boulot.

– Et il n'y avait rien ? Rien dans la bouche ou dans la gorge ?

– Si, bien sûr qu'il y avait quelque chose !

Bosch sentit l'adrénaline commencer à monter.

– Pourquoi vous ne me l'avez pas dit ? Qu'est-ce qu'il y avait ?

– Sa langue.

Le flot d'adrénaline s'asséchant soudain, Bosch se sentit complètement à plat tandis que Cassel ricanait. Il pensait tenir quelque chose.

– Très drôle. Et côté sang ?

– Oui, il avait un peu de sang sur la langue et dans la gorge. C'est noté dans mon rapport, que vous aurez demain.

– Mais… ces trois balles. Ses poumons devaient ressembler à du gruyère. Il n'y avait pas beaucoup de sang ?

– Pas s'il était déjà mort. Pas si le premier tir lui avait éclaté le cœur et que celui-ci s'était arrêté de battre. Écoutez, Bosch, faut que j'y aille. Vous avez rendez-vous avec Laksmi demain à deux heures. Vous n'aurez qu'à le lui demander.

– Je le ferai. Mais là, c'est à vous que je parle. Et je crois qu'on a raté quelque chose.

– Qu'est-ce que vous racontez ?

Bosch regarda les photos étalées devant lui et passa de la main du mort à son visage.

– Je crois qu'il s'est mis quelque chose dans la bouche.

– Qui ça ?

– La victime. M. Li.

Il s'ensuivit une pause pendant laquelle Cassel envisagea le problème et se demanda probablement aussi s'il n'avait pas effectivement raté quelque chose.

– Écoutez, s'il a fait ça, moi, je n'ai rien vu ni dans sa bouche ni dans sa gorge. Si c'est quelque chose qu'il aurait avalé, ça n'est pas de ma juridiction. C'est pour Laksmi et quoi que ça puisse être, elle le retrouvera… demain.

– Vous pourriez lui mettre un mot pour qu'elle s'en occupe ?

– Bosch, j'essaie de me tirer d'ici. Vous pourrez le lui dire quand vous viendrez pour l'autopsie.

– Je sais, mais juste au cas où… Vous lui faites une note ?

– Bon, OK, comme vous voudrez, je lui ferai une note. Vous savez quand même bien qu'il n'y a plus d'heures sup à se faire maintenant, non ?

– Si, je sais, je sais. Même chose ici. Merci, Max.

Bosch referma son portable et décida de mettre les photos de côté pour l'instant. Ce serait l'autopsie qui dirait si ses conclusions étaient justes et jusqu'à ce moment-là il ne pourrait rien y faire.

Dans deux sachets en plastique à éléments de preuve se trouvaient les deux disques découverts près de l'appareil enregistreur.

L'un comme l'autre étaient toujours dans leurs boîtes en plastique, sur lesquelles on avait porté une date au marqueur Sharpie. Le premier était daté du 1ᵉʳ septembre, soit une semaine plus tôt, et le second du 27 août. Bosch les porta à l'autre bout de la salle de réunion et inséra le disque du 27 août dans le lecteur de DVD.

Les images étaient en écran double. Sur le premier on voyait l'avant du magasin, y compris la caisse enregistreuse, l'arrière de la boutique étant visible sur l'autre. Une bande passante en haut indiquait le jour et la date. Ce qui se passait dans le magasin était enregistré en temps réel. L'établissement étant ouvert de onze heures du matin à dix heures du soir, Bosch se rendit compte qu'il avait vingt-deux heures de vidéo à regarder, à moins de se servir du bouton avance rapide.

Il consulta sa montre à nouveau. Il savait qu'il pouvait passer toute sa nuit à essayer de comprendre pourquoi John Li avait mis ces deux disques de côté ou rentrer chez lui et se reposer un peu. On ne sait jamais où peut mener une affaire et se reposer est toujours important. Sans même parler du fait que rien n'indiquait que ces disques aient le moindre rapport avec le meurtre. Le disque qui, lui, se trouvait dans l'appareil enregistreur en avait été ôté. C'était celui qui comptait – et il avait disparu.

Oh, et puis au diable ! songea-t-il. Et il décida de visionner le premier disque, histoire de voir s'il ne pourrait pas résoudre le mystère. Il tira une chaise de la table, s'installa devant la télé et mit en lecture quatre fois accélérée en se disant qu'il lui faudrait moins de trois heures pour liquider ce disque. Après quoi il rentrerait chez lui, prendrait quelques heures de sommeil et reviendrait au bureau à la même heure que tout le monde le lendemain matin.

Voilà un plan qui me plaît, conclut-il.

5

Rudement tiré de son sommeil, Bosch ouvrit les yeux et vit le lieutenant Gandle le regarder de haut. Il lui fallut un moment pour s'éclaircir les idées et comprendre où il se trouvait.

– Lieutenant ?

– Qu'est-ce que vous faites dans mon bureau ? lui demanda celui-ci.

Bosch se redressa sur le canapé.

– Je… J'ai visionné un truc dans la salle de réunion et quand j'ai fini, il était si tard que ça ne valait plus la peine de rentrer chez moi, alors… Quelle heure est-il ?

– Pas loin de sept heures, mais ça n'explique toujours pas pourquoi vous êtes dans mon bureau. J'avais fermé la porte à clé en partant hier soir.

– Vraiment ?

– Oui, vraiment.

Bosch hocha la tête et fit comme s'il était toujours en train de s'éclaircir les idées. Il était bien content d'avoir remis son rossignol dans son portefeuille après avoir crocheté la porte. Aux Vols et Homicides, seul Gandle avait un canapé.

– C'est peut-être les employés du nettoyage qui sont passés et ont oublié de refermer à clé, dit-il.

– Non, ils n'ont pas la clé. Écoutez, Harry, ça ne m'embête pas qu'on se serve de mon canapé pour dormir, mais si la porte est fermée à clé, c'est qu'il y a une raison. Je ne peux pas me permettre d'avoir des gens qui ouvrent mon bureau quand je l'ai fermé à clé.

– Vous avez raison, lieutenant. Vous ne pensez pas qu'il serait bon d'avoir un canapé dans la salle des inspecteurs ?

– Je vais m'y employer, mais là n'est pas la question.

Bosch se leva.

– Je comprends. Je retourne au boulot tout de suite.

– Non, pas si vite. Parlez-moi de cette vidéo qui vous a retenu ici toute la nuit.

Bosch lui expliqua brièvement ce qu'il avait vu en passant cinq heures à visionner les deux disques en pleine nuit et comment, sans le vouloir, John Li avait laissé derrière lui ce qui ressemblait fort à une piste sérieuse.

– Vous voulez que je vous montre ça dans la salle de conférences ?

– Et si vous attendiez l'arrivée de votre coéquipier ? On pourrait le regarder tous ensemble. Commencez donc par aller vous chercher un café.

Bosch quitta Gandle et traversa la salle des inspecteurs. Dédale impersonnel de box et de cloisons antibruit, elle bourdonnait comme un bureau de compagnie d'assurances, la vérité étant qu'à certains moments elle était si calme que Bosch avait du mal à s'y concentrer. Toujours déserte à cette heure, elle n'allait pas tarder à se remplir rapidement. Gandle était immanquablement le premier à arriver. Il aimait montrer l'exemple.

Bosch descendit à la cafétéria, qui avait ouvert à sept heures mais était vide, l'essentiel du personnel travaillant encore à Parker Center. Emménager dans le nouveau Police Administration Building se faisait lentement. On avait commencé par quelques inspecteurs et administrateurs, et le reste suivrait. On y allait doucement, le bâtiment ne devant entrer officiellement en fonction que deux mois plus tard. Pour l'instant, on ne faisait certes pas la queue, mais le menu n'était pas complet non plus. Bosch se paya le petit déjeuner du flic : deux *doughnuts* et un café. Et prit un café de plus pour Ferras. Il avala vite ses *doughnuts* en mettant de la crème et du sucre dans le gobelet de son coéquipier et reprit l'ascenseur. Comme il s'y attendait, Ferras était à son bureau lorsqu'il y arriva. Il posa un des deux gobelets devant lui et gagna son box.

– Merci, Harry, lui lança Ferras. J'aurais dû me douter que tu serais ici avant… Hé, mais… tu portes le même costume qu'hier ! Tu ne vas pas me dire que tu as passé toute ta nuit à travailler, si ?

Bosch s'assit.

– J'ai dormi deux ou trois heures sur le canapé du lieutenant. À quelle heure Mme Li et son fils doivent-ils venir ?

– Je leur ai dit à dix heures. Pourquoi ?

– Je crois tenir quelque chose qu'il va falloir explorer plus à fond. J'ai regardé les deux disques supplémentaires de la caméra.

– Qu'est-ce que tu as trouvé ?

– Prends ton café et je vais te montrer. Le lieutenant veut voir, lui aussi.

Dix minutes plus tard, la télécommande à la main, Bosch se tenait debout devant le lecteur de DVD, tandis que Ferras et Gandle s'asseyaient au bout de la table de la grande salle. Il mit le disque du 1er septembre en avance rapide, l'arrêta au bon endroit et figea l'image en attendant que tout le monde soit prêt.

– Bien, dit-il. Notre tireur a sorti le disque de l'enregistreur, ce qui fait que nous n'avons aucune vidéo nous montrant ce qui s'est passé dans le magasin. Mais il restait deux autres disques datés du 27 août et du 1er septembre. Voici celui du 1er septembre, qui remonte donc à une semaine. Tout le monde me suit ?

– Oui, répondit Gandle.

– Ce que faisait M. Li, c'était donc enregistrer les agissements d'une équipe de voleurs à la tire. La caractéristique commune à ces deux disques est que les deux fois ce sont les deux mêmes types qui sont entrés dans le magasin, le premier se rendant au comptoir pour demander des cigarettes pendant que le deuxième gagnait le rayon liqueurs. Le premier empêche M. Li de voir ce que fabrique son comparse et de regarder l'écran de surveillance derrière le comptoir. Pendant que M. Li prend les clopes pour le type au comptoir, l'autre glisse deux bouteilles de vodka dans son pantalon et en apporte une troisième au comptoir pour l'acheter. Le type au comptoir sort son portefeuille, s'aperçoit qu'il a laissé son fric chez lui et les deux compères quittent le magasin sans avoir effectué un seul achat. La scène se reproduit une deuxième fois, les acteurs changeant de rôle. Pour moi, c'est à cause de ça que M. Li gardait ces disques.

– Tu penses qu'il essayait de monter un dossier contre eux ? demanda Ferras.

– Ce n'est pas impossible. Avec ça sur disque, il avait quelque chose à montrer à la police.

– Et c'est ça, votre piste ? Vous avez travaillé toute la nuit pour ça ? J'ai lu les rapports. Et je préfère de loin le gamin que Li a mis en joue.

– Non, ce n'est pas ça, la piste, lui renvoya Bosch d'un ton impatient. Je vous donne seulement la raison d'être de ces deux disques. Li les a sortis de la caméra parce qu'il devait savoir que ces deux types avaient quelque chose en tête et qu'il voulait en garder la preuve enregistrée. Et c'est sans le vouloir qu'il a aussi enregistré ceci sur le disque du 1er septembre.

Il appuya sur la touche *play* et l'image commença à défiler.

Sur l'écran multiplex, les deux caméras montrent que le magasin est vide, à l'exception de M. Li debout derrière son comptoir. La bande passante en haut de l'écran indique qu'on est le mardi 1er septembre et qu'il est quinze heures trois.

La porte de devant s'ouvre et un client entre. Il fait un signe décontracté à Li derrière le comptoir et gagne le fond du magasin. Image pleine de grain, mais assez claire pour qu'on voie bien que le client est un jeune Asiatique d'une petite trentaine d'années. Il entre dans le champ de la deuxième caméra au moment où il arrive devant une des armoires réfrigérées à l'arrière et y prend une seule canette de bière. Qu'il rapporte au comptoir.

– Qu'est-ce qu'il fabrique ? demanda Gandle.

– Regardez bien, lui renvoya Bosch.

43

Arrivé au comptoir, le client dit quelque chose à Li, qui lève la main vers le râtelier au-dessus de lui et en descend une cartouche de Camel. Il la pose sur le comptoir et glisse la canette de bière dans un petit sac en papier brun.

Le client est d'une carrure imposante. Quoique petit et râblé, il a de gros bras et les épaules larges. Il jette un seul billet sur le comptoir, Li le prend et ouvre la caisse enregistreuse. Il met le billet dans le dernier compartiment du tiroir et sort plusieurs billets, les compte et tend la monnaie au client par-dessus le comptoir. Le client prend les billets et les met dans sa poche. Puis il coince la cartouche de cigarettes sous son bras, empoigne la canette de bière et fait de son autre main une manière de pistolet qu'il braque sur M. Li. Il agite le pouce comme s'il tirait sur lui et quitte le magasin.

Bosch arrêta le disque.

– C'était quoi, ce truc ? lança Gandle. Une menace avec son pouce ? C'est ça que vous avez ?

Ferras garda le silence, mais Bosch ne doutait guère que son jeune coéquipier ait vu ce qu'il voulait leur montrer à tous les deux. Il remit en marche arrière et commença à repasser la scène.

– Ignacio, qu'est-ce que tu vois ? demanda-t-il.

Ferras se porta en avant pour être en mesure de pointer des choses sur l'écran.

– Et d'un, c'est un Asiatique. Ce qui veut dire que ce type n'est pas du quartier.

– J'ai visionné vingt-deux heures de vidéo, dit Bosch en acquiesçant d'un signe de tête, et c'est le seul Asiatique à être entré dans ce magasin en dehors de Li et de sa femme. Quoi d'autre, Ignacio ?

– Regardez le fric. Il en reçoit plus qu'il n'en a donné, répondit-il tandis qu'à l'écran M. Li sortait des billets du tiroir-caisse. Là, regardez, il met l'argent du type dans le tiroir et commence à lui rendre sa monnaie, y compris le fric que ce type vient juste de lui remettre. Bref, il a sa bière et ses clopes pour rien, et en plus il repart avec tout l'argent.

Bosch hocha la tête. Ferras était bon.

– Et ça fait combien ? demanda Gandle.

La question se tenait : il y avait trop de grain pour qu'on voie clairement quelles coupures étaient échangées.

– Il y a quatre compartiments dans le tiroir, reprit Bosch. Un pour les billets de 1, un pour les billets de 5, un pour ceux de 10 et un ceux de 20. J'ai ralenti le défilement et voilà : Li met le billet du client dans la quatrième case. Une cartouche de cigarettes et une bière, on peut conclure que c'est le compartiment des 20. Et si c'est bien le cas, il lui rend un billet de 1, un de 5, un de 10 et onze de 20. Soit dix de 20 si on ne compte pas celui que le client lui a donné.

– Il s'agit donc d'une rançon.

– 236 dollars ? s'écria Gandle. C'est un peu bizarre comme rançon et on voit bien qu'il reste de l'argent dans le tiroir. Ce serait donc un montant imposé à l'avance ?

– En fait, dit Ferras, ça fait 216 dollars si on enlève les 20 que le client lui a filés au début.

– C'est juste, dit Bosch.

Les trois hommes fixèrent quelques instants l'écran sans rien dire.

– Bon. Alors, Harry, reprit enfin Gandle, vous avez dormi quelques heures et, la nuit portant conseil, ça nous donne quoi ?

Bosch montra la date affichée en haut de l'écran.

– Cette rançon a été payée exactement une semaine avant le meurtre. Soit à trois heures de l'après-midi, mardi de la semaine dernière. Et ce mardi-ci, M. Li est abattu. Et si cette semaine il avait décidé de ne pas payer ?

– Ou n'avait pas eu l'argent pour le faire, ajouta Ferras. Hier, le fils nous a dit que les affaires ont beaucoup baissé et qu'ouvrir le magasin dans la Valley les a presque ruinés.

– Donc le vieil homme refuse et se fait buter, dit Gandle. Ça ne vous paraît pas un peu exagéré ? En tuant le bonhomme, on perd le flux d'argent, comme on dit dans la haute finance.

Ferras haussa les épaules.

– Il reste la femme et le fils, dit-il. Eux, c'est sûr qu'ils comprennent le message.

– Ils passent signer leurs dépositions à dix heures, dit Bosch.

Gandle hocha la tête.

– Bon alors, comment vous proposez-vous de gérer le truc ? demanda-t-il.

– On met Mme Li avec Chu, le gars de l'AGU, et Ignacio et moi, on cause avec le fils. Et on cherche à savoir de quoi il est question.

D'habitude l'air sévère, Gandle s'illumina. Il était content de voir les progrès de l'enquête et de constater qu'une piste s'était fait jour.

– Bon, messieurs, conclut-il, je veux être tenu au courant.

– Dès que nous saurons, lui renvoya Bosch.

Gandle quitta la salle de réunion, Bosch et Ferras restant debout devant l'écran.

– Joli coup, Harry. Tu as fait son bonheur.

– Il sera encore plus heureux si nous arrivons à résoudre ce truc.

– Qu'est-ce que t'en penses ?

– J'en pense qu'on a encore du boulot avant que les Li ne débarquent. Appelle les types du labo pour voir ce qu'ils ont fait. Essaie de savoir s'ils ont terminé l'analyse de la caisse enregistreuse. Et rapporte-la ici si tu peux.

– Et toi ?

Bosch se détourna de l'écran et éjecta le disque.

– Je vais aller causer avec l'inspecteur Chu.

– Tu crois qu'il nous cache quelque chose ?

– C'est ce que je vais chercher à savoir.

6

L'AGU faisait partie de la Gang and Operations Support Division, d'où partaient bon nombre d'enquêtes en plongée. Voilà pourquoi elle était hébergée dans un bâtiment sans signes distinctifs situé à quelques rues du Police Administration Building. Bosch décida de s'y rendre à pied : il aurait mis plus de temps à sortir sa voiture du garage, à se battre avec la circulation et à trouver un autre endroit où se garer, et il le savait. Il arriva devant la porte de l'AGU à huit heures trente et appuya sur le bouton de l'interphone, mais personne ne lui répondit. Il sortit son portable et était prêt à appeler l'inspecteur Chu lorsqu'une voix qu'il connaissait se fit entendre dans son dos.

– Bonjour, inspecteur Bosch. Je ne m'attendais pas à vous voir ici.

Bosch se retourna. C'était Chu qui arrivait avec sa mallette.

– Super, votre emploi du temps, répondit Bosch.

– Oui, on aime bien bosser léger.

Bosch s'effaça pour que Chu puisse ouvrir la porte avec sa carte-clé.

– Entrez donc.

Chu le conduisit jusqu'à une petite salle des inspecteurs avec une douzaine de bureaux, plus celui du lieutenant sur la droite. Chu passa derrière un de ces bureaux et posa sa mallette par terre.

– Que puis-je faire pour vous ? demanda-t-il. J'avais déjà prévu de passer aux Vols et Homicides à dix heures, à l'arrivée de Mme Li.

Il se mit en devoir de s'asseoir, mais Bosch resta debout.

– J'ai quelque chose que j'aimerais vous montrer, dit ce dernier. Vous avez une salle pour l'audiovisuel ?

– Oui, par ici.

L'AGU disposait de quatre pièces réservées aux interrogatoires, toutes situées derrière la salle des inspecteurs. Convertie en cellule pour l'audiovisuel, l'une d'elles était équipée de la tour standard à roulettes – poste de télévision et lecteur de DVD. Mais Bosch vit aussi qu'en plus il y avait une imprimante d'images virtuelles, matériel dont ne disposaient pas encore les Vols et Homicides.

Bosch tendit le DVD de Fortune Liquors à Chu, qui le glissa dans le lecteur. Bosch prit ensuite la télécommande et mit en avance rapide jusqu'à la marque « 15 heures » en haut de l'écran.

– J'aimerais que vous regardiez de près le type qui arrive, dit-il.

Chu regarda sans rien dire l'Asiatique entrer dans le magasin, acheter une bière et une cartouche de cigarettes, et toucher son gros retour sur investissement.

– C'est tout ? demanda-t-il après le départ du client.

– C'est tout.

– On peut le repasser ?

– Bien sûr.

Bosch repassa cette séquence de deux minutes, puis figea l'image au moment où le client se détournait du comptoir pour partir. Puis il joua avec l'appareil et, en avançant très légèrement plusieurs fois, il arriva enfin sur la meilleure image qu'on pouvait avoir du bonhomme au moment où il tournait la tête.

– Vous le connaissez ? demanda-t-il.

– Non, bien sûr que non.

– Qu'est-ce que vous avez vu ?

– Bien évidemment, le paiement d'une espèce de rançon. Il a reçu bien plus d'argent qu'il n'en a donné.

– Voilà, 216 dollars en plus de ses 20. On a compté.

Bosch vit Chu hausser les sourcils.

– Qu'est-ce que ça veut dire ?

– Eh bien, ça veut probablement dire que ce type est membre d'une triade, répondit Chu d'un ton neutre.

Bosch acquiesça. Il n'avait jamais enquêté sur un meurtre des triades, mais il savait que les sociétés secrètes chinoises avaient depuis longtemps franchi le Pacifique et opéraient maintenant dans la plupart des grandes villes américaines. Avec sa forte population chinoise, Los Angeles en était un des bastions, tout comme San Francisco, New York et Houston.

– Qu'est-ce qui vous fait dire que le type appartient à une triade ? demanda-t-il.

– Vous m'avez bien dit que la rançon était de 216 dollars, non ?

– C'est exact. Li lui a rendu son billet. Il lui a aussi donné dix billets de 20, un de 10, un de 5 et un de 1. Qu'est-ce que ça signifie ?

– Les triades se font payer chaque semaine la protection qu'elles offrent aux petits commerçants qui la sollicitent. Ces paiements sont en général de 108 dollars. Et, bien sûr, 216 en est un multiple. Deux fois la somme.

– Pourquoi 108 dollars ? Ce serait une taxe par-dessus l'impôt ? Elles donnent les 8 dollars de plus à l'État ?

Chuck n'entendit pas le sarcasme dans la voix de Bosch et lui répondit comme s'il faisait la leçon à un enfant :

– Non, inspecteur, ce nombre n'a absolument rien à voir avec ça. Permettez que je vous donne une petite leçon d'histoire pour que vous compreniez de quoi il retourne, enfin… j'espère.

– Je vous en prie.

– La création des triades remonte au dix-septième siècle. Il y avait cent treize moines au monastère de Shaolin. Des bouddhistes. Les envahisseurs mandchous ont attaqué le monastère et tué tous les moines, sauf cinq. Ces cinq moines qui restaient ont alors créé des sociétés secrètes dont le but était de chasser les envahisseurs. Les triades étaient nées. Mais, au fil des siècles, elles ont évolué. Elles ont laissé tomber la politique et le patriotisme, et sont devenues des organisations criminelles. Tout à fait comme les mafias italienne et russe, elles pratiquent l'extorsion et le racket de la protection. Pour honorer les fantômes des moines massacrés, le montant de ces paiements est en général un multiple de 108.

– Mais ces moines, il en est resté cinq, pas trois. Pourquoi leur donne-t-on le nom de triades ?

– Parce que chacun de ces moines a lancé sa triade. *Tian di hui*, ce qui veut dire « société de la terre et des cieux ». Tous ces groupes avaient un drapeau en forme de triangle pour symboliser la relation entre le ciel, la terre et l'homme. C'est de là qu'est partie l'appellation « triade ».

– Génial. Et ils ont apporté ça ici.

– Les triades sont ici depuis très longtemps. Mais M. Li était croyant. Avez-vous vu l'autel bouddhiste dans la resserre hier ?

– Non, j'ai raté ça.

– Il y était et j'en ai parlé avec sa femme. M. Li était d'une grande spiritualité. Il croyait aux fantômes. Pour lui, payer les triades pouvait très bien être une manière d'offrande à un fantôme. Ou à un ancêtre. C'est que, voyez-vous, inspecteur Bosch, vous êtes quelqu'un qui considère tout ça du dehors. Si vous saviez depuis votre enfance qu'une partie de votre argent doit aller aux triades aussi naturellement qu'ici elle va aux impôts, vous ne vous prendriez pas pour une victime. Ce serait simplement une donnée de base, quelque chose qui fait partie de l'existence.

– Sauf que le Trésor ne vous colle pas trois balles dans la poitrine si vous ne payez pas.

– Qu'est-ce que vous croyez ? Que M. Li a été assassiné par ce type ou par les triades ? lui demanda Chu d'un ton presque indigné en lui montrant le bonhomme sur l'écran.

– Ce que je crois, c'est que pour l'instant il s'agit de la meilleure piste qu'on ait, lui renvoya Bosch.

– Et celle qu'on a trouvée en parlant à Mme Li ? Le petit gangster qui a menacé son mari samedi dernier…

– Il y a trop de choses qui ne collent pas, dit Bosch en hochant la tête. Je suis toujours d'avis de lui montrer nos trombinoscopes pour qu'elle nous l'identifie, mais je pense qu'on pédale dans la semoule.

– Je ne comprends pas. Il a bien dit qu'il reviendrait le tuer, non ?

– Non, il a dit qu'il reviendrait et qu'il lui exploserait la tête. Et M. Li a reçu des balles dans la poitrine. Le mobile n'est pas la rage, inspecteur Chu. Ça ne colle pas. Mais ne vous inquiétez pas, on vérifiera, même si c'est une perte de temps.

Il attendit que Chu réagisse, mais le jeune inspecteur ne bougea pas. Bosch montra l'heure portée à l'écran.

– Li a été tué à la même heure et le même jour de la semaine. Il faut donc se dire qu'il payait de manière régulière. Ce type était là quand Li a été tué. Pour moi, ça fait de lui un bien meilleur suspect.

La salle d'interrogatoire était très petite et ils avaient laissé la porte ouverte. Bosch la referma, puis se retourna vers Chu.

– Bien. Dites-moi donc que vous n'aviez pas la moindre idée de tout ça hier.

– Évidemment.

– Mme Li ne vous a rien dit sur des sommes versées à la triade du coin ?

Chu se raidit. Il était bien plus petit que Bosch, mais sa posture suggéra qu'il était prêt à se battre.

– Qu'est-ce que vous insinuez ?

– Ce que j'insinue, c'est que c'est votre univers et que vous auriez dû me dire tout ça avant. Que je ne l'ai découvert que par accident. Que Li avait gardé ce disque parce qu'il y avait un voleur à la tire dessus. Et pas à cause de la rançon.

Déjà ils se défiaient, debout à moins de cinquante centimètres l'un de l'autre.

– C'est qu'hier je n'avais rien qui me le suggère, dit Chu. C'était pour traduire qu'on m'avait appelé. Vous ne m'avez jamais demandé mon opinion sur autre chose. Vous m'avez tenu délibérément à l'écart. Peut-être que si vous m'aviez inclus dans l'enquête, j'aurais vu ou entendu quelque chose.

– Des conneries, tout ça. On ne vous a pas donné une formation d'inspecteur pour rester planté là à sucer votre pouce ! Pas besoin d'y être invité pour poser des questions !

– Avec vous, j'ai plutôt eu l'impression que si.

– Ce qui voudrait dire ?

– Que je vous ai observé, Bosch. Que j'ai vu comment vous traitiez Mme Li, son fils… et moi.

– Ah, ça y est.

– On dit quoi ? Le Vietnam ? Vous avez servi au Vietnam, c'est ça ?

– Ne faites pas semblant de croire que vous me connaissez, Chu !

– Je sais ce que je vois et connais. Je ne suis pas originaire du Vietnam, inspecteur. Je suis Américain. Né ici même, comme vous.

– Écoutez, on pourrait pas laisser tomber tout ça et reprendre le dossier ?

– Comme vous voulez. C'est vous le patron.

Chu mit les mains sur ses hanches et se retourna vers l'écran. Bosch, lui, essaya de se calmer. Il devait bien reconnaître que Chu n'avait pas tort. Et se sentait très gêné qu'on le prenne aussi facilement pour quelqu'un revenu du Vietnam avec des préjugés racistes.

– Bon, d'accord, dit-il. J'ai peut-être commis une erreur en vous traitant comme je l'ai fait hier. Je m'excuse. Mais maintenant vous êtes dans l'enquête et j'ai besoin de savoir ce que vous savez. Et on ne laisse rien dans l'ombre.

Ce fut au tour de Chu de se détendre.

– Je vous ai tout dit. La seule autre chose à laquelle je pense est cette somme de 216 dollars.

– Et… ?

– C'est le double. Comme si M. Li n'avait pas payé une semaine. Peut-être avait-il des difficultés financières. Son fils nous a dit que les affaires marchaient mal.

– Et ce serait ça qui l'aurait fait tuer ?

Bosch montra de nouveau l'écran du doigt et ajouta :

– Vous pourriez me faire un tirage papier de ce plan ?

– J'aimerais bien en avoir un, moi aussi.

Chu gagna l'imprimante et appuya deux fois sur un bouton. Deux tirages montrant l'homme en train de se détourner du comptoir sortirent vite de l'appareil.

– Vous avez des trombinoscopes ? reprit Bosch. Des fiches de renseignements ?

– Bien sûr. Je vais essayer de l'identifier. Je vais me renseigner.

– Je ne veux pas qu'il sache qu'on l'a dans le collimateur.

– Merci, inspecteur. Mais ça, je m'en doutais.

Bosch ne réagit pas. Il venait de faire une autre boulette. Il avait du mal à se conduire comme il fallait avec Chu. Il se trouvait incapable de lui faire confiance, alors que Chu portait le même écusson que lui.

– J'aimerais aussi avoir un tirage de son tatouage, ajouta Chu.

– Quel tatouage ? demanda Bosch.

Chu s'empara de la télécommande et appuya sur la touche *rewind*. Et finit par figer l'image au moment même où le type tendait la main gauche pour prendre l'argent de Li. Avec son doigt, Chu montra ensuite une forme à peine visible sur la face interne du bras du bonhomme. Il avait raison. C'était bien un tatouage, mais les traits en étaient si fins dans le grain de l'image que Bosch les avait totalement ratés.

– Qu'est-ce que c'est ? demanda-t-il.

– On dirait la forme d'un couteau. Et que c'est un tatouage qu'il s'est fait lui-même.

– Il a été en prison.

Chu appuya sur le bouton pour obtenir des tirages papier de l'image.

– Non, en général, ces tatouages, on se les fait sur le bateau. Pendant la traversée.

– Et ça vous dit quoi ?

– En chinois, un couteau se dit *kim*. Il y a au moins trois triades présentes en Californie du Sud avec ce nom. La Yee Kim, la Sai

53

Kim et la Yung Kim. Ce qui signifie « le Couteau vertueux », « le Couteau de l'Ouest » et « le Couteau de la bravoure ». Ce sont des filiales d'une triade de Hong Kong, la 14 K. Très forte et très puissante.

– Ici ou là-bas ?

– Dans les deux pays.

– La 14 K, comme quatorze carats ?

– Non, en chinois le nombre 14 porte malheur. Ça ressemble beaucoup au mot « mort ». Et K, c'est comme dans *kill*.

Par sa fille et à cause de ses fréquents voyages à Hong Kong, Bosch savait que toute permutation du chiffre 4 était considérée comme portant malheur. Sa fille vivait avec son ex dans une tour en copropriété où aucun étage ne portait le numéro 14. Le quatrième était marqué P (comme « parking »), le quatorzième disparaissant comme le treizième dans bon nombre de pays occidentaux. Les vrais quatorzième et vingt-quatrième étages étaient occupés par des anglophones qui n'avaient pas les mêmes superstitions que les Hans – autrement dit, les Chinois.

Bosch montra l'écran.

– Vous pensez donc que ce type pourrait appartenir à un sous-groupe de la 14 K ?

– Peut-être, oui, répondit Chu. Je vais commencer à me renseigner dès votre départ.

Bosch le regarda et tenta de déchiffrer son regard. Il pensait avoir compris le message. Chu voulait qu'il dégage pour pouvoir commencer à travailler. Bosch gagna le lecteur de DVD, en sortit le disque et le prit.

– On reste en contact, dit-il.

– Absolument, lui renvoya sèchement Chu.

– Dès que vous avez quelque chose, vous me le donnez.

– Je comprends, inspecteur. Parfaitement.

– Bien, on se retrouve à dix heures avec Mme Li et son fils.

Sur quoi il ouvrit la porte et quitta la petite salle.

7

Ferras avait posé la caisse enregistreuse de Fortune Liquors sur son bureau et l'avait connectée à son ordinateur. Bosch mit les sorties papier des images vidéo sur son bureau à lui et regarda son coéquipier.

– Qu'est-ce qui se passe ? demanda-t-il.

– Je suis allé voir les mecs de la Scientifique. Ils en avaient terminé avec ça. Aucune empreinte, hormis celles de la victime. Je viens juste d'entrer dans la mémoire de la machine. Je peux déjà te dire que la recette de la journée jusqu'au moment du meurtre se montait à 200 dollars. Li aurait eu bien du mal à en donner 216 si, d'après toi, c'est bien ça qui s'est produit.

– Oui, bon, j'ai certaines choses à te dire là-dessus. D'autres trucs ?

– Pas grand-chose. Ils sont toujours en train d'analyser tous les... Ah oui, les résultats du test des résidus de poudre sont négatifs pour la veuve. Mais on s'y attendait, non ?

Bosch acquiesça d'un signe de tête. Étant donné que c'était elle qui avait découvert le corps de son mari, lui examiner les bras et les mains pour voir si elle avait tiré des coups de feu n'était que pure routine. Comme prévu, les résultats étaient négatifs et Bosch à peu près sûr qu'on pouvait ôter Mme Li de la liste des suspects, même si de fait elle n'y avait jamais tenu qu'une place infime.

– Jusqu'où va la mémoire de cet engin ? demanda Bosch.

– Une année entière, on dirait. J'ai fait quelques moyennes. Les revenus bruts sont d'un peu moins de 3 000 dollars par semaine. Si on prend en compte les frais généraux, le coût de la marchandise, l'assurance et ce genre de trucs, ce type avait bien de la chance quand il pouvait se faire 50 000 dollars dans l'année. Pas vraiment de quoi gagner correctement sa vie. En plus, c'est probablement plus dangereux de faire ça dans ce quartier que d'y être flic.

– Et hier le fils a dit que les affaires avaient baissé.

– Rien qu'à voir ces chiffres, je me demande si elles ont jamais monté.

– C'est du liquide qu'il se faisait. Il aurait pu en tirer du fric d'autres façons.

– C'est probable. Mais il y avait aussi le type qu'il payait. S'il lui filait 200 dollars et des poussières toutes les semaines, ça devait finir par compter. En un an, ça fait quand même 10 000 dollars en moins.

Bosch lui rapporta ce que Chu lui avait dit et ajouta qu'il avait bon espoir que l'AGU lui donne une identification. Ils tombèrent tous les deux d'accord pour reconnaître que le centre de gravité de l'enquête commençait à se déplacer vers le type repéré sur les images pleines de grain de la caméra de surveillance. Le collecteur de la triade. En attendant, il fallait quand même essayer d'identifier et d'interroger le petit gangster qui s'était disputé avec John Li le samedi avant le meurtre, mais les contradictions entre les éléments de la scène de crime et un assassinat de type colère-vengeance plaçaient cette piste en deuxième position.

Ils commencèrent à travailler sur les dépositions et se lancèrent dans l'énorme paperasse qui va de concert avec toute enquête portant sur un meurtre. Chu arriva à dix heures et gagna le bureau de Bosch sans s'annoncer.

– Yee-ling n'est pas encore là ? demanda-t-il en guise de salutations.

Bosch leva le nez de dessus son travail.

– Yee-ling ? Qui est-ce ?

– Yee-ling, la mère.

Bosch se rendit alors compte qu'il ne connaissait pas le prénom de l'épouse de la victime. Que cela lui indique clairement qu'il ne savait pas grand-chose de cette histoire l'agaça.

– Non, elle n'est pas encore arrivée, dit-il. Vous avez d'autres choses chez vous ?

– J'ai vérifié dans les trombinoscopes. Et je n'y ai pas vu notre gars. Cela dit, on se renseigne.

– Oui, c'est ce que vous n'arrêtez pas de me répéter. Ça veut dire quoi exactement, « on se renseigne » ?

– Ça veut dire que l'AGU a tout un réseau de contacts dans la communauté chinoise et que nous allons très discrètement nous renseigner sur l'identité de ce type et sur l'affiliation de M. Li.

– L'« affiliation » ? répéta Ferras. On le rackettait ! Son affiliation, c'est que c'était une victime !

– Inspecteur Ferras, le reprit calmement Chu, vous regardez tout ça d'un point de vue typiquement occidental. Comme je l'ai expliqué ce matin à l'inspecteur Bosch, il est tout à fait possible que M. Li ait eu sa vie durant une relation suivie avec une triade. Ce qu'on appelle une *quang xi* dans le dialecte de son pays natal. Il n'y a pas de traduction exacte de ce terme, mais cela a à voir avec les relations sociales de l'individu, celles qu'il a avec une triade en faisant partie.

Ferras se contenta de dévisager Chu un long moment.

– Oui, bon, comme vous voudrez, dit-il enfin. Chez nous, je dirais qu'on qualifie ça de conneries. M. Li a passé presque trente ans ici et je me fous pas mal de savoir comment on appelle ça en Chine. Ici, ça s'appelle du racket.

Bosch admira la vive réaction de son jeune coéquipier. Il envisageait même de se lancer dans la bagarre lorsque le téléphone sonna sur son bureau. Il décrocha.

– Bosch, dit-il.

– C'est Rogers, en bas. Vous avez de la visite. Deux Li. Vous auriez rendez-vous.

– Faites-les monter.

– C'est parti !

Bosch raccrocha.

– Bon, ça y est, ils montent. Voilà comment je veux jouer le coup : Chu, vous emmenez la vieille dans une salle d'interrogatoire, vous lui relisez sa déclaration et vous la lui faites signer. Et après, je voudrais que vous l'interrogiez sur la rançon et le type de la vidéo. Montrez-lui la photo et ne la laissez pas faire l'idiote. C'est obligé qu'elle sache des trucs là-dessus. Son mari lui en a forcément parlé.

– Vous seriez surpris, lui renvoya Chu. Il n'est pas du tout évident qu'un mari et sa femme parlent de ce genre de choses.

– Bon, ben, vous faites de votre mieux. Qu'elle et son mari en aient parlé ou pas, il se pourrait qu'elle sache pas mal de choses. Ferras et moi, on va s'occuper du fils. Je veux savoir si lui aussi, il paie pour protéger son magasin de la Valley. Si c'est le cas, on pourra peut-être y pincer notre gars.

Bosch regarda la salle des inspecteurs et vit Mme Li, mais pas avec son fils. Elle était accompagnée d'une femme plus jeune. Bosch leva la main pour attirer leur attention et leur fit signe de le rejoindre.

– Chu, dit-il, qui est-ce ?

Chu se retourna au moment où les deux femmes s'approchaient. Il garda le silence. Il ne savait pas. Les deux femmes avançant encore, Bosch vit que la plus jeune avait environ trente-cinq ans et que sa beauté avait quelque chose de retenu, du genre cheveux tirés derrière les oreilles. De type asiatique, elle portait un blue-jean et un chemisier blanc. Elle marchait un demi-pas derrière Mme Li et gardait les yeux baissés. La première impression de Bosch fut que c'était une employée. Une bonne qu'on avait forcée à conduire. Sauf que le réceptionniste lui avait dit que les deux s'appelaient Li.

Chu engagea la conversation avec Mme Li en chinois. Puis il attendit sa réponse et traduisit :

– Je vous présente Mia, la fille de M. et Mme Li. C'est elle qui a conduit sa mère ici parce que Robert Li a été retardé.

Frustré de l'apprendre, Bosch hocha la tête.

– Génial, dit-il à Chu. Comment se fait-il qu'on ne sache pas qu'il y avait une fille ?

– Nous n'avons pas posé les bonnes questions hier.

– Hier c'était vous qui les posiez. Demandez à Mia où elle habite.

La jeune femme s'éclaircit la voix et leva les yeux sur Bosch.

– J'habite chez mon père et ma mère, dit-elle. Enfin… jusqu'à hier. Maintenant, il faut croire que je ne vis plus que chez ma mère.

Bosch se sentit gêné d'avoir supposé qu'elle ne parlait pas anglais et de se rendre compte qu'elle avait entendu et compris son agacement en la voyant arriver.

– Je suis désolé, dit-il. C'est juste que nous avons besoin d'en savoir le plus possible.

Il regarda les deux autres inspecteurs et ajouta :

– Bien, nous allons devoir poser quelques questions à Mia. Et si vous suiviez le plan et emmeniez Mme Li dans une salle d'interrogatoire pour reprendre ses déclarations avec elle ? Je vais parler avec Mia, et vous, Ignacio, vous attendez l'arrivée de Robert.

Il se tourna vers Mia.

– Savez-vous combien de temps votre frère sera retenu ?

– Il devrait être en route. Il m'a dit qu'il aurait quitté le magasin avant dix heures.

– Quel magasin ?

– Le sien. Celui de la Valley.

– Bien, Mia, je vous propose de me suivre. Votre maman pourra aller avec l'inspecteur Chu.

Mia parla en chinois avec sa mère et tous se mirent en devoir de gagner l'enfilade de salles d'interrogatoire. Bosch s'empara d'un bloc-notes à feuilles jaunes grand format, prit le dossier où se trouvaient les tirages papier des images vidéo et ouvrit la marche. Ferras, lui, resta derrière.

– Harry, lança-t-il, tu veux que je commence avec le fils dès qu'il arrive ?

– Non. Viens me chercher. Je serai à la 2.

Bosch conduisit la fille de la victime jusqu'à une petite pièce sans fenêtre avec une table au milieu. Ils s'assirent chacun d'un côté et Bosch tenta de prendre un air avenant. Ce ne fut pas facile. La journée commençait avec une surprise et il n'aimait pas les surprises dans ses enquêtes pour meurtre.

– Bien, Mia, dit-il. On reprend du début. Je suis l'inspecteur Bosch et j'ai pour tâche de diriger l'enquête sur le meurtre de votre père. Veuillez accepter mes condoléances.

– Je vous remercie.

Elle avait les yeux baissés sur la table.

– Pourriez-vous me donner vos nom et prénom ?

– Mia-ling Li.

Prénom avant le patronyme, elle avait occidentalisé son nom, mais pas entièrement comme son père et son frère. Bosch se demanda si c'était parce qu'on attendait des hommes qu'ils s'intègrent dans la société occidentale alors que les femmes en étaient tenues à l'écart.

– Votre date de naissance ?

– 14 février 1980.

– Le jour de la Saint-Valentin.

Il sourit. Sans savoir pourquoi. Il essayait seulement de mettre la relation sur de bons rails. Puis il se demanda si l'on fêtait la Saint-Valentin en Chine. Il passa à autre chose et fit ses calculs. Et se rendit compte que si elle était toujours aussi attirante, elle était bien plus jeune qu'elle n'en avait l'air et n'avait que quelques années de plus que son frère, Robert.

– Vous êtes venue ici avec vos parents ? demanda-t-il. En quelle année ?

– En 1982.

– Vous n'aviez que deux ans.

– Oui.

– Et c'est à ce moment-là que votre père a ouvert le magasin.

– Non, il ne l'a pas ouvert. Il l'a acheté à quelqu'un et l'a rebaptisé « Fortune Liquors ». Avant, ça s'appelait autrement.

– D'accord. Y a-t-il d'autres frères ou sœurs en dehors de vous et de Robert ?

– Non, il n'y a que nous.

– Bon, bien. Vous nous avez dit habiter chez vos parents. Depuis combien de temps ?

Elle leva brièvement les yeux, puis les baissa.

– Depuis toujours. Sauf pendant deux ans, quand j'étais plus jeune.

– Avez-vous été mariée ?

– Non. Mais je ne vois pas le rapport avec l'individu qui a tué mon père. Ce n'est pas plutôt lui que vous devriez chercher ?

– Je vous prie de m'excuser, Mia. C'est seulement que j'ai besoin d'un certain nombre de renseignements de base et après, oui, bien sûr, je me lancerai à la recherche de l'assassin. Avez-vous parlé à votre frère ? Vous a-t-il dit que je connaissais votre père ?

– Il m'a dit que vous aviez fait sa connaissance un jour. Mais pas vraiment rencontré. Et ça, ce n'est pas connaître quelqu'un.

– Vous avez raison, dit Bosch en hochant la tête. C'était exagéré. Je ne le connaissais pas, mais à cause de la situation dans laquelle nous nous trouvions quand je… quand je l'ai rencontré, j'ai l'impression de le connaître un peu. Et je veux trouver son assassin, Mia. Et je le ferai. J'ai juste besoin que vous et votre famille, vous m'aidiez chaque fois que vous le pourrez.

– Je comprends.

– Surtout ne gardez rien par-devers vous. On ne sait jamais ce qui peut aider.

– Je ne le ferai pas.

– Bien. Comment gagnez-vous votre vie ?

– Je m'occupe de mes parents.

– Vous voulez dire… chez vous ? Vous restez à la maison et vous vous occupez de vos parents ?

Elle le regarda droit dans les yeux. Elle avait les pupilles si noires qu'il était difficile d'y lire quoi que ce soit.

– Oui.

Bosch sentit qu'il avait peut-être franchi une barrière culturelle et pénétré dans un monde dont il ne savait rien. Mia parut lire dans ses pensées.

– Dans ma famille, il est de tradition que la fille s'occupe de ses parents.

– Avez-vous fait des études ?

– Oui, je suis allée deux ans en fac. Mais je suis revenue à la maison. Je fais la cuisine et le ménage. Pour mon frère aussi, mais il veut emménager dans un lieu à lui.

– Mais jusqu'à hier vous viviez tous ensemble.

– Oui.

– Quand avez-vous vu votre père en vie pour la dernière fois ?

– Quand il est parti au travail hier matin. Il s'en va vers neuf heures et demie. Je lui avais préparé son petit déjeuner.

– Et votre mère est partie, elle aussi ?

– Oui, ils partent toujours ensemble.

– Et après, votre mère est revenue dans l'après-midi ?

– Oui, je prépare le repas du soir et elle vient le chercher. Tous les jours.

– À quelle heure est-elle revenue ?

– À trois heures. Comme toujours.

Bosch savait que leur maison se trouvait du côté de Larmont, dans le district de Wilshire, soit à une bonne demi-heure de route du magasin, par les voies de surface[1].

---

1. Il y a tellement de viaducs et de ponts routiers à Los Angeles qu'on les distingue des rues ordinaires appelées « voies de surface ». *(NdT.)*

– Combien de temps s'est écoulé entre le moment où elle a emporté le repas et celui où elle est revenue du magasin ?

– Elle est restée au magasin environ une demi-heure avant de rentrer.

Bosch acquiesça d'un signe de tête. Cela collait avec la version de la mère, les horaires et tout ce qu'on savait d'autre.

– Mia, votre père a-t-il jamais parlé de quelqu'un dont il aurait eu peur au travail ? Disons un client... ou autre ?

– Non, mon père était très réservé. Il ne parlait pas du travail à la maison.

– Vivre ici, à Los Angeles, lui plaisait-il ?

– Non, je ne crois pas.

– Pourquoi ?

– Il voulait rentrer en Chine, mais il ne pouvait pas.

– Pourquoi ?

– Parce que lorsqu'on quitte la Chine, on ne peut pas y retourner. Mes parents sont partis parce que Robert arrivait.

– Vous voulez dire que votre famille est partie à cause de lui ?

– Dans notre province on ne pouvait avoir qu'un enfant. Ils m'avaient déjà eue et ma mère refusait de me mettre dans un orphelinat. Mon père voulait un fils et quand ma mère est tombée enceinte, nous sommes venus en Amérique.

Bosch ne connaissait pas les tenants et aboutissants de la politique chinoise d'un enfant par famille, mais il en avait eu vent. Destiné à lutter contre l'accroissement de la population, ce plan avait eu pour conséquence de donner plus de valeur aux naissances d'enfants mâles. Les filles étaient souvent abandonnées dans des orphelinats, voire pire. Plutôt que renoncer à Mia, la famille avait quitté le pays pour rejoindre les États-Unis.

– Ce qui fait que dès le début votre père aurait préféré rester en Chine avec sa famille ?

– Oui.

Bosch décida qu'il avait recueilli assez de renseignements de ce côté-là. Il ouvrit le dossier, en sortit le tirage papier de l'image enregistrée par la caméra de surveillance et le posa devant elle.

– Qui est-ce ?

Elle scruta l'image pleine de grain.

– Je ne le connais pas. C'est lui qui a tué mon père ?

– Je ne sais pas. Vous êtes sûre de ne pas savoir qui c'est ?

– J'en suis sûre. Qui est-ce ?

– Nous ne le savons pas encore. Mais nous trouverons. Votre père a-t-il jamais parlé des triades ?

– Les triades ?

– Oui, comme quoi il aurait dû les payer.

La question parut la rendre très nerveuse.

– Je ne sais pas. Nous n'en parlions pas.

– Vous parlez chinois, n'est-ce pas ?

– Oui.

– Avez-vous jamais entendu vos parents en parler ?

– Non, ils n'en parlaient pas. Je ne sais rien de tout ça.

– Bien, Mia. Je crois qu'on peut arrêter là.

– Je peux ramener ma mère à la maison ?

– Dès qu'elle aura fini avec l'inspecteur Chu. Que pensez-vous qu'il va se passer pour le magasin ? Votre mère et votre frère vont-ils s'en occuper ?

Elle fit non de la tête.

– Je pense qu'il va fermer. Ma mère ira travailler à celui de mon frère.

– Et vous, Mia ? Votre vie va-t-elle changer en quoi que ce soit ?

Elle prit un bon moment pour réfléchir à la question, comme si elle n'y avait jamais pensé avant que Bosch la lui pose.

– Je ne sais pas, dit-elle enfin. Peut-être.

8

De retour à la salle des inspecteurs, Bosch vit que Mme Li avait déjà fini son entretien avec Chu et elle attendait sa fille. Il n'y avait toujours pas signe de vie de Robert, et Ferras expliqua qu'il avait appelé : il ne pourrait pas s'éloigner de son magasin parce que son assistant avait téléphoné pour dire qu'il était malade.

Après avoir accompagné les deux femmes jusqu'à l'entrée des ascenseurs, Bosch jeta un coup d'œil à sa montre et décida qu'il avait encore le temps de rejoindre la Valley, de discuter avec le fils de la victime et de revenir en ville pour l'autopsie prévue à quatorze heures. Sans compter qu'il n'avait pas besoin d'être à la morgue pour les procédures préliminaires. Il pouvait très bien arriver plus tard.

Il fut décidé que Ferras resterait au bureau pour travailler avec les experts dès l'arrivée des éléments de preuve recueillis la veille. Bosch et Chu, eux, iraient parler à Robert Li dans la Valley.

Bosch prit sa Crown Vic avec plus de trois cent cinquante mille kilomètres au compteur. La clim fonctionnait encore, mais à peine. Dès qu'ils commencèrent à approcher de la Valley, la température se mit à grimper et Bosch regretta de ne pas avoir ôté sa veste avant de monter en voiture.

En chemin, Chu prit la parole et rapporta que Mme Li avait signé sa déposition et n'avait rien eu à y ajouter. Elle n'avait pas reconnu le type de l'enregistrement vidéo et avait prétendu ne rien savoir de quelconques règlements à une triade. Bosch répéta les maigres renseignements que lui avait donnés Mia-ling Li et demanda à Chu ce qu'il savait de la tradition qui consiste à garder sa fille adulte à la maison pour s'occuper de ses parents.

– C'est une *chindrillon*, dit-il. Elle reste à la maison et fait la cuisine, le ménage et le reste. Pour ses parents, c'est presque une bonne.

– Ils ne veulent pas qu'elle se marie et s'en aille ?

– Non, *man*, c'est de la main-d'œuvre gratuite. Pourquoi voudraient-ils qu'elle se marie ? Si elle le faisait, ils devraient embaucher une bonne, un chef cuisinier et un chauffeur. En faisant comme ça, ils ont tout sans payer.

Bosch conduisit sans rien dire après ça et songea à l'existence que menait Mia-ling Li. Il doutait qu'elle soit affectée par le moindre changement après la mort de son père. Il y avait encore la mère dont il fallait s'occuper.

Puis il se rappela quelque chose qui avait à voir avec l'affaire et reprit la parole :

– Elle a dit qu'ils fermeraient probablement le magasin et ne garderaient que celui de la Valley.

– Ils ne gagnaient plus d'argent de toute façon, dit Chu. Il n'est pas impossible qu'ils trouvent quelqu'un de la communauté à qui le vendre et que cela leur rapporte un petit quelque chose.

– Ça ne fait pas beaucoup pour presque trente ans de travail.

– L'immigration chinoise n'est pas toujours une belle histoire.

– Mais et vous, Chu ? Vous avez réussi.

– Je ne suis pas un immigrant. Ce sont mes parents qui l'étaient.

– « L'étaient » ?

– Ma mère est morte jeune. Mon père était pêcheur. Un jour son bateau est parti et n'est jamais revenu.

Bosch fut réduit au silence par le ton prosaïque que Chu avait pris pour narrer la tragédie qu'avait subie sa famille. Il se concentra sur sa conduite. La circulation était dense et il leur fallut trois quarts d'heure pour atteindre Sherman Oaks. Le magasin Fortune Fine Foods & Liquor se trouvait dans Sepulveda Boulevard, une rue au sud de Ventura Boulevard. Soit dans un quartier classe de beaux appartements et de copropriétés, juste au-dessous des résidences encore plus classe situées dans les collines. Bel emplacement donc, mais le parking ne paraissait pas assez grand. Bosch trouva une place dans la rue, juste devant une bouche d'incendie. Il abaissa le pare-soleil, auquel était accrochée une carte avec un code municipal d'identification, et descendit du véhicule.

Bosch et Chu avaient mis sur pied tout un plan pendant ce long trajet. Pour eux, si en dehors de la victime il y avait quelqu'un au courant des paiements aux triades, ce ne pouvait être que le fils et cogérant Robert. Pourquoi n'en avait-il rien dit aux inspecteurs la veille, telle était bien la grosse question.

Le Fortune Fine Foods & Liquor était complètement différent de son homologue de South L.A. Au moins six fois plus grand, il débordait de finitions haut de gamme en accord avec le quartier.

Il y avait ainsi un bar « on se fait son café soi-même ». Dans les allées à vins, des panneaux accrochés au plafond détaillaient les variétés et régions d'origine, et pas question d'y voir des cubis de quatre litres au bout des rayons. Bien éclairées, les armoires frigorifiques étaient munies d'étagères accessibles au lieu d'être fermées par des portes en verre. Il y avait des allées réservées aux nourritures exotiques et des comptoirs d'aliments chauds et froids où les clients pouvaient acheter de la viande et du poisson frais ou des repas préparés du genre poulet rôti, pain de viande et travers de porc au barbecue. Le fils s'était inspiré du magasin de son père et avait élevé l'affaire de plusieurs niveaux. Bosch en fut impressionné.

Il y avait deux caisses et Chu demanda à l'une des femmes qui les tenaient où était Robert Li. Les inspecteurs furent dirigés sur un jeu de doubles portes conduisant à une resserre équipée de rayonnages de trois mètres de haut alignés contre les murs. Tout au bout à gauche se trouvait une porte avec l'inscription « Bureau ». Bosch y frappa et Li vint vite l'ouvrir.

Il parut surpris de les voir.

– Entrez donc, leur dit-il. Je suis vraiment navré de ne pas être descendu en ville aujourd'hui. Mon assistant a appelé pour dire qu'il était malade et, sans quelqu'un pour superviser, je ne peux pas me permettre de quitter le magasin. Je suis désolé.

– Pas de problème, dit Bosch. On essaie seulement de retrouver l'assassin de votre père.

Il voulait mettre le gamin sur la défensive. L'interroger sur son territoire lui donnait un avantage et il avait envie de glisser un peu d'inconfort dans cette situation. Sur la défensive, Li serait plus disposé à parler et faire plaisir à ceux qui l'interrogeaient.

– OK, je suis désolé, dit-il. De toute façon, je croyais n'avoir qu'à signer ma déposition.

– On a effectivement votre déposition, mais dans une enquête en cours il faut faire plus que signer des papiers, monsieur Li. Les situations évoluent. D'autres informations se font jour.

– Tout ce que je peux faire, c'est m'excuser. Je vous en prie, asseyez-vous. Je suis désolé qu'on soit si serrés ici.

La pièce était étroite et Bosch comprit tout de suite qu'on la partageait. Il y avait deux bureaux côte à côte contre le mur de droite. Plus deux fauteuils et deux chaises pliantes, probablement pour les représentants de commerce et les entretiens d'embauche.

Li décrocha le téléphone sur son bureau, composa un numéro et dit à quelqu'un que personne ne devait le déranger. Puis il ouvrit grand les mains pour faire comprendre qu'il était prêt à y aller.

– Première chose, je suis un peu étonné que vous travailliez aujourd'hui ! lui lança Bosch. Ce n'est quand même qu'hier que votre père a été assassiné.

Li hocha la tête d'un air solennel.

– J'ai bien peur qu'on ne m'ait pas donné le temps de pleurer sa mort. Il faut que je fasse marcher le magasin ou il n'y aura plus rien à faire marcher.

Bosch acquiesça de la tête et fit signe à Chu de prendre la suite. C'était lui qui avait tapé la déposition de Li. Tandis que Chu la reprenait avec ce dernier, Bosch regarda autour de lui. Sur le mur, au-dessus des bureaux, se trouvaient des licences de l'État, le diplôme que Li avait décroché à la *business school* de l'université de Californie du Sud en 2004 et un certificat d'excellence décerné en 2007 par l'Association des épiciers d'Amérique. Il y avait aussi des photos de Li avec l'ex-manager des Dodgers, Tommy Lasorda, et d'un Li adolescent au pied des marches du temple du Bouddha de Tian Tan à Hong Kong. Tout comme il avait reconnu Lasorda, Bosch reconnut la statue en bronze de trente mètres de haut dite du « Grand Bouddha ». Un jour, il s'était rendu à l'île de Lantau avec sa fille pour la voir.

Il tendit la main en travers du bureau pour redresser le cadre du diplôme d'USC. Ce faisant, il remarqua que Li l'avait eu avec mention. L'espace d'un instant il songea que Robert avait eu la possibilité de s'inspirer de son père et d'améliorer et agrandir son affaire. Pendant ce temps-là, sa sœur aînée lâchait la fac et revenait à la maison pour faire les lits.

Li demanda qu'on ne change rien à sa déposition et en signa toutes les pages. Une fois cette tâche terminée, il regarda une pendule accrochée au-dessus de la porte et Bosch comprit qu'il croyait en avoir fini.

Mais ce n'était pas le cas. C'était maintenant à Bosch d'y aller. Il ouvrit sa mallette et y prit un dossier. D'où il sortit le tirage papier représentant le collecteur de fonds qui avait demandé de l'argent à son père. Et il le lui tendit.

– Parlez-moi de ce type, dit-il.

Li tint le tirage à deux mains et fronça les sourcils en le regardant. Bosch savait qu'on fait ça pour bien montrer qu'on se concentre à fond, mais qu'en général ça cache quelque chose.

Il se doutait aussi que Li avait dû recevoir un coup de fil de sa mère dans la demi-heure précédente et qu'il savait qu'on lui montrerait très probablement ce document. Quelle que soit la réponse qu'il donnerait, Bosch pensait que ce ne serait pas la vérité.

– Je ne peux rien vous en dire, répondit Li au bout de quelques secondes. Je ne connais pas ce type. Je ne l'ai jamais vu.

Il lui tendit le document, mais Bosch ne le prit pas.

– Mais vous savez qui c'est.

Ce n'était pas vraiment une question.

– Non, en fait, non, dit Li avec un rien d'agacement dans la voix.

Bosch lui sourit, mais d'un sourire où il n'y avait ni chaleur ni humour.

– Monsieur Li, votre mère vient-elle de vous téléphoner pour vous annoncer que nous vous montrerions cette photo ?

– Non.

– On peut vérifier les appels, vous savez ?

– Et même si elle l'avait fait, hein ? Elle ne sait pas qui c'est et moi non plus.

– Vous voulez bien qu'on retrouve l'individu qui a tué votre père, n'est-ce pas ?

– Évidemment ! Qu'est-ce que c'est que cette question ?

– C'est le genre de questions que je pose quand je sais que quelqu'un me cache des choses alors que...

– Quoi ? Comment osez-vous...

– ... alors que ça pourrait être utile pour l'enquête.

– Je ne vous cache rien ! Je ne connais pas cet homme ! Je ne sais pas comment il s'appelle et je ne l'ai jamais vu avant ! Et c'est la vérité vraie, bordel !

Le visage de Li s'était enflammé. Bosch attendit un peu, puis il parla calmement :

– Il se peut que vous disiez la vérité. Il est possible que vous ne sachiez pas son nom et peut-être même ne l'avez-vous jamais vu. Mais vous savez qui c'est, Robert. Vous savez que votre père se faisait racketter. Peut-être même que vous aussi… Si vous pensez qu'il y a le moindre danger à nous parler, nous pourrons vous protéger.

– Absolument ! renchérit Chu.

Li hocha la tête et sourit comme s'il n'arrivait pas à comprendre dans quelle situation il s'était collé. Il se mit à respirer fort.

– Mon père vient de mourir… il a été tué, dit-il. Ça ne vous ferait rien de me laisser tranquille ? Pourquoi me harcelez-vous ? Moi aussi, je suis une victime dans cette histoire !

– J'aimerais beaucoup vous laisser tranquille, Robert, lui renvoya Bosch, mais si nous ne trouvons pas le coupable, personne d'autre ne le fera. Et ce n'est quand même pas ça que vous voulez, si ? (Li parut se calmer et hocha la tête.) Écoutez… Nous avons déjà une déposition signée devant nous. Rien de ce que vous nous direz maintenant n'aura à quitter cette pièce. Personne n'en saura rien.

Il tendit la main et tapota la sortie d'imprimante du doigt. Li la tenait toujours.

– Celui qui a tué votre père a enlevé le disque de l'appareil enregistreur au fond du magasin, mais a laissé les vieux. Et ce type était dessus. Et il avait pris de l'argent à votre père à la même heure et le même jour une semaine avant le meurtre. Votre père lui a donné 216 dollars. Ce type appartient à une triade et je pense que vous le savez. Il faut nous aider sur ce coup-là, Robert. Personne d'autre ne peut le faire.

Bosch attendit. Li reposa la sortie d'imprimante sur le bureau et frotta ses paumes couvertes de sueur sur le haut de son jean.

– Bon, d'accord, répondit-il. Enfin, oui, mon père payait une triade.

Bosch respira lentement. Ils venaient de faire un grand pas et il voulait que Li continue.

– Depuis combien de temps ? demanda-t-il.

– Je ne sais pas, toute sa vie… toute ma vie à moi, je crois. C'était juste un truc qu'il faisait depuis toujours. Pour lui, ça faisait partie de son identité de Chinois. On paie.

Bosch acquiesça.

– Merci de nous l'avoir dit, Robert. Bon et maintenant... Hier vous nous avez dit qu'avec l'état dans lequel se trouvent l'économie et le reste, ça ne marchait pas fort au magasin. Savez-vous si votre père était en retard pour ses paiements ?

– Non, je ne sais pas... Peut-être. Il ne me l'a pas dit. On n'était pas trop du même avis là-dessus.

– Que voulez-vous dire ?

– Pour moi, il ne devait pas payer. Je le lui ai dit des milliers de fois : « On est en Amérique, papa, tu n'es pas obligé de les payer. »

– Mais il continuait.

– Oui, toutes les semaines. Il était juste de la vieille école.

– Ce qui fait qu'ici, vous, vous ne payez pas ?

Il fit non de la tête, mais son regard fila de côté. Il s'était joliment trahi.

– Vous payez, n'est-ce pas ?

– Non.

– Robert, nous avons besoin de...

– Je ne paie pas parce que c'est lui qui le faisait pour moi. Et maintenant je ne sais pas ce qui va arriver.

Bosch se pencha vers lui.

– Vous voulez dire que votre père payait pour les deux magasins ?

– Oui.

Il avait baissé les yeux et frotta de nouveau ses mains sur son pantalon.

– Ce double paiement... ces deux fois 108 dollars... c'était pour les deux magasins.

– Voilà. La semaine dernière.

Li hocha la tête et Bosch crut voir des larmes lui monter aux yeux. Il comprit que la question suivante serait la plus importante.

– Que s'est-il passé la semaine dernière ?

– Je ne sais pas.

– Mais vous avez une petite idée, n'est-ce pas, Robert ?

Li hocha de nouveau la tête.

– Les deux magasins perdent de l'argent, dit-il. Nous nous sommes agrandis au mauvais moment... juste avant la chute du marché. Les banques se sont fait renflouer, mais pas nous. Nous pourrions tout perdre. Je lui ai dit... j'ai dit à mon père qu'on ne pouvait pas continuer à payer. Je lui ai dit qu'on payait pour rien et que nous allions perdre les deux magasins si on n'arrêtait pas de banquer.

– Vous a-t-il dit s'il allait arrêter les paiements ?

– Non, il n'a pas dit ça. Il n'a rien dit. Pour moi, ça signifiait qu'il allait continuer à payer jusqu'à ce qu'on perde l'affaire. Ça chiffrait. 800 dollars par mois, ça fait beaucoup dans une affaire comme celle-ci. Mon vieux disait que s'il trouvait d'autres façons de...

Il n'acheva pas sa phrase.

– D'autres façons de quoi, Robert ?

– D'économiser de l'argent. Il a commencé à être obsédé par les voleurs à la tire. Il se disait qu'en asséchant ce genre de pertes, ça changerait tout. Il était d'une autre époque. Il ne comprenait pas.

Bosch se renversa sur sa chaise et regarda Chu. Ils avaient ouvert une brèche et Li avait parlé. C'était maintenant au tour de Chu d'y aller en posant des questions précises sur la triade en question.

– Robert, dit-il, vous nous avez beaucoup aidés. J'aimerais vous poser quelques questions sur le type de la photo.

– Je vous ai dit la vérité. Je ne sais pas qui c'est. Je ne l'ai jamais vu de ma vie.

– D'accord, mais votre père a-t-il jamais parlé de lui quand, vous savez... quand vous discutiez des paiements ?

– Il n'a jamais cité son nom. Il a juste dit qu'il serait fâché si on arrêtait de payer.

– A-t-il jamais cité le nom du groupe qu'il payait ? Le nom de la triade ?

Li fit non de la tête.

– Il n'a jamais… Attendez, si, il l'a dit une fois. C'était un truc… une histoire de couteau. Comme si c'était une espèce de couteau. Mais je ne m'en souviens pas.

– Vous êtes sûr ? Ça pourrait nous aider à resserrer le champ de l'enquête.

Li fronça les sourcils et fit encore non de la tête.

– OK, Robert.

Chu poursuivit l'interrogatoire, mais ses questions étaient trop pointues et Li n'arrêtait pas de répondre qu'il ne savait pas. Toutes choses qui ne déplaisaient pas à Bosch. Ils avaient beaucoup avancé. Il commençait à voir l'affaire avec bien plus de précision.

Au bout d'un moment, Chu arrêta et repassa le flambeau à Bosch.

– OK, Robert, lança celui-ci. Pensez-vous que le ou les types que payait votre père vont venir vous voir pour avoir l'argent ?

À cette question Li fronça très fort les sourcils.

– Je ne sais pas, dit-il.

– Voulez-vous que le LAPD assure votre protection ?

– Ça non plus, je ne sais pas.

– Bon, vous avez nos numéros. Si quelqu'un se pointe, coopérez. Promettez-lui le fric s'il le faut.

– Mais je ne l'ai pas !

– Justement. Promettez-le-lui, mais dites-lui qu'il vous faut une journée pour l'avoir. Et appelez-nous. On prendra la suite.

– Et s'il le pique dans la caisse, tout simplement ? Hier, vous m'avez dit que le tiroir-caisse était vide au magasin de mon père.

– S'il le fait, laissez-le faire et appelez-nous. On le coincera la fois d'après.

Li acquiesça et Bosch comprit qu'il l'avait complètement terrorisé.

– Robert, avez-vous une arme au magasin ?

C'était un test. Ils avaient déjà vérifié les déclarations d'achat d'arme. Seule celle de l'autre magasin avait été enregistrée.

– Non, c'était mon père qui l'avait. C'était lui qui était dans le mauvais quartier.

– Bien. Surtout n'introduisez pas d'arme dans cette histoire. Si le gars se pointe, coopérez, c'est tout.

– D'accord.

– À propos... pourquoi votre père a-t-il acheté cette arme ? Cela faisait presque trente ans qu'il était là et il y a six mois de ça, tout d'un coup, il achète une arme ?

– La dernière fois qu'il s'est fait voler, les types lui ont fait mal. Deux petits gangsters. Ils l'ont frappé avec une bouteille. Je lui ai dit que s'il ne vendait pas le magasin, il fallait qu'il ait une arme. Mais ça ne l'a pas aidé.

– Ça n'aide généralement pas.

Les inspecteurs remercièrent Li et le laissèrent dans son bureau, jeune homme de vingt-six ans qui semblait en avoir soudain pris vingt ou trente de plus. En traversant le magasin, Bosch jeta un coup d'œil à sa montre et s'aperçut qu'il était une heure passée. Il mourait de faim et avait envie de manger quelque chose avant de retourner au bureau du légiste pour l'autopsie prévue à deux heures. Il s'arrêta devant le comptoir des plats chauds et son regard se fixa sur le pain de viande. Il sortit un numéro d'attente du distributeur et proposa à Chu de lui en payer une tranche, mais celui-ci lui répondit qu'il était végétarien.

Bosch hocha la tête.

– Quoi ? lui demanda Chu.

– Je ne crois pas qu'on pourrait devenir coéquipiers, dit-il. Je ne fais pas confiance à un type qui n'avale pas un hot dog de temps en temps.

– J'en mange au tofu.

Bosch fit la grimace.

– Ça ne compte pas !

Puis il vit Robert Li s'approcher d'eux.

– J'ai oublié de vous demander… Quand le corps de mon père va-t-il nous être rendu ?

– Sans doute demain, répondit Bosch. L'autopsie sera pratiquée aujourd'hui.

Li eut l'air défait.

– Mon père était un homme de grande spiritualité. Faut-il vraiment qu'on viole son corps ?

– C'est la loi, dit Bosch en opinant de la tête. Il y a toujours autopsie après un homicide.

– Quand doit-elle être pratiquée ?

– Dans une heure environ.

Li baissa la tête en signe d'accord.

– Je vous en prie, ne dites pas à ma mère que ç'a été fait. Est-ce qu'on m'appellera quand je pourrai avoir le corps ?

– Je m'en assurerai.

Li les remercia et reprit le chemin de son bureau. Bosch entendit quelqu'un appeler son numéro derrière le comptoir.

9

En revenant en centre-ville, Chu informa Bosch qu'après quatorze ans de service dans la police il n'avait toujours pas assisté à une autopsie et qu'il ne voyait pas l'intérêt de changer les choses. Il voulait rentrer à l'AGU et continuer d'essayer d'identifier le collecteur de fonds. Bosch le déposa, puis se dirigea vers le bureau du coroner du comté dans Mission Road. Lorsque enfin il y arriva, enfila la blouse et entra dans la salle 3, l'autopsie de John Li était déjà bien entamée. Les services du coroner pratiquaient six mille autopsies par an. Les salles étaient gérées selon un emploi du temps rigoureux et les médecins légistes n'attendaient pas les flics en retard. Un bon légiste était capable de liquider une autopsie en une heure.

Toutes choses qui convenaient parfaitement à Bosch. Ce qui l'intéressait, c'était les conclusions de l'autopsie, pas la procédure elle-même.

Nu et profané, le corps de John Li reposait sur la table froide en acier inoxydable. La poitrine avait été ouverte et les organes vitaux déjà enlevés. Le Dr Sharon Laksmi travaillait à une table voisine et posait des échantillons de tissus sur des lamelles.

– Bonjour, docteur, dit Bosch.

Laksmi se détourna de son travail et lui décocha un bref regard. À cause du masque et du bonnet qu'il portait, elle eut du mal à le reconnaître tout de suite. L'époque était depuis longtemps révolue où les inspecteurs pouvaient entrer et regarder.

Les règlements sanitaires du comté exigeaient une protection totale.

– Bosch ou Ferras ? demanda-t-elle.

– Bosch.

– Vous êtes en retard. J'ai commencé sans vous.

Laksmi était petite et brune. Ce qu'on remarquait le plus chez elle, c'était ses yeux lourdement maquillés derrière l'écran en plastique de son masque. Comme si elle avait pris conscience que ses yeux étaient le seul trait de son visage qu'on pouvait voir derrière tout l'accoutrement de sécurité qu'elle portait les trois quarts du temps. Elle parlait avec un léger accent. Mais qui donc parlait sans accent à Los Angeles ? Jusqu'au chef de police sur le point de partir qui donnait l'impression d'être de South Boston.

– Oui, désolé. J'étais avec le fils de la victime et ça s'est un peu éternisé.

Il oublia de lui parler du pain de viande qui, lui aussi, avait contribué à son retard.

– Voilà ce que vous devez sans doute chercher, reprit-elle.

De la lame de son scalpel, elle tapota un des quatre récipients en acier alignés à sa gauche sur le plan de travail. Bosch s'approcha et regarda dedans. Dans chacun d'eux se trouvait un élément de preuve extrait du corps. Il vit trois balles déformées et une seule douille.

– Vous avez trouvé une douille ? Sur le corps ?

– En fait non, dedans.

– Dedans ?

– C'est ça même. Logée dans l'œsophage.

Bosch songea à ce qu'il avait découvert en étudiant les photos de la scène de crime. Il y avait du sang sur les doigts, le menton et les lèvres de la victime. Mais pas sur ses dents. Son intuition ne l'avait pas trompé.

– On dirait bien qu'on a affaire à un tueur particulièrement sadique, inspecteur Bosch.

– Pourquoi dites-vous ça ?

– Parce que ou bien il a rentré la douille de force dans la gorge de la victime, ou bien Dieu sait comment elle y a atterri. Vu que la deuxième hypothèse tient du un sur un million de chances, je parierais plutôt sur la première.

Bosch acquiesça. Pas parce qu'il souscrivait à ce qu'elle venait de dire, mais parce qu'il pensait à un scénario qu'elle n'avait pas envisagé. Il croyait enfin avoir une idée de ce qui s'était passé derrière le comptoir de Fortune Liquors. Une des douilles éjectées par l'arme du tireur avait atterri près de John Li, voire sur lui, alors qu'il agonisait par terre derrière le comptoir. Ou bien il avait vu le tireur ramasser ses douilles, ou bien il savait qu'elles pourraient constituer de beaux éléments de preuve dans l'enquête sur son meurtre. Alors, au dernier instant de sa vie, il avait attrapé la douille et tenté de l'avaler pour empêcher le tireur de l'avoir.

Le dernier acte de John Li avait été d'essayer d'ouvrir à Bosch une piste importante.

– Docteur, reprit celui-ci, vous avez nettoyé la douille ?

– Oui, du sang lui était remonté dans la gorge et la douille faisant office de barrage, l'essentiel était hors de la bouche. J'ai dû la nettoyer pour voir de quoi il s'agissait.

– Bien sûr.

De toute façon, il savait bien qu'y retrouver des empreintes digitales était une possibilité négligeable. L'explosion des gaz qui se produit dans un tir a presque toujours pour résultat de vaporiser les empreintes digitales sur la douille.

Cela dit, cette douille pourrait servir à déterminer de quelle arme elle était sortie si les projectiles retrouvés étaient trop endommagés. Bosch baissa les yeux sur les récipients où ils se trouvaient et conclut dans l'instant qu'il s'agissait de balles à charge creuse. Elles s'étaient ratatinées à l'impact et beaucoup champignonnées. Pas moyen de savoir s'il y en aurait au moins une pour procéder à des comparaisons. Mais la douille, elle, constituerait très probablement une bonne pièce à conviction. Les marques laissées par l'extracteur, le percuteur et l'éjecteur seraient utiles pour identifier l'arme si jamais on la retrouvait. La douille relierait celle-ci à la victime.

– Vous voulez écouter mon résumé et pouvoir filer ? demanda Laksmi.

– Bien sûr, docteur, allez-y.

Pendant qu'elle lui faisait son rapport préliminaire sur ce qu'elle avait découvert, Bosch s'empara de pochettes en plastique transparent pour éléments de preuve sur une étagère au-dessus de la table et y déposa séparément les projectiles et la douille. Celle-ci semblait provenir d'une balle de 9 mm, mais il devrait attendre pour en avoir la confirmation des services de la Balistique. Il porta son nom, celui de Laksmi et le numéro de l'affaire sur chaque pochette, souleva son tablier protecteur et mit tout cela dans la poche de sa veste.

– Le premier tir a été porté à la partie supérieure gauche de la poitrine et le projectile a transpercé le ventricule droit du cœur, tapé dans la vertèbre supérieure et sectionné la moelle épinière. La victime a donc dû tomber tout de suite par terre. Les deux tirs suivants ont été portés aux parties inférieures droite et gauche du sternum. Impossible de dire dans quel ordre. Les lobes droit et gauche des poumons ont été transpercés, les projectiles allant se loger dans la musculature du dos. Le résultat de ces trois tirs a été l'arrêt immédiat des fonctions cardio-pulmonaires et la mort. Je dirais qu'il n'a pas survécu trente secondes.

Ce qu'elle venait de lui annoncer sur les dégâts infligés à la moelle épinière semblait mettre à mal sa théorie selon laquelle John Li aurait avalé volontairement la douille.

– Avec ces dégâts à la colonne vertébrale, aurait-il pu faire des gestes du bras et de la main ?

– Pas très longtemps. La mort a été pratiquement instantanée.

– Mais il n'était pas paralysé, n'est-ce pas ? Aurait-il pu ramasser la douille et la mettre dans sa bouche pendant ces trente dernières secondes ?

Laksmi réfléchit quelques instants à ce nouveau scénario avant de répondre.

– Je crois qu'il aurait effectivement été paralysé. Mais avec le projectile qui va se loger dans la quatrième vertèbre thoracique et qui sectionne la moelle à cet endroit… Cela aurait certainement causé la paralysie, mais c'est à cet endroit précis qu'elle se serait déclenchée. Ses bras auraient encore pu fonctionner. Ç'aurait juste été une question de temps. Comme je vous l'ai dit, tout son corps aurait cessé de fonctionner en moins d'une minute.

Bosch hocha la tête. Sa théorie marchait encore. Li avait effectivement pu ramasser la douille et se servir de ses dernières forces pour la glisser dans sa bouche.

Bosch se demanda si le tireur le savait. Il avait très probablement dû passer derrière le comptoir pour chercher ses douilles. C'est à ce moment-là que Li aurait pu en attraper une. Le sang retrouvé sous son corps montrait qu'il avait bougé. Bosch comprit alors que ce mouvement s'était très probablement produit pendant qu'il cherchait la douille manquante.

Bosch sentit l'excitation le gagner. Cette douille constituait une découverte majeure côté éléments de preuve, mais l'idée que le tireur ait pu commettre une erreur était encore plus importante. Il n'eut plus qu'une envie : faire passer le plus rapidement possible cet élément de preuve aux services de la Balistique.

– Bien, docteur, dit-il. Qu'est-ce que vous avez d'autre ?

– J'ai quelque chose que vous préférerez peut-être regarder maintenant plutôt que d'attendre les photos. Aidez-moi à le retourner.

Ils gagnèrent la table d'autopsie et retournèrent soigneusement le corps. La rigidité cadavérique étant survenue, puis ayant disparu, ils n'eurent pas de mal à le faire. Laksmi lui montra les chevilles. Bosch s'approcha et remarqua des petits idéogrammes chinois tatoués à l'arrière des pieds de Li. Il eut l'impression qu'il y en avait deux ou trois sur chaque pied, de part et d'autre du tendon d'Achille.

– Vous les avez photographiés ?

– Oui, les clichés seront dans le rapport.

– Quelqu'un d'ici pourrait traduire ?

– Je ne pense pas. Le Dr Ming peut-être, mais il est en congé cette semaine.

– Bien, on pourrait faire descendre un peu le corps pour que je puisse lui mettre les pieds par-dessus le bord et prendre une photo ?

Elle l'aida à faire glisser le cadavre le long de la table. Les pieds étant passés par-dessus le bord, Bosch serra les chevilles l'une contre l'autre de façon que les idéogrammes soient alignés. Puis il glissa la main sous sa blouse, sortit son téléphone portable, le fit passer en mode photo et prit deux clichés des tatouages.

– Bien, dit-il.

Il rangea son portable, puis ils retournèrent le corps et le remontèrent à sa place sur la table.

Après quoi, Bosch ôta ses gants, les jeta dans le réceptacle à déchets médicaux, reprit son portable et appela Chu.

– C'est quoi, votre *e-mail* ? lui demanda-t-il. J'ai une photo à vous envoyer.

– Une photo de quoi ?

– D'idéogrammes chinois tatoués sur les chevilles de M. Li. Je voudrais savoir ce qu'ils signifient.

– D'accord.

Chu lui donna l'adresse *e-mail* de son service. Bosch regarda les clichés, lui envoya le plus clair et rangea son portable.

– Docteur Laksmi, enchaîna-t-il, autre chose que je devrais savoir ?

– Non, je pense que vous avez tout, inspecteur. Sauf un truc dont la famille voudra peut-être être avertie.

– Oui ?

Elle lui montra un des récipients à organes disposés sur le plan de travail.

– Les balles n'ont fait que déclencher l'inévitable, dit-elle. M. Li était en train de mourir d'un cancer.

Bosch s'approcha et regarda le récipient. Les poumons de la victime avaient été ôtés du corps pour être pesés et examinés. Laksmi les ayant ouverts afin de suivre le parcours des projectiles, on voyait que les cellules cancéreuses avaient coloré en gris sombre les deux lobes inférieurs.

– Il fumait, dit-elle.

– Je sais. Combien de temps pensez-vous qu'il lui restait ?

– Disons un an. Peut-être plus.

– Pouvez-vous me dire s'il se soignait ?

– On ne dirait pas. Il n'y a certainement pas eu d'opération. Et je ne vois aucun signe de chimio ou de radiothérapie. Il est possible que son cancer n'ait pas encore été diagnostiqué. Mais il l'aurait vite appris.

Bosch songea à ses propres poumons. Cela faisait des années qu'il ne fumait plus, mais on dit que les dégâts se produisent tout de suite. Parfois, le matin, il se sentait la poitrine lourde. Quelques années plus tôt, il avait décroché une affaire qui avait eu pour résultat de l'exposer à une forte dose de radiations. Les médecins n'avaient rien trouvé et il pensait ou espérait toujours que l'explosion avait liquidé tout ce qui aurait pu se développer dans sa poitrine[1].

Il ressortit son portable et encore une fois le fit passer en mode photo. Puis il se pencha au-dessus du réceptacle et prit un cliché de ces organes ravagés.

– Qu'est-ce que vous faites ? lui demanda Laksmi.

– Je veux envoyer ça à quelqu'un.

Il examina la photo, la trouva suffisamment claire et la joignit à un *e-mail*.

1. Voir *À genoux*, publié dans cette même collection. *(NdT.)*

– Qui ça ? Pas à quelqu'un de la famille, j'espère.

– Non, à ma fille.

– Votre fille ?! s'écria-t-elle d'un ton outragé.

– Il faut qu'elle voie ce que ça peut faire de fumer.

– Sympa, dit-elle, et elle n'ajouta rien.

Bosch rangea son portable et jeta un coup d'œil à sa montre. À double cadran, celle-ci lui donnait l'heure à Los Angeles et à Hong Kong – c'était sa fille qui la lui avait offerte après avoir reçu un peu trop d'appels en pleine nuit. Il était juste trois heures passées à Los Angeles. Sa fille avait quinze heures d'avance sur lui et dormait. Elle aurait la photo dans une heure, au moment où elle se lèverait pour aller à l'école. Il savait qu'il aurait droit à un coup de fil de protestation, mais même un appel de ce genre valait mieux que rien.

Il sourit en y pensant, puis revint à son travail. Il était à nouveau prêt à foncer.

– Merci, docteur, dit-il. À titre d'information : je vais envoyer les éléments de preuve balistiques à la Scientifique.

– Vous avez signé la demande ?

Elle lui montra une écritoire à pince sur le comptoir et Bosch découvrit qu'elle avait déjà rempli le formulaire de traçabilité. Il apposa sa signature sur la ligne où il reconnaissait être en possession des éléments de preuve décrits et se dirigea vers la porte de la salle.

– Donnez-moi deux ou trois jours pour le rapport papier, lui lança Laksmi.

– Pas de problème, dit Bosch en franchissant la porte.

10

En se rendant à la Scientifique, Bosch appela Chu et lui demanda pour les tatouages.

– Je ne les ai pas encore traduits, répondit Chu.

– Que voulez-vous dire ? Vous les avez regardés ?

– Oui, je les ai regardés, mais je ne peux pas les traduire. J'essaie de trouver quelqu'un qui pourra.

– Chu, je vous ai vu parler avec Mme Li. Vous m'avez traduit ce qu'elle disait.

– Bosch, que je parle chinois ne signifie pas que je le lise. Des idéogrammes de ce genre, il y en a huit mille. Et j'ai fait toutes mes études en anglais. Je parlais chinois à la maison, mais je n'ai pas appris à le lire.

– Bon, mais avez-vous quelqu'un qui pourrait m'en faire la traduction ? C'est bien à l'antigang asiatique que vous êtes, non ?

– Non, à l'antigang, section Asie. Et oui, nous avons des gens qui pourront vous faire ça, mais il se trouve qu'ils ne sont pas là en ce moment. Dès que j'en coince un, je vous appelle.

– Génial. N'oubliez pas.

Il raccrocha. Ce retard le frustrait. Une affaire, ça doit filer tel un requin. Perdre son élan risque d'être fatal. Il consulta sa montre pour voir quelle heure il était à Hong Kong, se gara le long du trottoir et envoya la photo des tatouages de cheville à sa fille par *e-mail*. Elle la recevrait sur son portable... juste après la photo des poumons.

Content de lui, il se glissa de nouveau dans la circulation. Grâce à sa fille, il s'améliorait sans cesse dans l'art des échanges numériques. Elle insistait en effet pour qu'ils communiquent par tous les moyens modernes – *e-mails*, textos, vidéos. Elle avait même essayé, mais sans succès, de l'initier à un truc qui s'appelait Twitter. En retour, il insistait, lui, pour qu'ils communiquent à l'ancienne – en se parlant. Il s'était assuré que tous leurs appels soient compris dans des forfaits internationaux.

Il se retrouva au PAB quelques minutes plus tard, se rendit aussitôt aux services de la Balistique du troisième étage et donna ses quatre sachets en plastique à un technicien du nom de Ross Malone. Son boulot consistait à prendre les douilles et les projectiles et à essayer d'identifier la marque et le modèle de l'arme dont ils sortaient. Plus tard, si jamais on retrouvait une arme, il pourrait ainsi voir s'il y avait concordance ou pas à l'aide de divers tests et analyses balistiques.

Malone commença par la douille qu'il attrapa avec une pince fine et tint sous une loupe forte à bord lumineux. Il l'examina longuement avant de parler.

– Cor Bon 9 mm, dit-il. Et il y a des chances pour que ça sorte d'un Glock.

Bosch s'attendait à ce qu'il lui confirme la taille de la balle et lui donne la marque, mais pas à ce qu'il lui donne en plus la marque de l'arme qui avait tiré le projectile.

– Comment le savez-vous ? demanda-t-il.

– Regardez.

Malone était assis sur un tabouret devant la loupe attachée à un bras réglable fixé à sa table de travail. Il déplaça légèrement ce dernier de façon que Bosch puisse regarder par-dessus son épaule. Il tenait la douille par le fond pour qu'elle soit magnifiée dans la lumière. Bosch y lut les mots *Cor Bon* estampillés au bord de la douille. Au centre se trouvait la dépression creusée par le percuteur en frappant l'amorce et en déclenchant le tir.

– Vous voyez comme l'impression est longue ? Presque rectangulaire ?

– Oui, je vois.

– Ça, c'est la marque d'un Glock. Seuls les Glock produisent ce rectangle parce que c'est la seule arme à avoir un percuteur rectangulaire. Bref, ce que vous cherchez, c'est un Glock 9 mm. Il y en a plusieurs modèles.

– D'accord, ça m'aide. Autre chose ?

Malone remit la loupe devant lui et retourna la douille.

– Ici et ici vous avez les marques claires de l'extracteur et de l'éjecteur. Apportez-moi l'arme et je devrais pouvoir vous trouver la concordance.

– Dès que je mets la main dessus... Et les projectiles ?

Malone remit la douille dans son sachet en plastique, sortit les projectiles un par un et les examina sous la loupe. Il les regarda vite l'un après l'autre avant de les poser. Puis revint sur le deuxième et regarda de nouveau. Et hocha la tête.

– Pas très utile, tout ça. Ils ne sont pas en bon état. C'est la douille qui me servira le plus dans les comparaisons. C'est comme je vous ai dit : vous m'apportez l'arme, je vous trouve la concordance.

Bosch comprit que le dernier geste de Li avait de plus en plus d'importance. Il se demanda si le vieil homme l'avait mesurée.

Le silence méditatif de Bosch poussa Malone à parler :

– Vous avez touché cette douille ?

– Non, mais là-bas, à la morgue, le Dr Laksmi a nettoyé le sang avec de l'eau. Cette douille a été trouvée dans le corps de la victime.

– À l'intérieur ?! Pas possible. Il n'y a pas moyen qu'une dou...

– Je ne vous dis pas que c'est elle qui l'a tué. Ce que je vous dis, c'est que la victime a essayé de l'avaler. On l'a retrouvée dans sa gorge.

– Ah ! Ça, c'est différent.

– Oui.

– Et Laksmi devait porter des gants quand elle l'a trouvée.

– En effet. Qu'est-ce qu'il y a, Ross ?

– Eh bien... je me disais... Il y a un mois de ça, on a reçu un mémo du service des empreintes. Il disait qu'on s'apprêtait à recourir à un truc électro-machin-chouette dernier cri pour relever des traces papillaires sur les douilles et qu'on en cherchait pour tester la méthode. Vous savez... pour le tribunal.

Bosch le dévisagea. Jamais depuis qu'il travaillait comme inspecteur il n'avait entendu parler de la moindre empreinte qu'on aurait relevée sur la douille d'une balle tirée par une arme. Les traces proviennent des corps gras qu'on trouve dans la peau. Et ces corps gras sont brûlés dans le millième de seconde que dure l'explosion dans la chambre.

– Ross, dit-il, vous êtes bien sûr de me parler de douilles de balles tirées ?

– Oui, c'est ce que disait le mémo. C'est la technicienne Teri Sopp, là-bas... qui s'en occupe. Allez donc la voir.

– Rendez-moi la douille et j'y vais.

Un quart d'heure plus tard Bosch retrouvait Teri Sopp au labo des empreintes. Analyste chevronnée, Sopp travaillait depuis presque aussi longtemps que Bosch. Leurs relations étaient faciles, mais Bosch sentit quand même qu'il allait devoir la brusquer un peu.

– Harry, dit-elle, c'est quoi, ton histoire ?

C'était toujours ainsi qu'elle l'accueillait.

– Mon histoire, c'est qu'hier j'ai hérité d'une affaire dans le Sud et qu'aujourd'hui on n'a retrouvé qu'une seule douille.

Il leva la main et lui montra le sachet avec la douille à l'intérieur. Sopp le lui prit, le tint à la lumière et plissa les paupières en la regardant à travers le plastique.

– Projectile tiré ?

– Oui. Je sais qu'il y a peu de chances, mais j'espérais qu'on puisse y trouver une trace. Pour le moment, j'ai pas grand-chose d'autre pour démarrer.

– Bien, voyons voir… Normalement, il faudrait que t'attendes ton tour, mais vu qu'on a tous les deux travaillé sous les ordres de cinq chefs de police…

– C'est pour ça que je suis venu te voir, Teri.

Sopp s'assit à une table de travail et, comme Malone, se servit d'une pince fine pour sortir la douille du sachet. Puis elle la passa à la vapeur de cyanoacrylate et la tint sous un rayon d'ultraviolets. Bosch qui regardait par-dessus son épaule eut sa réponse avant même que Sopp puisse la formuler.

– Là ! Il y a une trace. On dirait que quelqu'un l'a manipulée après le coup de feu. Mais c'est tout.

– Merde.

Bosch se dit que la trace avait toutes les chances de s'être déposée sur la douille lorsque John Li s'en était emparé et se l'était mise dans la bouche.

– Désolée, Harry.

Les épaules de Bosch s'affaissèrent. Il savait qu'il n'y avait guère d'espoirs, voire aucun, mais il voulait faire comprendre à Sopp combien il espérait avoir cette empreinte.

Sopp commença à remettre la douille dans le sachet.

– La Balistique y a jeté un œil ? demanda-t-elle.

– Oui, j'en viens.

Elle hocha la tête. Bosch sentit qu'elle pensait à quelque chose.

– Harry, parle-moi un peu de ton affaire. Donne-moi les paramètres de base.

Bosch la lui résuma, mais laissa de côté l'existence du suspect qu'ils avaient découvert sur la vidéo de surveillance et fit en sorte qu'elle se dise que l'enquête était quasiment dans l'impasse. Aucun élément de preuve, pas de suspects, aucun mobile autre que le vol de base. Rien, *nada*, que dalle.

– Bon, dit-elle, y a bien un truc qu'on pourrait faire…

– Ah oui ?

– On va sortir un document là-dessus à la fin du mois. On se prépare à passer à l'amplification électrostatique. Ça pourrait nous faire un bon test.

– C'est quoi, cette… amplification électrostatique ?

Sopp sourit comme la gamine qui a encore des bonbons alors que toutes ses copines n'en ont plus.

– C'est un procédé électrique développé en Angleterre par la police du Northamptonshire qui permet de relever des traces sur des surfaces en laiton du genre douilles de balles éjectées.

Bosch jeta un coup d'œil autour de lui, repéra un tabouret vide devant un des postes de travail et le tira à lui. Puis il s'assit.

– Comment ça marche ?

– Bon, alors voilà. Quand tu mets des balles dans un revolver ou dans le chargeur d'un automatique, le processus est précis. Tu commences par tenir la balle entre les doigts, et après tu la pousses. Tu lui imprimes donc une pression. Ce qui devrait nous donner des traces à tous les coups, non ?

– Enfin… jusqu'au coup de feu.

– Exactement. Une trace papillaire, c'est, en gros, un dépôt de sueur qui se forme entre les crêtes de la peau. Le problème, c'est que lorsqu'on fait feu, puis qu'on extrait la douille, elle a en général disparu dans l'explosion. Il est rare d'en relever une sur une douille qui a servi, à moins qu'elle n'appartienne à l'individu qui l'a ramassée par terre après.

– Tout ça, je le sais, dit Bosch. Dis-moi quelque chose que j'ignore.

– OK, OK. Bien. Et donc ce procédé marche au maximum si on ne fait pas feu tout de suite. En d'autres termes, pour que ça réussisse, il faut une situation où disons… la balle a été chargée dans l'arme, mais y est restée au moins quelques jours. Plus longtemps elle y reste, mieux c'est. Parce que quand elle y reste, la sueur qui a donné la trace entre en réaction avec le laiton. Tu comprends ?

– Tu veux dire qu'il y a réaction chimique ?

– Microscopique, mais oui : réaction chimique. La sueur est faite d'un tas de trucs différents, mais essentiellement de chlorure de sodium… de sel. Ça entre en réaction avec le laiton…

il y a corrosion... et ça laisse une marque. Sauf qu'on ne peut pas la voir.

– Mais avec l'électricité...

– Exactement. On envoie deux mille cinq cents volts à travers la douille, on passe la poudre et on la voit. On a déjà fait quelques expériences. J'ai vu que ça marche. Ç'a été inventé en Angleterre par un certain Bond.

Bosch commença à s'exciter.

– Bon, pourquoi on le ferait pas ?

Sopp écarta les doigts en un geste d'apaisement.

– Holà, Bosch, on se calme. On ne peut tout simplement pas.

– Pourquoi ? Qu'est-ce que tu attends ? Une cérémonie avec le chef de police qui coupe le ruban d'un coup de ciseaux ?

– Non, c'est pas ça. Ce type de preuve n'a pas encore été présenté devant un tribunal de Californie. On travaille des protocoles avec le *district attorney* et personne ne veut se mouiller avec ce truc pour la première fois si ce n'est pas la victoire assurée. Il faut penser à l'avenir. Il y aura précédent dès qu'on s'en servira. Et si ça n'est pas la bonne affaire, on foire tout et ça sera un sacré pas en arrière.

– Oui, bon, mais peut-être que la bonne affaire, c'est celle-là. Qui est-ce qui décide ?

– Il faut d'abord que Brenneman choisisse le dossier et qu'après il aille en parler au *district attorney*.

Chuck Brenneman était le patron de la Scientifique. Bosch comprit alors que le choix de la première affaire pourrait prendre des semaines, voire des mois.

– Écoute, tu ne viens pas de me dire que vous avez déjà testé ce truc ?

– Si. On doit être sûrs de savoir ce qu'on fait.

– Parfait, alors testez ça avec ma douille. Voyez un peu ce que vous en tirerez.

– Ce n'est pas possible, Harry. C'est de fausses balles qu'on se sert, et dans des expériences à protocole précis.

– Teri, j'en ai besoin, moi. Il se peut qu'il n'y ait rien, mais il se peut aussi qu'on ait l'empreinte du tueur sur cette douille. Et toi, tu peux la trouver.

Sopp parut comprendre qu'elle venait de se faire coincer par quelqu'un qui n'allait pas lâcher le morceau.

– Bon, écoute. La prochaine batterie de tests n'est pas prévue avant huit jours. Je ne peux rien te promettre, mais je vais voir ce que je peux faire.

– Merci, Teri.

Bosch signa la feuille de traçabilité et quitta le laboratoire. Il était tout excité à l'idée de pouvoir se servir de cette nouvelle technique scientifique pour – qui sait ? – avoir peut-être l'empreinte de l'assassin. Il eut comme l'impression que Li connaissait l'existence de cette amplification électrostatique. Et ça, ça lui expédiait une tout autre charge électrique dans le corps.

En sortant de l'ascenseur au quatrième, il jeta un coup d'œil à sa montre et s'aperçut que l'heure était venue d'appeler sa fille. Elle devait être en train de descendre Stubbs Road pour gagner la Happy Valley Academy. S'il ne la joignait pas tout de suite, il devrait attendre jusqu'à la sortie de l'école. Il s'arrêta dans l'allée de la salle des inspecteurs, sortit son portable et passa en numérotation rapide. La connexion transpacifique se fit en trente secondes.

– Papa ! C'est quoi, cette photo de macchabée ?

Il sourit.

– Et bonjour à toi aussi, ma fille ! Comment sais-tu que ce type est mort ?

– Euh, voyons... Mon papa, qui enquête sur des meurtres, m'envoie une photo de pieds nus sur une table en acier. Et c'est quoi, l'autre photo, hein ? Les poumons du bonhomme ? C'est vraiment dégueu !

– C'est un type qui fumait. Je me suis dit que tu devais voir ça.

S'ensuivit un instant de silence au bout duquel elle parla très calmement. Il n'y avait plus de petite fille dans cette voix-là.

– Papa, dit-elle, je ne fume pas.

– Oui, bon, mais ta mère m'a dit que tu sens la fumée quand tu rentres du centre commercial où tu vas traîner avec tes copains.

– Ça, c'est possible, mais ce n'est pas vrai que je fume avec eux.

– Bon, mais alors, c'est avec qui que tu fumes ?

– Papa ! Je ne fume pas ! Y a des fois où le frère aîné de ma copine traîne avec nous pour la surveiller. Et ni moi ni Lui ne fumons !

– Lui ? Je croyais que ta copine était une fille.

Elle répéta le nom, cette fois avec un fort accent chinois. Bosch crut entendre *Lui-ye*.

– Lui, c'est une fille. C'est comme ça qu'elle s'appelle. Ça veut dire « la rivière ».

– Alors pourquoi tu ne l'appelles pas « la rivière » ?

– Parce qu'elle est chinoise et que je l'appelle par son nom chinois.

– Ça doit donner des trucs à la Abbott et Costello de l'appeler Lui.

– Lui qui ? lui renvoya-t-elle.

Il rit.

– Bon, t'occupe. On oublie les poumons. Si tu me dis que tu ne fumes pas, je te crois. Mais ce n'est pas pour ça que je t'appelle. Les tatouages sur les chevilles… tu es arrivée à les lire ?

– Oui. C'est dégueu. J'ai les pieds d'un mort sur mon portable.

– Écoute, dis-moi ce que veulent dire ces tatouages et tu pourras les effacer. Je sais que tu apprends ces trucs à l'école.

– Pas question de les effacer. Je vais les montrer à mes copines. Elles trouveront ça super-*cool*.

– Non, ne fais pas ça. Il s'agit d'une affaire sur laquelle je travaille et personne d'autre ne doit voir ça. Je pensais que tu pourrais me donner vite la traduction.

– T'es en train de me dire qu'il n'y a personne dans tout le LAPD qui peut traduire ça ? Que t'es obligé d'appeler ta fille à Hong Kong pour un truc aussi simple ?

– Pour l'instant, en gros, c'est ça, oui. Faut ce qui faut. Tu sais ce que ça veut dire ou tu ne sais pas ?

– Oui, papa. C'est facile.

– Alors ? Ça veut dire quoi ?

– C'est comme un truc de bonne aventure. Sur la cheville gauche il y a *fu* et *cai*, ce qui veut dire « chance » et « argent ». Et sur la cheville droite il y a *ai* et *xi*, « amour » et « famille ».

Bosch réfléchit. Il lui sembla que ces idéogrammes disaient bien ce qui était important aux yeux de John Li. Il espérait que ces choses le suivraient partout.

Puis il songea au fait que ces caractères se trouvaient de part et d'autre de son tendon d'Achille. Il n'était pas impossible que Li les ait fait tatouer à ces endroits parce qu'il avait compris que ce qu'il espérait le rendait vulnérable. Que ces choses étaient son talon d'Achille à lui.

– Papa ?

– Oui, je suis toujours là. Je réfléchissais.

– Alors, ça t'aide ? J'ai résolu l'énigme ?

Il sourit, mais se rendit aussitôt compte qu'elle ne pouvait pas le voir.

– Pas tout à fait, mais oui, ça m'aide.

– Bien. À charge de revanche !

Il acquiesça.

– Tu sais que tu es maligne comme gamine ? Quel âge as-tu maintenant ? Treize ans et bientôt vingt ?

– Arrête, quoi !

– Bah, ça doit être que ta mère fait au moins quelque chose de bien.

– Pas vraiment, non.

– Hé ! C'est pas comme ça qu'on parle de sa mère.

– Papa ! C'est pas toi qui vis avec elle. C'est moi. Et c'est pas trop *fun*. Je te l'ai dit quand je suis venue à L.A.

– Elle voit toujours quelqu'un ?

– Oui, et moi, elle s'en fiche comme de sa dernière chaussette.

– Mais non, ce n'est pas ça, Maddie. C'est juste qu'elle a pas eu ça depuis longtemps.

Et moi non plus, songea-t-il.

– Papa ! Prends pas sa défense. Pour elle, je suis toujours dans ses pattes. Mais quand je lui dis : « OK, d'accord, je vais aller m'installer chez papa », elle me répond : « Non, il n'en est pas question. »

– Il faut que tu sois avec ta mère. C'est elle qui t'a élevée. Écoute, dans un mois je viens passer une semaine avec toi. On pourra parler de tout ça. Avec ta mère.

– Comme tu voudras. Faut que j'y aille. Je suis arrivée à l'école.

– Bien. Dis bonjour de ma part à Lui-elle.

– Très drôle, papa. Et toi, tu ne m'envoies plus de photos de poumons, d'accord ?

– Non, non. Le prochain coup, ce sera des foies. Ou tiens… peut-être une rate. Les photos de rate sont vraiment chouettes !

– Paaaapa !

Il referma son portable et la laissa s'envoler. Et repensa à tout ce qu'ils s'étaient dit pendant cette conversation. Il sentait que les semaines et les mois qui s'écoulaient entre leurs rencontres étaient de plus en plus difficiles à supporter. Au fur et à mesure qu'elle devenait de plus en plus intelligente et communicative, son amour pour elle ne faisait que croître et elle lui manquait à chaque instant. Elle était venue à L.A. en juillet et pour la première fois avait fait ce long périple toute seule. À peine adolescente, elle voyageait déjà à travers le monde et avait plus de sagesse qu'on n'en a à son âge. Il avait pris un congé et ils s'étaient régalés de passer quinze jours à explorer la ville et faire des choses ensemble. Ce qu'il avait vécu l'avait émerveillé et là, tout à la fin, elle avait pour la première fois manifesté le désir de vivre à Los Angeles. Avec lui.

Bosch n'était pas assez bête pour ne pas voir que ces sentiments s'étaient fait jour après deux semaines passées avec un père qui lui donnait toute son attention et tous les matins lui demandait ce qu'elle voulait faire de sa journée. Cela n'avait rien à voir avec le dévouement à temps complet d'une mère qui l'élevait jour après jour tout en gagnant sa vie pour elles deux. Il n'empêche : la journée la plus dure du père à temps partiel qu'il était, c'était bien celle où il avait dû la reconduire à l'aéroport et la mettre dans un avion pour qu'elle rentre toute seule chez elle. Il s'était plus ou moins attendu à ce qu'elle file à toute allure, mais c'est en protestant qu'elle était montée dans l'appareil et avait disparu. Depuis, il ne se passait pas de jour qu'il n'ait comme un vide à l'intérieur de lui-même.

Ses prochains congés et voyage à Hong Kong ne devant pas arriver avant un mois, il savait que l'attente serait longue et pénible.

– Harry, mais qu'est-ce que tu fais là ?

Il se retourna. Ferras, son coéquipier, se tenait devant lui. Il sortait de la salle des inspecteurs et se rendait probablement aux toilettes.

– J'étais en train de parler à ma fille. Je voulais être au calme.

– Elle va bien ?

– Très bien. Je te retrouve dans la salle.

Il se dirigea vers la porte et remit son portable dans sa poche.

11

Ce soir-là, Bosch arriva chez lui à huit heures, avec dans les mains un sac de plats à emporter de l'In-N-Out de Cahuenga.

– Harry, je suis rentré ! lança-t-il en se battant avec sa clé, son sac et sa mallette.

Il se sourit à lui-même et gagna directement la cuisine. Il posa sa mallette sur le plan de travail, prit une canette de bière au frigo et passa sur la terrasse. Chemin faisant, il alluma le lecteur de CD et laissa ouverte la porte coulissante de façon que la musique puisse se mélanger aux bruits de la 101 en bas dans le col.

Orientée nord-est, la terrasse offrait une vue panoramique qui s'étendait d'Universal City et Burbank jusqu'aux montagnes de San Gabriel. Il mangea ses deux hamburgers en les tenant au-dessus du sac ouvert pour que les coulures puissent y tomber et regarda le soleil qui mourait changer les couleurs au flanc des montagnes. Il écouta le morceau *Seven Steps to Heaven* dans l'album *Dear Miles* de Ron Carter. À ses yeux, Carter était un des contrebassistes les plus importants des cinquante dernières années. Il avait joué avec tout le monde et Bosch se demandait souvent quelles histoires il aurait pu raconter sur les sets et sur les musiciens qu'il connaissait et avec lesquels il s'était produit. Que ce soit dans ses propres enregistrements ou dans ceux des autres, il se détachait toujours du lot. Pour Bosch, cela venait de ce que, contrebassiste, il ne pouvait jamais vraiment être autre chose qu'un comparse. C'était toujours lui le pivot. C'était toujours lui qui donnait l'élan, même si ce n'était qu'en arrière-plan de Miles Davis à la trompette.

Et l'air qui passait avait un élan indéniable. Aussi fort que dans une course-poursuite. Bosch songea à sa propre course-poursuite et aux avancées qu'il avait faites dans la journée. Il en était satisfait, mais mal à l'aise de constater qu'il avait poussé l'affaire à un point où il devait s'en remettre à autrui. Il allait devoir attendre que d'autres que lui identifient le collecteur de fonds de la triade. Il allait devoir attendre que d'autres que lui décident ou non de se servir de sa douille pour tester la nouvelle technologie de relevé d'empreintes. Il allait devoir attendre qu'on l'appelle.

Il ne se sentait pas à son aise dans une affaire où c'était lui qui faisait avancer les choses et ouvrait des pistes que d'autres devaient suivre. Il n'avait rien d'un comparse. L'élan, c'était lui qui devait le donner. En l'occurrence, cet élan, il l'avait poussé au maximum. Il commença à réfléchir aux décisions qu'il allait devoir prendre et s'aperçut qu'il n'avait guère le choix. Il pouvait passer dans toutes les entreprises possédées par des Chinois de South L.A. avec la photo du collecteur de fonds, bien sûr. Mais il savait bien que cela avait toutes les chances d'être vain. Le fossé culturel était énorme. Personne n'allait de son propre chef donner à la police l'identité d'un membre d'une triade.

Cela dit, il était prêt à emprunter ce chemin si aucune autre piste ne se faisait jour. Cela aurait au moins l'avantage de l'occuper. Et l'élan, c'est l'élan, qu'on le trouve dans la musique, dans la rue ou dans les battements de son cœur.

La lumière commençait à disparaître dans le ciel lorsqu'il glissa la main dans sa poche et en sortit la pochette d'allumettes qu'il portait toujours sur lui. Il l'ouvrit et regarda la devise. Il l'avait prise au sérieux dès qu'il l'avait découverte. Il se voyait en homme qui a effectivement trouvé refuge en lui-même. Au fil du temps, en tout cas.

Il mâchonnait sa dernière bouchée de hamburger lorsque son portable sonna. Il l'ouvrit et regarda l'écran. Le numéro était masqué, mais il décrocha quand même.

– Bosch, dit-il.

– Harry, c'est moi, David Chu. On dirait que vous êtes en train de manger. Où êtes-vous ?

L'excitation tendait sa voix.

– Je suis chez moi. Et vous ?

– À Monterey Park. On le tient !

Bosch marqua une pause. Situé à l'est du comté, Monterey Park était un endroit aux trois quarts peuplé de Chinois. À un quart d'heure du centre de Los Angeles, on se serait cru dans une ville étrangère où la culture et la langue sont impénétrables.

– Qui est-ce que vous tenez ? demanda-t-il enfin.

– Notre type. Le suspect.

– Quoi ? Vous voulez dire que vous l'avez identifié ?

– Plus que ça. On le tient. On est en train de le surveiller en ce moment même.

Il y avait dans ce que Chu venait de lui dire plusieurs choses qui l'agacèrent aussitôt.

– Et d'un, qui c'est, ce « on » ?

– Je suis avec les flics de la police de Monterey Park. Ils ont identifié le type sur l'enregistrement vidéo et m'ont conduit droit à lui.

Bosch sentit son sang lui battre dans les tempes. Il ne faisait aucun doute que si elle était légale, l'identification d'un collecteur de fonds des triades était une belle avancée dans l'enquête. Mais tout ce qu'il entendait en dehors de ça ne l'était pas. Amener les flics d'une autre ville dans l'affaire et traquer le suspect pouvait conduire à de grosses erreurs et pareille décision n'aurait jamais dû être envisagée sans l'approbation de celui qui dirigeait l'enquête. Cela étant, Bosch savait qu'il ne pouvait pas se lâcher contre Chu. Il devait rester calme et faire de son mieux pour contrôler une situation épineuse.

– Écoutez-moi bien, inspecteur Chu, dit-il. Avez-vous le contact avec le suspect ?

– Le contact ? Non, pas encore. On attendait le bon moment. Il n'est pas seul.

Dieu soit loué, songea Bosch, mais il garda ça pour lui.

– Le suspect vous a-t-il vus ?

– Non, Harry, on est de l'autre côté de la rue.

Bosch souffla un peu et commença à se dire que la situation était peut-être récupérable.

– Bon, dit-il, je veux que vous restiez où vous êtes et que vous me disiez ce que vous avez et où on en est. Comment se fait-il que vous soyez à Monterey Park ?

– L'AGU a de solides relations avec l'Antigang de Monterey Park. Ce soir, après le boulot, j'ai pris la photo de notre gars pour voir si quelqu'un le reconnaîtrait. J'ai eu une identification au troisième type à qui je l'ai montrée.

– Le troisième, répéta Bosch. Et c'est qui ?

– L'inspecteur Tao. Je bosse avec lui et je suis son coéquipier sur ce coup-là.

– Bien, donnez-moi le nom que vous avez.

– Bo-jing Chang.

Chu le lui épela.

– Ce qui fait que son patronyme, c'est Chang ? demanda Bosch.

– Voilà. Et d'après nos renseignements il appartient au Yung Kim... le Couteau de la bravoure.

– D'accord. Quoi d'autre ?

– C'est tout pour le moment. Du menu fretin, ce mec. Tous ces types ont de vrais boulots. Lui travaille chez un vendeur de voitures d'occasion, ici, à Monterey Park. Il est arrivé en 1995 et a la double nationalité. Pas d'arrestations au casier... du moins de ce côté-ci du Pacifique.

– Et vous le voyez en ce moment même.

– Je suis en train de le regarder jouer aux cartes. Le Couteau de la bravoure centre l'essentiel de ses activités sur Monterey Park. Et il y a un club où ses membres aiment se retrouver en fin de journée. C'est Tao et Herrera qui m'y ont amené.

Bosch se dit que Herrera devait être le coéquipier de Tao.

– Vous m'avez bien dit que vous vous trouviez de l'autre côté de la rue ?

– Oui. Le club est à l'intérieur d'un mini-centre commercial. On est de l'autre côté de la rue et on les voit jouer aux cartes. On distingue très bien Chang avec les jumelles.

– Bon, écoutez. J'arrive. Je veux que vous reculiez jusqu'à ce que j'arrive. Vous reculez d'au moins une rue.

Il y eut un long silence avant que Chu ne réponde.

– Pas besoin de reculer, Harry. Si on perd sa trace, il pourrait s'enfuir.

– Écoutez, inspecteur, j'ai besoin que vous vous mettiez en retrait. S'il s'enfuit, ce sera de ma faute, pas de la vôtre. Je ne veux pas qu'il repère une présence policière.

– On est de l'autre côté de la rue, Bosch ! protesta Chu. Et c'est une quatre-voies !

– Chu, vous n'écoutez pas ce que je vous dis. Si vous pouvez le voir, lui aussi peut vous voir. Re-cu-lez, bordel ! Je veux que vous reculiez d'au moins une rue et que vous m'attendiez. J'arrive d'ici une demi-heure.

– Ça va être gênant, dit Chu presque en chuchotant.

– Je m'en fous. Si vous aviez procédé comme il faut, vous m'auriez appelé dès l'identification de ce type. Au lieu de ça, vous être en train de me piquer mon affaire au lasso et je vais vous en empêcher avant que vous ne foutiez tout en l'air.

– Vous vous trompez, Harry. Je vous ai téléphoné.

– Oui, bon, j'apprécie. Et maintenant vous reculez. Je vous sonne dès que je suis dans les parages. Comment s'appelle cet endroit ?

Chu marqua une pause, puis répondit d'une voix maussade :

– C'est le Club 88. Dans Garvey Avenue, à environ quatre rues à l'ouest de Garfield. Vous prenez la 10 jusqu'à…

– Je sais comment y aller. Je démarre.

Il referma son portable pour mettre fin à toute discussion et dispute. Chu avait été averti. S'il ne reculait pas ou ne contrôlait pas les deux flics de Monterey Park, Bosch lui collerait une plainte aux fesses.

12

Moins de deux minutes plus tard, il sortait. Il descendit les collines et prit la 101 pour retraverser Hollywood et gagner le centre-ville. Puis il rattrapa la 10 et vira vers l'est. Quand la circulation était bonne, atteindre Monterey Park ne prenait que dix minutes de plus. En chemin, il appela Ignacio Ferras chez lui, le mit au courant de ce qui se passait et proposa que celui-ci le retrouve à Monterey Park. Ferras déclina son offre en disant qu'il valait peut-être mieux que quelqu'un soit en forme le lendemain matin. En plus de quoi, il pataugeait jusqu'aux genoux dans l'analyse des aspects financiers du dossier : il essayait de déterminer à quel point la situation s'était détériorée pour John Li et jusqu'où celui-ci s'était peut-être enferré avec sa triade.

Bosch acquiesça et referma son portable. Il s'attendait à ce que son coéquipier décline son invitation. Sa peur des violences urbaines était de plus en plus manifeste et Bosch attendait certes qu'il s'en débarrasse, mais le temps commençait à manquer et Ferras donnait l'impression de se mettre en quatre pour trouver des boulots à faire au bureau. La paperasse, les recherches sur ordinateur et les analyses financières étaient devenues ses spécialités. Il n'était pas rare que Bosch dût recruter d'autres inspecteurs pour sortir du bâtiment avec lui, même lorsqu'il s'agissait de missions aussi simples que l'interrogatoire d'un témoin. Il avait fait de son mieux pour que Ferras ait le temps de se remettre, mais la situation était maintenant telle qu'il devait penser à toutes les victimes qui n'avaient plus droit à leur dû. Et il n'est pas facile de mener une enquête quand son coéquipier s'enchaîne à un fauteuil de bureau.

Garfield Avenue étant un grand axe nord-sud, il découvrit tout le panorama des districts commerciaux de la ville en prenant vers le sud. Monterey Park aurait très bien pu passer pour un quartier de Hong Kong. Néons, couleurs, boutiques et langue des panneaux, tout disait une population chinoise. Seules manquaient les grandes tours montant dans le ciel. Hong Kong est une ville en hauteur, ce que n'est pas du tout Monterey Park.

Il prit à gauche dans Garvey Avenue et sortit son portable pour appeler Chu.

– OK, je suis dans l'avenue. Où êtes-vous ?

– Descendez et vous verrez un grand supermarché côté sud. On est dans le parking. Vous longerez le club au nord avant d'arriver.

– Compris.

Il referma son portable et continua de rouler, son regard parcourant les néons du côté gauche. Bientôt il découvrit un 88 rouge qui brillait au-dessus de la porte d'un petit club sans autre signe distinctif. Voir ce nombre plutôt que l'entendre dans la bouche de Chu lui fit comprendre quelque chose : ce n'était pas l'adresse. Grâce à sa fille et à ses nombreux voyages à Hong Kong, il savait qu'en Chine le 8 est un chiffre qui porte bonheur. Il symbolise l'infini – l'infini de la chance, l'infini de l'amour, l'infini de tout ce qu'on peut désirer dans la vie. Apparemment, les membres du Couteau de la bravoure espéraient obtenir un double infini en mettant ainsi un 88 au-dessus de leur porte.

En passant devant, Bosch vit de la lumière derrière la baie vitrée. Les jalousies étant légèrement entrouvertes, il aperçut une dizaine d'hommes debout ou assis autour d'une table. Il roula encore et, trois rues plus loin, il s'arrêta sur le parking du Big Lau Super Market. Et découvrit une Crown Victoria modèle gouvernemental tout au bout. Comme elle était trop neuve pour appartenir au LAPD, il se dit que Chu était venu avec le MPPD. Il se rangea juste à côté.

Tout le monde baissa ses vitres et Chu fit les présentations du siège arrière de sa voiture. Herrera était au volant et Tao assis à la place du mort. Aucun flic de Monterey Park n'avait seulement trente ans, mais il fallait s'y attendre. Les petits commissariats des banlieues de Los Angeles ont, entre autres fonctions, celle de fournir des agents au LAPD. Les flics s'y engagent jeunes, y acquièrent quelques années d'expérience et demandent ensuite un transfert au LAPD ou dans les services du shérif du comté de L.A., où porter l'écusson de policier est considéré comme plus prestigieux et amusant et où ces quelques années d'expérience en plus leur donnent un avantage.

– Vous avez identifié Chang ? demanda Bosch à Tao.

– C'est exact, répondit celui-ci. Je l'avais arrêté pour une infraction il y a six mois de ça. Quand Davy s'est amené avec les photos, je me suis souvenu de lui.

– C'était où ?

Pendant que Tao lui répondait, son coéquipier garda les yeux fixés sur le Club 88, plus haut dans la rue. De temps à autre, il sortait des jumelles pour regarder des gens qui allaient et venaient plus près d'eux.

– Je suis tombé sur lui dans le quartier des entrepôts, au bout de Garvey Avenue. Il était tard et il conduisait une fourgonnette. Il donnait l'impression d'être perdu. Il nous a laissés regarder, et bon, la fourgonnette était vide, mais je me suis dit qu'il allait prendre une livraison. Des tas de marchandises de contrebande sont entreposés dans le quartier. Et il est facile de s'y perdre parce que ces entrepôts, il y en a partout et qu'ils se ressemblent tous. Toujours est-il que la fourgonnette n'était pas à lui. Elle appartenait à un certain Vincent Tsing. Il habite à Pasadena, mais nous savons tous qu'il fait partie du Couteau de la bravoure. Son visage nous est familier. Il a un magasin de voitures d'occasion ici, à Monterey Park, et Chang travaille pour lui.

Bosch connaissait la procédure. Tao avait stoppé la fourgonnette sans cause raisonnable[1] pour la fouiller ou arrêter Chang. Il comptait sur la bonne volonté de ce dernier. Les flics avaient rempli une fiche de renseignements avec tout ce qu'il leur avait fourni et avaient jeté un coup d'œil à l'arrière du véhicule après en avoir reçu l'autorisation.

– Et quoi ? C'est de son propre chef qu'il vous a avoué appartenir à la triade du Couteau de la bravoure ?

– Mais non ! s'écria Tao d'un ton indigné. Nous avons remarqué son tatouage et le nom du propriétaire de la fourgonnette. Et nous avons fait le rapprochement.

– C'est parfait. Il avait un permis de conduire ?

– Oui. Mais on a déjà vérifié son adresse pour ce soir. Ça ne colle plus. Il a déménagé.

Bosch jeta un coup d'œil à Chu assis à l'arrière. Cela voulait dire que si l'adresse portée sur le permis de Chang avait été la bonne, ils auraient déjà vu le suspect sans Bosch.

Chu regarda ailleurs. Bosch se contint et tenta de garder son calme. Qu'il se mette à leur gueuler dessus et il n'aurait plus leur coopération, et l'affaire en souffrirait.

– Vous avez la fiche d'infos avec vous ? demanda-t-il à Tao.

Tao lui passa une carte format 7 × 13 par la fenêtre. Bosch alluma le plafonnier et lut les renseignements qu'on y avait portés. Depuis qu'année après année les groupes d'activistes des droits civiques voyaient dans l'établissement de ces fiches l'occasion pour la police de se lancer dans de l'extorsion de fonds, les flics les appelaient, eux, des « fiches de racket ».

Bosch étudia les renseignements fournis sur Bo-jing Chang. On lui en avait déjà communiqué les trois quarts. Cela dit, Tao s'était livré à un interrogatoire très fouillé. Il y figurait même un numéro de portable. Le moment était critique.

– Ce numéro est toujours bon ? demanda-t-il.

---

1. Pour toute procédure d'interpellation sans mandat d'amener, le policier américain doit avoir une cause que le tribunal jugera raisonnable. *(NdT.)*

– Je ne sais pas maintenant... Ces types n'arrêtent pas de jeter leurs téléphones. Mais à ce moment-là il l'était encore. Je l'ai appelé tout de suite pour être sûr que ce gars ne se foutait pas de ma gueule. Bref, tout ce que je peux vous dire, c'est qu'à ce moment-là il était encore bon.

– OK, faudra confirmer.

– Quoi ? Vous allez appeler ce mec et lui demander si la santé va bien ?

– Non, pas moi, vous. Masquez votre identité et appelez-le dans cinq minutes. S'il répond, dites-lui que vous vous êtes trompé de numéro. Permettez que je vous emprunte vos jumelles, et vous, *Davy*, vous venez avec moi.

– Minute ! lança Tao. Qu'est-ce que c'est que ces conneries avec les portables ?

– Si le numéro est encore bon, on pourra le mettre sur écoute. Passez-moi les jumelles. Vous appelez pendant que je regarde et on confirme, compris ?

– Compris.

Bosch rendit la fiche à Tao et lui prit les jumelles en échange. Chu sortit de sa voiture, fit le tour et monta dans celle de Bosch.

Bosch gagna Garvey Avenue et se dirigea vers le Club 88. Il regarda les parkings dans l'espoir d'y trouver une place proche.

– Où vous étiez-vous garés ? demanda-t-il.

– Là-bas, à gauche.

Chu lui montra un parking, Bosch y entra, tourna et vira, et éteignit ses phares en trouvant une place juste en face du 88, de l'autre côté de la rue.

– Prenez les jumelles et voyez s'il décroche, dit-il à Chu.

Tandis que Chu se concentrait sur Chang, Bosch examina tout ce qu'on voyait du club et chercha quelqu'un qui, posté derrière une vitre, aurait pu regarder dans leur direction.

– Chang, c'est lequel ? lança-t-il.

– Celui tout au bout à gauche, à côté du mec avec un chapeau.

Bosch le repéra. Mais il était trop loin pour être sûr que ce Chang était bien le type de la vidéo de surveillance.

– Vous pensez que c'est lui ou vous vous fiez à l'identification de Tao ? demanda-t-il.

– Non, l'identification est bonne. C'est bien lui.

Bosch jeta un coup d'œil à sa montre. Herrera aurait déjà dû passer l'appel. Il commença à perdre patience.

– Et c'est quoi, tout ça, au juste ? demanda Chu.

– Ça s'appelle bâtir un dossier, inspecteur. On confirme ce numéro, on peut demander une mise sur écoute. On commence à l'écouter et on trouve des trucs. À qui il parle, ce qu'il a derrière la tête. Peut-être même se mettra-t-il à parler de Li. Sinon, on lui fout la trouille et on voit qui il appelle. On resserre l'étau. L'essentiel là-dedans, c'est de prendre son temps et de faire les choses comme il faut. On ne monte pas à cheval pour tirer des coups de feu dans toute la ville.

Chu ne répondit pas. Il garda les jumelles rivées à ses yeux.

– Dites-moi, reprit Bosch. Vous leur faites confiance, à ces deux types ? À ce Tao et ce Herrera ?

Chu n'eut aucune hésitation.

– Oui, je leur fais confiance, dit-il. Pas vous ?

– Je ne les connais pas. Donc je ne peux pas leur faire confiance. Tout ce que je sais, c'est que vous m'avez piqué mon affaire et mon suspect, et que vous avez tout montré à ces flics.

– Écoutez, dit Chu, j'essayais de faire avancer les choses et j'ai réussi. On a une identification.

– Oui, on en a une et tout ce qu'il faut espérer, c'est que notre suspect ne le découvre pas.

Chu baissa les jumelles et regarda Bosch.

– Pour moi, vous êtes furibard parce que ce n'est pas vous qui l'avez faite.

– Non, Chu, je me fous pas mal de savoir qui fait avancer les choses du moment que c'est fait comme il faut. Pour moi, montrer mon jeu à des gens que je ne connais pas, ce n'est pas vraiment ce qu'il y a de mieux.

– Putain, mec, vous ne faites donc confiance à personne ?

– Contentez-vous de regarder le club, lui renvoya Bosch d'un ton sévère.

Chu remonta les jumelles comme on le lui ordonnait.

– Je me fais confiance à moi, reprit Bosch.

– Je me demande si ça n'a pas à voir avec moi et Tao. Si ce n'est pas ça le problème.

Bosch se tourna vers lui.

– Ne recommencez pas avec ces conneries, Chu. Je me fous de ce que vous vous demandez. Retournez à l'AGU et laissez mon affaire tranquille, nom de Dieu ! Je ne vous ai pas appelé pour...

– Chang vient de décrocher.

Bosch regarda le club. Et crut voir le type que Chu avait identifié comme étant Chang tenir un portable à l'oreille. Puis le type baissa le bras.

– Il vient de ranger son portable, dit Chu. Le numéro marche encore.

Bosch quitta l'endroit où il se trouvait et commença à remonter vers le supermarché.

– Je ne sais toujours pas pourquoi nous déconnons avec ce numéro de téléphone, dit Chu. Pourquoi ne va-t-on pas serrer ce mec, tout simplement ? On l'a sur la vidéo. Même jour, même heure. On s'en sert pour qu'il lâche le morceau.

– Et s'il ne le lâche pas ? On n'a plus rien. Le *district attorney* nous reconduirait jusqu'à la porte de son bureau en se marrant comme un malade si on ne se pointait qu'avec ça. Il nous faut plus de choses. C'est ce que j'essaie de vous apprendre.

– J'ai pas besoin d'un prof ! Et je pense toujours qu'on pourra le retourner.

– C'est ça, rentrez chez vous regarder encore un peu la télé. Pourquoi faudrait-il qu'il nous dise quoi que ce soit, bordel ? C'est depuis leur naissance qu'on rabâche à ces mecs : « Tu te fais gauler, tu la fermes. Tu tombes ? On s'occupera de toi. »

– Vous ne m'avez pas dit que vous n'aviez jamais enquêté sur une affaire de triade ?

– C'est vrai, je ne l'ai jamais fait, mais il y a des choses qui sont universelles et ça, c'en est une. On n'a qu'une seule ouverture dans ce genre d'affaires. Il faut donc procéder dans les règles.

– D'accord, on fera comme vous voulez. C'est quoi, ce qu'on fait après ?

– On retourne au parking et on libère vos copains. Et on s'occupe de tout. C'est notre affaire à nous, pas à eux.

– Ils ne vont pas aimer.

– Je me fous qu'ils aiment ou qu'ils aiment pas. C'est comme ça qu'on va faire. À vous de trouver le moyen de les laisser tomber une deuxième fois. Dites-leur qu'on les remettra dans le circuit dès qu'on sera prêts à serrer ce type.

– Quoi, moi ?

– Oui, vous. C'est vous qui les avez invités à se mêler de ce qui ne les regarde pas, c'est à vous de les faire dégager.

– Merci, Bosch.

– Y a pas de quoi, Chu. Bienvenue aux Homicides.

13

Bosch, Ferras et Chu s'assirent d'un côté de la table, en face du lieutenant Gandle et du capitaine Bob Dodds, le patron de la division des Vols et Homicides. Étalées sur le plateau luisant de la table se trouvaient les pièces et photographies du dossier, en particulier celle de Bo-jing Chang prise par la caméra de surveillance de Fortune Liquors.

– Ça ne me convainc pas, lança Dobbs.

On était jeudi matin, à peine six heures plus tôt Bosch et Chu mettaient fin à la surveillance de Chang, celui-ci gagnant alors un appartement de Monterey Park et, leur avait-il semblé, s'y retirant pour la nuit.

– Écoutez, capitaine, ce n'est pas comme s'il fallait être convaincu tout de suite, lui renvoya Bosch. C'est même pour ça que nous voulons continuer la surveillance et avoir le droit de le mettre sur écoute.

– Ce que je voulais dire, c'est que je ne suis pas convaincu que ce soit la meilleure façon de procéder. Pas de problème pour la surveillance. Mais mettre quelqu'un sur écoute représente beaucoup de travail et d'efforts pour des résultats bien hypothétiques.

Bosch comprit. S'il avait eu une excellente réputation en tant qu'inspecteur, Dodds faisait maintenant partie de l'administration et se trouvait aussi éloigné du boulot d'inspecteur dans sa division qu'un magnat du pétrole de Houston peut l'être de la pompe à essence. Il ne faisait plus que s'occuper de budgets et de gestion du personnel, devait trouver le moyen de faire plus avec moins et ne permettait jamais qu'il y ait le moindre fléchissement dans la courbe des arrestations et des affaires élucidées. Cela faisait de lui un réaliste et la réalité était bien que toute surveillance électronique coûte les yeux de la tête. Non seulement cela exige qu'on passe plus de dix heures à rédiger une demande d'autorisation auprès d'un tribunal, mais encore qu'une fois cette autorisation obtenue, on prépare une salle d'écoute avec des techniciens présents vingt-quatre heures sur vingt-quatre et un inspecteur pour surveiller la ligne. Et il arrive souvent que surveiller une ligne amène à en surveiller d'autres, la loi exigeant que toute ligne mise sur écoute soit surveillée par un inspecteur. Bref, ce genre d'opérations a tôt fait d'aspirer de l'heure supplémentaire telle une éponge géante. Le budget heures supplémentaires de la brigade des Vols et Homicides ayant sérieusement baissé suite aux contraintes économiques imposées à la police, Dodds était plus que réticent à en affecter même seulement quelques-unes à ce qui se résumait à une enquête sur le meurtre d'un type qui travaillait dans un magasin de vins et spiritueux du South Side. Il aurait préféré les garder pour de meilleures occasions – genre une grosse affaire médiatique qui aurait pu surgir et exiger qu'on y ait recours.

Et, bien sûr, jamais il ne l'aurait dit à haute voix, mais Bosch savait, comme tout le monde dans cette salle, que tel était bien le problème avec lequel se débattait le capitaine et que c'était ça qui le laissait sceptique. Rien à voir avec les caractéristiques spécifiques de l'affaire.

Bosch essaya une dernière fois de le convaincre.

– Capitaine, dit-il, ce n'est que la partie émergée de l'iceberg. Il ne s'agit pas que d'une histoire de fusillade dans un magasin de vins et spiritueux. Il y a là une ouverture qui devrait nous permettre de faire tomber une triade tout entière avant qu'on boucle l'affaire.

– « Avant qu'on boucle l'affaire » ? répéta Dodds. Je serai à la retraite dans dix-neuf mois, inspecteur, et ce genre de trucs peut prendre un temps infini.

Bosch haussa les épaules.

– On pourrait demander à des mecs du FBI... les mettre dans le coup. Ils sont toujours prêts à y aller quand on parle affaire internationale et ils ont un tas de fric à dépenser en écoutes et surveillances.

– Sauf qu'il faudrait tout partager, fit remarquer Gandle en se référant au butin possible. Manchettes dans les journaux, conférences de presse, tout.

– Et moi, ça ne me plaît pas, dit Dobbs en montrant la photo de Bo-jing Chang.

Bosch décida d'abattre sa dernière carte.

– Et si on faisait ça sans heures sup ?

Le capitaine tenait un stylo dans sa main. Cela lui rappela peut-être l'autorité qu'il détenait : c'était lui qui avait le dernier mot. Il le fit tourner entre ses doigts en réfléchissant à cette proposition inattendue de Bosch, puis il fit vite non de la tête.

– Vous savez bien que je ne peux pas vous demander de faire ça, dit-il. Je n'ai même pas le droit d'en entendre parler.

C'était vrai. La police de L.A. avait été si souvent poursuivie pour non-respect du droit du travail que plus personne de l'administration n'était prêt à accepter, même tacitement, que des inspecteurs travaillent en dehors des heures permises.

Budgets et bureaucratie, la frustration eut enfin raison de Bosch.

– Bon, alors qu'est-ce qu'on fait ? demanda-t-il. On arrête Chang ? Tout le monde sait qu'il ne dira rien et l'affaire sera close.

Le capitaine tripatouilla son stylo.

– Bosch, vous savez très bien quelle est l'alternative. On travaille le dossier jusqu'au moment où une piste s'ouvre. On travaille le témoin. On travaille sur les éléments de preuve. Il y a toujours un lien quelque part. J'ai passé quinze ans à faire ce que vous faites et vous savez bien qu'il y a toujours quelque chose. Trouvez-le. Une mise sur écoute a peu de chances de réussir et vous en êtes conscient. Faire marcher ses jambes est toujours ce qu'il y a de mieux. Bon, autre chose ?

Harry se sentit rougir. Le capitaine venait de le jeter. Et ce qui faisait mal, c'était que tout au fond de lui-même Bosch savait que Dodds avait raison.

— Merci, capitaine, dit-il sèchement, et il se leva.

Les inspecteurs laissèrent le capitaine et le lieutenant dans la salle de conférences et se réunirent dans le box de Bosch. Qui jeta son stylo sur son bureau.

— Un vrai con, ce mec ! lança Chu.

— Non, non, lui renvoya tout de suite Bosch. Il a raison et c'est pour ça qu'il est capitaine.

— Et donc, qu'est-ce qu'on fait ?

— On continue avec Chang. Je me fous de ces histoires d'heures sup : tout ce que ne saura pas le capitaine ne lui fera pas de mal. On surveille Chang et on attend qu'il fasse une erreur. Je me fous du temps que ça prendra. Je peux même en faire mon passe-temps favori si c'est nécessaire.

Bosch regarda ses deux collègues, s'attendant à ce qu'ils refusent de prendre part à une surveillance qui avait de fortes chances de les obliger à travailler en dehors des huit heures quotidiennes réglementaires.

À sa grande surprise, Chu accéda à sa demande.

— J'en ai déjà parlé à mon lieutenant, dit-il. Il m'a détaché sur l'affaire. Je suis partant.

Bosch acquiesça d'un signe de tête et se dit qu'il avait peut-être eu tort de le soupçonner. Mais dans l'instant il se dit aussi que ses soupçons étaient légitimes : en s'engageant ainsi, Chu se donnait les moyens de suivre l'enquête de près et de le surveiller.

Il se tourna vers son coéquipier.

— Et toi ? demanda-t-il.

Ferras acquiesça à regret et lui montra la salle de conférences à l'autre bout de la pièce. On y voyait clairement Dodds continuer à parler avec Gandle de l'autre côté de la paroi de verre.

– Ils savent que c'est ce qu'on va faire, dit-il, et tu t'en rends compte. Ils ne vont pas nous payer et ce sera à nous de choisir ! Ou bien on y va, ou bien on laisse tomber. C'est pas juste, bordel !

– Non, et alors ? répondit Bosch. Parce que la vie le serait ? Bon, tu en es ou tu n'en es pas ?

– J'en suis, mais jusqu'à un certain point. J'ai une famille, mec. Il n'est pas question que je passe des nuits entières à surveiller un type. Je ne peux pas... surtout pour rien.

– Bon, parfait, dit Bosch alors même que le ton qu'il avait pris traduisait sa déception. Tu fais ce que tu peux. Tu t'occupes du boulot en interne, Chu et moi nous surveillons Chang.

Ferras avait remarqué le ton de Bosch et mit un rien de protestation dans le sien :

– Écoute, Harry, tu ne sais pas ce que c'est. Avec trois enfants... Essaie donc de faire avaler cette idée à la maison. Essaie de dire à tout le monde que tu vas passer des nuits entières assis dans une bagnole à surveiller le membre d'une triade et que ta paie sera exactement la même quel que soit le nombre d'heures où tu ne seras pas là !

Bosch leva les mains comme pour lui faire comprendre qu'il en avait assez dit.

– Tu as raison. Ce n'est pas moi qui ai à faire avaler ce truc-là à quiconque. Moi, j'ai juste à le faire. Parce que c'est le boulot.

14

Assis au volant de sa voiture personnelle, Bosch regardait Chang s'acquitter de petites tâches subalternes au Tsing Motors de Monterey Park. Le terre-plein à voitures d'occasion avait jadis fait partie d'une station d'essence dans le style des années 1950, avec un bureau et deux halls d'exposition. Bosch s'était garé une rue plus loin, dans une Garvey Avenue si animée qu'il ne courait aucun risque d'être repéré. Chu se trouvait dans sa propre voiture, lui aussi une rue plus loin, mais dans l'autre direction. Se servir d'un véhicule personnel pour effectuer une surveillance constituait une violation du règlement interne, mais Bosch avait vérifié au parc de la police et il n'y avait aucune voiture banalisée de disponible. Le choix était donc ou de prendre un des 4 × 4 certes banalisés mais qui auraient tout aussi bien pu être peints en noir et blanc tant ils sentaient le camouflage, ou d'enfreindre le règlement. Et enfreindre le règlement ne gênait nullement Bosch : dans sa voiture il avait un lecteur multi-CD et ce jour-là il y avait glissé sa dernière découverte musicale. Trompettiste polonais, Tomasz Stanko avait tout du fantôme de Miles Davis. Son clair et *soul*, il n'y avait rien de mieux pour planquer. Bosch ne risquait pas de s'endormir.

Cela faisait presque trois heures qu'ils regardaient leur suspect s'acquitter de son travail. Il avait lavé des voitures, graissé des pneus pour qu'ils aient l'air neuf et avait même emmené un client potentiel faire un petit tour dans une Mustang de 1989. Et depuis une demi-heure il passait son temps à changer systématiquement de place les quelque trente-six véhicules garés sur le parking pour faire croire que leur nombre n'arrêtait pas de changer tant il y avait de ventes parce que les affaires marchaient du tonnerre.

À quatre heures de l'après-midi, *Soul of Things* passa sur le lecteur de CD, Bosch ne pouvant s'empêcher de penser que Miles lui-même aurait reconnu, mais à contrecœur, le talent de Stanko. Il suivait la musique en tapant du bout des doigts sur son volant lorsqu'il vit Chang entrer dans le petit bureau, changer de chemise et ressortir : il avait fini sa journée. Chang monta dans la Mustang et quitta le parking.

Aussitôt le portable de Bosch bourdonna : Chu l'appelait. Harry arrêta la musique.

– Vous le voyez ? Il bouge.

– Oui, je le vois.

– Il se dirige vers la 10. Vous pensez qu'il a fini sa journée ?

– Il a changé de chemise. Oui, je crois qu'il a fini. Je démarre en premier, tenez-vous prêt.

Bosch suivit Chang à cinq voitures de distance, puis le rattrapa au moment où celui-ci prenait vers l'ouest sur la 10 pour rejoindre le centre-ville. Chang ne rentrait pas chez lui. La veille au soir, Bosch et Chu l'avaient suivi jusqu'à un appartement de Monterey Park – également une propriété de Vincent Tsing – et avaient surveillé l'endroit plus d'une heure après qu'il avait éteint les lumières et qu'ils avaient, eux, été sûrs qu'il était allé se coucher.

Mais là, c'était à L.A. qu'il se rendait et d'instinct Bosch sentit que c'était pour y travailler. Il accéléra et dépassa la Mustang en tenant son portable à l'oreille afin que Chang ne puisse pas voir son visage. Puis il appela Chu pour lui dire qu'il était à la hauteur de la cible.

Bosch et Chu continuèrent de dépasser la Mustang chacun à son tour tandis que Chang rattrapait la 101 et se dirigeait vers la Valley en traversant Hollywood par le nord. La circulation étant lente à cette heure de pointe, ils n'avaient aucun mal à suivre leur suspect. Chang mit presque une heure pour rejoindre Sherman Oaks, où il finit par prendre la sortie de Sepulveda Boulevard. Bosch rappela Chu.

– J'ai l'impression qu'il se rend à l'autre magasin, dit-il.

– Je crois que vous avez raison. Vous voulez que j'appelle Robert Li pour l'avertir ?

Bosch marqua une pause. La question était bonne. Il allait devoir décider si Robert Li était en danger. S'il l'était, il fallait l'avertir. Dans le cas contraire, cela risquait de faire dérailler toute l'opération.

– Non, pas tout de suite, répondit-il. Voyons un peu comment ça va tourner. Si Chang entre dans le magasin, nous y entrons avec lui. Et on intervient si ça tourne mal.

– Vous êtes sûr ?

– Non, mais c'est comme ça qu'on va jouer le coup. Assurez-vous de pouvoir passer au feu.

Ils restèrent en ligne. Tout en bas de la bretelle de sortie, le feu venait de passer au vert. Bosch n'était qu'à quatre voitures de Chang, mais Chu en était au moins à huit.

Ça n'avançait pas et Bosch roula lentement en surveillant le feu. Qui passa à l'orange juste au moment où il arrivait au croisement. Il le franchit à temps, mais Chu, lui, ne pourrait pas.

– Bon, dit-il, je le tiens. Pas de souci.

– Parfait. Je vous rejoins dans trois minutes.

Bosch referma son portable. Et pile au même instant entendit une sirène juste derrière lui et vit des gyrophares entrer en action dans son dos.

– Merde ! s'écria-t-il.

Il regarda devant lui et vit Chang continuer vers le sud dans Sepulveda Boulevard. Il était encore à quatre rues du magasin. Bosch se déporta vite sur le côté et freina. Ouvrit sa portière et bondit dehors. Il tenait son écusson en l'air lorsqu'il arriva près de l'agent de la circulation qui lui avait fait signe de s'arrêter.

– Je poursuis quelqu'un ! Je ne peux pas m'arrêter.

– Téléphoner en roulant est interdit !

– Collez-moi une contredanse et envoyez-la au patron. Il n'est pas question que je foute tout en l'air pour ça.

Il fit demi-tour et regagna sa voiture. Força le passage pour réintégrer le flot des voitures et chercha la Mustang de Chang des yeux. Elle avait disparu. Le feu suivant passant au rouge, il dut s'arrêter encore un coup. Il tapa sur son volant du plat de la main et commença à se demander s'il ne fallait pas appeler Robert Li.

Son portable bourdonna. C'était Chu.

– Je prends le virage. Où êtes-vous ?

– Je suis une rue devant vous. Je me suis fait coincer par un motard. Je roulais en parlant au téléphone.

– Génial, ça ! Où est Chang ?

– Quelque part devant moi. Je roule à nouveau.

Les voitures traversaient lentement l'intersection. Bosch ne paniquait pas : le boulevard était tellement encombré que Chang ne pouvait pas avoir pris trop d'avance. Il resta dans sa file – il savait que se mettre à zigzaguer entre les voitures pour les remonter pouvait attirer l'attention de Chang.

Deux minutes plus tard il arrivait au grand croisement avec Ventura Boulevard. Il aperçut les lumières du magasin une rue plus loin dans Sepulveda. Il n'y avait pas trace de la Mustang de Chang. Il appela Chu.

– Je suis au feu de Ventura et je ne le vois pas. Il risque d'être déjà arrivé.

– Je suis un feu derrière vous. Qu'est-ce qu'on fait ?

– Je vais me garer et entrer. Vous restez dehors et vous cherchez sa voiture. Appelez-moi dès que vous le voyez.

– Vous allez droit chez Li ?

– On verra.

Dès que le feu passa au vert, Bosch écrasa l'accélérateur, se rua sur le carrefour et faillit rentrer dans la voiture d'un type qui avait grillé le feu. Il remonta jusqu'à la rue suivante et tourna à droite, dans le parking du supermarché. Aucune place libre en dehors de celles réservées aux handicapés, et la voiture de Chang était toujours invisible. Il traversa le parking, se glissa dans une allée et se gara derrière une benne à ordures avec la mention « Stationnement interdit » collée dessus. Il bondit de sa voiture et fila à travers le parking jusqu'à l'entrée du supermarché.

Juste au moment où il franchissait la porte coulissante automatique marquée « Entrée », il vit Chang filer par celle marquée « Sortie ». Il leva la main et se la passa dans les cheveux pour cacher son visage avec son bras. Puis il continua d'avancer et prit son portable dans sa poche.

Et passa entre les deux caisses à la sortie. Deux employées différentes de celles de la veille y attendaient le client.

– Où est M. Li ? demanda Bosch sans s'arrêter.

– Derrière, lui répondit une des deux caissières.

– Dans son bureau, précisa l'autre.

Bosch appela Chu en descendant l'allée principale aussi vite qu'il le pouvait pour rejoindre le fond du magasin.

– Il vient juste de sortir ! Ne le lâchez pas. Je vérifie pour Li.

– Pigé.

Bosch coupa la communication, remit son portable dans sa poche et gagna le bureau de Li en prenant le chemin qu'il avait emprunté la veille. Quand enfin il y arriva, la porte était fermée. Il sentit l'adrénaline exploser en lui au moment où il tendait la main vers la poignée.

Il poussa la porte sans frapper et trouva Li et un autre Asiatique assis à leurs bureaux. Ils menaient une conversation qui s'arrêta net lorsque la porte s'ouvrit. Li se leva d'un bond, Bosch voyant aussitôt qu'il n'était pas blessé.

– Inspecteur ! s'écria Li. J'allais vous appeler ! Il est venu ! Le type que vous m'avez montré est venu ici !

– Je sais, je le suivais. Ça va ?

– J'ai eu la trouille, mais c'est tout.

– Qu'est-ce qui s'est passé ?

Li hésita un instant, cherchant ses mots.

– Asseyez-vous et retrouvez votre calme, lui dit Bosch. Après, vous me direz.

Puis il lui indiqua l'homme assis à l'autre bureau et demanda :

– Qui est-ce ?

– Je vous présente Eugene, mon assistant.

L'homme se mit debout et tendit la main à Bosch.

– Eugene Lam, dit-il.

Bosch lui serra la main.

– Vous étiez là quand Chang est entré ?

– Chang ? répéta Li.

– C'est comme ça qu'il s'appelle… Oui, le type de la photo que je vous ai montrée.

– Oui, Eugene et moi étions là. Il est entré comme ça.

– Qu'est-ce qu'il voulait ?

– Il m'a dit que j'allais devoir payer la triade. Il m'a dit que maintenant que mon père n'était plus là, c'était à moi de payer. Il m'a dit qu'il allait revenir dans une semaine et qu'il faudrait que je paie.

– Vous a-t-il dit ce qui se passerait si vous n'obéissiez pas ?

– Il n'a pas eu besoin.

Bosch acquiesça de la tête. Il avait raison. La menace était implicite, surtout après ce qui était arrivé au père de Li. Bosch était excité. Que Chang soit venu voir Li élargissait le champ des possibilités. Il essayait de le racketter et cela pouvait mener à une arrestation qui à son tour pourrait conduire à une accusation de meurtre.

Harry se tourna vers Lam.

– Et vous avez été témoin de… de ça ? De tout ce qui a été dit ?

Lam hésita, mais finit par acquiescer. Bosch se demanda s'il ne rechignait pas à s'impliquer dans l'affaire.

– Vous avez été témoin ou vous ne l'avez pas été ? insista-t-il. Vous venez de me dire que vous étiez là.

– Oui, j'ai vu ce type, mais… je ne parle pas chinois. Je comprends un peu, mais pas tant que ça.

Bosch se tourna vers Li.

– Il vous a parlé en chinois ?

– Oui, répondit Li en hochant la tête.

– Mais vous l'avez compris et il était clair qu'il vous disait de commencer à payer toutes les semaines maintenant que votre père est mort.

– Oui, c'était clair. Mais...

– Mais quoi ?

– Vous allez l'arrêter ? Il va falloir que je témoigne devant un tribunal ?

Il était manifestement terrorisé à cette idée.

– Écoutez, il est trop tôt pour dire si tout ça quittera jamais cette pièce. Ce n'est pas pour une accusation de racket que nous voulons ce type. Si c'est lui qui a tué votre père, c'est évidemment pour ça que nous le voulons. Et je suis sûr que vous ferez le nécessaire pour nous aider à foutre en taule l'assassin de votre père.

Li acquiesça d'un hochement de tête, mais l'hésitation était toujours là. Vu ce qui était arrivé à son père, il était clair que Robert n'avait aucune envie de se trouver sur le chemin de Chang ou de quelqu'un d'autre de la triade.

– J'ai besoin de passer un coup de fil à mon coéquipier, reprit Bosch. Je sors, je le passe dehors et je reviens.

Bosch quitta le bureau, referma la porte derrière lui et appela Chu.

– Vous l'avez dans le collimateur ? demanda-t-il.

– Oui, il est reparti vers l'autoroute. Qu'est-ce qui s'est passé ?

– Il a dit à Li qu'il allait devoir commencer à payer à la place de son père... à payer la triade.

– Putain de Dieu ! On la tient, notre affaire !

– Ne vous excitez pas trop. On a peut-être une accusation de racket... et seulement si le gamin accepte de coopérer. Quant à l'accusation de meurtre, on en est loin.

Chu ne répondant pas, Bosch se sentit brusquement mal de lui avoir cassé la baraque.

– Mais vous avez raison, reprit-il. On approche du but. De quel côté est-il parti ?

– Il est dans la file de droite, direction la 101, vers le sud. Il a l'air pressé. Il colle au cul du mec devant lui, mais ça ne sert à rien.

Tout semblait indiquer que Chang refaisait le chemin en sens inverse.

— Bon, d'accord, dit Bosch. Je vais causer encore un peu avec mes bonshommes et après, je dégage. Appelez-moi dès que Chang s'arrêtera quelque part.

— Vos « bonshommes » ? répéta Chu. Il y avait quelqu'un d'autre que Li ?

— Il y avait le sous-directeur. Un certain Eugene Lam. Il était dans le bureau quand Chang est entré et a dit à Li ce qui allait se passer. Sauf que Chang parlait chinois et que Lam ne sait que l'anglais. En dehors d'affirmer que Chang est bien entré dans le bureau, il ne fera pas vraiment un bon témoin.

— OK, Harry. Ça y est. On est sur l'autoroute.

— Collez-lui au train et je vous appelle dès que j'ai fini, dit Bosch.

Il referma son portable et réintégra la pièce. Li et Lam étaient toujours assis à leurs bureaux et l'attendaient.

— Avez-vous un dispositif de surveillance dans le magasin ? demanda-t-il.

— Oui, répondit Li. C'est le même système qu'à l'autre magasin. Sauf qu'ici nous avons plus de caméras. Et que ça enregistre en multiplex. Huit écrans en même temps.

Bosch examina le plafond et le haut des murs.

— Il n'y a pas de caméra ici, n'est-ce pas ?

— Non, inspecteur. Pas dans le bureau.

— Bon, mais je vais quand même avoir besoin du disque pour prouver que Chang est venu vous voir ici.

Li acquiesça en hésitant, tel le gamin tiré sur la piste de danse par quelqu'un avec qui il n'a aucune envie de danser.

— Eugene, dit-il, ça vous ennuierait d'aller chercher le disque pour l'inspecteur Bosch ?

— Non ! s'écria aussitôt Bosch. J'ai besoin de vous voir ôter le disque de l'appareil. Traçabilité et conservation des éléments de preuve obligent. Je vais vous accompagner.

— Pas de problème.

Bosch resta encore un quart d'heure dans le magasin. Il commença par regarder la vidéo de surveillance et eut la confirmation que Chang y était bien entré, qu'il s'était frayé un chemin jusqu'au bureau de Li et que, malheureusement sans être enregistré, il y avait passé trois minutes avec Li et Lam avant de repartir. Bosch prit le disque et retourna au bureau pour revoir une dernière fois avec Li la relation qu'il lui avait faite de ce qui s'était passé. Les réticences de Li semblaient grandir au fur et à mesure que Bosch le questionnait plus en détail. Harry en vint à se dire que le fils de la victime allait peut-être finir par refuser de coopérer avec l'accusation. Cela étant, il y avait quand même un autre point positif dans ce dernier rebondissement. La tentative de racket de Chang pouvait être utilisée de plusieurs façons. Elle pouvait, entre autres, fournir un mobile raisonnable. Et avec ça, que Li finisse par coopérer avec l'accusation ou pas, Bosch aurait le droit d'arrêter Chang et de fouiller tout ce qu'il voudrait pour trouver des preuves à charge contre lui.

Il était tout excité lorsqu'il franchit à nouveau la porte automatique du magasin. L'affaire prenait une autre dimension. Il sortit son téléphone de sa poche et vérifia où Chu en était avec le suspect.

– On est revenus à son appartement, lui dit celui-ci. Aucun arrêt avant. J'ai l'impression qu'il ne va pas ressortir de la soirée.

– Il est trop tôt pour le dire. Il ne fait même pas nuit.

– Peut-être. Tout ce que je peux vous dire, c'est qu'il est rentré chez lui. Et qu'il a tiré les rideaux.

– OK. J'arrive.

– Ça vous dérangerait de me prendre un hot dog au tofu en chemin ?

– Alors là, non. C'est à vous de jouer, Chu.

Chu rigola.

– Je m'en doutais, dit-il.

Bosch referma son portable. Il était clair que Chu sentait, lui aussi, l'excitation le gagner.

15

Chang ne ressortit pas de son appartement avant neuf heures le vendredi matin. Et lorsqu'il le fit, il portait quelque chose qui mit aussitôt Bosch en alerte maximale.

Une grande valise.

Bosch appela Chu pour être sûr qu'il était bien réveillé. Ils avaient divisé la surveillance de nuit en postes de quatre heures, l'un faisant un somme dans sa voiture pendant que l'autre travaillait. Chu avait pu dormir de quatre à huit heures du matin, mais Bosch n'avait toujours pas de ses nouvelles.

– Réveillé ? demanda-t-il. Y a Chang qui se remue.

Chu avait encore la voix pleine de sommeil.

– Bon, mais il fait quoi ? Vous étiez censé m'appeler à huit heures.

– Il vient de mettre une valise dans sa voiture. Il se sauve. Je suis sûr qu'on l'a averti.

– De ce qu'on faisait ?

– Non, qu'il fallait acheter des actions Microsoft. Arrêtez de jouer au con.

– Harry, qui voulez-vous qui l'ait averti ?

Chang monta dans la voiture et commença à sortir en marche arrière du parking de son immeuble.

– Sacrée bonne question ! s'écria Bosch. Même que si quelqu'un a la réponse, c'est vous.

– Vous seriez en train de laisser entendre que j'aurais averti le suspect dans une enquête de première importance ? lança Chu de la voix outragée d'un accusé.

– Je ne sais pas ce que vous avez fait, lui renvoya Bosch, mais vu que vous avez étalé notre affaire partout dans Monterey Park, le problème est de savoir qui a bien pu avertir ce mec. Et tout ce que je sais, moi, c'est qu'il m'a l'air de quitter la ville.

– « Partout dans Monterey Park » ? répéta Chu. Vous les inventez au fur et à mesure, ces merdes ?

Bosch suivit la Mustang qui sortait du parking en prenant vers le nord et resta une rue en arrière.

– L'autre soir, vous m'avez dit que c'est le troisième type à qui vous avez montré la photo de Chang qui l'a identifié. Ça nous donne donc trois types, et ces trois types ont tous des coéquipiers, et tout ce monde-là bavarde à l'appel.

– Eh bien, mais… peut-être que tout cela ne serait pas arrivé si nous n'avions pas dit à Tao et Herrera de se mettre en retrait comme si nous ne leur faisions pas confiance.

Bosch vérifia dans son rétro s'il voyait Chu. Il faisait tout ce qu'il pouvait pour que sa colère ne l'égare pas alors qu'il était en pleine poursuite. Ils ne pouvaient absolument pas perdre Chang de vue maintenant.

– Remontez-moi, dit-il. On se dirige vers la 10. Dès qu'il la prendra, je veux qu'on change de place et que vous passiez en tête.

– Entendu.

Il y avait encore de la colère dans la voix de Chu. Mais Bosch s'en foutait. Si quelqu'un avait averti Chang, il trouverait qui c'était et l'enterrerait vivant, même s'il s'agissait de Chu.

Chang s'engagea dans la 10, direction ouest, Chu dépassant vite Bosch pour prendre le commandement de la filature. Bosch, qui avait regardé en arrière, vit Chu lui faire un doigt d'honneur.

Bosch se décala d'une file, ralentit et passa un coup de fil au lieutenant Gandle.

– Harry, dit celui-ci, quoi de neuf ?

– On a des problèmes.

– Vous me dites ?

– Le premier est que ce matin notre type a mis une valise dans le coffre de sa voiture et que maintenant il roule sur la 10, direction l'aéroport.

– Merde ! Autre chose ?

– On dirait qu'il a été averti. Peut-être même qu'on lui a soufflé de quitter la ville.

– C'est peut-être aussi qu'on l'a averti depuis longtemps de dégager après qu'il a flingué Li. Ne voyez pas tout en noir sur ce coup-là, Harry. Attendez d'avoir quelque chose de sûr.

Bosch fut agacé de constater que même son lieutenant ne le soutenait pas, mais ça, il pouvait supporter. Si Chang avait effectivement été averti et que quelque part il y avait de la corruption dans l'air, il le trouverait. Il en était sûr. Il laissa filer pour le moment et se concentra sur les choix qu'il avait dans le problème Chang.

– On arrête Chang tout de suite ? demanda-t-il.

– Vous êtes sûr qu'il va prendre l'avion ? Peut-être est-il en train de faire une livraison. Elle est grosse, cette valise ?

– Oui, elle l'est. C'est le genre de valise qu'on prend quand on sait qu'on ne reviendra pas.

Gandle soupira en voyant un autre problème et une autre décision à prendre s'inscrire au menu.

– Bon, dit-il, laissez-moi parler à deux ou trois personnes et je vous rappelle.

Bosch se dit qu'il devait s'agir du capitaine Dobbs et, qui sait, de quelqu'un au bureau du *district attorney*.

– Mais il y a aussi une bonne nouvelle, reprit Bosch.

– Ben, merde alors ! Qui l'eût cru ? s'écria Gandle.

– Hier après-midi, on a suivi Chang jusqu'à l'autre magasin. Celui que tient le fils de la victime dans la Valley. Il l'a racketté : il lui a dit qu'il allait devoir commencer à payer maintenant que son père est mort.

– Mais c'est génial, ça ! s'écria Gandle. Pourquoi vous ne m'en avez pas parlé ?

– Je viens de le faire.

– Ça nous donne une cause raisonnable pour son arrestation.

– Pour l'arrêter, oui, mais probablement pas pour le déférer devant un tribunal. Le fils rechigne à témoigner. Il faudrait qu'il vienne déposer pour qu'on puisse bâtir le dossier et je ne sais pas s'il ira jusque-là. En plus, de toute façon, il ne s'agirait pas d'une accusation de meurtre. Et c'est ça qu'on veut.

– Oui, bon, mais ça nous permettrait au minimum d'empêcher ce mec de monter dans l'avion.

Bosch acquiesça de la tête tandis qu'une ébauche de plan se formait dans son esprit.

– On est vendredi, dit-il. Si on le tient et si on l'arrête ce soir, il ne pourra pas être entendu avant lundi après-midi. Ce qui nous donnera au moins soixante-douze heures pour préparer notre affaire.

– Avec l'accusation de racket comme position de repli.

– Voilà.

Bosch recevait déjà un autre appel dans l'oreille et pensa qu'il s'agissait de Chu. Il demanda à Gandle de le rappeler plus tard, dès qu'il aurait consulté les autorités sur ce nouveau scénario.

Bosch prit l'autre appel sans regarder l'écran.

– Oui ?

– Harry ?

C'était une femme. Il reconnut la voix, mais ne remit pas sa propriétaire.

– Oui ? Qui est à l'appareil ?

– Teri Sopp.

– Ah, salut ! Je croyais que c'était mon coéquipier qui m'appelait. Quoi de neuf ?

– Je voulais juste que tu saches que j'ai réussi à les convaincre de prendre ta douille pour les tests d'amplification électrostatique. On va voir si on arrive à y relever une empreinte.

– Teri ! Ma reine ! Et ça va se faire aujourd'hui ?

– Non, pas aujourd'hui. On n'y reviendra pas avant la semaine prochaine. Probablement mardi.

Bosch détestait demander un service juste après qu'on lui en avait déjà rendu un, mais songea qu'il n'avait pas le choix.

– Teri, dit-il, il n'y a vraiment pas moyen de faire ça lundi matin ?

– Lundi ? Je ne pense pas qu'on passe à...

– La raison, la voici : il se peut qu'on colle notre suspect en taule en fin de journée. On pense qu'il essaie de s'enfuir à l'étranger et il se peut qu'on ait besoin de l'arrêter. Ce qui nous donnera jusqu'à lundi pour bâtir le dossier. Et on va avoir besoin de tout ce qu'on pourra trouver.

Elle marqua une hésitation avant de répondre :

– Je vais voir ce qu'on peut faire. En attendant, si vous l'arrêtez, apportez-moi vite ses empreintes, que je puisse faire les comparaisons dès que j'aurai quelque chose de mon côté... si j'ai quelque chose...

– C'est entendu. Et merci mille fois !

Il referma son portable et scruta l'autoroute devant lui. Et ne vit ni la Mazda rouge de Chu ni la Mustang argent de Chang. Il comprit alors qu'il était bien en arrière. Il appela Chu en numérotation rapide.

– Où êtes-vous ? demanda-t-il.

– Sur la 405, sud. Il va à l'aéroport.

Bosch, qui se trouvait toujours sur la 10, aperçut l'échangeur devant lui.

– OK, je vous rattrape.

– Qu'est-ce qui se passe ?

– Gandle est en train de décider si on serre Chang ou pas.

– On ne peut pas le laisser filer.

– C'est bien ce que je dis, moi. On verra ce qu'ils disent, eux.

– Vous voulez que je mette mon patron dans le coup ?

Bosch fut à deux doigts de lui répondre qu'il n'avait aucune envie de mettre un autre patron dans le circuit et qu'il y ait une fuite quelque part.

– Attendons de voir ce que va dire Gandle, répondit-il plus diplomatiquement à la place.

– Entendu.

Bosch raccrocha et se faufila dans la circulation en essayant de refaire son retard. Dès qu'il se retrouva sur la bretelle reliant la 10 à la 405, il repéra et la voiture de Chu et celle de Chang huit cents mètres plus loin. Ils étaient pris dans le ralentissement de la circulation à l'endroit où les files se rejoignaient.

En changeant encore deux fois de position, Bosch et Chu suivirent Chang jusqu'à la bretelle de sortie de Century Boulevard qui conduit à l'aéroport de Los Angeles. Il était maintenant évident que Chang s'apprêtait à quitter la ville et qu'ils allaient devoir l'arrêter. Bosch rappela Gandle et fut mis en attente.

Enfin, quelque deux très longues minutes plus tard, Gandle reprit la ligne.

– Bon, alors qu'est-ce qu'on a ? demanda-t-il.

– On a qu'il est dans Century Boulevard, à quatre rues de l'aéroport.

– Je n'ai pas encore réussi à parler à quelqu'un.

– Pour moi, il faut l'arrêter, dit Bosch. On lui colle une accusation de meurtre et, dans le pire des cas, lundi on ne l'accuse plus que de racket. Il aura droit à une caution, mais le juge lui interdira de voyager, surtout après sa tentative de fuite d'aujourd'hui.

– C'est vous qui voyez, Harry. Je vous appuie.

Ce qui voulait dire que ce serait quand même Harry qui aurait pris la mauvaise décision si jamais, tout tombant à l'eau le lundi suivant, Chang sortait libre de prison et quittait L.A. pour ne plus jamais y revenir.

– Merci, lieutenant. Je vous tiens au courant.

À peine Bosch eut-il refermé son portable que Chang entra dans un parking longue durée avec service de navette pour tous les terminaux de l'aéroport. Comme prévu, Chu l'appela.

– On y est, dit-il. Qu'est-ce qu'on fait ?

– On le serre. On attend qu'il se gare et qu'il sorte sa valise du coffre. On l'arrête et on pourra jeter un coup d'œil dans sa valise avec un mandat.

– Où fait-on ça ?

– C'est le parking que j'utilise quand je vais à Hong Kong. Il y a une foule d'allées et d'endroits où prendre la navette. On entre et on se gare. On fait comme si on était des voyageurs et on le coince à l'arrêt de la navette.

– Parfait.

Ils raccrochèrent. C'était Bosch qui se trouvait juste derrière Chang, il entra dans le parking et prit un ticket au distributeur automatique. La barrière se leva, il la franchit, puis il suivit Chang dans l'allée principale, et lorsque celui-ci tourna à droite dans une allée secondaire, Bosch continua sa route en se disant que Chu allait prendre encore à droite.

Il se gara sur la première place en vue, bondit hors de sa voiture et revint vite à pied à l'endroit où Chang et Chu avaient tourné. Il aperçut Chang une allée plus loin – debout derrière la Mustang, il se débattait avec sa grosse valise pour la sortir du coffre. Chu, lui, s'était garé huit voitures plus loin.

Semblant comprendre qu'il aurait l'air bizarre de se tenir sans valise dans un parking de longue durée, Chu se mit à marcher vers l'arrêt de la navette le plus proche de lui en portant une mallette et un imper, tel un *businessman* en voyage d'affaires.

Bosch, qui, lui, n'avait aucun accessoire pour se déguiser, gagna le milieu des allées en se cachant derrière les voitures.

Chang ferma sa Mustang à clé et traîna sa lourde valise jusqu'à l'arrêt de la navette. C'était un vieux bagage sans les roulettes qui sont aujourd'hui pratiquement de rigueur sur les valises de toutes les tailles. Lorsqu'il arriva à l'arrêt, Chu s'y tenait déjà. Bosch passa derrière un mini-van et reparut deux voitures plus loin. Cela ne donnerait que peu de temps à Chang pour se dire que le type qui s'approchait de lui n'avait pas de bagages alors qu'il se trouvait dans un parking longue durée.

– Bo-jing Chang ! lança Bosch d'une voix forte en arrivant près de lui.

Chang se tourna pour le regarder. De près, il avait l'air fort et large d'épaules – redoutable. Bosch vit qu'il bandait ses muscles.

– Vous êtes en état d'arrestation. Mettez les mains dans le dos, s'il vous plaît.

La réaction fuite-ou-agression n'eut même pas le temps de s'enclencher. Chu se posta derrière lui et lui passa très expertement une menotte au poignet droit tout en lui attrapant fermement le gauche. Chang se débattit un moment, plus de surprise qu'autre chose, mais déjà Chu lui menottait l'autre poignet, mettant ainsi fin à l'arrestation.

– C'est quoi, ça ? protesta Chang. Qu'est-ce que moi fais ?

Il avait un fort accent.

– On va parler de tout ça bientôt, monsieur Chang. Dès que nous vous aurons ramené au quartier général de la police.

– J'ai avion.

– Non, pas aujourd'hui.

Bosch lui montra son écusson et sa plaque, puis il lui présenta Chu en faisant bien attention de lui préciser que celui-ci appartenait à l'Asian Gang Unit. Il voulait que ça filtre lentement dans son crâne.

– Arrestation pour quoi ?

– Pour le meurtre de John Li.

Bosch ne remarqua aucune surprise dans sa réaction et le vit passer en mode fermeture totale.

– Je veux avocat.

– Minute, monsieur Chang, lui renvoya Bosch. Permettez que nous commencions par vous lire vos droits.

Il fit un signe de tête à Chu, qui sortit une carte de sa poche, lui lut ses droits et lui demanda s'il les comprenait. La seule réponse de Chang fut d'exiger à nouveau la présence d'un avocat. Il connaissait la chanson.

Bosch décida de demander qu'une équipe de la patrouille transfère le suspect en centre-ville et qu'on lui envoie une dépanneuse pour ramener la voiture de Chang à la fourrière. Il n'était plus du tout pressé ; plus il faudrait de temps pour emmener Chang au QG, plus ils seraient proches de deux heures de l'après-midi, ce moment étant celui où l'on arrêtait les mises en accusation au tribunal. Et si Chang voyait sa comparution ainsi repoussée, la police aurait le droit de l'incarcérer à la prison municipale pendant toute la durée du week-end.

Au bout de cinq minutes de silence – Chang s'était assis sur le banc de l'abribus –, Bosch se tourna, lui montra la valise et lui fit la conversation comme si questions et réponses, rien de tout cela n'avait d'importance.

– Ce truc a l'air de peser une tonne, lança-t-il. Où alliez-vous donc ?

Chang ne répondit pas. Les petits bavardages, ça n'existe pas quand on est en état d'arrestation. Il regarda droit devant lui et ne montra en aucune façon qu'il avait entendu la question. Chu la lui traduisit et eut droit à la même non-réponse.

Bosch haussa les épaules comme s'il se moquait bien d'avoir une réponse ou pas.

– Harry, dit Chu.

Bosch sentit son téléphone vibrer à deux reprises, signal qu'il venait de recevoir un message. Il fit signe à Chu de s'éloigner de quelques mètres de l'abribus pour pouvoir parler sans que Chang les entende.

– Qu'est-ce que vous en pensez ? lui demanda Chu.

– Eh bien, il est clair qu'il ne va pas nous parler et qu'il veut un avocat. Et donc c'est cuit.

– Et donc qu'est-ce qu'on fait ?

– Et d'un, on commence par tout ralentir. On prend tout son temps pour le descendre en ville et on prend encore plus tout son temps pour l'écrouer. Il ne peut pas appeler son avocat avant que les papiers soient faits, et ça, avec un peu de chance, ça ne se produira pas avant quatorze heures. Pendant ce temps-là, nous, on se débrouille pour obtenir des mandats. Pour fouiller sa voiture et son appartement, et écouter les messages sur son portable s'il l'a sur lui. Après quoi, on visite son appartement et son lieu de travail. On va partout où le juge nous autorise à aller. Et on espère, et à mort, tomber sur un truc du genre son flingue avant lundi midi. Parce que si on n'y arrive pas, il y a toutes les chances qu'il sorte libre.

– Et le racket ?

– Oui, ça nous donne une cause raisonnable, mais ça ne nous mènera à rien si Robert Li ne nous appuie pas.

Chu acquiesça.

– *High Noon*[1], Harry. Ça, c'est un film ! Un grand western.

– Je ne l'ai jamais vu.

Bosch regarda la longue file de véhicules garés dans le parking et vit une voiture de patrouille tourner vers eux. Il fit signe au chauffeur.

Et sortit son portable pour voir le message : il venait de recevoir une vidéo de sa fille.

Il allait falloir qu'il la visionne plus tard. Il était très tard à Hong Kong et il savait que sa fille devait être au lit. Il y avait des chances qu'elle n'arrive pas à dormir en attendant sa réponse. Cela dit, il avait du travail à faire. Il rangea son portable au moment où la voiture de patrouille s'arrêtait devant eux.

– Je vais y aller avec lui, dit-il à Chu. Au cas où il déciderait de lâcher quelque chose.

– Et votre voiture ?

– Je reviendrai la chercher plus tard.

– C'est peut-être moi qui devrais descendre avec lui.

Bosch le regarda. Encore un moment crucial. Il savait qu'il valait mieux que ce soit Chu qui accompagne Chang dans la mesure où il parlait les deux langues et était chinois lui-même. Mais cela voudrait aussi dire qu'il lui cédait en partie le contrôle de l'affaire.

1. *Le train sifflera trois fois. Noon* signifie « midi ». *(NdT.)*

Mais aussi qu'il lui témoignait sa confiance, et ce à peine une heure après l'avoir montré du doigt et violemment accusé.

– Bon, d'accord, dit-il enfin. Vous y allez avec lui.

Chu hocha la tête comme s'il comprenait le sens de la décision que Bosch venait d'arrêter.

– Mais on ne prend pas le plus court chemin. Ces gars-là doivent travailler à l'heure chinoise. Vous passez d'abord par la division et vous m'appelez. Je vous dirai qu'il y a un changement de plan et qu'on va l'écrouer en centre-ville. Ça devrait rallonger le trajet d'une bonne heure.

– Entendu, dit Chu. Ça devrait marcher.

– Vous voulez que je vous ramène votre voiture ? Ça ne me gêne pas de laisser la mienne ici.

– Non, ça ira, Harry. Je laisse la mienne et je reviendrai la prendre plus tard. Vous ne supporteriez pas d'entendre ce que j'ai sur mon lecteur de CD.

– Quoi ? C'est l'équivalent musical de vos hot dogs au tofu ?

– Pour vous, c'est probable.

– Bon, d'accord, je m'occupe donc de ma voiture.

Bosch dit aux deux officiers de la patrouille de mettre Chang à l'arrière du véhicule et sa valise dans le coffre, puis il redevint sérieux avec Chu.

– Je vais mettre Ferras au boulot, qu'il nous dégote des mandats pour fouiller dans tous les biens de Chang. Et tout ce que ce monsieur nous dira nous aidera à établir notre cause raisonnable. Qu'il nous dise avoir eu un avion à prendre étayera notre accusation de délit de fuite. Dès que vous monterez à l'arrière avec lui, essayez de faire en sorte qu'il se prenne les pieds dans le tapis.

– Mais il nous a déjà dit qu'il voulait un avocat.

– Jouez le coup de la conversation. Il ne s'agit pas de l'interroger. Essayez de savoir où il allait. Ça aidera Ignacio. Et n'oubliez pas : on fait durer. On prend le chemin des écoliers.

– C'est entendu. Je sais ce qu'il faut faire.

– Bon, je reste ici pour attendre la dépanneuse. Si vous arrivez au QG avant moi, mettez Chang dans une salle d'interrogatoire et laissez-le cuire dans son jus. Et assurez-vous d'enclencher l'enregistrement vidéo... Ignacio vous montrera comment faire. On ne sait jamais. Des fois, au bout d'une heure qu'ils sont assis seuls dans une pièce, ces types-là se mettent à avouer des trucs aux murs.

– Compris.

– Bonne chance.

Chu se glissa à l'arrière de la voiture de patrouille, à côté de Chang, et ferma la portière. Bosch tapa deux fois du plat de la main sur le toit et regarda s'éloigner le véhicule.

16

Il était presque une heure de l'après-midi lorsque Bosch fut de retour dans la salle des inspecteurs. Il avait attendu le camion de la fourrière et pris tout son temps pour revenir, en s'arrêtant à l'In-N-Out de l'aéroport pour s'y payer un hamburger. Il trouva Ignacio Ferras dans son box, en place devant son ordinateur.

– Où en est-on ? demanda-t-il.

– J'ai presque fini les demandes de mandats.

– On veut quoi ?

– J'ai une demande pour la valise, le portable et la voiture. J'imagine que la voiture est à la fourrière.

– Elle vient d'y entrer. Et côté appartement ?

– J'ai appelé le bureau du *district attorney* et dit à la bonne femme ce qu'on était en train de faire. Elle m'a suggéré d'y aller en deux fois. On commence par ces trois premiers et on espère trouver quelque chose qui nous donnera une cause raisonnable pour avoir le droit de fouiller l'appartement. À ses yeux, demander ça avec ce qu'on a pour l'instant serait difficile.

– Bon, on a un juge qui attend nos demandes ?

– Oui, j'ai appelé le greffe du juge Champagne. Elle me reçoit dès que je suis prêt.

Tout semblait indiquer que Ferras avait la situation bien en main et qu'il faisait avancer les choses. Bosch en fut impressionné.

– Très bon, tout ça, dit-il. Où est Chu ?

– Aux dernières nouvelles, il était à la salle de vidéo et observait notre lascar.

Avant de rejoindre Chu, Bosch entra dans son box et jeta ses clés sur son bureau. Il vit que Chu y avait laissé la grosse valise de Chang, mis les autres biens du suspect dans des sachets à éléments de preuve et tout laissé là. Il dénombra des sachets contenant le portefeuille de Chang, son passeport, sa pince à billets, ses clés, son portable et sa carte d'embarquement, qu'il semblait avoir imprimée chez lui.

Bosch la lut à travers le plastique et découvrit que Chang avait choisi un vol Alaska Airlines pour Seattle. Cela l'arrêta un instant : il s'attendait à ce que le suspect ait décidé d'aller en Chine. Se rendre à Seattle n'allait guère dans le sens d'une tentative de fuite afin d'éviter des poursuites judiciaires.

Bosch reposa le sachet et prit celui contenant le portable. Il n'aurait pas eu de mal à vite ouvrir l'appareil et consulter la liste des appels passés aux associés de Chang. Peut-être même serait-il tombé sur le numéro d'un flic de Monterey Park, de Chu ou de tout autre individu l'ayant averti qu'il faisait l'objet d'une enquête. Peut-être aussi y avait-il dans ce portable des *mails* ou des textos susceptibles d'aider les flics à bâtir un dossier d'accusation de meurtre contre Chang.

Mais il décida de respecter le règlement. Il y avait là une zone tellement grise que le haut commandement de la police et le bureau du *district attorney* avaient tous les deux émis des directives enjoignant aux policiers de demander l'autorisation d'un tribunal avant de prendre connaissance des données conservées dans le portable de tout suspect. À moins, bien sûr, que ce soit le suspect lui-même qui donne cette autorisation. Ouvrir un portable, c'était comme ouvrir le coffre d'une voiture à un contrôle routier. Il fallait le faire dans les règles sinon tout ce qu'on trouvait pouvait être rayé du dossier par un tribunal.

Bosch reposa le portable. Il pouvait certes s'y trouver la clé de l'affaire, mais il attendrait l'autorisation du juge Champagne.

C'était ce à quoi il s'attelait lorsque son téléphone sonna sur son bureau. L'écran d'identification était barré d'un xxxxx, il s'agissait donc d'un appel qu'on lui transférait de Parker Center. Il décrocha.

– Bosch à l'appareil.

Personne à l'autre bout du fil.

– Allô ? Inspecteur Bosch à l'appareil. Puis-je vous aider ?

– Bosch… aidez-vous plutôt vous-même.

La voix était très nettement asiatique.

– Qui est à l'appareil ?

– Rendez-vous donc service, Bosch, et laissez tomber. Chang n'est pas tout seul. Nous sommes nombreux. Laissez tomber, bordel. Si vous ne le faites pas, il y aura des suites.

– Écoutez-moi, espèce de…

L'inconnu avait raccroché. Bosch remit l'écouteur sur sa fourche et fixa l'écran d'identification vide. Il savait qu'il pouvait se rendre au centre des communications de Parker Center et retrouver le numéro du type qui avait appelé. Mais il savait aussi que tout individu lui passant un appel pour le menacer aurait masqué son numéro, téléphoné d'une cabine ou se serait servi d'un jetable. Personne n'aurait été assez bête pour l'appeler d'un numéro qu'on pouvait remonter.

Au lieu de s'inquiéter pour ça, il se concentra sur le contenu de l'appel et le moment qu'avait choisi l'inconnu pour le passer. Dieu sait comment, les autres membres de la triade de Chang savaient déjà que celui-ci s'était fait ramasser. Bosch regarda à nouveau la fiche d'embarquement et vit que le vol devait partir à onze heures vingt. Cela voulait dire que l'avion était toujours en l'air et que personne attendant Chang à Seattle ne pouvait savoir qu'il n'était pas à bord. Il n'empêche, les copains de Chang avaient appris, on ne sait trop comment, qu'il était entre les mains de la police. Et, en plus, ils connaissaient le nom de Bosch.

Une fois encore de sombres pensées l'envahirent. À moins que Chang n'ait eu pour mission de retrouver un compagnon de voyage à l'aéroport de Los Angeles ou n'ait été surveillé alors même que Bosch le surveillait lui aussi, tout semblait indiquer à nouveau qu'il y avait une fuite dans l'enquête.

Il quitta son box et gagna le centre vidéo. Il s'agissait d'une petite pièce pour l'équipement électronique coincée entre deux salles d'interrogatoire de la brigade des Vols et Homicides. Ces dernières étaient équipées pour l'enregistrement phonique et visuel, l'espace compris entre les deux étant celui où le suspect pouvait être observé à l'aide des appareils.

Bosch ouvrit la porte et tomba sur Chu et Gandle qui regardaient Chang à l'écran. Avec l'arrivée de Bosch, cela faisait beaucoup de monde dans la pièce.

— Du nouveau ? demanda-t-il.

— Non, pas un mot pour l'instant, répondit Gandle.

— Et dans la voiture ?

— Rien non plus, dit Chu. J'ai essayé d'entamer la conversation, mais il m'a seulement répété qu'il voulait un avocat. Ça y a mis fin.

— Ce mec est un roc, dit Gandle.

— Je viens de regarder son billet d'avion, reprit Bosch, et Seattle, ça ne nous aide pas non plus.

— Si, en fait je crois que si, dit Chu.

— Comment ça ?

— Je me suis tout de suite dit qu'il allait partir pour Seattle et franchir la frontière afin de rejoindre Vancouver. J'ai un contact à la police montée canadienne qui a pu vérifier les listes de passagers. Chang avait réservé une place pour un vol Vancouver-Hong Kong ce soir même. Par la Cathay Pacific Airways. Voilà qui nous montre clairement qu'il essayait de quitter le pays en douce, et vite.

Bosch acquiesça.

— La police montée canadienne ? répéta-t-il. Vous en connaissez du monde, dites donc ! Joli boulot.

— Merci.

– Vous l'avez dit à Ignacio ? Cette tentative de faire partir sa piste en fumée va nous aider pour la cause raisonnable dans nos demandes de mandats.

– Oui, il est au courant. Il l'a incluse dans le dossier.

– Parfait.

Bosch regarda l'écran de contrôle. Chang avait les poignets menottés et attachés à un anneau en fer vissé au milieu de la table à laquelle il était assis. Ses énormes épaules semblaient prêtes à déchirer les coutures de sa chemise. Il se tenait raide comme un piquet et fixait d'un œil mort le mur droit devant lui.

– Lieutenant, dit Bosch, jusqu'où êtes-vous prêt à retarder le moment où on va écrouer ce mec ?

Gandle avait l'air inquiet. Il n'aimait pas qu'on le mette sur la sellette et lui impose un truc susceptible de lui revenir dans la figure.

– Je pense qu'on tire un peu trop sur la corde, répondit-il. Chu m'a dit que vous lui aviez déjà fait prendre le chemin des écoliers pour venir. Si on attend trop longtemps, un juge pourrait nous le reprocher.

Bosch consulta sa montre. Ils avaient encore besoin de cinquante minutes avant d'autoriser Chang à appeler son avocat. La mise sous écrou exigeait pas mal de paperasse, un relevé d'empreintes et le transfert physique du suspect jusqu'à la prison, où il aurait enfin le droit d'accéder à un téléphone.

– Bon, on peut commencer le processus. Mais on fait juste attention à y aller lentement. Chu, entrez donc dans la salle et commencez à remplir le formulaire avec lui. Si on a de la chance, il ne voudra pas coopérer et ça prendra encore plus longtemps.

Chu acquiesça.

– Pigé, dit-il.

– On ne le met pas en cellule avant deux heures, au plus tôt.

– Voilà.

Chu se glissa entre le lieutenant et Bosch et quitta la pièce. Gandle s'apprêtait à le suivre lorsque Bosch lui tapa sur l'épaule, lui fit signe de rester et attendit que la porte se soit refermée avant de parler.

– Je viens de recevoir un coup de fil, fit-il. Une menace. Quelqu'un m'a dit de laisser tomber.

– De laisser tomber quoi ?

– L'affaire. Le dossier Chang. Il faut que je laisse tout tomber.

– Comment savez-vous que cet appel concerne cette affaire ?

– Parce que le type qui m'a appelé est asiatique et qu'il a parlé de Chang. Il m'a dit que Chang n'était pas tout seul et que je devais laisser tomber sinon il y aurait des suites.

– Vous avez essayé de remonter l'appel ? Vous pensez que c'est sérieux ?

– Essayer de remonter l'appel, ce serait perdre son temps. Et pour ce qui est de la menace, qu'ils y aillent donc. Je les attends. Mais l'important là-dedans, c'est ceci : comment savent-ils donc tout ça ?

– Tout ça quoi ?

– Qu'on a ramassé Chang. On le serre et moins de deux heures plus tard un de ses copains trous du cul de la triade m'appelle pour me dire de laisser tomber ? On a une fuite, lieutenant. Et d'un, Chang est averti, et maintenant ils savent qu'on l'a pris ? Y a quelqu'un qui cause un peu tr...

– Holà, holà, holà, ça, on ne le sait pas, Harry. Des explications, il peut y en avoir.

– Ah oui ? Alors comment savent-ils qu'on tient Chang ?

– Il peut y avoir des tas de raisons, Harry. Il avait un portable. Peut-être était-il censé les appeler de l'aéroport. Ça pourrait être n'importe quoi.

Bosch hocha fort la tête. Son instinct lui disait le contraire. Il y avait une fuite quelque part. Gandle ouvrit la porte. Il n'aimait pas beaucoup cette conversation et voulait sortir. Mais il regarda Bosch par-dessus son épaule avant de partir.

– Faites très attention avec ces accusations, dit-il. Avant d'avoir quelque chose de solide, faites vraiment attention.

Et il referma la porte derrière lui, laissant Bosch seul dans la pièce. Harry se tourna vers l'écran vidéo et vit que Chu était entré dans la salle d'interrogatoire. Il s'était assis en face de Chang avec un stylo et une écritoire à pince – il était prêt à remplir le formulaire d'arrestation.

– Monsieur Chang, dit-il alors, il faut que je vous pose quelques questions.

Chang ne répondit pas. Ni dans son regard ni dans son langage corporel il ne montra quoi que ce soit qui aurait pu indiquer qu'il avait même seulement entendu la remarque.

Chu la fit suivre de sa traduction en chinois, mais Chang resta encore une fois sourd et immobile. Bosch n'en fut pas surpris. Il quitta la pièce et retourna dans la salle des inspecteurs. Il se sentait toujours inquiet et en colère après cette menace téléphonique et l'insouciance d'un Gandle qui n'avait pas l'air trop préoccupé par la fuite forcément à son origine.

Le box de Ferras étant vide, Bosch se dit qu'il devait être déjà parti voir le juge Champagne avec ses demandes de mandats.

Tout reposait là-dessus. Ils tenaient Chang pour tentative de racket sur la personne de Li – si Li voulait bien porter plainte et témoigner –, mais, côté assassinat, ils étaient encore très loin du but. Bosch en était réduit à espérer une réaction en chaîne. Que les premiers mandats leur permettent de découvrir des éléments de preuve qui, à leur tour, leur permettraient de demander d'autres mandats qui les conduisent à l'élément clé, à savoir l'arme du crime qui devait bien être cachée quelque part dans l'appartement de Chang ou sur son lieu de travail.

Il s'assit à son bureau et songea à appeler Ferras pour voir si le juge avait signé les mandats, mais il savait qu'il était trop tôt et que Ferras le joindrait dès qu'il aurait réussi. Il se frotta les yeux. Tout était en suspens jusqu'à la signature du juge. Il ne pouvait qu'attendre.

C'est alors qu'il se rappela avoir reçu un message vidéo de sa fille – message qu'il n'avait toujours pas regardé. Il savait qu'elle devait dormir depuis longtemps – il était plus de quatre heures du matin à Hong Kong et c'était samedi. À moins qu'elle ne soit allée chez des copines, auquel cas elle pouvait fort bien ne pas dormir de la nuit, mais n'aurait pas apprécié qu'il l'appelle.

Il sortit son portable et l'ouvrit. Il en était encore à s'habituer à tous les sons de cloches et autres petits bips de l'appareil. Le dernier jour que sa fille avait passé à L.A. lors de sa récente visite, ils étaient entrés dans un magasin de téléphones et elle avait choisi deux portables « monsieur et madame » leur permettant de communiquer de toutes sortes de façons. Il ne s'en servait pas beaucoup pour les *e-mails*, mais il savait ouvrir et se passer les vidéos de trente secondes qu'elle aimait lui envoyer. Il les sauvegardait toutes et les regardait souvent.

Bo-jing Chang disparut un instant de son esprit. Et les inquiétudes suscitées par cette fuite s'apaisèrent un peu, elles aussi. Il avait un beau sourire de plaisir anticipé lorsqu'il appuya sur le bouton et ouvrit le dernier message vidéo de sa fille.

17

Bosch entra dans la salle d'interrogatoire et laissa la porte ouverte. Chu était au milieu d'une question, mais s'arrêta et leva les yeux sur l'intrus.

– Il ne répond pas ? demanda Bosch.

– Il ne dit pas un mot.

– Laissez-moi essayer.

– Euh... oui, d'accord.

Chu se leva, Bosch s'écartant pour qu'il puisse quitter la pièce. Chu lui tendit l'écritoire.

– Bonne chance, Harry.

– Merci.

Chu partit et referma la porte derrière lui. Bosch attendit un moment pour être sûr qu'il avait vidé les lieux, puis il passa vite derrière Chang. Il lui cogna la tête avec l'écritoire et lui fit une clé au cou avec les bras. Sa fureur se fit incontrôlable. Il serra fort Chang dans une prise d'étranglement depuis longtemps interdite par le règlement. Et sentit Chang se tendre lorsqu'il comprit qu'on lui bloquait l'arrivée d'air.

– Allez, espèce d'enculé, la caméra est arrêtée et nous sommes dans une pièce insonorisée. Où est-elle ? Je vais te tuer ici même si...

Chang se redressa sur son siège et recula en arrachant le boulon qui maintenait en place l'anneau à menottes au milieu de la table. Il écrasa Bosch contre le mur derrière eux, tous deux tombant aussitôt par terre. Bosch ne lâcha pas sa prise – de fait, il l'accentua. Chang se débattit comme une bête, appuya les pieds contre un des pieds de la table et s'en servit comme d'un levier pour expédier et écraser encore et encore Bosch dans le coin de la salle.

– Où est-elle ? hurla celui-ci.

Chang poussait des grognements, mais ne montrait aucun signe de faiblesse. Il avait les poignets menottés, pourtant il arrivait encore à lever les bras au-dessus de sa tête pour s'en servir comme d'une massue. Il cherchait le visage de Bosch tout en usant de son corps pour l'aplatir dans le coin de la pièce.

Bosch comprit que son étranglement n'allait pas marcher et qu'il devait relâcher sa prise et l'attaquer. Il laissa filer et attrapa le poignet de Chang alors que celui-ci essayait de le prendre à revers. Il fit porter son poids sur son autre pied et détourna le coup. Chang tourna les épaules avec l'élan qui changeait, Bosch étant alors en mesure de lui monter dessus. Il leva les mains en l'air et les abattit comme un marteau sur la nuque de Chang.

– Je t'ai posé une question : où est…

– Harry !

Le cri était monté dans son dos. C'était Chu.

– Hé ! hurla encore Chu dans la salle des inspecteurs. À l'aide !

Cette diversion permit à Chang de se relever et de mettre les genoux sous son corps. Puis il poussa fort et Bosch fut projeté contre le mur et s'affaissa par terre. Chu sauta sur le dos de Chang et tenta de l'aplatir sur le sol. Il y eut des bruits de pas et d'autres policiers se ruèrent dans la pièce minuscule. Tous s'empilèrent sur Chang et très durement l'immobilisèrent au sol, la tête écrasée dans le coin du mur. Bosch s'écarta en roulant et tenta de reprendre son souffle.

L'espace d'un instant tout le monde garda le silence, la pièce se remplissant du bruit des hommes qui reprenaient haleine. C'est alors que le lieutenant Gandle s'encadra dans le montant de la porte.

– Mais qu'est-ce qui se passe, bordel ?

Il se pencha en avant pour regarder dans le trou au milieu du plateau de la table. Il était clair que le boulon n'avait pas été assez renforcé par en dessous. Ce n'était pas le premier défaut qui allait apparaître dans le nouveau bâtiment.

– Je ne sais pas, dit Chu. Je suis revenu chercher ma veste et c'était l'enfer là-dedans.

Tous les regards se tournèrent vers Bosch.

– Ils tiennent ma fille, dit-il.

18

Bosch était debout dans le bureau de Gandle. Debout, mais pas immobile. Il ne pouvait pas tenir en place. Il faisait les cent pas. Le lieutenant lui avait déjà ordonné deux fois de s'asseoir, mais il en était incapable. Pas avec la terreur qui montait en lui.

– C'est quoi, ce truc, Harry ? lui demanda Gandle.

Bosch sortit son téléphone et l'ouvrit.

– Ils la tiennent.

Il appuya sur le bouton *play* de l'application vidéo et tendit l'appareil à Gandle qui s'était assis derrière son bureau.

– Comment ça, « ils la… » ?

Il cessa de parler en regardant la vidéo.

– Ah, mon Dieu !… Ah, mon… Harry, comment savez-vous que c'est vrai ?

– Qu'est-ce que vous racontez ? Bien sûr que c'est vrai ! Ils la tiennent et ce type sait qui la tient et où ! répondit Bosch en montrant la salle d'interrogatoire du doigt.

Il marchait de plus en plus vite, comme un lion en cage.

– Comment ça fonctionne ? Je veux revoir la vidéo, dit Gandle.

Bosch s'empara du portable et remit la vidéo en route.

– Il faut que je retourne voir ce mec, dit Bosch tandis que Gandle regardait l'enregistrement. Il faut que je lui fasse dire…

– Il n'est pas question que vous vous approchiez de ce type, lâcha Gandle sans le regarder. Harry… où est-elle ? À Hong Kong ?

– Oui, à Hong Kong, et c'est là qu'il allait. C'est de là qu'il vient et c'est là qu'est basée la triade à laquelle il appartient. Sans même parler du fait qu'ils m'ont appelé, moi. Et je vous l'ai dit. Ils m'ont déclaré qu'il y aurait des suites si jamais...

– Mais... elle ne dit rien. Personne ne parle. Comment savez-vous qu'il s'agit de la bande de Chang ?

– C'est la triade ! Ils n'ont pas besoin de dire quoi que ce soit ! Cette vidéo dit tout ce qu'il y a à dire ! Ils la tiennent. C'est ça, le message.

– OK, OK, essayons de réfléchir. Ils la tiennent, mais c'est quoi, le message ? Qu'est-ce que vous êtes censé faire ?

– Laisser filer Chang.

– Que voulez-vous dire ? Le laisser partir d'ici comme ça ?

– Je ne sais pas. Oui, oublier l'affaire d'une manière ou d'une autre. Perdre les preuves ou, mieux encore, cesser d'en chercher. Pour l'instant, on n'en a pas assez pour le garder en prison après lundi. C'est ça qu'ils veulent, qu'il ressorte libre. Écoutez... Moi, je ne peux pas rester ici à ne rien faire. Il faut que je...

– Il faut transmettre ça à la Scientifique. C'est la première chose à faire. Avez-vous appelé votre ex pour voir ce qu'elle sait ?

Bosch s'aperçut qu'avec la panique qui l'avait pris en regardant la vidéo, il n'avait même pas téléphoné à sa première femme, Eleanor Wish. Il avait commencé par essayer d'appeler sa fille. Et quand il n'avait pas obtenu de réponse, il était tout de suite allé affronter Chang.

– Vous avez raison, dit-il. Passez-moi ça.

– Harry, il faut que ça aille à la Scienti...

Bosch se pencha en travers du bureau et arracha le portable des mains de Gandle. Puis il changea d'application et appuya sur la touche de numérotation rapide pour appeler Eleanor Wish. Et consulta sa montre en attendant que l'appel arrive à destination. Il était presque cinq heures du matin à Hong Kong et c'était samedi. Il ne comprenait pas pourquoi Eleanor ne l'avait pas appelé si elle savait que leur fille avait disparu.

– Harry ?

Ton de voix alerte. Il ne la tirait pas de son sommeil.

– Qu'est-ce qui se passe, Eleanor ? Où est Madeline ?

Il sortit du bureau de Gandle et se dirigea vers son box.

– Je ne sais pas. Elle ne m'a pas appelée et ne répond pas à mes coups de fil. Comment sais-tu ce qui se passe ici ?

– Je ne le sais pas, mais j'ai eu... un message d'elle. Dis-moi ce que tu sais.

– Mais... qu'est-ce que disait son message ?

– Rien, il ne disait rien. C'est une vidéo. Écoute, dis-moi juste ce qui se passe là-bas.

– Elle n'est pas revenue du centre commercial après l'école. Comme c'était vendredi, je l'ai laissée aller avec ses amis. D'habitude, elle m'appelle vers six heures et me demande une rallonge de temps, mais cette fois rien. Et comme elle n'est pas rentrée à la maison, c'est moi qui l'ai appelée, mais elle n'a pas décroché. Je lui ai laissé tout un tas de messages et je me suis mise vraiment en colère. Mais tu sais comment elle est, elle s'est probablement mise en colère aussi et elle n'est pas rentrée. J'ai appelé ses amis et tous prétendent ne pas savoir où elle est.

– Eleanor, il est plus de cinq heures du matin chez toi. As-tu appelé la police ?

– Harry...

– Quoi ?

– Elle a déjà fait ça une fois.

– Qu'est-ce que tu racontes ?

Il se laissa tomber lourdement dans son fauteuil et se tassa sur lui-même en appuyant fort le téléphone contre son oreille.

– Elle avait passé la nuit chez une copine pour me « donner une leçon », reprit Eleanor. J'avais appelé la police et tout ça était bien gênant parce que les flics l'ont retrouvée chez sa copine. Je suis désolée de ne pas te l'avoir dit. Mais elle et moi, on a des problèmes. Elle est à un âge où... tu vois ? Elle fait des trucs bien au-dessus de son âge. Et on dirait qu'elle ne m'aime pas beaucoup en ce moment. Elle dit vouloir aller vivre avec toi à L.A. Elle…

Bosch l'interrompit :

– Écoute, Eleanor, tout ça, je le comprends, mais là ce n'est pas pareil. Il s'est passé quelque chose.

– Qu'est-ce que tu veux dire ?

Sa voix n'était plus que panique. Bosch y reconnut sa propre peur. Il rechignait à lui parler de la vidéo, mais il sentit qu'il le fallait. Elle avait besoin de savoir. Il lui décrivit la vidéo de trente secondes, sans rien laisser dans l'ombre. Eleanor poussa un hurlement de douleur comme seule peut en pousser une mère qui vient de perdre sa fille.

– Oh, mon Dieu ! Oh, mon Dieu !

– Je sais, mais on va la retrouver, Eleanor. Je…

– Pourquoi t'ont-ils envoyé ce truc-là, à toi et pas à moi ?

Il entendit qu'elle commençait à pleurer. Elle perdait la tête. Il ne répondit pas à sa question parce qu'il savait que ça ne ferait qu'empirer les choses.

– Écoute-moi, Eleanor, reprit-il, il faut qu'on essaie d'y voir clair. Fais-le pour elle. C'est toi qui es là-bas, pas moi.

– Qu'est-ce qu'ils veulent ? De l'argent ?

– Non…

– Quoi alors ?

Il essaya de parler calmement, en espérant que ce soit contagieux quand la gravité de ce qu'il allait lui dire la frapperait.

– Je pense que ce message s'adresse à moi, dit-il. Ce n'est pas de l'argent qu'ils veulent. Ils me disent simplement qu'ils la tiennent.

– Ça s'adresse à toi ? Mais pourquoi ? Qu'est-ce qu'ils… Harry, qu'est-ce que tu as fait ?

Sur le ton de l'accusation. Bosch eut peur que cette question le condamne jusqu'à la fin de ses jours.

– Je suis sur une affaire qui a à voir avec une triade chinoise. Je crois que…

– Ils l'ont prise pour te tenir, toi ? Comment ont-ils seulement découvert son existence ?

– Je ne le sais pas encore, Eleanor. J'y travaille. On a un suspect en prison et...

De nouveau elle l'interrompit, cette fois par une plainte. Le bruit que fait en s'incarnant le pire cauchemar d'un père ou d'une mère. Alors Bosch sut comment agir. Il baissa encore la voix.

– Eleanor, écoute-moi, dit-il. J'ai besoin que tu te reprennes. Il faut que tu commences à passer des coups de fil. J'arrive. Je serai à Hong Kong dimanche matin avant l'aube. En attendant, il faut que toi, tu arrives à avoir ses copines. Il faut que tu trouves avec qui elle était au centre commercial et où elle est allée après. Il faut que tu trouves tout ce que tu pourras trouver sur ce qui s'est passé. Tu m'entends, Eleanor ?

– Je raccroche et j'appelle la police.

– Non !

Il regarda autour de lui et s'aperçut que son cri avait attiré l'attention d'un bout à l'autre de la salle. Après l'incident avec Chang, il inquiétait tout le monde. Il se tassa encore plus dans son fauteuil et se pencha sur son bureau pour que personne ne le voie.

– Quoi ? Harry, il faut qu'on...

– Écoute-moi d'abord et après tu fais ce que tu juges nécessaire. Je ne crois pas qu'il faille appeler la police. Pas encore. On ne peut pas courir le risque que les types qui la tiennent apprennent qu'on l'a fait. Parce que là on pourrait bien ne plus jamais la revoir.

Elle ne répondit pas. Bosch entendit qu'elle pleurait.

– Eleanor ? Écoute-moi ! Tu veux la retrouver ou pas ? Remets-toi, bordel de merde ! Tu as travaillé pour le Bureau, bon sang ! Tu peux y arriver. Je veux que tu t'y attelles comme un agent spécial du FBI jusqu'à ce que j'arrive. Je vais faire analyser la vidéo. Il y a un moment où on la voit donner un coup de pied à la caméra et celle-ci a bougé. Et j'ai vu une fenêtre. On pourra peut-être en tirer quelque chose. Je prends l'avion ce soir et je viendrai directement chez toi. Tu as tout compris ?

Il y eut un long moment de silence avant qu'elle réponde. Lorsque enfin elle le fit, sa voix était calme. Elle avait saisi le message.

– Oui, j'ai pigé, Harry. Je pense quand même qu'il faut appeler la police de Hong Kong.

– Si c'est ce que tu penses, alors pas de problème. Fais-le. Tu connais quelqu'un ? Quelqu'un en qui tu as confiance ?

– Non, mais il y a un bureau spécialisé dans les affaires de triades. Ses agents sont déjà venus au casino.

Presque vingt ans après son passage au FBI, Eleanor était devenue joueuse de cartes professionnelle. Depuis au moins six ans, elle vivait à Hong Kong et travaillait au Cleopatra Casino de Macao. Tous les grands flambeurs du continent voulaient se mesurer à la *gwei-po* – la femme blanche. C'était la grande attraction. Elle jouait avec l'argent du casino, avait droit à un pourcentage de ses gains, ses pertes ne donnant lieu à aucune sanction. Elle menait une existence confortable. Maddie et elle habitaient dans un gratte-ciel de la Happy Valley, le casino lui envoyant un hélicoptère qui atterrissait sur le toit de l'immeuble lorsque c'était l'heure d'aller au travail.

Confortable jusqu'à cet instant.

– Parle aux gens du casino, reprit-il. S'il y a quelqu'un qu'on te dit fiable, vas-y. Passe le coup de fil. Moi, il faut que je raccroche pour pouvoir m'activer. Je te rappelle avant de décoller.

– OK, Harry, dit-elle comme dans un brouillard.

– Si jamais tu découvres quoi que ce soit, tu m'appelles.

– D'accord, Harry.

– Et... Eleanor ?

– Quoi ?

– Essaie de voir si tu ne peux pas me procurer un flingue. Je ne peux pas faire passer le mien à la frontière.

– Ici, on fout en prison les gens qui ont une arme.

– Ça, je le sais, mais toi, tu connais des gens au casino. Trouve-moi un flingue.

– J'essaierai.

Il hésita avant de raccrocher. Il avait envie de la toucher, d'essayer Dieu sait comment d'apaiser ses craintes. Mais il savait que c'était impossible. Il n'arrivait même pas à apaiser les siennes.

– Bon, dit-il, je vais y aller. Essaie de garder ton calme, Eleanor. Pour Maddie. On reste calme et on réussira.

– On va la leur reprendre, pas vrai, Harry ?

Bosch acquiesça dans son for intérieur avant de répondre :

– Oui, Eleanor. On la leur reprendra.

19

L'unité des images numériques comptait au nombre des sous-sections de la Scientific Investigation Division et se trouvait encore dans l'ancien quartier général de la police de Parker Center. Bosch parcourut les deux rues qui séparaient l'ancien bâtiment du nouveau comme quelqu'un qui court parce qu'il est en retard pour son avion. Lorsque enfin il poussa les portes en verre de l'immeuble où il avait passé l'essentiel de sa carrière d'inspecteur, il soufflait fort et de la sueur luisait sur son front. Il montra son écusson à la réception et prit l'ascenseur jusqu'au deuxième.

La Scientific Investigation Division se préparait à passer au PAB. Les vieux bureaux et plans de travail n'avaient pas bougé, mais équipement, archives et effets personnels, tout était déjà dans des caisses. Soigneusement orchestré, le processus ralentissait la marche déjà bien pesante de la science dans la lutte contre le crime.

L'unité des images numériques occupait deux pièces au fond. Bosch y entra et découvrit une bonne dizaine de cartons empilés sur un côté de la première salle. Il n'y avait plus une seule image ou carte sur les murs et de nombreuses étagères étaient vides. Il trouva un technicien en plein travail au labo du fond.

Barbara Starkey était une ancienne qui sautait d'une spécialité de la SID à l'autre depuis presque quatre décennies qu'elle y travaillait. Bosch avait fait sa connaissance alors qu'il n'était encore qu'un bleu qui gardait les restes calcinés d'une maison où la police avait engagé une fusillade de première grandeur avec des membres de l'Armée de libération symbionaise[1]. Ces militants radicaux avaient revendiqué l'enlèvement de Patty Hearst, l'héritière du magnat de la presse. À l'époque, Starkey faisait partie de l'équipe de médecine légale qu'on avait dépêchée sur les lieux afin de déterminer si les restes de Patty Hearst ne se trouvaient pas parmi les débris de l'enfer qu'était devenue la maison. En ce temps-là, le LAPD avait pour politique d'envoyer les aspirantes flics dans des endroits où les risques de confrontation physique et la nécessité de porter une arme étaient minimes. Et Starkey voulait être flic. Elle avait terminé à la SID et à ce titre avait assisté à l'importance grandissante de la technologie dans la détection du crime. Comme elle aimait le rappeler aux bleus, lorsqu'elle avait commencé à travailler au labo, l'ADN n'était encore que l'assemblage de trois lettres de l'alphabet. Elle était maintenant experte dans à peu près tous les domaines couverts par la police scientifique, et son fils, Michael, travaillait lui aussi dans ce secteur – il s'était spécialisé dans l'analyse des projections de sang.

Starkey leva le nez de dessus un poste de travail à deux écrans, où elle examinait la vidéo pleine de grain d'un braquage de banque. Elle avait sous les yeux deux images – l'une plus piquée que l'autre – d'un type qui pointait son arme sur un guichet.

– Harry Bosch ! s'écria-t-elle. L'homme qui a toujours un plan !

Bosch n'avait pas le temps de plaisanter. Il s'approcha d'elle et alla droit au but :

– Barb, j'ai besoin de ton aide.

Elle fronça les sourcils en remarquant l'urgence dans sa voix.

– Qu'est-ce qu'il y a, mon grand ?

Il leva son portable en l'air.

1. Mouvement armé de l'extrême gauche américaine dans les années 1970. *(NdT.)*

– J'ai une vidéo là-dedans, dit-il. J'ai besoin que tu me l'agrandisses et que tu la ralentisses pour voir si je peux reconnaître un lieu. Il s'agit d'un enlèvement.

– C'est que je suis en plein milieu de ce braquage à West…, fit-elle en lui montrant ses écrans.

– C'est ma fille, Barbara. J'ai besoin de ton aide, tout de suite.

Cette fois Starkey n'hésita pas une seconde :

– Fais-moi voir.

Bosch ouvrit son portable, lança la vidéo et lui tendit l'appareil. Elle regarda l'enregistrement en prenant soin de ne laisser aucune réaction affective envahir son visage. Tout ce qu'il vit fut qu'elle se raidissait, une aura d'urgence professionnelle la gagnant.

– Bien, dit-elle, tu peux me l'envoyer ?

– Je ne sais pas. Je sais comment l'envoyer à ton téléphone.

– Peux-tu m'envoyer ça par *e-mail* avec une pièce jointe ?

– Je sais envoyer des *e-mails*, mais avec une pièce jointe, non, je ne sais pas. Je n'ai jamais essayé.

Elle lui montra comment s'y prendre et il lui envoya ce qu'elle voulait.

– OK, reprit-elle, attendons que ça m'arrive.

Avant même qu'il ait pu lui demander combien de temps ça prendrait, un tintement de carillon monta de son ordinateur.

– Ça y est, dit-elle.

Elle arrêta son travail sur le braquage de banque, ouvrit l'*e-mail* et téléchargea la vidéo. En un rien de temps, celle-ci se trouva sur son écran gauche. En plein format, l'image n'était plus qu'étalement de pixels. Elle la réduisit à un demi-écran et tout devint plus clair. Bien plus clair et bien plus dur que ce que Bosch avait vu sur son portable. Il regarda sa fille et fit tout ce qu'il pouvait pour rester concentré.

– Je suis vraiment navrée, Harry, dit Starkey.

– Oui, bon, je sais. N'en parlons pas.

Maddie Bosch, treize ans, était attachée sur une chaise. Elle avait un bâillon en tissu rouge vif en travers de la bouche. Elle portait son uniforme d'école – jupe à carreaux bleus et chemisier blanc avec la couronne de l'école au-dessus du sein gauche. Elle fixait la caméra, celle de son propre téléphone portable, avec un regard qui déchira le cœur de son père. *Désespéré* et *terrorisé* furent les premiers mots qui lui vinrent à l'esprit pour décrire ce regard.

Aucun son, ou plutôt personne pour dire quoi que ce soit au début. Quinze secondes durant la caméra resta braquée sur Maddie. Cela suffisait. On se contentait de lui montrer sa fille. La rage lui revint. Et un sentiment d'impuissance.

C'est alors que la personne qui filmait entra dans le champ et dégagea un bref instant le bâillon de la bouche de Maddie.

– Papa ! hurla-t-elle.

Le bâillon fut aussitôt remis en place, étouffant tout ce qu'elle criait après ce seul mot et laissant Bosch incapable d'interpréter ce qu'elle disait.

Puis la main glissa vers le bas, l'homme tentant de caresser un sein de la fillette. Qui réagit violemment, remua dans ses liens, leva la jambe gauche et donna un coup de pied dans le bras tendu devant l'objectif. Le cadrage valsa brièvement avant d'être recentré sur Maddie. Elle était tombée avec sa chaise. Les cinq dernières secondes de l'enregistrement, la caméra resta braquée sur elle. Puis l'écran devint noir.

– Il n'y a aucune exigence, dit Starkey. Ils se contentent de la montrer.

– Le message est pour moi, répondit-il. Ils me disent de laisser tomber.

Elle ne répondit pas. Elle posa les deux mains sur un appareil de montage relié au clavier de son ordinateur. Bosch savait qu'en manipulant les cadrans elle pourrait contrôler précisément la vidéo en marche avant ou arrière.

– Harry, dit-elle, je vais y aller plan par plan, mais ça va prendre un certain temps. Il y a trente secondes de vidéo là-dedans.

– Je peux le faire avec toi.

– Il vaudrait peut-être mieux que tu me laisses faire mon travail et que je t'appelle dès que je trouve quelque chose. Tu peux me faire confiance, Harry. Je sais que c'est ta fille.

Il acquiesça. Il savait bien qu'il fallait la laisser faire son boulot sans la presser. C'était ce qui donnerait les meilleurs résultats.

– D'accord, dit-il. On ne pourrait pas juste regarder le moment où elle flanque un coup de pied, et après je te laisse tranquille ? Je veux voir s'il n'y aurait pas quelque chose à cet endroit. Il a bougé la caméra quand elle l'a frappé et j'ai vu un éclair de lumière. Comme s'il y avait une fenêtre.

Starkey relança la vidéo en marche arrière jusqu'à ce moment-là. En temps réel, l'enregistrement ne montrait que le flou d'un mouvement soudain, puis une lumière aussitôt suivie par une correction de trajectoire ramenant sur la fillette.

Mais là, en défilement plan par plan, Bosch s'aperçut que la caméra avait balayé toute la pièce sur la gauche pour se fixer sur une fenêtre.

– T'es drôlement bon, Harry, dit Starkey. Il n'est pas impossible qu'on tienne quelque chose.

Bosch se pencha en avant pour regarder par-dessus l'épaule de Starkey et se rapprocher. Starkey relança la machine en arrière, puis la fit repartir lentement en marche avant. Le geste qu'avait fait Maddie pour frapper du pied le bras tendu de son ravisseur avait déplacé le cadrage de la vidéo vers la gauche, puis vers le bas, avant de le faire remonter vers la fenêtre et de revenir sur la droite après correction.

La pièce ressemblait à une chambre d'hôtel bon marché équipée d'un seul lit, d'une table et d'une lampe juste derrière la chaise sur laquelle Maddie était attachée. Bosch remarqua la présence d'un tapis beige sale avec quantité de taches dessus. Le mur à côté du lit était grêlé de petits trous laissés par des punaises. Les images ou tableaux avaient disparu des murs pour rendre l'identification du lieu plus difficile.

Starkey revint au plan de la fenêtre et gela l'image. Munie d'une seule vitre, la fenêtre était verticale et s'ouvrait vers l'extérieur, comme une porte. Il ne semblait pas y avoir de grillage moustiquaire. Ouverte au maximum vers le dehors, elle donnait à voir le reflet d'un panorama citadin dans la vitre.

– Harry, reprit Starkey, tu as une idée de l'endroit où c'est ?

– Oui, à Hong Kong.

– À Hong Kong ?

– Elle y vit avec sa mère.

– Eh bien, mais...

– Mais quoi ?

– C'est juste que ça va être plus difficile à localiser. Tu connais cette ville ?

– J'y vais deux fois par an depuis à peu près six ans. Nettoie-moi juste ça si tu peux. Tu peux agrandir cette partie-là ?

Avec la souris, elle encadra la fenêtre et en déplaça la copie sur le deuxième écran. Puis l'agrandit et fit le point en six manœuvres.

– Harry, on n'a pas les pixels, dit-elle, mais si je passe ça dans un programme qui remet les choses qu'on n'a pas, on peut affiner l'image. Tu pourras peut-être reconnaître quelque chose dans le reflet.

Bosch fit oui de la tête alors qu'il se trouvait derrière elle.

Sur le deuxième écran, le reflet dans la vitre devint une image plus nette avec trois niveaux de profondeur. La première chose qu'il remarqua fut que la pièce était située en hauteur. Le reflet laissait voir une rue encaissée au moins dix étages en dessous. Il vit les façades des immeubles et le bord d'un grand panneau avec l'inscription *N O.* Il y avait aussi une manière de collage de panneaux remplis de caractères chinois au niveau du rez-de-chaussée. Plus petits et moins clairs, ces panneaux.

Au-delà de ce reflet il vit de grands immeubles dans le lointain. Il en reconnut un à ses deux flèches blanches. Ces deux antennes de radio étaient maintenues par une barre transversale, l'ensemble lui rappelant toujours des buts de football.

À l'arrière-plan se trouvait le troisième niveau du reflet : la ligne de crête d'une montagne seulement brisée par une structure en forme de bol soutenu par deux colonnes épaisses.

– Ça t'aide, Harry ?

– Oui, oui, absolument. C'est sûrement Kowloon. Le reflet renvoie de l'autre côté du port, vers Central et le sommet de la montagne derrière. Le bâtiment avec les buts de foot est la Bank of China. Très célèbre dans le panorama de la ville. Et là derrière, c'est Victoria Peak. La structure qu'on voit au-dessus, entre les poteaux de buts, est une espèce de belvédère à côté de la tour du haut. Ce qui fait que pour refléter tout ça, je suis à peu près sûr qu'il faut être de l'autre côté du port, à Kowloon.

– Comme je n'y suis jamais allée, ça ne me dit rien du tout.

– De fait, Central Hong Kong est une île. Mais il y en a d'autres autour, et de l'autre côté du port il y a Kowloon et une région qu'on appelle les Nouveaux Territoires.

– Tout ça est un peu trop compliqué pour moi. Mais si ça t'aide...

– Ça m'aide beaucoup. Tu pourrais m'imprimer ça ? demanda-t-il en montrant le deuxième écran où l'on voyait la fenêtre.

– Aucun problème. Mais il y a quand même un truc un peu bizarre.

– Oui, quoi ?

– Tu vois là, au premier plan, le reflet partiel du panneau ?

Avec son curseur elle encercla les deux lettres N et O, qui faisaient partie d'un mot anglais.

– Oui.

– N'oublie pas qu'il s'agit d'un reflet dans la fenêtre. Ça fait comme un miroir et tout est donc à l'envers. Tu comprends ?

– Oui.

– Bien, et donc tous les panneaux devraient être à l'envers, mais ces lettres-là ne le sont pas. Évidemment, avec un O, on ne peut pas dire. À l'endroit ou à l'envers, c'est pareil. Mais le N, lui, n'est pas à l'envers. Et donc, quand on n'oublie pas qu'il s'agit d'un reflet à l'envers, on a...

– Un panneau à l'envers ?

– Voilà. C'est obligé pour qu'il paraisse correct dans un reflet.

Bosch acquiesça. Elle avait raison. Si bizarre que ce soit, ce n'était pas quelque chose sur quoi s'appesantir pour le moment. Il voulait appeler Eleanor et lui dire qu'à son avis leur fille était détenue à Kowloon. Cela pourrait peut-être donner quelque chose de son côté. En tout cas, c'était un début.

– Je peux en avoir la copie ?

– Elle s'imprime. Ça prendra deux ou trois minutes parce qu'elle est en haute résolution.

– Compris.

Il regarda fixement l'image à l'écran dans l'espoir d'y trouver un autre détail qui pourrait aider. Le plus remarquable était un reflet partiel du bâtiment dans lequel était détenue sa fille. Une série de climatiseurs en sortaient sous les fenêtres. Il s'agissait donc d'un bâtiment ancien et cela permettrait peut-être de repérer l'endroit.

– Kowloon, répéta Starkey. Ça a quelque chose de sinistre.

– Ma fille m'a dit que ça signifiait « les Neuf Dragons ».

– Tu vois ! Je te l'avais dit ! Qui pourrait bien décider d'appeler son quartier « les Neuf Dragons » à moins de vouloir foutre la trouille aux gens pour les faire partir ?

– Ça vient d'une légende. Dans une ancienne dynastie, l'empereur qui n'était encore qu'un garçon se fit chasser par les Mongols jusque dans ce qui est Hong Kong aujourd'hui. Il vit les huit sommets des montagnes qui entouraient la région et voulut appeler l'endroit « les Huit Dragons ». Mais un des hommes qui le gardaient lui rappela que l'empereur était lui aussi un dragon. Ils ont donc appelé l'endroit « les Neuf Dragons ». Kowloon.

– C'est ta fille qui t'a dit ça ?

– Oui. Elle l'a appris à l'école.

S'ensuivit un instant de silence. Bosch entendit l'imprimante quelque part dans son dos. Starkey se leva, passa derrière une pile de cartons et sortit l'image du reflet dans la vitre de l'imprimante haute résolution.

Et la tendit à Bosch. Tirage sur papier photo. Aussi clair que l'image sur l'écran.

– Merci, Barbara.

– Je n'ai pas fini. Comme je te l'ai dit, je vais examiner tous les plans de cette vidéo de trente secondes un par un… et s'il y a quelque chose d'autre qui pourrait t'aider, je le trouverai. Je vais aussi analyser la bande-son à part.

Bosch se contenta de hocher la tête et regarda la sortie papier qu'il tenait dans sa main.

– Tu la trouveras, Harry. Je le sais.

– Oui, moi aussi, dit-il.

20

Bosch appela son ex en numérotation rapide en regagnant le PAB. Elle lui répondit avec une question urgente.

– Harry, dit-elle, y a du nouveau ?

– Pas grand-chose, non, mais on y travaille. Je suis à peu près sûr que la vidéo qu'on m'a envoyée a été prise à Kowloon. Cela a-t-il un sens à tes yeux ?

– Non. Kowloon ? Pourquoi ?

– Aucune idée. Mais il se pourrait qu'on retrouve le lieu.

– On... tu veux dire la police ?

– Non, toi et moi, Eleanor. Je pars. Il faut encore que j'achète mon billet. Je prendrai le premier avion ce soir. As-tu contacté des gens ? Qu'est-ce que tu as trouvé ?

– Je n'ai rien ! hurla-t-elle, et il en fut tout surpris. Ma fille est quelque part et je n'ai rien ! Les flics ne me croient même pas.

– Qu'est-ce que tu racontes ? Tu les as appelés ?

– Oui, je les ai appelés. Je ne pouvais pas rester là sans rien faire à attendre que tu te pointes demain. J'ai appelé le bureau des Triades.

Bosch sentit son estomac se nouer. Il n'arrivait pas à faire confiance à des inconnus pour retrouver sa fille, si experts fussent-ils.

– Et qu'est-ce qu'ils disent ?

– Ils ont entré mon nom dans l'ordinateur central et ça a fait tilt. Ils ont un dossier sur moi. Qui je suis, pour qui je travaille, etc. Et ils savaient pour la fois d'avant. Quand j'ai pensé que Maddie s'était fait enlever alors qu'elle s'était enfuie chez ses copines... Et donc ils ne m'ont pas crue. Pour eux, elle a encore fugué et ses copines me mentent. Ils m'ont dit d'attendre une journée et de les rappeler si elle ne reparaissait pas.

– Tu leur as parlé de la vidéo ?

– Oui, je leur en ai parlé, mais ils s'en foutent. À leur avis, s'il n'y a pas de demande de rançon, c'est probablement un coup monté par elle et ses copains pour attirer l'attention. Ils ne me croient pas !

Elle se mit à pleurer de peur et de frustration, mais Bosch réfléchit à la réaction des flics et se dit que ça pouvait jouer en leur faveur.

– Eleanor, dit-il, écoute-moi. Pour moi, tout ça, c'est bon.

– C'est bon ? Comment veux-tu que ça soit bon ? Les flics ne la cherchent même pas.

– Je te l'ai déjà dit, je ne veux pas d'eux. Les types qui la tiennent les verront arriver à dix kilomètres. Mais moi, ils ne me verront pas.

– On n'est pas à Los Angeles, Harry. Tu ne sauras pas t'y retrouver comme là-bas.

– Mon chemin, je le trouverai, dit-il, et tu m'aideras.

Il y eut un silence avant qu'elle ne réagisse. Bosch était déjà presque arrivé au PAB.

– Harry, il faut que tu me promettes de la retrouver.

– Je la retrouverai, Eleanor, lui renvoya-t-il sans hésitation. Je te le promets. Je vais la ramener.

Il entra dans le grand hall en tenant sa veste ouverte de façon que le badge qu'il portait à la ceinture soit bien visible par les employés installés derrière le superbe bureau de la réception.

– Faut que je prenne l'ascenseur, dit-il. Je vais probablement perdre la connexion.

– D'accord, Harry.

Mais il s'arrêta juste avant le recoin des ascenseurs.

– Je viens juste de penser à un truc, reprit-il. Y a pas une de ses amies qui s'appelle Lui ?

– Lui ?

– Oui, L-u-i. D'après Maddie, ça veut dire « la rivière ». Elle m'a dit que c'est le nom d'une des amies avec qui elle traîne au centre commercial.

– C'était quand ?

– Tu veux dire quand elle me l'a dit ? Il y a quelques jours. Ça devait être jeudi pour toi. Jeudi matin en allant à l'école. J'étais en train de lui parler et elle m'a dit pour la cigarette. Elle…

Eleanor l'interrompit en y allant d'une espèce de bruit de dégoût.

– Quoi ? dit-il.

– C'est pour ça qu'elle m'a traitée comme un chien pendant toute la semaine. Tu m'avais caftée.

– Non, c'est pas ça. Je lui avais envoyé une photo pour la forcer à me rappeler et je savais qu'on parlerait de cigarettes. Et ça a marché. Et c'est quand je lui ai dit qu'elle avait intérêt à ne pas fumer qu'elle m'a parlé de Lui. Elle m'a dit que des fois son frère aîné passe au centre commercial pour la surveiller et que c'est lui qui fume.

– Je ne connais aucune de ses amies avec ce nom-là et je ne connais pas le frère non plus. Ça te montre sans doute à quel point je suis coupée de ma fille.

– Écoute, Eleanor, à un moment comme celui-ci on va tous les deux essayer de deviner tout ce que l'autre lui a fait ou dit. Sauf que ça va nous détourner de ce sur quoi nous devons nous concentrer maintenant. D'accord ? Ne te laisse pas égarer par ce que tu as fait ou pas fait. L'essentiel, c'est de la ramener.

– D'accord. Je vais reprendre contact avec celles de ses amies que je connais. Je m'occupe de retrouver Lui et son frère.

– Tâche de savoir si le frangin a des liens avec une triade.

– Je vais essayer.

– Faut que j'y aille, mais encore une chose : est-ce que t'as trouvé pour l'autre truc ?

Il adressa un signe de tête à quelques inspecteurs de la brigade des Vols et Homicides qui passaient devant lui pour gagner les ascenseurs. Ils faisaient partie du service des Affaires non résolues, qui avait sa propre salle de garde. Ils ne lui firent pas l'impression de le regarder comme s'ils étaient au courant de ce qui se passait. Et ça, c'était une bonne chose, se dit-il. Il n'était pas impossible que Gandle ait décidé de ne rien en dévoiler.

– Tu veux dire pour le flingue ? lui demanda-t-elle.

– Voilà.

– Harry, il ne fait même pas encore jour ici. Je m'en occuperai dès que je ne serai pas obligée de sortir les gens du lit pour me répondre.

– Bon, d'accord.

– Mais je vais commencer à téléphoner pour Lui, et tout de suite.

– Bien, bien. On s'appelle dès qu'on a quelque chose.

– Au revoir, Harry.

Il referma son portable et gagna le recoin des ascenseurs. Les inspecteurs ayant filé, il prit le suivant. Il était en train de monter lorsqu'il regarda le portable qu'il tenait à la main et songea que c'était encore loin d'être le matin à Hong Kong. Alors que le message vidéo avait été filmé en plein jour. Cela voulait dire que sa fille pouvait avoir été enlevée quelque douze heures auparavant.

Il n'y avait pas d'autre message. Il appuya sur la touche de numérotation rapide de sa fille et une fois encore l'appel fut immédiatement transféré sur sa boîte vocale. Il coupa la communication et rangea son portable.

Elle est vivante, se dit-il. Elle est vivante.

Il réussit à réintégrer son box sans attirer l'attention de quiconque. Il n'y avait aucun signe de vie de Ferras ou de Chu. Il sortit un carnet d'adresses d'un tiroir et l'ouvrit à la page où il avait dressé la liste des compagnies aériennes ayant des vols Los Angeles-Hong Kong. Il savait qu'il y avait le choix, mais pas beaucoup de marge côté horaires. Tous décolleraient entre onze heures du soir et une heure du matin pour atterrir tôt le dimanche matin. Entre les quatorze heures du vol et les quinze du décalage horaire, ce serait toute la journée du samedi qui disparaîtrait pendant le voyage.

Il commença par appeler la Cathay Pacific et réussit à réserver une place côté hublot sur le premier vol en partance. Atterrissage prévu à cinq heures vingt-cinq dimanche matin.

– Harry ?

Il pivota dans son fauteuil et découvrit Gandle debout à l'entrée de son box. Il lui fit signe d'attendre un peu et termina son appel en notant le code de sa réservation. Puis il raccrocha.

– Où est passé tout le monde, lieutenant ? demanda-t-il.

– Ferras est toujours au tribunal et Chu est en train de coffrer Chang.

– Quelles sont les charges ?

– On joue l'assassinat, comme prévu. Sauf qu'à l'heure qu'il est on n'a toujours rien pour l'étayer.

– Et côté tentative de fuite de la juridiction ?

– Ça aussi, ç'a été ajouté.

Bosch jeta un coup d'œil à la pendule au-dessus du tableau d'affichage. Il était deux heures et demie. Avec l'accusation de meurtre et la tentative de fuite, Chang aurait droit à une caution automatique de deux millions de dollars. Bosch savait qu'il était trop tard pour qu'un avocat puisse le déférer devant un tribunal afin de demander une réduction de la caution et faire valoir le manque d'éléments de preuve pour étayer les deux chefs d'accusation. Les services du tribunal étant fermés le week-end, il était aussi peu probable que Chang soit relâché sans que quelqu'un mette deux millions de dollars en liquide sur la table. Quant aux garanties de caution, on ne pourrait pas les évaluer avant le lundi suivant. Tout bien considéré, cela leur laissait jusqu'au lundi matin pour établir les preuves permettant d'asseoir les charges.

– Comment ça a marché pour Ferras ?

– Je ne sais pas. Il est toujours là-bas et n'a pas appelé. La vraie question, c'est comment vous allez, vous ? Le labo s'est-il occupé de la vidéo ?

– Barbara Stankey y travaille à l'instant même. Elle a déjà trouvé ça.

Il sortit le tirage papier de la poche de sa veste puis il le déplia. Et expliqua à Gandle ce qu'il pensait que ça voulait dire, et que, de fait, c'était la seule piste qu'ils avaient pour l'instant.

– J'ai eu l'impression que vous faisiez une réservation. Vous partez quand ?

– Ce soir. J'y serai tôt dimanche.

– On perd une journée entière ?

– Oui, mais je la regagnerai en rentrant. J'ai toute la journée de dimanche pour la trouver. Après, je reprends l'avion lundi matin et j'arrive ici lundi matin. On va voir le *district attorney* et on lui remet le dossier Chang. Ça marchera, lieutenant.

– Écoutez, Harry. Ne vous faites pas de souci pour une journée. Et ne vous inquiétez pas non plus pour cette affaire. Occupez-vous de filer là-bas et de la retrouver. On s'occupera du reste.

– Voilà.

– Et les flics ? Votre ex les a appelés ?

– Elle a essayé. Ça n'a pas l'air de les intéresser.

– Quoi ? Vous leur avez envoyé la vidéo ?

– Pas encore. Mais elle leur en a parlé. Ils ont passé.

Gandle se mit les mains sur les hanches. C'était ce qu'il faisait lorsque quelque chose l'agaçait ou qu'il avait besoin de montrer son autorité dans certaines situations.

– Qu'est-ce qui se passe, Harry ?

– Pour eux, c'est une fugue et nous devrions attendre qu'elle reparaisse. Moi, ça ne me gêne pas parce que je n'ai aucune envie que les flics s'en mêlent. Pas pour l'instant.

– Écoutez, des unités attachées aux triades, ils doivent en avoir à revendre. Votre ex a dû tomber sur un petit con derrière un bureau. Il faut mettre des experts sur le coup et ils en ont.

Bosch hocha la tête comme si tout ça, il le savait déjà.

– Patron, dit-il, des experts, je suis sûr qu'ils en ont. Mais cela fait plus de trois cents ans que les triades résistent. Et qu'elles sont florissantes. Et ça, ça ne se fait pas sans avoir des contacts à l'intérieur même de la police. Si c'était une de vos filles, est-ce que vous feriez appel à un tas de types en qui on ne peut pas avoir confiance ou bien est-ce que vous joueriez le coup tout seul ?

Il savait que Gandle avait deux filles. Toutes les deux plus âgées que Maddie. La première était étudiante dans l'Est, à l'université Johns Hopkins, et il ne cessait de se faire du souci pour elle.

– Je comprends, Harry.

Bosch lui montra la sortie d'imprimante.

– Tout ce que je veux, c'est mon dimanche. J'ai une idée du lieu, je vais y aller et la ramener. Et si je n'arrive pas à la retrouver, j'irai voir les flics lundi matin. Je parlerai à leurs spécialistes des triades, et merde, tiens, j'appellerai même l'antenne locale du FBI. Je ferai tout ce qu'il faut, mais je veux mon dimanche pour la retrouver moi-même.

Gandle acquiesça d'un signe de tête et regarda par terre. On aurait dit qu'il voulait ajouter quelque chose.

– Quoi ? lui demanda Harry. Laissez-moi deviner. Chang est en train de rédiger une plainte contre moi pour tentative d'étranglement. Ce qui est drôle parce que j'ai fini par m'en prendre plus que ce que j'y ai donné. Cet enfoiré est drôlement costaud.

– Non, non, ce n'est pas ça. Il refuse toujours de dire quoi que ce soit. Ce n'est pas ça.

– C'est quoi alors ?

Gandle hocha la tête à nouveau.

– Eh bien, j'allais juste vous dire que si ça ne marche pas dimanche, vous n'avez qu'à m'appeler. L'ennui avec ces fumiers, c'est qu'ils ne reprennent jamais le droit chemin. Vous savez bien : assassin aujourd'hui, assassin demain. On pourra toujours le coincer plus tard, le Chang.

De fait, le lieutenant Gandle lui disait être prêt à laisser filer Chang si ça pouvait ramener la fille de Bosch à la maison. Le lundi arrivant, on pourrait toujours informer le *district attorney* qu'il n'y avait pas assez de preuves pour étayer l'accusation de meurtre, Chang étant aussitôt libéré.

– Vous êtes un type bien, lieutenant.

– Et, naturellement, je n'ai jamais rien dit de pareil.

– On n'en arrivera pas là, mais j'apprécie beaucoup ce que vous ne venez pas de me dire. En plus, la triste vérité est qu'on pourrait être obligés de relâcher ce mec lundi de toute façon. À moins qu'on trouve quelque chose pendant le week-end ou suite aux perquisitions.

Bosch se rappela qu'il avait promis à Teri Sopp de lui faire passer une copie de sa carte d'empreintes de façon qu'elle l'ait à sa disposition s'il se passait quelque chose pendant le test d'amplification électrostatique pratiqué sur la douille retrouvée dans le corps de John Li. Il demanda à Gandle de s'assurer que Ferras ou Chu lui fassent passer ce fichier. Le lieutenant lui répondit qu'il y veillerait. Il lui rendit le tirage de l'image vidéo et lui dit ce qu'il lui répétait toujours :

– On me tient au courant.

Puis il reprit le chemin de son bureau.

Bosch posa la sortie d'imprimante sur son bureau et mit ses lunettes de lecture. Sortit une loupe d'un tiroir et centimètre carré par centimètre carré se lança dans l'examen de l'image dans l'espoir d'y trouver quelque chose qui puisse l'aider et qu'il n'aurait pas déjà remarqué. Il travaillait depuis dix minutes et n'avait toujours rien découvert de nouveau lorsque son portable sonna. C'était Ferras, et Ferras ignorait tout de l'enlèvement de sa fille.

– Harry, je l'ai ! s'exclama-t-il. On a l'autorisation de fouiller la valise et la voiture, et de s'occuper du téléphone.

– Ignacio, tu es un sacré rédacteur. Tu gagnes à tous les coups.

Et c'était vrai. Depuis trois ans qu'ils travaillaient ensemble, Ferras n'avait pas encore rédigé une seule demande de perquisition qu'un juge aurait refusée pour manque de causes raisonnables. Si le travail de terrain le mettait mal à l'aise, il ne craignait nullement le tribunal. Il semblait savoir exactement ce qu'il convenait de mettre et d'exclure dans une demande de perquisition.

– Merci, Har.

– Tu as fini là-bas ?

– Oui, je rentre.

– Et si tu faisais un crochet par le GOP pour t'occuper de la voiture ? J'ai le téléphone et la valise avec moi. Je m'y mets tout de suite. Chu est en train de boucler Chang.

Ferras hésita. Passer à la fourrière pour superviser la fouille de la voiture risquait de tirer sur la corde psychologique.

– Euh… Harry ? Tu crois pas que je devrais plutôt m'occuper du téléphone ? Ce que je veux dire par là, c'est que ça fait à peine un mois que tu viens d'avoir ton premier portable multifonctions.

– Je devrais pouvoir m'en sortir.

– T'es sûr ?

– Oui, j'en suis sûr. Et je l'ai sous le nez. Allez, passe à la fourrière. Assure-toi qu'ils fouillent les portières et le filtre à air. J'ai eu une Mustang autrefois et on pouvait y planquer un .45 dans le filtre.

Ce « ils » renvoyait au personnel du GOP. Ce serait eux qui désosseraient la voiture, Ferras ayant pour tâche de diriger la fouille.

– D'accord, dit Ferras.

– Bien. Tu m'appelles si tu trouves le filon.

Il referma son portable. Il ne voyait pas la nécessité de parler du calvaire de sa fille pour l'instant. Ferras avait trois enfants et lui rappeler à quel point cela le rendait vulnérable n'aiderait en rien à un moment où il avait besoin de ses meilleurs services.

Il s'écarta de son bureau et pivota sur son fauteuil pour regarder la valise de Chang posée par terre, contre le mur du fond de son box. Trouver le filon, soit tomber sur l'arme du crime sur la personne du suspect ou dans ses effets. Bosch savait que Chang se rendant à l'aéroport, il n'y aurait pas de pépites d'or dans sa valise. S'il détenait encore l'arme qui avait tué John Li, celle-ci devait sans doute se trouver chez lui ou dans sa voiture. Ou avoir disparu dans la nature.

Cela étant, la valise pouvait encore fournir des indices intéressants, voire des pièces à conviction du genre une goutte de sang de la victime sur une manchette de chemise. Le coup de chance n'était pas exclu. Cela dit... Bosch se retourna vers son bureau et décida de commencer par le téléphone. Ce serait une pépite d'une autre nature qu'il allait chercher. Une pépite numérique.

21

Il lui fallut moins de cinq minutes pour s'apercevoir que le portable de Bo-jing Chang ne serait pas d'une grande utilité pour l'enquête. Il trouva la liste des appels sans aucune difficulté, mais elle n'en contenait que deux passés récemment – l'un et l'autre vers des numéros verts – et un seul reçu. Ces trois appels avaient été passés ou reçus dans la matinée. Le reste de l'historique avait été effacé.

On lui avait dit que les mémoires numériques ne disparaissent jamais. Il savait qu'une analyse complète de l'appareil pourrait rendre vie à des données effacées, mais dans l'immédiat c'était l'échec. Il appela les numéros verts et apprit que le premier était celui d'un service de location Hertz et le second celui de la Cathay Pacific Airlines. Chang avait dû vérifier son itinéraire et son plan de se rendre de Seattle à Vancouver en voiture pour attraper l'avion de Hong Kong. Dans un annuaire inversé, Bosch vérifia aussi le numéro de l'appel reçu et découvrit que c'était celui de Tsing Motors, l'employeur de Chang. Pas moyen de savoir de quoi il y avait été question et à lui seul, renseignement ou preuve à conviction, le numéro n'ajoutait rien de neuf à ce qu'on avait.

En plus d'étayer le dossier contre Chang, Bosch avait espéré que l'appareil lui donne un indice permettant de deviner à quel endroit de Hong Kong se rendait le malfrat et d'en déduire où se trouvait Madeline. Il fut fortement déçu, mais il savait qu'il devait absolument passer à autre chose et ne pas s'appesantir sur cet échec. Il renfourna le téléphone dans le sachet à éléments de preuve, puis il ôta tout ce qu'il y avait sur son bureau pour y poser la valise.

Il la souleva et se dit qu'elle devait peser trente kilos, au minimum. Il prit des ciseaux pour couper la bande des scellés que Chu avait placée en travers de la fermeture Éclair. Et s'aperçut qu'elle était protégée par un petit cadenas de quatre sous. Il sortit ses rossignols et en vint à bout en moins de trente secondes. Après quoi, il ouvrit le sac sur son bureau.

La valise était divisée en deux compartiments de tailles égales. Bosch commença par celui de gauche et ôta les sangles qui en maintenaient le contenu en place. Puis, l'un après l'autre, il examina tous les vêtements. Et les empila sur une étagère au-dessus de son bureau, étagère sur laquelle il n'avait pas encore eu le temps de poser quoi que ce soit depuis qu'il avait emménagé dans le nouveau bâtiment.

On aurait dit que Chang avait jeté tous ses biens dans la valise. Les vêtements avaient été attachés ensemble plutôt que pliés pour qu'on puisse s'en servir au cours du voyage. Au milieu de chaque paquet se trouvait un bijou ou un article personnel de ce genre. Bosch trouva ainsi une montre dans l'un d'eux et un antique hochet de bébé dans un autre. Au milieu du dernier qu'il ouvrit avait été placé un petit cadre en bambou renfermant la photo d'une femme. Sa mère, se dit Bosch.

Il n'avait pas fouillé la valise plus d'une demi-heure lorsqu'il arriva à la conclusion que Chang n'avait pas l'intention de revenir aux États-Unis.

Le côté droit de la valise était fermé par un couvercle qu'il détacha et replia sur la moitié vide. Il découvrit des chaussures, d'autres paquets de vêtements et une petite trousse de toilette à fermeture Éclair. Il commença par les vêtements et ne trouva rien d'inhabituel. Le premier paquet renfermait un petit bouddha en jade avec, attaché à la statuette, une coupelle où faire brûler de l'encens ou placer d'autres offrandes. Le deuxième cachait un couteau dans son fourreau.

Arme d'apparat, celui-ci avait une lame d'à peine dix centimètres de long, le manche étant en os sculpté. L'artiste y avait représenté une bataille à sens unique où des guerriers armés de couteaux, de flèches et de haches massacraient des hommes désarmés qui donnaient plus l'impression de prier que de se battre. Bosch pensa qu'il devait s'agir du massacre des moines de Shaolin à l'origine des triades, d'après ce que lui avait dit Chu. La forme du couteau ressemblait beaucoup à celle du tatouage que Chang avait sur la face interne du bras.

La trouvaille était intéressante et prouvait peut-être que Chang appartenait à la triade du Couteau de la bravoure, mais ne démontrait nullement qu'il y avait eu crime. Bosch le posa sur l'étagère avec les autres effets puis continua de fouiller.

Il eut vite fait de vider la valise. Il tâta la doublure pour voir si elle cachait quelque chose, mais fit chou blanc. Puis il souleva la valise en espérant qu'elle soit trop lourde pour être vide. Mais non, elle ne l'était pas, et il fut alors sûr et certain de n'avoir rien raté.

La première chose qu'il examina ensuite fut les deux paires de chaussures. Il leur avait déjà jeté un bref coup d'œil avant de les mettre de côté. Il savait que la seule vraie manière d'examiner une chaussure était de la dépiauter et c'était quelque chose qu'il ne faisait généralement pas avec plaisir parce que ça la rendait inutilisable et que, suspect ou pas, il n'aimait priver personne de ses chaussures. Cette fois, cependant, il s'en moqua.

Ce fut à la paire de brodequins qu'il avait vu Chang porter la veille qu'il s'en prit en premier. Ils étaient vieux et usés, mais il vit tout de suite que Chang les aimait beaucoup. Les lacets étaient neufs et le cuir en avait été huilé à de multiples reprises. Il ôta les lacets afin de pouvoir tirer la languette et regarder à l'intérieur. Avec des ciseaux, il souleva les renforts de la semelle pour voir si elle masquait un compartiment dans le talon. Il ne trouva rien dans la première chaussure, mais dans la seconde il découvrit une carte de visite professionnelle glissée entre deux renforts.

Il eut une brusque montée d'adrénaline en mettant la chaussure de côté pour examiner la carte de visite. Enfin il avait trouvé quelque chose.

La carte était écrite en anglais d'un côté et en chinois de l'autre. Bosch, bien sûr, lut le côté anglais.

JIMMY FONG
CHEF DE FLOTTE
CAUSEWAY TAXIS

Suivaient une adresse à Causeway Bay et deux numéros de téléphone. Il s'assit pour la première fois depuis qu'il avait entamé la fouille de la valise et poursuivit l'examen de la carte. Il se demanda ce qu'il tenait – s'il tenait même quelque chose. Causeway Bay ne se trouvait pas très loin de Happy Valley et du centre commercial où sa fille avait été très vraisemblablement enlevée. Et que la carte de visite professionnelle d'un type qui dirigeait une flotte de taxis soit cachée dans une chaussure de Chang appelait des explications.

Il retourna la carte et en examina le côté chinois. Il y avait là trois lignes de texte, comme dans la version anglaise, plus l'adresse et les numéros de téléphone dans le coin. Il eut l'impression que la carte disait la même chose des deux côtés.

Il la glissa dans un sachet de pièce à conviction pour que Chu puisse y jeter un coup d'œil et passa à l'autre paire de chaussures. Vingt minutes plus tard il avait fini, mais n'avait rien trouvé d'autre. Si la carte de visite l'intriguait, que la fouille n'ait rien donné le décevait. Il remit toutes les affaires dans la valise en faisant de son mieux pour les ranger dans l'ordre où il les avait trouvées. Puis il la ferma en tirant sur la fermeture Éclair.

Il la posa par terre et appela son associé. Il avait hâte de savoir si la fouille de la voiture avait donné de meilleurs résultats que celle de la valise et que l'examen du portable.

– On n'en est encore qu'à la moitié, lui dit Ferras. Ils ont commencé par la malle arrière.

– Et ?...

– Rien pour l'instant.

Bosch sentit ses espoirs s'amenuiser. Chang allait s'en sortir blanc comme neige. Et cela voulait dire qu'il serait libéré dès le lundi suivant.

– Tu as sorti quelque chose du téléphone ? s'enquit Ferras.

– Rien, non. Il avait tout effacé. Et il n'y avait pas grand-chose dans la valise.

– Merde.

– Ouais.

– Bon, c'est comme je disais : on ne s'est même pas encore attaqués à l'intérieur de la voiture. On n'a fait que le coffre. Et on vérifiera aussi les portières et le filtre à air.

– Bon. Tu m'avertis.

Bosch referma son portable et rappela Chu aussitôt.

– Toujours à la mise sous écrou ?

– Non, j'ai fini il y a une demi-heure. Je suis au tribunal, où j'attends que le juge Champagne me signe l'ACRI.

Après la mise sous écrou de tout suspect accusé de meurtre, un juge devait signer un arrêt de cause raisonnable d'incarcé-ration contenant le rapport d'interpellation et détaillant les éléments de preuve ayant conduit à l'incarcération. Le seuil d'acceptation de l'ACRI était nettement plus bas que celui exigé pour l'établissement des charges. Obtenir ce document faisait généralement partie de la routine, mais Chu avait bien joué en revenant voir le juge qui lui avait déjà signé sa demande de perquisition.

– Bien. Ça aussi, je voulais vérifier.

– C'est réglé. Qu'est-ce que vous fabriquez là-bas, Harry ? Et pour votre fille ?

– Toujours pas retrouvée.

– Je suis désolé, Harry. Qu'est-ce que je peux faire ?

– Vous pouvez me parler de l'incarcération.

Chu mit un moment à passer de la disparition de Madeline à l'incarcération de Chang dans une prison de L.A.

– Il n'y a vraiment rien à raconter. Il n'a pas dit un mot. Il a grogné deux ou trois fois, mais c'est tout. Il est sous haute surveillance et il faut espérer qu'il y restera jusqu'à lundi.

– Il ne sortira pas. A-t-il appelé un avocat ?

– On devait lui donner accès à un téléphone dès qu'il serait sous les verrous. Bref, je n'en suis pas sûr, mais je pense qu'il l'a fait.

– OK.

Bosch allait à la pêche. Il voulait quelque chose qui lui donne une direction à prendre et fasse monter l'adrénaline.

– On a eu le mandat de perquisition, dit-il, mais la valise et le téléphone n'ont rien donné. Mais on a trouvé une carte de visite professionnelle cachée dans une de ses chaussures. Anglais d'un côté, chinois de l'autre. J'aimerais savoir si les deux textes correspondent. Je sais que vous ne lisez pas le chinois, mais vous pourriez demander à quelqu'un d'y jeter un coup d'œil si je vous la faxais à l'AGU ?

– Oui, Harry, mais faites-le tout de suite. Les gens doivent commencer à filer.

Bosch consulta sa montre. Quatre heures et demie un vendredi après-midi. Les salles des inspecteurs de tous les commissariats du coin devaient déjà se transformer en villes fantômes.

– Je m'en occupe tout de suite. Appelez-les pour les avertir que ça arrive.

Il referma son téléphone et quitta son box pour rejoindre la repro à l'autre bout de la salle.

Quatre heures et demie. Il fallait qu'il soit à l'aéroport dans moins de six heures. Dès qu'il monterait dans l'avion, son enquête serait au point mort et il le savait. Pendant les quelque quatorze heures de vol, il continuerait d'arriver des choses à sa fille et l'affaire, elle aussi, continuerait à se développer, alors que pour lui ce serait la stase. Il aurait tout du voyageur de l'espace qu'au cinéma on met en hibernation pendant son long trajet de retour à la maison une fois qu'il a accompli sa mission.

Et monter dans l'avion sans rien, il savait qu'il ne pouvait pas le faire. D'une façon ou d'une autre, il devait absolument trouver une ouverture.

Il copia les deux faces de la carte de visite sur la même feuille de papier, la faxa à l'Asian Gang Unit et regagna son box. Son portable était resté sur son bureau et il s'aperçut qu'il avait raté un appel de son ex. Elle n'avait pas laissé de message, mais il la rappela.

— Tu as trouvé quelque chose ? lui demanda-t-il.

— J'ai eu une grande conversation avec deux copines de Maddie. Cette fois, elles ont bien voulu parler.

— Lui ?

— Non, pas Lui. Je n'ai ni son nom de famille ni son numéro de téléphone. Et les deux filles non plus.

— Qu'est-ce qu'elles t'ont dit ?

— Que Lui et son frère ne sont pas de l'école. Elles les ont rencontrés au centre commercial, mais ils ne sont même pas de Happy Valley.

— Savent-elles d'où ils sont ?

— Non, mais elles savent qu'ils ne sont pas du coin. À les entendre, Maddie semblait être vraiment amie avec Lui et c'est ça qui a amené son frère dans le tableau. Et tout ça a commencé il y a un mois, en gros. Depuis que Maddie est rentrée de son séjour avec toi. Même qu'elle aurait pris un peu ses distances avec ses copines.

— Comment s'appelle le frère ?

— Quick. C'est tout ce que je sais. C'est comme ça qu'il dit s'appeler, mais comme pour sa sœur elles n'ont jamais réussi à avoir son nom de famille.

— Ça n'aide pas beaucoup. Autre chose ?

— Eh bien... elles m'ont confirmé ce que t'a dit Maddie, à savoir que c'est Quick qui fume. Et elles ont précisé qu'il était du genre un peu brute. Il a des tatouages et porte des bracelets, et je pense, enfin… que c'est l'élément de danger qui les attire.

– Elles ou Madeline ?

– Surtout Madeline.

– Pensent-elles qu'elle aurait pu sortir avec lui vendredi après l'école ?

– Elles n'ont pas voulu me le dire, mais oui, je crois que c'était ça qu'elles essayaient de me dire.

– Leur as-tu demandé si ce Quick leur a jamais parlé d'une quelconque affiliation à une triade ?

– Je le leur ai demandé, mais elles m'ont répondu que ça n'était jamais venu sur le tapis. Et c'est normal.

– Pourquoi ?

– Parce qu'on ne parle jamais de ça ici. Les triades sont anonymes. Elles sont partout, mais complètement anonymes.

– Bon.

– Tu sais que tu ne m'as jamais vraiment dit ce qui est en train de se passer. Je ne suis pas idiote. Je comprends ce que tu es en train de faire. Tu essaies de ne pas m'inquiéter, mais les faits, maintenant, j'ai besoin de les connaître.

– D'accord.

Il savait bien qu'elle avait raison. S'il voulait qu'elle lui donne le meilleur d'elle-même, il fallait qu'elle sache tout ce qu'il savait.

– Je travaille sur l'assassinat d'un Chinois qui possédait une boutique de vins et spiritueux dans le South End. Il achetait sa protection en effectuant des versements réguliers à une triade. Il a été tué au moment précis où, heure et jour, il la payait chaque semaine. Ça nous a mis sur la piste d'un certain Bo-jing Chang, le collecteur de fonds. L'ennui, c'est que nous n'avons rien d'autre. On n'a aucun élément de preuve le reliant directement à l'assassinat. Et aujourd'hui on a été obligés de le coffrer parce qu'il était à deux doigts de prendre l'avion et de quitter le pays. On n'avait pas le choix. Résultat des courses, on n'a que le week-end pour découvrir assez de preuves pour étayer notre accusation, sinon il faudra le laisser filer. Et là il prendra un avion et on ne le reverra plus jamais.

– Mais… et le lien avec notre fille dans tout ça ?

– Eleanor, dit-il, je suis obligé de travailler avec des gens que je ne connais pas : l'Asian Gang Unit du LAPD et la police de Monterey Park. Quelqu'un a dû mettre Chang au courant ou avertir la triade qu'on lui cavalait aux fesses, et c'est pour ça qu'il a essayé de se tirer. Les types de la triade pourraient très bien avoir enquêté sur moi et décidé de s'en prendre à Maddie pour m'atteindre et me faire comprendre que j'avais intérêt à laisser tomber. J'ai reçu un appel téléphonique, quelqu'un m'a averti qu'il y aurait des conséquences si je ne laissais pas Chang tranquille. Je n'aurais jamais imaginé que ces conséquences puissent concerner…

– Maddie, enchaîna Eleanor en finissant sa phrase pour lui.

Il s'ensuivit un long silence, Bosch se disant que son ex devait essayer de contrôler ses émotions ; qu'elle devait le haïr et que dans le même temps elle était bien obligée de compter sur lui pour sauver leur fille.

– Eleanor ?

– Quoi ?

Voix sèche, mais manifestement pleine de rage.

– Les copines de Maddie t'ont-elles dit l'âge que pourrait avoir ce Quick ?

– Elles m'ont toutes les deux affirmé que pour elles il avait au moins dix-sept ans. Elles ont ajouté qu'il avait une voiture. Je leur ai parlé séparément et elles m'ont toutes les deux dit la même chose. Je ne pense pas qu'elles m'aient caché quoi que ce soit.

Bosch garda le silence. Il réfléchissait.

– Le centre commercial ouvre d'ici une heure ou deux, reprit Eleanor. J'ai l'intention d'y aller avec des photos de Maddie.

– Bonne idée. Il y aura peut-être des enregistrements de caméra vidéo. Si ce Quick leur a posé des problèmes dans le passé, il n'est pas impossible que les types de la sécurité aient un dossier sur lui.

– Tout ça, j'y ai pensé.

– Je sais. Excuse-moi.

– Que dit ton suspect de tout ça ?

– Notre suspect refuse de parler et je viens juste de finir la fouille de sa valise ainsi que l'examen de son portable. Et les mecs de la fourrière travaillent toujours sur sa voiture. Mais pour l'instant ils n'ont rien.

– Et là où il habite ?

– On n'a pas encore assez de trucs pour obtenir un mandat de perquisition.

Cette dernière phrase resta quelques instants en suspens, l'un et l'autre sachant parfaitement que leur fille étant enlevée, ce n'était pas des formalités juridiques du genre approbation de la demande de perquisition qui allaient beaucoup gêner Bosch.

– Vaudrait mieux que je me remette au boulot, dit-il. Il ne me reste que six heures avant d'être à l'aéroport.

– OK.

– Je te rappelle dès que...

– Harry ?

– Quoi ?

– Je suis tellement en colère que je ne sais pas quoi dire.

– Je comprends, Eleanor.

– Si on la retrouve, il se pourrait bien que tu ne la revoies jamais. Il fallait que je te le dise.

Il marqua une pause. Il savait qu'elle avait le droit d'être en colère. Il n'était même pas impossible que sa colère la rende encore plus futée dans ses efforts.

– Il n'y a pas de *si*, finit-il par lui répondre. Je vais la ramener.

Il attendit qu'elle réagisse, mais rien ne vint.

– Bon, Eleanor, dit-il, je t'appelle dès que je sais quelque chose.

Il referma son portable, se tourna vers son ordinateur de bureau, fit monter la photo de l'incarcération de Chang et l'envoya à l'imprimante couleur. Il voulait en avoir un exemplaire avec lui à Hong Kong.

Chu le rappela pour l'informer qu'il avait son ACRI signé et qu'il allait quitter le tribunal. Il ajouta s'être entretenu avec un officier de l'AGU qui lui avait dit avoir réceptionné son fax et confirmé que les deux côtés de la carte de visite disaient la même chose, à savoir qu'elle appartenait à un chef de flotte de taxis basée à Causeway Bay. Tout cela était donc parfaitement inoffensif en apparence, mais Bosch n'en était pas moins intrigué par le fait que Chang l'avait cachée dans un talon de chaussure et qu'elle émanait d'une entreprise située tout près de l'endroit où sa fille avait été vue pour la dernière fois par ses copines. Bosch n'avait jamais trop cru aux coïncidences. Et ce n'était pas maintenant qu'il allait commencer.

Il remercia Chu et raccrochait son téléphone lorsque le lieutenant Gandle s'arrêta à l'entrée de son box avant de partir chez lui.

– Harry, dit-il, j'ai l'impression de vous laisser en plan. Qu'est-ce que je peux faire pour vous ?

– Il n'y a rien à faire qu'on n'ait pas déjà fait.

Bosch le mit au courant des fouilles et du manque total de découvertes solides. Il lui rapporta aussi qu'on ne savait toujours pas où était sa fille et qui l'avait kidnappée. Gandle changea de visage.

– Il nous faut une ouverture, dit-il. Il nous en faut vraiment une.

– On y travaille.

– Quand est-ce que vous partez ?

– Dans six heures.

– Bon, vous avez mes numéros de téléphone. Appelez-moi quand vous voulez, jour et nuit, si vous avez besoin de quoi que ce soit. Je ferai tout ce que je pourrai.

– Merci, patron.

– Vous voulez que je reste ?

– Non, ça va. J'allais filer à la fourrière pour laisser Ferras rentrer chez lui s'il en a envie.

– D'accord, Harry. Vous me faites signe dès que vous tenez quelque chose.

– Ce sera fait.

– Vous la ramènerez. Je le sais.

– Moi aussi.

Alors Gandle lui tendit gauchement la main et Bosch la lui serra. C'était probablement la première fois qu'ils faisaient ce geste depuis qu'ils s'étaient rencontrés trois ans plus tôt. Gandle s'éloigna et Bosch regarda la salle des inspecteurs. Il semblait ne plus y avoir que lui à l'intérieur.

Il se retourna et baissa les yeux sur la valise. Il savait qu'il allait devoir la traîner jusqu'à l'ascenseur et la porter aux Scellés. Et le portable de Chang également. Après quoi, il quitterait lui aussi le bâtiment. Mais pas pour profiter d'un week-end de farniente avec la famille. Il était en mission. Et ne s'arrêterait à rien avant de l'avoir menée à son terme. Même sous la dernière menace d'Eleanor. Même si cela voulait dire que sauver sa fille lui vaudrait peut-être de ne plus jamais la revoir.

22

Il attendit que la nuit soit tombée pour entrer chez Bo-jing Chang par effraction. Celui-ci habitait dans une maison de ville avec un vestibule que partageait le locataire de l'appartement voisin. Il se servit de ses rossignols pour tourner le verrou dormant et la poignée de la porte en se disant que ça lui offrait une bonne couverture. Et continua de travailler sans aucune hésitation ni culpabilité de franchir ainsi la ligne rouge. La fouille de la voiture et de la valise n'ayant rien donné, et l'examen du portable non plus, il était maintenant prêt à tout. Et ce n'était pas des pièces à conviction qu'il cherchait. Ce qu'il cherchait, c'était un indice qui l'aide à localiser sa fille. Cela faisait maintenant plus de douze heures qu'elle avait disparu et entrer quelque part par effraction en mettant ainsi et son gagne-pain et sa carrière en danger lui semblait être un risque minime comparé à ce à quoi il devrait faire face en son for intérieur si jamais il ne la ramenait pas saine et sauve.

Dès que la dernière goupille fut en place, il ouvrit la porte, entra vite dans l'appartement et ferma à clé derrière lui. La fouille de la valise lui avait clairement dit que Chang avait fait ses bagages pour de bon et qu'il ne reviendrait pas. Mais il doutait fort qu'il ait réussi à tout mettre dans cette seule et unique valise. Il avait forcément laissé des trucs. Des choses qui avaient moins d'importance pour lui, mais qui pouvaient avoir de la valeur aux yeux de Bosch. Il avait imprimé sa carte d'embarquement avant de partir pour l'aéroport. Étant donné qu'il était sous surveillance et qu'il ne s'était arrêté nulle part en chemin, Bosch était sûr qu'il avait un ordinateur et une imprimante dans l'appartement.

Il attendit trente secondes que ses yeux s'habituent à la pénombre avant de lâcher la porte. Lorsque enfin il vit à peu près correctement, il passa dans la salle de séjour, se cogna dans une chaise et renversa presque une lampe avant de trouver l'interrupteur et d'allumer. Puis il courut vite jusqu'à une paire de rideaux qu'il tira en travers de la fenêtre.

Il se retourna et regarda la pièce. Petite, elle faisait office de living et de salle à manger, et comportait un passe-plat donnant dans la cuisine. À droite, un escalier permettait d'accéder à un loft servant de chambre à coucher. Au premier abord, Bosch ne vit aucun objet personnel que Bo-jing Chang aurait laissé derrière lui. Ni ordinateur, ni imprimante. Il fouilla rapidement la pièce et passa à la cuisine. Là encore, tout était vide d'effets personnels. Il n'y avait rien dans les placards, pas même une boîte de céréales. Il vit une poubelle sous l'évier, mais elle aussi était vide et on y avait remis un sac en plastique peu de temps auparavant.

Il repassa dans la salle de séjour et gagna l'escalier. L'interrupteur placé en bas des marches était équipé d'un variateur qui contrôlait le plafonnier du loft. Il mit la lumière au plus bas, revint à la lampe de la salle de séjour et l'éteignit.

Guère meublé, le loft ne comportait qu'un grand lit double et une commode. Il n'y avait ni bureau ni ordinateur. Il gagna la commode, en ouvrit et referma les tiroirs – tous étaient vides. Dans la salle de bains, la corbeille et l'armoire à pharmacie étaient vides, elles aussi. Il souleva le couvercle du réservoir des W-C, mais n'y découvrit rien de caché non plus.

L'appartement avait été nettoyé. Sans doute après le départ de Chang, pour semer l'équipe de surveillance. Bosch repensa à l'appel de Tsing Motors enregistré dans l'historique du portable. Il n'était pas impossible que Chang ait donné le feu vert à Vincent Tsing, qui avait alors vidé et briqué entièrement les lieux.

Déçu, en plus d'avoir l'impression de s'être fait joliment avoir, Bosch décida d'aller jeter un coup d'œil aux poubelles de l'immeuble et d'essayer de repérer celles de l'appartement. Qui sait s'ils n'avaient pas commis une erreur en y laissant les ordures de Chang ? Un mot ou un numéro de téléphone jeté pouvait beaucoup aider.

Il avait redescendu trois marches lorsqu'il entendit le bruit d'une clé qu'on enfonçait dans la serrure de la porte d'entrée. Il fit vite demi-tour, remonta dans le loft et se cacha derrière un pilier.

Les lumières du bas s'allumèrent, l'appartement se remplissant aussitôt de voix chinoises. Adossé au pilier, Bosch en compta trois, deux masculines et une féminine. Un des hommes dominait la conversation et quand les deux autres inconnus lui parlaient, il semblait que c'était pour lui poser des questions.

Il gagna le bord du pilier, risqua un œil et vit le mâle dominant faire de grands gestes en direction du mobilier. L'homme ouvrit ensuite la porte d'un placard sous l'escalier et fit un autre geste de la main. Bosch comprit brusquement qu'il était en train de faire visiter les lieux. L'appartement était déjà prêt à être reloué.

Cela lui indiqua que, tôt ou tard, les trois inconnus allaient monter à l'étage. Il regarda le lit. Il ne comportait qu'un matelas nu jeté sur un sommier à ressorts posé sur un cadre à une trentaine de centimètres du sol. Bosch arrêta que c'était le seul endroit où il pouvait se cacher et ne pas être vu. Il s'allongea vite par terre et se glissa sous le lit en se tortillant et s'éraflant la poitrine au sommier. Il se positionna au milieu du lit et attendit en suivant le périple des visiteurs au bruit de leurs voix.

Pour finir, tout le monde prit l'escalier pour monter à l'étage. Bosch retint son souffle tandis que le couple faisait le tour de la chambre et passait des deux côtés du lit. Il redoutait que quelqu'un s'asseye dessus, mais rien de tel ne se produisit.

Soudain il sentit une vibration dans sa poche et se rappela qu'il n'avait pas coupé la sonnerie de son portable. Heureusement, le type qui montrait l'appartement continuait à débiter ce qui ressemblait beaucoup à une offre de location où il vantait les mérites du lieu. Bosch enfonça vite la main dans sa poche et en sortit l'appareil pour voir si c'était un appel de sa fille. Parce que celui-là, il serait obligé d'y répondre quelles que soient les circonstances.

Il glissa le portable dans le sommier pour mieux voir. L'appel émanait de Barbara Starkey, la technicienne du labo vidéo. Il appuya sur la touche « refus ». Il pourrait rappeler plus tard.

Ouvrir le portable pour vérifier l'appel avait activé l'écran, dont la faible lumière éclaira l'intérieur du sommier. Et là, coincée derrière une des lattes du cadre, il découvrit une arme.

Il sentit son cœur s'emballer et regarda fixement le flingue. Mais décida de ne pas y toucher tant que tout le monde ne serait pas reparti. Il referma son portable et attendit. Bientôt il entendit les visiteurs redescendre l'escalier. Il eut ensuite l'impression qu'ils refaisaient vite le tour du rez-de-chaussée, puis ils s'en allèrent.

Il entendit le verrou dormant se fermer de l'extérieur et sortit de dessous le lit.

Il attendit encore un peu pour être sûr que les visiteurs étaient bien repartis et ralluma le plafonnier. Regagna le lit, souleva le matelas et l'adossa au mur du fond. Puis il souleva le sommier, l'appuya contre le matelas et regarda enfin l'arme maintenue en place par le cadre du lit.

Ne voyant toujours pas bien à quoi il avait affaire, il ressortit son portable, l'ouvrit et s'en servit comme d'une lampe de poche en l'approchant de l'arme.

– Ben, merde alors ! s'écria-t-il.

Il cherchait un Glock, l'arme au percuteur rectangulaire, mais celle cachée sous le lit de Chang était un Smith & Wesson.

Il n'y avait plus rien d'utile dans l'appartement, il s'en rendit compte en redescendant encore une fois au rez-de-chaussée. Comme pour le souligner, un faible bip monta de sa montre. Il porta la main à son poignet et l'arrêta. Il avait mis son réveil de façon à ne pas rater son avion. L'heure était venue de gagner l'aéroport.

Il remit le lit en place, éteignit le plafonnier du loft et se glissa hors de l'appartement sans faire de bruit. Il avait dans l'idée de repasser d'abord chez lui pour y prendre son passeport et ranger son arme de service. Jamais il ne pourrait faire entrer un flingue dans un pays étranger sans l'accord du département d'État et cela prendrait des semaines, voire des mois. Il ne prévoyait pas d'emporter des vêtements. Aussi bien ne pensait-il pas avoir le temps d'en changer à Hong Kong. La mission dans laquelle il s'était lancé prendrait effet dès qu'il descendrait de l'avion.

Il gagna la 10 vers l'ouest par Monterey Park, l'idée étant de prendre la 101 et de monter dans les collines de Hollywood pour arriver chez lui. Il commença à réfléchir au meilleur moyen de mettre la police sur la piste du flingue caché dans l'ancien appartement de Chang, sauf que pour l'instant il n'y avait toujours aucune cause raisonnable de perquisitionner les lieux. Il n'en restait pas moins que cette arme devait être trouvée et examinée. Cela ne lui serait d'aucune utilité dans l'enquête sur John Li, mais cela ne voulait pas dire pour autant que Chang en avait fait usage pour le bien de l'humanité. Elle avait servi aux triades et pouvait très bien conduire à quelque chose.

Il suivait la 101 en direction du nord et longeait les abords du Civic Center lorsqu'il se rappela le coup de fil de Barbara Stankey. Il chercha le message et entendit Stankey lui dire de l'appeler dès que possible. Il eut l'impression qu'elle avait avancé. Il pressa la touche « rappel ».

— Barbara, dit-il, c'est Harry.

— Oui, Harry. J'espérais te joindre avant de rentrer à la maison.

— Tu devrais y être depuis trois heures.

— Oui, bon, mais je t'avais dit que je regarderais ton truc.

— Merci, Barbara. Ça me touche beaucoup. Qu'est-ce que tu as trouvé ?

— Deux ou trois choses. Mais d'abord, si tu la veux, j'ai une sortie d'imprimante plus précise.

Il fut déçu. Tout cela semblait vouloir dire qu'elle n'avait pas grand-chose de plus qu'avant et qu'elle voulait seulement lui faire savoir que la vue de la fenêtre de la pièce où était détenue sa fille était plus nette. Parfois, il l'avait remarqué, les gens qui rendent un service ont vraiment envie qu'on le sache. Il décida de faire avec ce qu'il avait. Quitter l'autoroute pour embarquer ce tirage serait trop long. Il avait un avion à prendre.

– Autre chose ? demanda-t-il. Je suis sur le chemin de l'aéroport.

– Oui, j'ai deux ou trois autres identifiants visuels et audio qui pourraient t'aider.

Bosch lui accorda toute son attention.

– Et c'est quoi ?

– Eh bien, le premier pourrait être un train ou une rame de métro. Le deuxième est un bout de conversation pas en chinois. Et le dernier est ce que je crois être un hélicoptère silencieux.

– Comment ça, « silencieux » ?

– Littéralement. J'ai le bref reflet d'un hélicoptère qui passe, mais je n'ai pas de piste audio véritable qui l'accompagne.

Bosch commença par ne pas réagir. Il savait de quoi elle parlait. Il s'agissait des hélicoptères Whisper Jet dont se servent les riches et les puissants pour se déplacer au-dessus et aux alentours de Hong Kong. Il en avait déjà vu. Aller d'un point à un autre en hélicoptère n'était pas rare, mais il savait aussi que seuls quelques bâtiments par secteur avaient le droit d'abriter une plate-forme d'atterrissage sur le toit. Une des raisons pour lesquelles son ex avait choisi l'immeuble de Happy Valley où elle habitait était qu'il en possédait une. Elle pouvait rallier son casino de Macao en vingt minutes de porte à porte au lieu des deux heures nécessaires pour quitter son domicile, rejoindre le quai d'embarquement du ferry, traverser le port en bateau et prendre un taxi ou aller à pied des docks au casino.

– Barbara, dit-il, je te rejoins dans cinq minutes.

Il prit la sortie Los Angeles Street et se dirigea vers Parker Center. Vu l'heure tardive, il n'eut que l'embarras du choix pour trouver une place derrière l'ancien quartier général de la police. Il se gara, traversa vite la rue et entra dans le bâtiment par la porte de derrière. L'ascenseur lui sembla prendre une éternité pour monter jusqu'en haut, mais lorsque enfin il pénétra dans le laboratoire pratiquement abandonné de la SID, sept minutes à peine s'étaient écoulées depuis qu'il avait refermé son portable.

— Tu es en retard, lui lança Starkey.

— Je m'excuse. Merci de m'avoir attendu.

— Je dis ça juste pour t'emmerder. Je sais que tu es pressé, alors regardons vite ce truc.

Elle lui montra un des écrans où elle avait figé l'image de la fenêtre prise avec le portable. C'était celle que Bosch avait imprimée. Starkey posa les mains sur les manettes.

— Bien, dit-elle. Garde les yeux fixés sur le haut du reflet. Ça, on ne l'avait pas vu... ou entendu.

Elle tourna lentement un bouton et la bande partit en marche arrière. Dans le reflet trouble, il découvrit alors ce qu'il n'avait pas remarqué la première fois. Juste au moment où la caméra redescendait sur sa fille, un hélicoptère traversait le haut de l'écran tel un fantôme. C'était un petit appareil noir avec une espèce d'insigne indéchiffrable sur le côté.

— Et maintenant en temps réel.

Elle fit repartir l'enregistrement en arrière, jusqu'au moment où, la caméra pointée sur elle, la fille de Bosch y donnait un coup de pied. Pendant une fraction de seconde, la caméra remontait vers la fenêtre avant de reprendre sa position initiale. Bosch vit bien la fenêtre, mais pas le reflet de la ville, et encore moins l'hélicoptère qui passait.

La découverte était importante et Bosch en fut tout excité.

— Le truc, c'est que pour apparaître dans cette fenêtre, l'hélicoptère devait voler très bas.

— Ce qui veut dire qu'il venait de décoller ou allait atterrir.

— Pour moi, il montait, dit-elle. Il donne l'impression de s'élever très légèrement en traversant le reflet. Ce n'est pas quelque chose qu'on pourrait voir à l'œil nu, mais j'ai mesuré. Étant donné que la vitre reflète de droite à gauche ce qui se déplace de gauche à droite, il faut que l'appareil soit parti de l'autre côté de la rue de l'immeuble d'où la vidéo a été prise.

Bosch acquiesça d'un signe de tête.

– Et maintenant, quand je cherche la piste audio…

Elle passa à l'autre écran où un audiogramme montrait plusieurs pistes qu'elle avait extraites de la vidéo.

– … et y supprime autant de bruits parasites que possible, voilà ce que j'obtiens.

Elle passa une piste au graphe pratiquement plat, Bosch n'entendant alors qu'un lointain bruit de circulation entrecoupé comme par vagues.

– Ça, c'est le bruit d'un rotor, dit Starkey. On n'entend pas l'hélicoptère, mais le bruit ambiant en est perturbé. On dirait une manière d'hélicoptère furtif.

Bosch acquiesça de nouveau. Le but venait de se rapprocher. Il savait maintenant que sa fille était détenue dans un bâtiment proche d'un des rares toits de Kowloon équipés d'une plate-forme d'atterrissage pour hélicoptères.

– Ça t'aide ? lui demanda Starkey.

– Et pas qu'un peu !

– Parfait. J'ai aussi ça.

Elle lui passa une autre piste où l'on entendait comme un sifflement sourd qui lui rappela le bruit d'une eau impétueuse. Ça démarrait, s'amplifiait, puis retombait.

– C'est quoi ? De l'eau ?

Starkey fit non de la tête.

– Là, c'est amplifié au maximum. Ça m'a donné beaucoup de boulot. C'est de l'air. De l'air qui s'échappe de quelque chose. Moi, je dirais que c'est l'entrée d'une bouche de métro ou bien l'orifice d'un conduit d'où sort de l'air déplacé par une rame qui entre dans une station ou qui en sort. Les métros modernes ne font pas beaucoup de bruit. Mais il y a un fort déplacement d'air lorsqu'une rame entre dans le tunnel.

– Pigé.

– L'endroit que tu cherches est élevé. Disons au douzième ou treizième étage, à en juger par le reflet. C'est pour ça que la partie audio est difficile à cerner. Ça pourrait être au rez-de-chaussée de l'immeuble ou une rue plus loin. C'est difficile à dire.

– Ça aide quand même.

– Et voici le dernier truc.

Elle passa la première partie de la vidéo, celle où la caméra était braquée sur la fille de Bosch et ne montrait qu'elle. Elle monta le son et filtra les pistes audio parasites. Bosch entendit alors une bribe de dialogue étouffée.

– Qu'est-ce que c'est que ça ? demanda-t-il.

– Je crois que c'est à l'extérieur de la pièce. Je n'ai pas réussi à le nettoyer plus que ça. C'est étouffé par la structure et ça ne m'a pas l'air d'être du chinois. Mais pour moi ce n'est pas ça l'important.

– C'est quoi, l'important ?

– Écoute encore une fois jusqu'au bout.

Elle repassa la bande. Bosch regarda fixement les yeux apeurés de sa fille en se concentrant sur la piste son. Il entendit une voix d'homme, mais trop sourde pour qu'on la comprenne ou puisse la traduire, tout s'arrêtant net en plein milieu d'une phrase, du moins était-ce l'impression qu'on avait.

– Quelqu'un qui l'aurait interrompu ?

– Ou alors une porte d'ascenseur qui se ferme et lui coupe la chique.

Il acquiesça. L'explication de l'ascenseur était plus probable dans la mesure où la voix ne trahissait aucun stress avant d'être coupée.

Starkey lui montra de nouveau l'écran.

– Ce qui fait que lorsque tu trouveras le bâtiment, la pièce sera proche de l'ascenseur.

Bosch regarda longuement et pour la dernière fois les yeux de sa fille.

– Merci, Barbara, dit-il.

Il était debout derrière elle, il lui serra légèrement les épaules.

– Pas de problème, Harry.

– Faut que j'y aille.

– Tu disais te diriger vers l'aéroport. Tu pars pour Hong Kong ?

– Oui.

– Bonne chance, Harry. Va chercher ta fille.

– C'est bien mon intention.

Il retourna vite à sa voiture et se dépêcha de regagner l'auto-route. Les encombrements de l'heure de pointe s'étant dissipés, il ne perdit pas de temps en traversant Hollywood pour rejoindre le col de Cahuenga et arriver chez lui. Il commença à se concentrer sur Hong Kong. L.A. et tout ce qui s'y trouvait allaient être bientôt derrière lui. Tout allait tourner autour de Hong Kong. Il allait retrouver sa fille et la ramener à la maison. Ou mourir en essayant.

Toute sa vie durant, Harry Bosch avait cru avoir une mission. Et pour pouvoir la mener à bien, il avait besoin que rien ne l'atteigne. Il devait se construire et construire sa vie de façon à être invulnérable, de façon que rien ni personne ne puisse l'atteindre. Tout cela avait changé le jour où on lui avait présenté la fille qu'il ne savait pas avoir. Dans l'instant il avait compris qu'il était tout à la fois sauvé et perdu. Il allait être à jamais relié au monde comme seul peut l'être un père. Mais perdu, il le serait aussi parce qu'il savait que les forces du mal qu'il affrontait fini-raient par la trouver. Et peu importait qu'un océan entier les sépare. Un jour ou l'autre, on en arriverait là. Alors les forces du mal la trouveraient et se serviraient d'elle pour l'atteindre.

Et ce jour était arrivé.

DEUXIÈME PARTIE

La journée
de trente-neuf heures

23

Il ne dormit que par à-coups pendant la traversée du Pacifique. Quatorze heures de vol, le nez collé au hublot de sa place en classe économique, il fut incapable de dormir plus d'un quart d'heure à vingt minutes d'affilée avant que certaines images de sa fille et la culpabilité que lui inspirait la situation dans laquelle elle se trouvait ne le submergent et ne finissent par le réveiller en sursaut.

En agissant trop vite pour pouvoir penser, toute la journée durant il avait réussi à maîtriser sa peur, sa culpabilité et ses récriminations brutales. Tout cela, il avait pu le mettre de côté parce que l'action était plus importante que ce qui le plombait. Mais là, sur le vol Cathay Pacific 883, il ne pouvait plus courir à droite et à gauche. Il savait qu'il avait besoin de dormir pour être frais et dispos, et prêt à affronter la journée qui l'attendait à Hong Kong. Mais dans l'avion il était coincé et ne pouvait plus mettre sa peur et sa culpabilité de côté. L'angoisse le dévorait. Il passa les trois quarts du trajet assis dans la pénombre à regarder droit devant lui en serrant fort les poings tandis que l'appareil se ruait dans la nuit vers l'endroit où Madeline était cachée. Cela rendait son sommeil agité, voire impossible.

Les vents contraires étant plus faibles que prévu, l'avion prit de l'avance et atterrit à l'aéroport de Lantau Island à quatre heures cinquante-cinq du matin. Bosch se fraya brutalement un passage au milieu des passagers qui descendaient leurs affaires des coffres à bagages et gagna l'avant de la cabine. Il n'avait emporté qu'un petit sac à dos contenant ce qu'il pensait pouvoir l'aider à trouver et sauver sa fille. Dès que la porte fut ouverte, il fonça et prit la tête des voyageurs qui se dirigeaient vers le contrôle des douanes et de l'immigration. La peur s'empara de lui lorsqu'il approcha du premier point de contrôle – un scanner thermique pour identifier les passagers ayant de la fièvre. La culpabilité qui le brûlait s'était-elle muée en fièvre ? Allait-on l'arrêter avant même qu'il puisse entamer la mission la plus importante de toutes ?

Il jeta un coup d'œil à l'écran de l'appareil en passant. Il vit les silhouettes des voyageurs s'y transformer en fantômes bleus. Pas de taches rouges qui disent tout. Pas de fièvre. Du moins pour l'instant.

Au contrôle des passeports, l'inspecteur feuilleta le sien et remarqua les tampons d'entrée et de sortie signalant les nombreux séjours qu'il avait faits à Hong Kong les six dernières années. Puis il vérifia quelque chose sur son écran que Bosch ne pouvait voir.

– Vous travaillez à Hong Kong, monsieur Bosch ? lui demanda-t-il.

Dieu sait comment il avait réussi à massacrer la seule et unique syllabe de son nom de famille et l'avait appelé *Botch*[1].

– Non. Ma fille habite ici et je viens la voir assez souvent.

L'inspecteur remarqua le sac à dos jeté sur son épaule.

– Vous avez enregistré des bagages ?

– Non, je n'ai pris que ça. C'est juste un aller-retour.

L'inspecteur hocha la tête et baissa à nouveau le nez sur son ordinateur. Bosch savait ce qui allait se produire. Chaque fois qu'il arrivait à Hong Kong, l'inspecteur de l'immigration voyait qu'il appartenait aux forces de l'ordre et lui ordonnait de prendre la file des passagers à fouiller.

– Avez-vous pris votre arme avec vous ?

– Non, répondit Bosch d'un ton las. Je sais que c'est interdit.

L'inspecteur entra quelque chose dans son ordinateur et, comme prévu, lui demanda d'attendre qu'on fouille son sac. Ce serait

---

1. « Saboter » ou « bâcler » en anglais. *(NdT.)*

encore un quart d'heure de gâché, mais il resta calme. Atterrir en avance lui avait fait gagner une demi-heure.

Le deuxième inspecteur fouilla lentement son sac et jeta des regards curieux aux jumelles et à d'autres objets qu'il avait apportés, y compris l'enveloppe bourrée de fric. Mais rien de tout cela n'était illégal. Lorsqu'il eut fini, il demanda à Bosch de passer sous un détecteur de métaux et tout fut dit. Bosch se dirigea vers le terminal des bagages et repéra un bureau de change ouvert malgré l'heure matinale. Il s'approcha du comptoir, sortit l'enveloppe pleine de liquide de son sac et informa la femme derrière la vitre qu'il avait besoin de changer 5 000 dollars US en dollars de Hong Kong. C'était sa réserve anti-tremblement de terre, celle qu'il cachait dans le coffre de sa chambre où il gardait son arme. Il avait compris la leçon lorsqu'un tremblement de terre avait secoué L.A. et gravement endommagé sa maison en 1994. Le liquide est roi. Ne partez jamais sans lui. Et maintenant l'argent qu'il avait planqué pour ce genre de crise allait peut-être l'aider à en surmonter une autre. Le taux de change étant légèrement inférieur à 8 contre 1, ses 5 000 dollars américains se muèrent en 38 000 dollars hongkongais.

Il empocha son argent et se dirigea vers les portes de sortie situées à l'autre bout du terminal des bagages. La première surprise de sa journée fut de voir Eleanor Wish qui l'attendait dans le grand hall. Elle se tenait à côté d'un homme en costume qui avait adopté la posture jambes écartées de garde du corps. Elle lui fit un petit geste de la main au cas où il ne l'aurait pas remarquée. Il vit tout de suite le mélange de douleur et d'espoir sur son visage et dut baisser les yeux en approchant d'elle.

– Eleanor, dit-il. Je ne…

Elle l'attira à lui en un enlacement rapide et gauche qui mit aussitôt fin à sa phrase. Il comprit ce qu'elle lui disait : les reproches et les récriminations seraient pour plus tard. Il y avait des choses plus importantes à faire tout de suite. Elle s'écarta de lui et lui montra l'homme en costume.

– Je te présente Sun Yee, dit-elle.

L'homme salua Bosch d'un hochement de tête, lui serra légèrement la main, mais garda le silence. Aucune aide de ce côté-là.
Bosch allait devoir s'en tenir au nom que lui avait donné Eleanor.
Il devait approcher de la cinquantaine. L'âge d'Eleanor. Petit,
mais fortement charpenté. Ses bras et sa poitrine tendaient son
costume en soie au maximum. Il portait des lunettes de soleil, bien
qu'on fût encore loin de l'aube.

Bosch se tourna vers son ex.

– C'est lui qui va nous conduire ? demanda-t-il.

– C'est lui qui va nous aider, le reprit-elle. Il fait partie de la
sécurité du casino.

Bosch acquiesça. Un mystère venait de trouver sa solution.

– Il parle anglais ?

– Oui, je parle anglais, répondit l'homme.

Bosch l'étudia un instant, puis il regarda Eleanor et lut sa déter-
mination sur son visage. C'était une expression qu'il lui avait vue
bien des fois quand ils vivaient ensemble. Elle ne permettrait
aucune dispute sur ce point. Que Bosch ne veuille pas du bonhomme et il serait seul.

Bosch savait que si les circonstances l'exigeaient, il pourrait très
bien se séparer d'eux et se débrouiller seul dans la ville. C'était
même ce à quoi il s'attendait en partant. Cela dit, il ne voyait
aucun inconvénient à suivre le plan d'Eleanor pour l'instant.

– Tu es bien sûre de vouloir faire comme ça ? lui demanda-t-il.
J'avais prévu de travailler en solo.

– C'est aussi ma fille, lui renvoya-t-elle. Où que tu ailles, je
serai avec toi.

– Très bien.

Ils commencèrent à marcher vers les portes de verre donnant
sur l'extérieur. Bosch laissa Sun Yee prendre de l'avance afin de
pouvoir parler en privé avec son ex. Malgré la tension qui se lisait
clairement sur son visage, pour Bosch elle était toujours aussi
belle. Elle avait noué ses cheveux en arrière dans le style on-ne-
plaisante-pas. Cela accentuait le côté pur et décidé de sa mâchoire.
Si peu qu'il la voyait et quelles que soient les circonstances, il

n'arrivait jamais à la regarder sans songer à tout ce qui aurait pu être. Le cliché était plus qu'usé, mais Bosch avait toujours pensé qu'ils étaient faits pour vivre ensemble. Leur fille les liait à jamais, mais pour lui cela ne suffisait pas.

– Bon, alors tu me dis où on en est ? lui lança-t-il. Je me suis tapé presque quinze heures d'avion. Y a-t-il du neuf de ce côté-ci du Pacifique ?

Elle fit oui de la tête.

– Hier, j'ai passé quatre heures au centre commercial, dit-elle. Je devais être à la sécurité quand tu m'as appelée de l'aéroport et m'as laissé un message. Je ne devais pas avoir de signal, ou alors je n'ai tout simplement pas entendu l'appel.

– Ne t'inquiète pas pour ça. Qu'est-ce que tu as trouvé ?

– Ils ont une vidéo où on la voit avec le frère et la sœur. Quick et Lui. Tout ça est filmé de loin. Pas moyen de les identifier vraiment, sauf Mad. Je pourrais la reconnaître n'importe où.

– Est-ce que ça montre l'enlèvement ?

– Il n'y a pas eu enlèvement. Ils traînaient ensemble, essentiellement au restaurant du centre commercial. Quick a allumé une cigarette et quelqu'un s'est plaint. La sécurité est entrée en scène et l'a jeté. Et Madeline est partie avec eux. Volontairement. Et ils ne sont jamais revenus.

Bosch hocha la tête. Il voyait bien ce qui s'était passé. Tout pouvait avoir été calculé pour l'attirer dehors. Quick allume une cigarette en sachant parfaitement qu'il va se faire virer du centre et que Madeline partira avec eux.

– Autre chose ?

– Non, c'est tout pour le centre commercial. Quick y est connu des services de sécurité, mais ils n'ont ni dossier ni quoi que ce soit sur lui.

– Quelle heure était-il quand ils sont sortis ?

– Six heures et quart.

Bosch fit le calcul. Ça s'était donc passé vendredi. Sa fille avait quitté le champ de l'enregistrement vidéo du centre commercial presque trente-six heures plus tôt.

– À quelle heure commence-t-il à faire nuit ici ?

– Vers huit heures. Pourquoi ?

– La vidéo que j'ai reçue a été prise en plein jour. Ce qui fait que moins de deux heures après avoir quitté le centre avec eux, elle s'est retrouvée à Kowloon, où ils l'ont filmée.

– Harry, dit-elle, cette vidéo, je veux la voir.

– Je te la montrerai dans la voiture. Tu dis avoir reçu mon message. As-tu appris des choses sur les plates-formes d'atterrissage d'hélicoptères à Kowloon ?

Elle acquiesça d'un signe de tête.

– J'ai appelé le chef des transports de clients au casino. D'après lui, il y en a sept de disponibles. J'en ai la liste.

– Bien. Lui as-tu dit pourquoi tu voulais cette liste ?

– Non, Harry. Fais-moi un peu confiance, tu veux ?

Bosch la regarda, puis il jeta un coup d'œil à Sun qui avait maintenant plusieurs mètres d'avance sur eux. Eleanor comprit le message.

– Sun Yee n'est pas comme tout le monde. Il sait ce qui se passe. Je l'ai mis dans le coup parce que je peux lui faire confiance. Il y a trois ans qu'il veille sur moi au casino.

Bosch hocha la tête. Son ex avait beaucoup de valeur pour le Cleopatra Resort and Casino de Macao. La direction lui payait son appartement et l'amenait de chez elle en hélicoptère afin qu'elle joue contre les clients les plus riches du casino. La sécurité – en la personne de Sun Yee – faisait partie du *deal*.

– Ouais, bon, c'est dommage qu'il n'ait pas veillé aussi sur Maddie, dit Bosch.

Eleanor s'arrêta net et se tourna vers lui. Inconscient de ce qui se passait, Sun continuait d'avancer.

– Écoute, dit-elle en se collant sous son nez, tu as envie qu'on commence par là maintenant ? Parce que si tu veux, moi, ça ne me gêne pas. On pourra parler de Sun Yee et aussi de toi et de la façon dont ton travail a foutu ma fille dans ce… ce…

Elle ne finit pas sa phrase. Au lieu de ça, elle attrapa brutalement Bosch par la veste et se mit à le secouer de toute la force de sa colère jusqu'au moment où elle le prit dans ses bras et fondit en larmes. Bosch posa la main dans son dos.

– Notre fille à tous les deux, Eleanor, dit-il. Notre fille, Eleanor, et nous allons la retrouver.

Sun remarqua qu'ils n'étaient plus avec lui et s'arrêta. Et jeta un coup d'œil à Bosch, ses yeux cachés derrière ses lunettes noires. Toujours tenu par Eleanor, Bosch lui fit signe d'attendre un instant et de rester à l'écart.

Eleanor finit par reculer et s'essuya les yeux et le nez du revers de la main.

– Surtout ne pas se démonter, Eleanor. Je vais avoir besoin de toi.

– Arrête de dire ça, tu veux ? Je ne vais pas me « démonter ». Par où commence-t-on ?

– As-tu la carte du MTR[1] que je t'ai demandée ?

– Oui. Elle est dans la voiture.

– Et la carte de visite de la Causeway Taxi ? Tu as vérifié ?

– Pas besoin. Sun Yee était déjà au courant. Il est de notoriété publique que les trois quarts des compagnies de taxis engagent des membres des triades. Ces types-là ont besoin de boulots réglementaires pour éviter les soupçons et ne pas se faire remarquer par les flics. La plupart d'entre eux achètent des licences et font des courses de temps à autre pour se couvrir. Si ton suspect avait la carte du patron de la flotte, c'est probablement parce qu'il allait lui demander un boulot en arrivant ici.

– Es-tu allée à l'adresse indiquée ?

– Nous sommes passés devant hier soir, mais c'est juste un dépôt de taxis. C'est là que les voitures font le plein et sont nettoyées, et là aussi que les chauffeurs sont dispatchés au début du service.

– As-tu parlé au patron ?

– Non. Je n'ai pas voulu faire un truc comme ça sans t'en parler. Mais comme tu étais dans l'avion… Sans compter qu'à mon

---

1. Metropolitan Transportation Railway. *(NdT.)*

avis ça ne mènera à rien. C'est juste un type qui allait filer du bou-lot à Chang. Rien de plus. C'est ce qu'il fait pour les triades. Il y a peu de chances qu'il se mêle d'enlèvements. En plus, si par hasard il était mêlé à celui-là, il ne parlerait pas.

Bosch songea qu'elle avait probablement raison, mais se dit que ce type était quelqu'un qu'il ne faudrait pas oublier si jamais ce qu'ils allaient tenter pour localiser leur fille ne donnait rien.

– Bien, dit-il. Quand va-t-il faire jour ?

Comme si elle voulait jauger sa réponse à la couleur du ciel, Eleanor se tourna pour regarder de l'autre côté de l'énorme mur de verre qui délimitait le grand hall. Bosch jeta un coup d'œil à sa montre. Il était déjà six heures moins le quart et cela faisait presque une heure qu'il était à Hong Kong. Le temps semblait déjà filer trop vite.

– Dans un peu plus d'une heure, dit-elle.

Il acquiesça.

– Et pour le flingue ?

Elle hocha la tête, l'air d'hésiter.

– Si tu es sûr d'en vouloir un, Sun Yee sait où tu pourras t'en procurer. À Wan Chai.

Bosch acquiesça de nouveau. C'était évidemment là qu'il en trouverait un. Wan Chai était l'endroit où les bas-fonds de Hong Kong affleuraient à la surface. Bosch n'y était pas revenu depuis qu'il y était allé en permission pendant la guerre du Viet-nam, quarante ans plus tôt. Mais il savait qu'il y a des choses et des lieux qui ne changent pas.

– Bon, allons à la voiture. On perd du temps.

Ils franchirent les portes automatiques, Bosch étant alors assailli par un air chaud et humide qu'il sentit se coller à lui.

– Par où commence-t-on ? demanda Eleanor. Par Wan Chai ?

– Non, par le pic. C'est de là qu'on partira.

24

L'endroit était connu sous le nom de « pic Victoria » pendant la période coloniale. Maintenant on ne parlait plus que du « pic » pour décrire le sommet de cette montagne qui domine l'horizon de Hong Kong et offre des vues saisissantes sur Central et le port jusqu'à Kowloon. Accessible en voiture et par funiculaire, c'est toute l'année durant une destination très appréciée des touristes – et des gens du coin l'été, lorsque, en dessous, la ville semble retenir l'humidité comme l'éponge garde l'eau. Bosch s'y était déjà rendu plusieurs fois avec sa fille, souvent pour y déjeuner au restaurant de l'observatoire ou dans la galerie marchande derrière.

Bosch, son ex et son garde du corps arrivèrent au sommet avant que le jour se lève sur la ville. La galerie marchande et les boutiques pour touristes étaient encore fermées et les belvédères déserts. Ils laissèrent la Mercedes de Sun au parking de la galerie et descendirent le sentier à flanc de montagne. Bosch portait son sac à dos par-dessus l'épaule. L'air était lourd d'humidité. En voyant le sentier mouillé, il comprit qu'il avait plu pendant la nuit. Sa chemise lui collait à la peau.

– Qu'est-ce qu'on fait exactement ? lui demanda Eleanor.

C'était la première question qu'elle lui posait depuis un bon moment. Pendant le trajet depuis l'aéroport, il avait préparé la vidéo et lui avait passé son portable. Elle l'avait regardée et Bosch l'avait entendue reprendre son souffle. Elle lui avait ensuite demandé de la regarder une deuxième fois, puis lui avait rendu son portable sans rien dire. Elle avait alors gardé le silence jusqu'à ce qu'ils arrivent au sentier.

Bosch prit son sac à dos, ouvrit la fermeture Éclair, lui tendit la photo et lui passa une lampe torche.

– C'est un plan fixe tiré de la vidéo, dit-il. Juste au moment où Maddie flanque un coup de pied au type et où la caméra bouge, on voit la fenêtre.

Eleanor alluma la lampe torche et examina le cliché en continuant de marcher, Sun se tenant quelques pas derrière eux. Bosch continua d'expliquer son plan.

– Il ne faut pas oublier que tout ce qui se reflète dans la vitre est à l'envers. Tu vois les buts au-dessus du bâtiment de la Bank of China ? Si tu veux, j'ai aussi apporté une loupe.

– Non, je les vois.

– Bon, là, entre les poteaux, on voit la pagode qui est ici. Je crois qu'il s'agit de la pagode ou du belvédère du Lion. J'y suis déjà monté avec Maddie.

– Moi aussi. Ça s'appelle le pavillon du Lion. Tu es sûr que c'est là-dessus ?

– Oui, mais il faut regarder à la loupe. Attends qu'on y arrive.

Le sentier s'incurvant, Bosch vit la structure de style pagode devant lui. Positionnée en saillie, elle offrait une des meilleures vues du haut du pic. Chaque fois qu'il y venait, l'endroit était bourré de touristes avec leurs appareils photo. Mais là, dans la lumière grise de l'aube, tout était désert. Bosch franchit l'arche d'entrée et gagna le pavillon. Gigantesque, la ville s'étala sous lui. Il y avait des milliards de lumières dans les ténèbres qui reculaient, dont une, il le savait, appartenait à sa fille. Il allait la trouver.

Eleanor se mit à côté de lui et tint la photo sous le rayon de la lampe torche. Sun prit la position du garde du corps derrière eux.

– Je ne comprends pas, dit-elle. Tu penses pouvoir remettre tout ça à l'endroit et découvrir où elle est ?

– Exactement.

– Harry…

– Il y a d'autres repères. Je veux juste réduire le champ des recherches. Kowloon est très grand.

Il sortit les jumelles de son sac à dos. Elles étaient puissantes et il s'en servait pendant ses planques. Il les porta à ses yeux.

– D'autres repères ? répéta Eleanor. Lesquels ?

Il faisait encore trop sombre. Bosch abaissa ses jumelles. Il allait devoir attendre. Il se demanda s'ils n'auraient pas dû commencer par se rendre à Wan Chai pour s'y procurer une arme.

– Quels autres repères ? répéta Eleanor.

Il s'approcha d'elle pour voir la photo et lui montrer ceux que lui avait signalés Barbara Starkey – en particulier le bout du panneau avec les lettres O et N dessus. Il lui parla aussi de la bande-son où l'on entendait un métro proche et lui rappela l'hélicoptère, qu'on ne voyait pas sur le cliché.

– On met tout ça ensemble et moi, je crois qu'on ne sera plus loin de Maddie. Et si j'arrive assez près, je la retrouverai.

– Je peux déjà te dire que c'est le panneau Canon que tu cherches.

– Quoi ? Canon comme les appareils photo ? Où ça ?

Elle lui montra Kowloon dans le lointain. Bosch regarda de nouveau avec les jumelles.

– Je le vois tout le temps quand ils me font survoler le port, reprit-elle. Il y a un panneau Canon du côté Kowloon. C'est juste le mot « Canon » tout en haut du bâtiment. Il tourne. Mais si tu étais derrière lui à Kowloon quand il tourne vers le port, tu le verrais à l'envers. Et dans le reflet il serait donc à l'endroit. Forcément.

Elle tapota les deux lettres sur la photo.

– Oui, mais où est-ce ? Je ne le vois nulle part.

– Laisse-moi regarder.

Il lui tendit les jumelles.

– Normalement il est allumé, dit-elle en regardant, mais ils l'éteignent probablement quelques heures avant l'aurore pour économiser de l'énergie. Beaucoup de panneaux sont éteints à cette heure-ci.

Elle baissa les jumelles et jeta un coup d'œil à sa montre.

– On devrait le voir dans un quart d'heure.

Bosch reprit les jumelles et se remit à chercher le panneau.

– J'ai l'impression de perdre mon temps, dit-il.

– Ne t'inquiète pas. Le soleil commence à se lever.

Contrecarré dans ses efforts, Bosch baissa les jumelles à regret et passa les dix minutes suivantes à regarder la lumière grimper lentement par-dessus les montagnes, puis inonder le bassin en dessous.

L'aube fut rose et grise. Le port grouillait déjà d'activité, les cargos et les ferrys se croisant dans ce qui ressemblait à une chorégraphie naturelle. Bosch vit un brouillard bas se coller aux gratte-ciel de Central et de Wan Chai, et de Kowloon de l'autre côté du port. Et sentit de la fumée.

– Ça sent comme à L.A. après les émeutes, dit-il. Comme si la ville était en feu.

– D'une certaine façon elle l'est, lui répondit Eleanor. On est en plein milieu du *Yue Laan.*

– Ah bon ? Et c'est quoi ?

– La fête du fantôme affamé. Elle a commencé la semaine dernière. Elle est réglée sur le calendrier chinois. On raconte que le quatorzième jour du septième mois lunaire les portes de l'enfer s'ouvrent et que tous les fantômes du mal se mettent à hanter le monde. Les croyants brûlent des offrandes pour apaiser leurs ancêtres et écarter les esprits mauvais.

– Des offrandes ? De quel genre ?

– Essentiellement des billets de banque et des fac-similés en papier mâché de trucs du genre écrans plasma, maisons et voitures. Bref, des trucs dont les esprits auraient besoin de l'autre côté. Il y a même des gens qui brûlent les choses en vrai.

Elle rit et ajouta :

– Un jour, j'ai vu un type brûler un climatiseur. Il devait vouloir en envoyer un à son ancêtre en enfer.

Bosch se rappela que sa fille lui en avait parlé. Elle lui avait dit avoir vu quelqu'un brûler une voiture.

Il regarda la ville et s'aperçut que ce qu'il avait pris pour de la brume matinale était en fait de la fumée qui montait de tous ces feux et restait suspendue en l'air comme les fantômes eux-mêmes.

– On dirait qu'il y a pas mal de croyants là-bas en dessous, dit-il.

– Oh oui !

Il remonta les jumelles et regarda Kowloon. La lumière du soleil touchait enfin les immeubles du côté du port. Il scruta le paysage en veillant à garder les poteaux de but de la Bank of China dans son champ de vision. Et finit par découvrir le panneau Canon dont lui avait parlé Eleanor. Il était fixé au toit d'un immeuble en verre et aluminium qui lançait de forts éclats dans toutes les directions.

– Je vois le panneau, dit-il sans cesser de regarder.

Il estima que l'immeuble avait une douzaine d'étages, le bâti en fer sur lequel était monté le panneau en ajoutant au moins un de plus en hauteur. Encore et encore il examina le paysage en espérant voir autre chose. Mais rien ne retint son attention.

– Laisse-moi regarder de nouveau, lui lança Eleanor.

Bosch lui tendit les jumelles, elle les braqua vite sur le panneau.

– Je l'ai, dit-elle, et je vois que l'hôtel Peninsula est de l'autre côté de la chaussée, deux rues plus loin. Et il y a bien une plate-forme d'atterrissage d'hélicoptère à cet endroit.

Bosch suivit son regard à travers le port. Il lui fallut un moment pour repérer le panneau, qui prenait maintenant le soleil en plein. Il sentit se briser la léthargie induite par la durée du vol. L'adrénaline commençait à agir.

Il repéra une grande artère qui partait vers le nord et arrivait droit sur Kowloon, juste à côté du bâtiment surmonté du panneau.

– C'est quoi, cette rue ? demanda-t-il.

– Ça doit être Nathan Road. C'est une voie nord-sud de première importance. Elle part du port et rejoint les Nouveaux Territoires.

– Et les triades y sont ?

– Absolument.

Bosch se retourna pour regarder vers Nathan Road et Kowloon.

– Les Neuf Dragons, se murmura-t-il à lui-même.

– Qu'est-ce que tu dis ?

– Je disais que c'est là qu'elle est.

25

Pour monter au pic et en redescendre, Bosch et sa fille empruntaient généralement le funiculaire. En plus soigné et nettement plus grand, il lui rappelait l'Envol des anges, celui de Los Angeles où, tout en bas, près du bâtiment du tribunal, se trouvait un petit jardin public dans lequel Maddie aimait se promener et accrocher des drapeaux de prière tibétains[1]. Petits et colorés, ils étaient souvent tendus comme du linge sur des fils qui traversaient tout le parc. Elle lui avait dit qu'il était préférable d'accrocher des drapeaux plutôt que d'allumer des bougies, le vent pouvant mieux emporter au loin leurs beaux messages.

Des drapeaux de prière, le temps manquait pour en accrocher maintenant. Ils remontèrent dans la Mercedes de Sun et descendirent la montagne pour rejoindre Wan Chai. En chemin, Bosch se rendit compte qu'un des itinéraires le ferait passer devant l'immeuble où Eleanor et sa fille habitaient.

Il se pencha en avant.

– Eleanor, dit-il, commençons par aller chez toi.

– Pourquoi ?

– Il y a un truc que j'ai oublié de te dire d'apporter. Le passeport de Madeline. Et le tien.

– Pourquoi ?

---

1. Voir *L'Envol des anges*, publié dans la même collection. *(NdT.)*

– Parce que l'affaire ne sera pas terminée quand on leur reprendra Maddie. Et je veux que vous soyez toutes les deux loin d'ici tant que tout ne sera pas réglé.

– Et pour combien de temps ?

Elle s'était retournée pour pouvoir le regarder du siège avant. Il lut aussitôt l'accusation dans ses yeux, alors qu'il voulait éviter tous ces problèmes de sorte que le sauvetage de sa fille soit leur seule préoccupation.

– Je ne sais pas, répondit-il. Mais prenons les passeports. Juste au cas où nous n'aurions pas le temps de le faire plus tard.

Eleanor se tourna vers Sun et lui parla sévèrement en chinois. Il se rangea aussitôt sur le bas-côté et arrêta la voiture. Aucun véhicule ne descendait la montagne derrière eux. Eleanor se tourna complètement sur son siège pour faire face à Bosch.

– On va s'arrêter pour les passeports, dit-elle d'un ton égal. Mais s'il faut que nous disparaissions, ne t'imagine même pas une seconde que nous partirons avec toi.

Bosch acquiesça d'un signe de tête. Qu'elle accepte seulement de le faire était une concession suffisante à ses yeux.

– Dans ce cas, ce serait bien que tu prépares tes bagages et les mettes dans le coffre.

Elle se retourna sans lui répondre. Au bout d'un moment, Sun la regarda et lui parla en chinois. Elle lui adressa un signe de tête et ils recommencèrent à descendre. Bosch comprit qu'elle allait faire ce qu'il venait de lui demander.

Un quart d'heure plus tard, Sun s'arrêta devant les tours jumelles que les gens du coin appellent communément « les Baguettes ». Eleanor, qui n'avait pas prononcé un seul mot de tout ce quart d'heure, offrit enfin un rameau d'olivier à celui qui occupait la banquette arrière.

– Tu veux monter ? dit-elle. Tu pourras te préparer un café pendant que je fais mes bagages. Tu as l'air d'en avoir besoin.

– Ça serait bien, mais nous n'avons pas le…

– C'est de l'instantané.

– Bon, d'accord.

Sun restant dans la voiture, ils montèrent à l'appartement. Reliées ensemble, les Baguettes étaient deux tours ovales de soixante-douze étages s'élevant à mi-hauteur de la montagne qui domine Happy Valley. Immeuble résidentiel le plus haut de tout Hong Kong, il dépassait la ligne d'horizon de la ville telles deux baguettes plantées dans un bol de riz. C'était là qu'Eleanor et Madeline avaient emménagé peu après être arrivées de Las Vegas six ans plus tôt.

Bosch s'agrippa à la rampe de la cabine à grande vitesse. Il n'aimait pas se dire qu'il y avait là, sous ses pieds, un vide de quarante-trois étages de cage d'ascenseur.

La porte s'ouvrit sur un petit palier où donnaient quatre appartements. Eleanor prit sa clé et ouvrit la première porte à droite.

– Le café se trouve dans l'élément au-dessus de l'évier, dit-elle. Je ne serai pas longue.

– Bien. Tu en veux une tasse ?

– Non, ça ira. J'en ai bu un à l'aéroport.

Ils entrèrent dans l'appartement, Eleanor se dépêchant de rejoindre sa chambre pendant que Bosch gagnait la cuisine et s'attaquait au café. Il trouva une tasse barrée de l'inscription « Meilleure maman du monde » posée sur le côté et la prit. Elle avait été peinte à la main il y avait longtemps et l'inscription s'était fanée à chaque lavage dans la machine.

Il sortit de la cuisine en sirotant le liquide brûlant et regarda le panorama. Orienté à l'ouest, l'appartement offrait une vue stupéfiante sur Hong Kong et son port. Bosch n'y était monté que de rares fois et ne se lassait jamais de ce spectacle. La plupart du temps, quand il venait en visite, il retrouvait sa fille dans l'entrée ou devant l'école à la sortie des classes.

Un énorme paquebot de croisière blanc à vapeur traversait le port et faisait route vers le grand large. Bosch le regarda un instant avant de remarquer le panneau « Canon » au-dessus de l'immeuble de Kowloon. Cela lui rappela sa mission. Il se tourna vers le couloir qui conduisait aux chambres. Il trouva Eleanor dans celle de leur fille. Elle pleurait en mettant des habits dans un sac à dos.

– Je ne sais pas quoi prendre, dit-elle. Je ne sais pas combien de temps nous serons absentes et ce dont elle aura besoin. Je ne sais même pas si nous la reverrons jamais.

Ses épaules tremblaient tandis qu'elle laissait couler ses larmes. Bosch posa sa main sur son épaule gauche, mais elle l'écarta aussitôt. Elle refusait tout réconfort venant de lui. Elle remonta brutalement la fermeture Éclair du sac à dos et quitta la pièce. Bosch se retrouva seul à contempler la chambre.

Des petits souvenirs de ses séjours à Los Angeles et dans d'autres endroits encombraient toutes les surfaces horizontales. Des affiches de films et de groupes de rock couvraient les murs. À un portemanteau posé dans le coin étaient accrochés quantité de chapeaux, de masques et de colliers de perles. De nombreux animaux empaillés remontant à son enfance s'entassaient sur les oreillers de son lit. Bosch ne put s'empêcher de penser qu'il violait son intimité en restant dans cette pièce où elle ne l'avait pas invité.

Sur un petit bureau était installé un ordinateur portable. Ouvert, écran éteint. Bosch s'en approcha, tapa sur la barre d'espacement et au bout de quelques instants l'écran revint à la vie. Sur son économiseur, Maddie avait affiché une photo qu'elle avait prise lors de son dernier séjour à Los Angeles. On y voyait un groupe de surfeurs qui, tous alignés sur leurs planches, attendaient le prochain rouleau. Bosch se rappela qu'ils étaient allés à Malibu en voiture, avaient pris le petit déjeuner dans un restaurant appelé La Marmelade et avaient regardé les surfeurs sur une plage voisine.

Puis il remarqua une petite boîte en os posée à côté de la souris. Elle lui rappela le manche sculpté du couteau qu'il avait découvert dans la valise de Chang. Elle avait l'air d'un objet dans lequel on garde des choses importantes, comme de l'argent. Il l'ouvrit et s'aperçut qu'elle ne contenait que trois petits singes taillés dans le jade et enfilés sur un fil rouge – « Ne rien voir de mal, ne rien entendre de mal, ne rien dire de mal ». Il les sortit de la boîte et les tint en l'air pour mieux les observer. L'affaire ne faisait pas plus de cinq centimètres de long et il y avait un petit anneau en argent au bout, de façon à pouvoir les accrocher à quelque chose.

– Tu es prêt ?

Il se retourna. Eleanor se tenait sur le seuil.

– Oui. C'est quoi, ce truc ? Une boucle d'oreille ?

Eleanor s'approcha.

– Non, les enfants accrochent ces machins-là à leurs portables. On peut en acheter au marché du jade de Kowloon. Leurs téléphones se ressemblent tellement qu'ils leur mettent ce genre de trucs pour les différencier.

Bosch hocha la tête et remit les singes de jade dans la boîte en os.

– C'est cher ?

– Non, c'est du jade bon marché. Ça coûte aux environs d'un dollar américain et ils en changent tout le temps. Allons-y.

Bosch jeta un dernier coup d'œil au domaine privé de sa fille et prit un oreiller et une couverture sur le lit en partant. Eleanor s'était retournée et vit ce qu'il faisait.

– Elle pourrait être fatiguée et avoir envie de dormir, expliqua-t-il.

Ils quittèrent l'appartement, Bosch serrant la couverture et l'oreiller sous un bras et tenant l'un des deux sacs à dos de l'autre main. Il sentit l'odeur du shampooing de sa fille sur l'oreiller.

– Tu as les passeports ? demanda-t-il.

– Je les ai.

– Je peux te demander quelque chose ?

– Oui, quoi ?

Il fit semblant d'étudier le motif de poneys sur la couverture qu'il tenait.

– Jusqu'où peut-on faire confiance à Sun Yee ? Je ne suis pas sûr qu'il faille rester avec lui une fois que nous aurons le flingue.

Elle lui répondit sans la moindre hésitation :

– Je te l'ai déjà dit. Il n'y a pas à s'inquiéter à cause de lui. Je lui fais absolument confiance et il restera avec nous. Avec moi.

Bosch acquiesça. Eleanor regarda le panneau numérique où s'affichaient les étages au fur et à mesure qu'ils descendaient.

– Je lui fais totalement confiance, répéta-t-elle. Et Maddie aussi.

– Comment Maddie peut-elle même seulement...

Il se tut. Soudain il comprenait ce qu'elle était en train de lui dire. Sun était l'homme dont Maddie lui avait parlé. Eleanor et lui vivaient ensemble.

– As-tu enfin compris ? lui demanda-t-elle.

– Oui, j'ai compris, répondit-il. Mais es-tu sûre que Maddie lui fasse confiance ?

– Oui, j'en suis sûre. Si elle t'a dit le contraire, c'est qu'elle essayait de susciter ta sympathie. C'est une fille, Harry. Elle sait manipuler les gens. Oui, sa vie a été un peu... bouleversée par ma relation avec Sun Yee. Mais il ne lui témoigne que gentillesse et respect. Elle s'en remettra. Enfin... quand nous la leur reprendrons.

Sun Yee avait amené la voiture au rond-point de déchargement devant l'immeuble. Eleanor et Bosch déposèrent leurs sacs à dos dans le coffre, mais Bosch garda l'oreiller et la couverture avec lui. Sun déboîta et gagna Happy Valley, puis Wan Chai en passant par Stubbs Road.

Bosch essaya d'oublier la conversation qu'ils avaient eue dans l'ascenseur. Elle n'avait pas d'importance pour l'instant parce qu'elle n'allait pas l'aider à retrouver sa fille. Cela dit, compartimenter ses sentiments n'avait rien de facile. À L.A., Maddie lui avait dit qu'Eleanor avait une relation suivie avec un homme – et, depuis leur divorce, lui aussi avait eu des aventures. Mais devoir affronter cette réalité à Hong Kong n'était pas facile. Il se trouvait dans une voiture avec une femme que fondamentalement il aimait encore, et cette femme était à côté de son nouvel amant. C'était dur à supporter.

Il était assis derrière Eleanor. Il regarda Sun par-dessus le siège et étudia son air stoïque. L'homme n'avait rien d'un garde du corps. Il y avait bien plus que ça dans leur relation. Bosch se rendit compte que ça pouvait être un atout. Si sa fille pouvait compter sur lui et lui faire confiance, alors lui aussi. Et le reste pouvait être mis de côté.

Comme s'il sentait ses yeux posés sur lui, Sun Yee se retourna et le regarda. Même avec les lunettes noires qui cachaient son regard, Bosch devina qu'il avait saisi la situation et savait qu'il n'y avait plus de secret entre eux.

Bosch hocha la tête. Mais pas pour signifier son approbation. Seulement pour faire savoir, mais sans le dire, qu'il comprenait enfin qu'ils étaient maintenant tous ensemble dans cette histoire.

26

Wan Chai est la partie de Hong Kong qui ne dort jamais. L'endroit où tout peut arriver et tout peut être acheté pourvu qu'on y mette le prix. Tout, absolument tout. Bosch savait que s'il voulait un viseur laser pour l'arme qu'ils allaient se procurer, il pourrait le trouver. Et s'il voulait un tireur pour parachever l'affaire, il pourrait probablement l'avoir. Et cela n'incluait même pas, tant s'en fallait, les marchandises genre drogues et femmes qu'il aurait à sa disposition dans les bars à effeuilleuses et autres clubs de musique de Lockhart Road.

Il était huit heures et demie du matin et le jour était levé lorsqu'ils descendirent lentement cette artère. Nombre de clubs travaillaient encore, les volets fermés pour bloquer la lumière, mais les enseignes au néon brillant toujours autant dans l'air enfumé. La rue était à la fois humide et torride par endroits. Des néons aux reflets brisés y jetaient des éclairs et scintillaient dans les pare-brise des taxis garés devant les clubs.

Des videurs montaient la garde, des rabatteuses assises sur des tabourets aguichant aussi bien le piéton que l'automobiliste. Des hommes en costumes froissés, leurs pas alourdis par une nuit d'alcool, avançaient lentement sur les trottoirs. Garées en double file devant les rangées de taxis rouges, quelques Rolls-Royce et Mercedes, moteur au point mort, attendaient que l'argent tarisse à l'intérieur et qu'enfin s'amorce le retour à la maison.

Devant tous ces établissements ou presque on avait disposé une boîte à cendres où brûler les offrandes destinées aux fantômes affamés. Bosch vit une femme en robe de soie avec un dragon rouge dans le dos debout devant un club qui s'appelait le Dragon rouge. Elle déversait ce qui ressemblait bien à de vrais dollars de Hong Kong dans les flammes qui montaient du récipient posé devant son club. Bosch songea qu'elle couvrait ses arrières avec les fantômes. Elle ne faisait pas semblant.

Malgré les vitres qu'ils avaient remontées, l'odeur des feux et de la fumée mélangée aux relents des aliments frits dans la graisse entra dans la voiture. Puis une autre, forte et qu'il ne put identifier – il aurait presque dit celle que de temps en temps il sentait dans les bureaux du coroner –, le frappa si violemment qu'il se mit à respirer par la bouche. Eleanor abaissa son pare-soleil pour le regarder dans le miroir de courtoisie.

– *Guilinggao*, dit-elle.

– Quoi ?

– Gelée de tortue. Ils la préparent le matin. Ils vendent ça dans les boutiques de médicaments.

– C'est fort.

– Jolie façon de dire les choses. Tu trouves que l'odeur est forte ? Un jour tu devrais goûter. C'est censé tout soigner.

– Je vais passer.

Deux rues plus loin, les clubs se faisaient plus petits et plus louches vus de l'extérieur. Les enseignes au néon étaient plus tapageuses, des affiches lumineuses montrant les belles femmes qui censément attendaient à l'intérieur. Sun se gara en double file près du premier taxi en attente après le croisement. Trois coins du carrefour étaient occupés par des clubs. Le quatrième abritait une boutique de nouilles déjà ouverte et assaillie de clients.

Sun détacha sa ceinture de sécurité et ouvrit sa portière. Bosch l'imita.

– Harry, dit Eleanor.

Sun se retourna pour le regarder.

– Vous n'y allez pas, lança-t-il.

Bosch le regarda.

– Vous êtes sûr ? J'ai de l'argent.

– Pas d'argent. Vous attendez ici.

Il descendit de la voiture et referma la portière. Bosch referma la sienne et resta à l'intérieur.

– Qu'est-ce qui se passe ? demanda-t-il.

– Sun Yee a fait appel à un ami pour l'arme. La transaction n'implique pas d'échange d'argent.

– Et elle implique quoi ?

– Un échange de services.

– Sun Yee est-il membre d'une triade ?

– Non. Il n'aurait jamais pu avoir son boulot au casino. Et je ne serais pas avec lui.

Bosch n'était pas très sûr que tout boulot au casino soit interdit à un membre des triades. Parfois la meilleure façon de connaître son ennemi est de l'embaucher.

– L'a-t-il été ?

– Je ne sais pas. J'en doute. Les triades ne vous laissent pas partir.

– Mais ce flingue, c'est bien un type des triades qui va le lui passer, non ?

– Ça non plus, je ne sais pas. Écoute, Harry, on va te procurer l'arme que tu disais vouloir. Je ne pensais pas que ça donnerait lieu à toutes ces questions. Tu la veux ou non ?

– Bien sûr que je la veux.

– Alors nous, on va faire ce qu'il faut pour l'avoir. Et j'ajoute que Sun Yee y joue son boulot et sa liberté. Les lois sur le port d'arme sont extrêmement strictes ici.

– Je comprends. J'arrête les questions. Je veux juste vous remercier de m'aider.

Dans le silence qui suivit, Bosch entendit de la musique étouffée mais qui pulsait fort. Elle montait d'un des clubs aux volets fermés ou alors des trois ensemble. Dans le pare-brise il vit Sun s'approcher de trois types en costume debout devant un club juste en face du croisement. Comme dans la plupart des établissements de Wan Chai, le panneau posé devant était écrit en chinois et en anglais. Celui-là s'appelait la Porte jaune. Sun s'entretint brièvement avec les types, puis il ouvrit nonchalamment sa veste de costume pour montrer qu'il n'était pas armé. Un des types le palpa vite mais bien, Sun étant alors autorisé à franchir la porte jaune qui donnait son nom au club.

Ils attendirent presque dix minutes, Eleanor ne disant pratiquement rien de tout ce temps. Bosch savait qu'elle craignait pour sa fille et que les questions qu'il posait la mettaient en colère, mais il avait besoin d'en savoir plus.

– Eleanor, dit-il, ne te mets pas en rogne, d'accord ? Permets seulement que je te dise ceci. L'élément de surprise joue en notre faveur. Pour les gens qui détiennent Maddie, je suis toujours à Los Angeles à décider si oui ou non je vais relâcher leur bonhomme. Ce qui fait que si Sun s'adresse à une triade pour me procurer ce flingue, il pourrait être obligé de dire à qui cette arme est destinée et à quoi elle pourrait servir, tu ne crois pas ? Et alors le type qui a le flingue pourrait faire volte-face et rencarder ses copains des triades de l'autre côté du port à Kowloon. Du genre : « À propos, devinez un peu qui débarque en ville… Même qu'il va passer vous voir. »

– Non, Harry, fit-elle d'un ton dédaigneux. Ce n'est pas comme ça que ça marche.

– Bien, mais alors comment ça marche ?

– Je te l'ai dit. Sun est en train de leur rappeler qu'ils lui doivent un service. C'est tout. Il n'a pas à les renseigner parce que le type qui a le flingue lui est redevable de quelque chose. C'est comme ça que ça marche. Tu comprends ?

Bosch regardait fixement l'entrée du club. Il n'y avait toujours pas signe de Sun.

– OK, dit-il.

Cinq autres minutes s'écoulant dans le silence, Bosch vit enfin Sun ressortir par la porte jaune. Mais au lieu de revenir vers la voiture, il traversa la rue et entra dans la boutique de nouilles.

Bosch essaya de le suivre derrière les vitres de l'échoppe, mais le reflet du néon extérieur était trop fort et Sun disparut à sa vue.

– C'est quoi, ça ? Il achète de la bouffe ?

– J'en doute, répondit-elle. C'est probablement là qu'on l'a envoyé.

Bosch acquiesça d'un hochement de tête. On prenait ses précautions. Cinq minutes s'écoulèrent encore, et cette fois, lorsqu'il ressortit de la boutique, Sun tenait un emballage à emporter fermé hermétiquement par deux élastiques. Il gardait le paquet bien à plat comme s'il ne voulait pas déséquilibrer le plat de nouilles à l'intérieur. Il arriva à la voiture et monta dedans. Et, sans un mot, il tendit l'emballage à Bosch par-dessus le dossier de son siège.

Bosch baissa l'emballage près du sol, ôta les élastiques et l'ouvrit tandis que Sun déboîtait du trottoir. Le carton contenait un pistolet de taille moyenne en acier bleu. Et rien d'autre. Ni chargeur supplémentaire, ni munitions de rab. Rien que l'arme et ce qu'il y avait dedans.

Bosch laissa tomber l'emballage par terre et prit le pistolet dans sa main gauche. Il n'y avait ni marques ni nom de fabricant sur l'acier. Rien que les numéros de modèle et de série, mais l'étoile à cinq branches estampée sur la poignée lui dit qu'il s'agissait d'un Black Star fabriqué par l'État chinois. Il en avait vu de temps à autre à Los Angeles. Produits à des dizaines de milliers d'exemplaires pour l'armée chinoise, de plus en plus étaient volés et traversaient le Pacifique en contrebande. Une bonne quantité restait évidemment en Chine et passait clandestinement à Hong Kong.

Bosch tint l'arme entre ses jambes et éjecta le chargeur en quinconce. Il comportait quinze balles Parabellum de 9 mm. Il les sortit et les déposa dans un porte-gobelet installé dans l'accoudoir. Puis il éjecta la seizième de la chambre et la déposa elle aussi avec les autres.

Il regarda la mire pour ajuster son tir. Jeta un coup d'œil dans la chambre pour voir s'il s'y trouvait la moindre trace de rouille et passa ensuite à l'examen du percuteur et de l'extracteur. Il vérifia plusieurs fois l'action et la détente. L'arme semblait fonctionner correctement. Il étudia ensuite chaque balle avant de la remettre dans le chargeur, pour voir s'il y avait des traces de corrosion ou tout autre chose qui aurait pu indiquer que ces munitions étaient vieilles ou douteuses. Et ne trouva rien.

Il remit le chargeur fermement en place et fit passer la première balle dans la chambre. Après quoi il éjecta de nouveau le chargeur, glissa la dernière balle dans l'ouverture et une fois encore remonta l'arme. Il disposait de seize projectiles, rien de plus.

– Satisfait ? lui demanda Eleanor du siège avant.

Bosch leva les yeux de dessus l'arme et s'aperçut qu'ils avaient pris la descente du Cross Harbor Tunnel qui les conduirait droit à Kowloon.

– Pas tout à fait. Je n'aime pas avoir une arme avec laquelle je n'ai jamais fait feu. Pour ce que j'en sais, il se pourrait que le percuteur ait été limé et qu'il ne donne rien quand j'en aurai besoin.

– Ça, on ne peut rien y faire. Il va falloir faire confiance à Sun Yee.

La circulation du dimanche matin était fluide dans le tunnel à deux voies. Bosch attendit qu'ils aient dépassé le point le plus bas qui se trouvait au milieu et qu'ils commencent à remonter vers Kowloon. Il avait entendu plusieurs pétarades de taxis. Il enroula vite la couverture de sa fille autour de son arme et de sa main gauche. Puis il posa l'oreiller par-dessus et se retourna pour regarder par la lunette arrière. Il n'y avait pas de voitures en vue derrière eux, aucune de celles qui les suivaient n'ayant encore atteint le point médian du tunnel.

– Et d'abord, à qui appartient cette voiture ? demanda-t-il.

– Au casino, répondit Eleanor. Je l'ai empruntée. Pourquoi ?

Il baissa la vitre. Leva l'oreiller et enfonça la gueule de l'arme dans le rembourrage. Et tira deux fois, selon la procédure habituelle pour vérifier le bon fonctionnement de l'arme. Les balles ricochèrent sur les murs carrelés du tunnel.

Même avec le capiton, les deux détonations résonnèrent fort dans la voiture, qui dévia légèrement de sa course lorsque Sun se retourna pour le regarder. Eleanor, elle, se mit à crier :

– Mais qu'est-ce que tu fous, bordel ?

Bosch laissa tomber l'oreiller sur le plancher de la Mercedes et remonta sa vitre. L'habitacle sentait la poudre brûlée, mais le silence y était revenu. Bosch enleva la couverture et vérifia l'arme. Elle avait fait feu sans la moindre difficulté. Il lui restait quatorze balles, il était prêt à y aller.

– Je devais m'assurer que ça fonctionnait comme il faut, dit-il. Ne jamais porter d'arme à moins d'en être sûr.

– Tu es fou ? Tu pourrais nous faire arrêter avant même qu'on ait la possibilité de faire quoi que ce soit !

– Baisse un peu le ton et si Sun Yee reste bien dans sa file, on devrait y arriver.

Il se pencha en avant et glissa l'arme dans sa ceinture, au creux de son dos. Le canon lui chauffa la peau. Droit devant il vit la lumière au bout du tunnel. Ils seraient à Kowloon dans peu de temps.

Ce n'était pas trop tôt.

27

Le tunnel les recrachant à Tsim Cha Tsui, la partie centrale de Kowloon côté port, Sun Yee prit Nathan Road quelques instants plus tard. C'était un large boulevard à quatre voies bordé de gratte-ciel aussi loin que portait le regard. Grouillant de monde, il mélangeait le résidentiel et le commercial. Le rez-de-chaussée et le premier étage des immeubles étaient dédiés à la vente de détail et à la restauration, ceux au-dessus étant occupés par des bureaux ou des appartements. Le fouillis de panneaux et d'écrans vidéo en chinois donnait l'impression d'une véritable émeute de couleurs et de mouvements. Les bâtiments allaient du démodé milieu du siècle dernier aux structures élégantes en verre et acier disant une prospérité récente.

De la voiture, Bosch n'arrivait pas à voir le haut de cette véritable tranchée. Il baissa sa vitre et se pencha à l'extérieur pour localiser le panneau Canon, premier repère que la vidéo de l'enlèvement leur avait fait découvrir. Incapable de le trouver, il réintégra la voiture et remonta sa vitre.

– Sun Yee, dit-il, arrêtez-vous.

Sun Yee le regarda dans le rétroviseur.

– Ici ?

– Oui, ici. Je n'arrive pas à voir. Il faut que je descende.

Sun regarda Eleanor pour avoir son approbation, elle acquiesça d'un hochement de tête.

– On va descendre. Trouve un endroit où te garer, lui dit-elle.

Sun se rabattit et Bosch sauta hors de la Mercedes. Il avait sorti la photo de son sac à dos et la tenait prête. Sun s'éloigna, laissant Bosch et Eleanor sur le trottoir. C'était maintenant le milieu de la matinée et l'artère grouillait de monde. Il y avait de la fumée dans l'air et ça sentait le feu. Les fantômes affamés n'étaient pas loin. La rue débordait de néons, de vitres qui se réfléchissaient et d'écrans plasma gigantesques où passaient des images silencieuses pleines de mouvements hachés jusqu'au staccato.

Bosch se référa à la photo, leva la tête et suivit la ligne d'horizon de la ville.

– Où est le panneau Canon ? demanda-t-il.

– Harry, tu te trompes.

Elle lui posa les mains sur les épaules et le fit pivoter entièrement.

– N'oublie pas que tout est à l'envers.

Elle tendit le doigt quasiment à la verticale le long de l'immeuble devant lequel ils se tenaient. Bosch leva de nouveau la tête. Il avait le panneau Canon pratiquement au-dessus de lui, mais tourné selon un angle qui le rendait illisible. C'était le bas des lettres qu'il voyait, et le panneau tournait lentement.

– OK, je comprends, dit-il. C'est d'ici qu'on va partir.

Il baissa les yeux et se référa une deuxième fois à la photo.

– Pour moi, reprit-il, il faut qu'on s'éloigne encore du port d'au moins une rue.

– Attendons Sun Yee.

– Appelle-le pour lui dire où nous sommes.

Il se mit en route, Eleanor n'ayant pas d'autre choix que le suivre.

– D'accord, d'accord !

Elle sortit son portable et commença à passer l'appel. Bosch continua de marcher en gardant les yeux rivés sur le haut des bâtiments dans l'espoir d'y trouver des climatiseurs. La rue suivante était à plusieurs immeubles de là. À force de marcher le nez en l'air, Bosch faillit plusieurs fois rentrer dans des passants.

Se ranger à droite ne semblait pas être une règle collective. Les gens allant dans tous les sens, il devait faire attention pour éviter les collisions. À un moment donné, les piétons qu'il avait devant lui s'écartèrent subitement à droite et à gauche, et il s'en fallut de peu qu'il se prenne les pieds dans une vieille femme allongée par terre, les mains tendues devant elle en un geste de supplication au-dessus d'un petit panier à pièces. Il réussit à l'éviter et à mettre la main à la poche en même temps.

Eleanor lui posa vite la main sur le bras.

– Non, lui lança-t-elle. On dit que tout l'argent qu'on leur donne est ramassé par les triades à la fin de la journée.

Il ne mit pas sa parole en doute et resta concentré sur ce qu'il avait devant lui. Ils avaient traversé encore deux rues lorsqu'il entendit et vit une autre pièce du puzzle se mettre en place. De l'autre côté de la chaussée se trouvait une entrée du Metropolitan Transportation Railway. Avec un enclos en verre qui conduisait aux escaliers mécaniques menant au métro.

– Attends, dit-il en s'arrêtant. On est tout près.

– Qu'est-ce qu'il y a ?

– Le MTR. On l'entendait dans la vidéo.

Comme s'il avait donné le signal, le bruit feutré d'une masse d'air qui s'échappe se fit entendre au moment où une rame entrait dans la station. On aurait dit une vague. Bosch regarda la photo dans sa main, puis il leva les yeux sur les immeubles qui l'entouraient.

– Traversons, dit-il.

– On pourrait pas attendre Sun Yee une minute ? Je n'arriverai jamais à lui dire où on est si on n'arrête pas de bouger.

– Dès qu'on sera de l'autre côté.

Ils se dépêchèrent de traverser la chaussée lorsque le signal piétons se mit à clignoter. Bosch remarqua plusieurs femmes en haillons qui faisaient la manche près de la bouche de métro, où il entrait moins de gens qu'il n'en sortait. Kowloon grouillait de plus en plus de monde. L'air était lourd d'humidité et Bosch sentait sa chemise lui coller au dos.

Il se tourna et regarda en l'air. Ils se trouvaient dans une zone de constructions plus anciennes. C'était comme d'être passé de la première à la classe économique dans un avion. Plus bas (une vingtaine d'étages maximum), les bâtiments étaient en moins bon état que ceux plus proches du port. Bosch remarqua de nombreuses fenêtres ouvertes et des tas de climatiseurs accrochés dessus. Il sentit monter l'adrénaline.

– Bon, dit-il, on y est. Elle est dans un de ces immeubles.

Il se mit à descendre la rue pour s'éloigner de la foule et des conversations bruyantes qu'on entendait aux abords de la bouche de métro. Et garda les yeux levés sur les derniers étages des bâtiments qui l'entouraient. Il se tenait dans un véritable canyon de béton et c'était là, dans une de ces fissures, qu'était retenue sa fille disparue.

– Harry, arrête-toi ! Je viens juste de dire à Sun Yee de nous rejoindre à l'entrée du métro.

– Attends-le là-bas. Moi, je continue un peu.

– Non, je viens avec toi.

Arrivé à la moitié du pâté d'immeubles, Bosch s'arrêta et se référa de nouveau à la photo. Mais elle ne contenait aucun autre indice définitif qui aurait pu l'aider. Il se savait près du but, mais il était arrivé à un point où il allait avoir besoin d'un coup de main, sinon tout ne serait plus que devinette sur devinette. C'était des milliers de pièces et de fenêtres qui l'entouraient. L'idée lui vint peu à peu que la dernière phase de sa quête était impossible. Il avait fait plus de douze mille kilomètres pour reprendre sa fille et se retrouvait aussi démuni que les femmes en haillons qui mendiaient allongées sur le trottoir.

– Laisse-moi regarder la photo, lança Eleanor.

– Il n'y a pas d'autre repère, dit-il en la lui tendant. Tous ces immeubles ont la même tête.

– Tu permets que je regarde ?

Elle prit son temps et Bosch la vit remonter quelque vingt ans en arrière, à l'époque où elle travaillait pour le FBI. Les yeux rétrécis, c'était maintenant comme un agent, et non plus comme la mère d'une enfant disparue, qu'elle analysait le cliché.

– Bien, dit-elle. Il y a forcément autre chose.

– Je croyais que ce serait les climatiseurs, mais il y en a partout.

Eleanor acquiesça d'un signe de tête, mais garda les yeux sur la photo. C'est alors que Sun arriva, tout rouge d'avoir couru après une cible qui ne cessait de se déplacer. Eleanor ne lui dit rien, mais écarta légèrement le bras pour qu'il puisse observer le cliché avec elle. Leurs relations étaient maintenant telles que les mots n'étaient plus nécessaires.

Bosch se retourna et regarda l'espèce de couloir descendant que faisait Nathan Road. Geste conscient ou pas, il ne voulait plus voir ce qu'il n'avait plus. Puis il entendit Eleanor dire dans son dos :

– Une seconde ! Il y a un agencement récurrent dans tout ça.

Il se retourna.

– Qu'est-ce que tu veux dire ?

– On va y arriver, Harry. Il y a un motif qui va nous conduire tout droit à la pièce.

Bosch sentit un fantôme lui descendre le long de la colonne vertébrale. Il se rapprocha d'Eleanor pour regarder le cliché.

– Montre-moi, dit-il d'un ton pressant.

Elle lui montra la photo et fit courir l'ongle de son doigt le long d'un alignement de climatiseurs reflétés dans la vitre.

– Les fenêtres du bâtiment que nous cherchons n'ont pas toutes un climatiseur. Certaines pièces, tiens, comme celle-là, ont les fenêtres ouvertes. Ce qui nous donne un motif à répétition. Ici nous n'en avons qu'une portion parce que nous ne savons pas où se trouve la pièce par rapport au reste de l'immeuble.

– Elle est probablement au centre. L'analyse audio a permis d'entendre des voix étouffées brusquement coupées par un bruit d'ascenseur. Et cet ascenseur a toutes les chances de se trouver au milieu du bâtiment.

– Parfait. Ça va nous aider. Bon, alors disons que les fenêtres sont des traits et les climatiseurs des points. Dans ce reflet on a un motif pour l'étage où elle est. Tu démarres avec cette pièce, un trait donc, et tu as point, point, trait, point, trait.

Et de taper sur chaque endroit du motif avec le bout de son ongle.

– C'est ça notre motif, ajouta-t-elle. Vu la photo, c'est de gauche à droite qu'il faut regarder l'immeuble en partant du bas.

– Trait, point, point, trait, point, trait, répéta Bosch. Et les fenêtres sont des traits.

– Voilà. Tu veux qu'on se répartisse les immeubles ? À cause du métro, on sait qu'on est tout près.

Elle se retourna et contempla le mur d'immeubles qui courait tout le long de la rue. Bosch commença par se dire qu'il n'était pas question de faire confiance à quiconque pour vérifier les immeubles. Il ne serait satisfait que lorsqu'il les aurait tous examinés lui-même. Mais il se retint. C'était Eleanor qui avait découvert le motif et ouvert la voie. Autant marcher avec elle.

– Allons-y. Je prends lequel ?

– Celui-là, dit-elle en le lui indiquant. Moi, je prends celui-ci et toi, Sun Yee, tu vérifies celui-là. Dès qu'on a fini, on passe vite au suivant. Jusqu'à ce qu'on ait le bon. D'après la photo, on sait qu'ils sont en hauteur. Pour moi, les huit premiers étages sont sans intérêt.

Bosch se rendit compte qu'elle avait raison. Cela accélérerait bien plus la recherche que ce à quoi il s'attendait. Il s'écarta et se mit à examiner l'immeuble qu'elle lui avait assigné. Il commença par le haut du bâtiment et analysa la façade un étage après l'autre. Eleanor et Sun se séparèrent et en firent autant.

Une demi-heure plus tard, Bosch avait examiné la moitié de son troisième immeuble lorsqu'Eleanor s'écria :

– Je l'ai !

Bosch revint vers elle. Elle avait levé la main et comptait les étages du bâtiment qu'elle avait juste en face d'elle, de l'autre côté de la rue. Sun les rejoignit bientôt.

– Quatorzième étage, dit-elle. Le motif est visible légèrement à droite du centre. Tu avais raison, Harry.

Bosch compta les fenêtres des yeux, l'espoir montant avec chaque étage. Arrivé au quatorzième, il reconnut le motif. Il y avait en tout douze rangées de fenêtres, les six dernières sur la droite le constituant.

– On y est, dit-il.

– Attends une minute. Le motif n'apparaît qu'une fois. Il pourrait y en avoir d'autres. Il faut qu'on continue de…

– Pas question d'attendre. Continuez de chercher. Si vous trouvez un autre motif comme celui-là, vous m'appelez.

– Non, on ne se sépare pas.

Il se concentra sur la fenêtre qui avait dû attraper le reflet découvert sur la vidéo. Elle était fermée.

Il baissa les yeux jusqu'à l'entrée de l'immeuble. Le rez-de-chaussée et le premier étage abritaient des magasins et des entreprises commerciales. Une suite de panneaux comprenant deux grands écrans numériques faisait tout le tour du bâtiment. Juste au-dessus, accrochée à la façade en idéogrammes et lettres d'or, on pouvait lire l'inscription :

LES RÉSIDENCES DE CHUNGKING

重慶大廈

L'entrée principale avait la taille d'une porte de garage à deux places. Bosch aperçut un petit escalier conduisant à ce qui ressemblait à un bazar grouillant de monde.

– Ce sont les Résidences de Chungking, dit Eleanor d'un ton qui laissait entendre qu'elle connaissait les lieux.

– Tu sais ce que c'est ?

– Je n'y suis jamais allée, mais tout le monde les connaît.

– Qu'est-ce que c'est ?

– Le melting-pot de Hong Kong. C'est l'endroit le moins cher de la ville où passer la nuit, et donc le premier arrêt pour tous les immigrants du tiers et du quart-monde qui viennent ici. Tous les deux ou trois mois, les journaux racontent comment quelqu'un s'y est fait arrêter ou assassiner au couteau ou par balle. C'est une manière de Casablanca postmoderne... tout en un building.

– Allons-y.

Il commença à traverser la rue en se faufilant au milieu des voitures qui roulaient au ralenti, obligeant ainsi des taxis à piler et donner du klaxon.

– Harry, mais qu'est-ce que tu fais ? lui cria Eleanor.

Il ne répondit pas. Il finit de traverser la chaussée et monta les marches conduisant aux Résidences. Ce fut comme de débarquer sur une autre planète.

28

La première chose qui le frappa lorsqu'il arriva au premier niveau des Résidences fut l'odeur. De forts relents d'épices et de nourriture frite dans de la graisse assaillirent ses narines tandis que ses yeux s'habituaient à ce marché faiblement éclairé de producteurs du tiers-monde qui s'étalait devant lui en un labyrinthe d'allées étroites. Le lieu venait à peine d'ouvrir pour la journée, mais regorgeait déjà de boutiquiers et de chalands. Montres, téléphones portables, presse internationale et nourriture pour tous les goûts, des étals de deux mètres de large offraient tout ce qu'on peut désirer. Il y régnait une tension et une dureté telles qu'il vérifiait nonchalamment ses arrières tous les deux ou trois pas. Il voulait savoir qui il avait dans le dos.

Il gagna le centre et découvrit un renfoncement pour les ascenseurs. Une file de quinze personnes y attendait deux cabines, à ceci près que l'une d'elles était ouverte et manifestement hors service. Postés devant la file, deux gardiens s'assuraient que tous ceux qui montaient avaient une clé de chambre ou étaient accompagnés par quelqu'un qui en avait une. Au-dessus de la porte du seul et unique ascenseur qui fonctionnait un écran vidéo montrait ce qui se passait à l'intérieur de la cabine. Vraie boîte de sardines, elle était pleine à craquer.

Bosch regardait fixement l'écran en se demandant comment il allait monter au quatorzième étage lorsqu'Eleanor et Sun Yee le rattrapèrent. Eleanor lui saisit brutalement le bras.

– Harry, dit-elle, y en a marre de l'armée à un soldat ! Ne recommence pas à t'esbigner comme ça.

Bosch la regarda. Ce n'était pas de la colère qu'il lut dans ses yeux. Mais bel et bien de la peur. Elle voulait être sûre de ne pas être seule quand il lui faudrait affronter ce qui l'attendait au quatorzième étage.

– Je veux juste continuer à agir, dit-il.

– Alors agis avec nous, pas en filant. On monte ?

– Il faut une clé.

– On va louer une chambre.

– Où est-ce qu'on peut faire ça ?

– Je ne sais pas.

– Il faut qu'on monte, fit Eleanor en se tournant vers Sun.

Elle n'en dit pas plus, mais le message passa. Sun acquiesça d'un signe de tête et leur fit quitter le renfoncement pour pénétrer plus profondément dans le labyrinthe de boutiques et d'étals. Bientôt ils arrivèrent devant une rangée de comptoirs avec des panneaux en plusieurs langues.

– Vous louez la chambre ici, dit Sun Yee. Il y a plus d'un hôtel.

– Vous voulez dire… dans cet immeuble ? demanda Bosch. Il n'y en a pas qu'un ?

– Non, beaucoup. Choisissez d'ici, répondit Sun Yee en lui montrant les écriteaux sur les comptoirs.

Bosch comprit alors que Sun lui disait qu'il y avait des tas d'hôtels dans l'immeuble et que tous se battaient pour servir le client le plus exigeant côté prix. D'autres, à cause de la langue utilisée sur les panneaux, se concentraient sur des clientèles spécifiques.

– Demandez-lui lequel a des chambres au quatorzième étage.

– Y aura pas de quatorzième.

Bosch comprit qu'il avait raison.

– Le quinzième alors. Quel est l'hôtel qui se trouve au quinzième étage ?

Sun longea la file en s'enquérant du quinzième étage jusqu'au moment où il s'arrêta devant le troisième comptoir et fit signe à Bosch et à Eleanor de le rejoindre.

– Ici, dit-il.

Bosch regarda le type derrière le comptoir. On aurait dit qu'il n'en avait pas bougé depuis quarante ans. Son corps en forme de cloche semblait avoir été taillé pour le tabouret sur lequel il était assis. L'homme fumait une cigarette glissée dans un fume-cigarette de dix centimètres de long en os sculpté. Il n'aimait pas avoir la fumée dans les yeux.

– Vous parlez anglais ? lui demanda Bosch.

– Oui, j'ai anglais, lui renvoya l'homme d'un ton las.

– Bien. Nous voulons une chambre au quator… quinzième étage.

– Vous tous ? Une chambre ?

– Oui, une chambre.

– Non, pouvez pas une chambre. Seulement deux personnes.

Bosch comprit enfin qu'il ne pouvait y avoir que deux personnes par chambre.

– Alors donnez-moi deux chambres au quinzième.

– Vous faites.

Il lui glissa une écritoire en travers du comptoir. Un stylo y était attaché au bout d'une ficelle, quelques formulaires d'inscription étant retenus par une pince. Bosch y griffonna rapidement ses nom et adresse et repassa le tout à l'employé.

– Identité, passeport.

Bosch sortit son passeport, l'homme le vérifia, en reporta le numéro sur un bout de papier et le lui rendit.

– Combien ? demanda Bosch.

– Combien restez ?

– Dix minutes.

L'employé regarda ses trois clients en se demandant ce que signifiait la réponse de Bosch.

– Allez, quoi ! reprit Bosch d'un ton impatient. Combien ?

– 200 américains.

– J'ai pas américains. Je n'ai que des dollars hongkongais.
– Deux chambres, 1 500.
Sun s'avança et posa la main sur l'argent qu'avait sorti Bosch.
– Non, trop, dit-il.
Puis il se mit à parler vite et d'un ton sans réplique à l'employé :
il refusait que celui-ci profite de Bosch. Mais Bosch, lui, s'en
foutait. C'était la rapidité qui l'intéressait, pas l'argent. Il tira
1 500 dollars de sa liasse de billets et les jeta sur le comptoir.
– Les clés ! ordonna-t-il.
L'employé lâcha Sun des yeux et pivota sur son siège pour
avoir accès aux deux rangées de casiers derrière lui. Il y choisis-
sait deux clés lorsque Bosch jeta un coup d'œil à Sun et haussa
les épaules.
Mais Bosch tendant déjà la main, lorsqu'il se retourna,
l'employé garda les clés.
– Clés dépôt 1 000 dollars.
Bosch comprit qu'il n'aurait jamais dû montrer sa liasse. Il la
ressortit rapidement, mais cette fois il la tint sous le comptoir pour
en extraire deux autres billets. Qu'il abattit bruyamment sur le
comptoir. Et quand enfin l'employé assis sur son tabouret lui présenta les clés, Harry les lui arracha des mains et repartit vers
l'ascenseur.
À l'ancienne mode, elles étaient en laiton et attachées à des
breloques en plastique rouge en forme de diamants ornés d'idéogrammes chinois et de numéros de chambres. L'employé leur
avait attribué les chambres 1503 et 1504. Bosch en tendit une à
Sun en regagnant l'ascenseur.
– Tu vas avec lui ou avec moi, lança-t-il à Eleanor.
La file d'attente de l'ascenseur s'était encore allongée. Elle
comptait maintenant plus de trente personnes, la vidéo en hauteur
montrant que les gardiens enfournaient dans la cage entre huit et
dix clients selon leurs tailles. Les quinze minutes les plus longues
de sa vie, Bosch les passa à attendre. Eleanor tenta de calmer son
angoisse et son impatience grandissante en engageant la conversation.

– C'est quoi, le plan, quand on sera là-haut ? demanda-t-elle.

Bosch hocha la tête.

– Il n'y a pas de plan. On joue ça au pif.

– C'est tout ? Qu'est-ce qu'on va faire ? Frapper aux portes et rien d'autre ?

Bosch hocha de nouveau la tête et leva encore une fois la photo du reflet.

– Non, dit-il, on saura de quelle chambre il s'agit. Elle a une seule fenêtre. Toutes les chambres n'ont qu'une fenêtre. Ce truc-là nous indique que notre fenêtre est la septième côté Nathan Road. Dès qu'on arrive là-haut, on s'attaque à la septième chambre en partant du bout.

– On... « s'attaque » ?

– Je ne vais pas frapper à la porte.

La file avançant encore, ce fut enfin leur tour. Le gardien vérifia la clé de Bosch, le poussa vers l'ascenseur avec Eleanor, mais tendit le bras pour barrer le passage à Sun Yee. L'ascenseur était plein.

– Harry, attends ! lança Eleanor. Prenons le suivant.

Bosch s'approcha de l'ascenseur et se retourna. Puis il regarda Eleanor et Sun Yee.

– Attendez si vous voulez, dit-il. Moi, je n'attends pas.

Eleanor hésita un instant avant d'avancer et de rejoindre Bosch dans l'ascenseur. Elle cria quelque chose à Sun Yee en chinois au moment où la porte se refermait.

– Qu'est-ce que tu lui as dit ? demanda Bosch en regardant fixement le panneau numérique où s'affichaient les étages.

– Qu'on l'attendrait au quinzième.

Bosch garda le silence. Cela ne l'intéressait pas. Il essaya de se calmer et de respirer plus lentement. Il se préparait à ce qu'il allait peut-être découvrir ou devoir affronter au quinzième étage.

L'ascenseur montait lentement. Il puait le poisson et les odeurs corporelles. Bosch respira par la bouche pour éviter le problème, mais comprit que lui aussi y contribuait. Il ne s'était pas douché depuis le vendredi précédent à L.A. Pour lui, cela faisait quasiment une éternité.

La montée fut encore plus pénible que l'attente. Pour finir, à son cinquième arrêt la cabine s'ouvrit au quinzième étage. À ce moment-là, il ne restait plus que Bosch, Eleanor et deux types qui avaient appuyé sur le bouton du seizième. Harry leur jeta un bref coup d'œil, puis il appuya sur tous les boutons sous celui marqué « 15 » : l'ascenseur allait beaucoup s'arrêter en redescendant. Il sortit le premier de la cabine, la main gauche sur la hanche, prêt à dégainer dès que ce serait nécessaire. Eleanor sortit juste derrière lui.

– J'imagine qu'on ne va pas attendre Sun Yee, c'est ça ? dit-elle.

– Pas moi en tout cas.

– Il faudrait qu'il soit avec nous.

Bosch pivota sur lui-même.

– Absolument pas ! s'écria-t-il.

Elle leva les mains en signe de reddition et recula. Ce n'était pas le moment. Au moins le savait-elle. Bosch se détourna et tenta de retrouver ses marques. Le renfoncement des ascenseurs se situait au milieu du H que dessinait l'étage. Il se dirigea vers le couloir de droite – le côté qui donnait sur Nathan Road.

Et commença aussitôt à compter les portes. La douzième se trouvait du côté nord du couloir. Il gagna la septième, soit celle de la chambre 1514. Il sentit son cœur s'emballer sous la montée de l'adrénaline. On y était. C'était pour ça qu'il était là.

Il se pencha en avant et colla l'oreille à la fente de la porte. Il écouta attentivement, mais n'entendit aucun son provenir de la pièce.

– Alors ? lui chuchota Eleanor.

Bosch fit non de la tête. Puis il posa la main sur la poignée de la porte et tenta de la faire tourner. Il ne s'attendait pas à ce que la porte ne soit pas fermée à clé, mais voulait simplement apprécier le matériel et sa solidité éventuelle.

La poignée était vieille et branlante. Bosch devait maintenant décider s'il allait défoncer la porte d'un coup de pied pour profiter de l'élément de surprise ou trafiquer la serrure et faire un bruit qui risquait d'alerter quelqu'un à l'intérieur.

Il se mit sur un genou et examina la poignée de près. La crocheter ne poserait pas de problème, mais il se pouvait qu'il y ait un verrou dormant ou une chaîne de sûreté de l'autre côté. Il eut une idée et glissa la main dans sa poche.

– Va dans notre chambre, dit-il à Eleanor en chuchotant à son tour. Et regarde s'il y a un verrou ou une chaîne.

Il lui tendit la clé de la chambre 1504.

– Maintenant ? demanda-t-elle.

– Oui, tout de suite. Je veux savoir ce qu'il y a de l'autre côté de la porte.

Elle prit la clé et se dépêcha de descendre le couloir. Bosch sortit son porte-carte de flic. Avant de passer sous le détecteur de métaux, il avait glissé ses deux meilleurs rossignols sous son badge. Il savait que cela déclencherait l'allumage du portique, mais s'était dit qu'on prendrait très vraisemblablement les deux tiges de métal très fines en dessous pour une partie du badge. Son astuce ayant marché, il sortit ses rossignols et les glissa tout doucement dans la serrure.

Il ne lui fallut même pas une minute pour la crocheter. Il tint la poignée sans ouvrir la porte jusqu'à ce qu'Eleanor revienne en courant dans le couloir faiblement éclairé.

– Il y a une chaîne, murmura-t-elle.

Bosch acquiesça d'un signe de tête et se redressa, la main droite toujours serrée sur la poignée. Il savait pouvoir défoncer sans difficulté la porte et la chaîne d'un coup d'épaule.

– Prête ? lança-t-il dans un chuchotement.

Elle lui fit signe que oui. Il se pencha en arrière et sortit son arme de dessous sa veste. Puis il débloqua la sécurité et regarda Eleanor. À l'unisson ils articulèrent *un, deux, trois* et il ouvrit la porte d'une poussée.

Il n'y avait pas de chaîne. La porte s'ouvrit en grand et Bosch entra vite dans la chambre, Eleanor sur les talons.

La pièce était vide.

29

Bosch traversa la chambre et gagna la salle de bains minuscule. Il tira brutalement le rideau de douche en plastique sale de la cabine carrelée – elle aussi était vide. Il repassa dans la chambre et regarda Eleanor. Puis prononça les paroles qu'il redoutait :

– Elle n'est plus là.

– Es-tu seulement sûr que c'est la bonne pièce ? lui demanda-t-elle.

Il l'était. Il avait déjà vérifié le dessin des fissures et les emplacements des trous de clous sur le mur au-dessus du lit. Il sortit la photo de sa poche et la lui tendit.

– C'est bien la chambre, dit-il.

Il remit l'arme sous sa veste et la glissa au creux de ses reins. Il s'efforçait d'empêcher la peur et l'impression d'être inutile de le submerger. Mais il ne savait plus trop où aller maintenant.

Eleanor laissa tomber la photo sur le lit.

– Il doit bien y avoir un indice prouvant qu'elle s'est trouvée ici, dit-elle. Quelque chose.

– Allons-y. On va causer au mec d'en bas et on saura qui a loué la chambre vendredi.

– Non, attends. Commençons par jeter un coup d'œil ici.

Elle se baissa et regarda sous le lit.

– Eleanor, dit-il, elle n'est pas sous le lit. Elle n'est plus là et il faut continuer à agir. Appelle Sun et dis-lui de ne pas monter. Dis-lui d'aller chercher la voiture.

– Non mais, c'est pas possible, ça !

Elle se redressa, s'agenouilla à côté du lit et y posa les coudes comme une enfant qui fait sa prière avant de se coucher.

– C'est pas possible qu'elle ne soit plus là. Nous...

Bosch fit le tour du lit et se pencha derrière elle. Puis il l'enlaça et l'aida à se relever.

– Allons, Eleanor, il faut qu'on y aille. On va la trouver. Je te l'ai dit. On doit juste continuer à agir. C'est tout. Il faut qu'on reste solides et qu'on continue à agir.

Il la poussait vers la porte lorsqu'elle se dégagea et partit vers la salle de bains. Il fallait qu'elle constate elle-même qu'elle était vide.

– Eleanor, dit-il, je t'en prie.

Elle disparut dans la pièce et Bosch l'entendit tirer le rideau à son tour. Mais elle ne revint pas.

– Harry ! cria-t-elle.

Il traversa vite la chambre et entra dans la salle de bains. Penchée par-dessus la cuvette des W-C, Eleanor était en train de soulever la poubelle et la posa devant lui. Au fond se trouvait un petit tas de feuilles de papier-toilette taché de sang.

Elle le prit entre deux doigts et le tint à la lumière. Le sang avait fait une tache grande comme une pièce de 10 *cents*. La taille de la tache et la façon dont le papier-toilette était tassé laissaient entendre qu'on avait appuyé les feuilles sur une petite coupure ou sur une blessure pour arrêter l'écoulement du sang.

Eleanor se laissa aller dans les bras de Bosch, celui-ci comprenant aussitôt que pour elle c'était du sang de leur fille qu'ils avaient sous les yeux.

– Eleanor, dit-il, on ne sait pas encore ce que ça signifie.

Son avis fut totalement ignoré. Tout dans le langage corporel d'Eleanor disait que l'effondrement était proche.

– Ils l'ont droguée, reprit-elle. Ils lui ont enfoncé une aiguille dans le bras.

– Ça, on ne le sait pas encore. Allez, descendons causer au type d'en bas.

Elle ne bougea pas. Elle resta là à regarder la tache de sang sur le papier-toilette comme s'il s'agissait d'une fleur rouge et blanc.

– T'as quelque chose où on pourrait mettre ça ? demanda-t-elle.

Bosch avait toujours dans les poches de sa veste une petite réserve de sachets à éléments de preuve qu'on pouvait clore hermétiquement. Il en sortit un et Eleanor y glissa les feuilles de papier-toilette. Bosch referma le sachet et le remit dans sa poche.

– Bon, allons-y, répéta-t-il.

Ils quittèrent enfin la pièce. Bosch avait mis un bras autour de la taille d'Eleanor et regarda son visage lorsqu'ils passèrent dans le couloir. Il s'attendait à moitié à la voir se dégager et repartir en courant vers la chambre. Mais il vit quelque chose qui ressemblait à un flash dans ses yeux tandis qu'elle fixait le bout du couloir.

– Harry ?

Il se retourna en pensant que c'était Sun. Mais ce n'était pas lui.

Deux hommes approchaient. Ils marchaient côte à côte d'un air décidé. Bosch se rendit compte qu'il s'agissait des deux derniers types restés avec eux dans l'ascenseur. Ils étaient montés au seizième.

Dès qu'ils virent Harry et Eleanor dans le couloir, ils glissèrent leurs mains sous leurs vestes et les tendirent vers leurs ceintures. Bosch vit l'un d'eux fermer la sienne et, d'instinct, sut qu'il allait sortir une arme.

Il remonta son bras droit jusqu'au milieu du dos d'Eleanor et la poussa fort vers l'ascenseur de l'autre côté du couloir. Et dans le même temps remonta la main gauche dans son dos et attrapa son flingue. Un des deux hommes cria quelque chose dans une langue que Bosch ne comprit pas et leva son arme.

Bosch sortit la sienne et l'amena en position de tir. Il ouvrit le feu au moment même où un des types faisait de même. Bosch continua de tirer – au moins dix coups – et tira encore et encore après avoir vu les deux hommes aller au tapis.

Le bras toujours tendu, il se dirigea vers eux. Le premier était allongé en travers des jambes du second. L'un était mort, ses yeux grands ouverts fixant le plafond. Le souffle court, l'autre vivait encore et tentait de sortir son arme de sa ceinture. Bosch se pencha et vit que la crête du chien s'était coincée dans la taille de son pantalon. Il n'avait pas réussi à sortir son arme.

Bosch se baissa, écarta la main du type de son flingue et dégagea brutalement l'arme. La main de l'homme retomba par terre. Bosch fit glisser l'arme en travers du tapis, hors d'atteinte du tueur.

L'inconnu avait deux blessures en haut de la poitrine. Bosch avait choisi la masse corporelle et visé juste. L'homme saignait fort.

– Où est-elle ? lui demanda Bosch. Où est-elle ?

L'homme eut comme un grognement, du sang lui coulant de la bouche sur le côté du visage. Bosch savait qu'il serait mort dans moins d'une minute.

Il entendit une porte s'ouvrir au bout du couloir et se refermer aussitôt. Il vérifia et ne vit personne. Dans ce genre d'endroit, on n'avait guère envie de se mêler des affaires des autres. Il n'empêche, il savait que la police ne mettrait pas longtemps à débarquer en apprenant qu'il y avait eu une fusillade.

Il se retourna vers l'homme qui agonisait.

– Où est-elle ? répéta-t-il. Où est ma…

Le type était mort.

– Et merde ! cria-t-il.

Il se releva et se retourna vers Eleanor et le renfoncement de l'ascenseur.

– Ils devaient avoir…

Elle était par terre. Il se rua vers elle et s'agenouilla aussitôt.

– Eleanor !

Trop tard. Elle avait les yeux aussi grands ouverts et vides que ceux du type dans le couloir.

– Non, non, s'il te plaît, non. Eleanor !

Il ne voyait aucune blessure, mais elle ne respirait pas et ses yeux ne bougeaient plus. Il lui secoua les épaules, mais n'obtint aucune réaction. Il mit une main sous sa tête et lui ouvrit la bouche avec l'autre. Se pencha en avant pour lui insuffler de l'air dans les poumons. Mais il sentit la blessure. Il retira la main de ses cheveux, elle était couverte de sang. Il lui tourna la tête et vit la blessure derrière son oreille gauche, juste à la naissance de ses cheveux. Il comprit alors qu'elle avait dû être touchée au moment même où il la poussait vers le renfoncement. C'était lui qui l'avait mise dans la ligne de tir.

– Eleanor, dit-il tout doucement.

Il se pencha en avant et posa le visage sur sa poitrine, entre ses seins. Respira son odeur familière. Et entendit une forte, une horrible plainte. Il s'aperçut que c'était de lui qu'elle montait.

Trente secondes durant il ne bougea pas, se contentant de la tenir dans ses bras. Puis il entendit la porte de l'ascenseur s'ouvrir dans son dos et se redressa enfin.

Sun sortit de la cabine d'ascenseur, son regard passant de Bosch à Eleanor étendue par terre.

– Eleanor !

Il se précipita à côté d'elle. Bosch se rendit compte que c'était la première fois qu'il l'entendait appeler son ex par son prénom. Il l'avait prononcé *Iiilianor*.

– C'est fini, dit-il. Je suis navré.

– Qui a fait ça ?

Bosch se mit en devoir de se relever. Et parla d'une voix monocorde :

– Là-bas. Les deux types qui nous ont tiré dessus.

Sun regarda le couloir et vit les deux hommes par terre. Bosch lut la confusion et l'horreur sur son visage. Sun se retourna vers Eleanor.

– Non ! cria-t-il.

Bosch repassa dans le couloir et ramassa l'arme qu'il avait sortie de la ceinture du mort. Sans même l'examiner, il la glissa dans la sienne et regagna le renfoncement. Sun s'était agenouillé à côté d'Eleanor. Il lui tenait la main.

– Sun Yee, je suis désolé. Ils nous ont eus par surprise.

Il attendit un instant. Sun se taisait et ne bougeait pas.

– J'ai encore quelque chose à faire ici et après il va falloir y aller. Je suis sûr que la police s'est mise en route.

Il posa la main sur l'épaule de Sun Yee et le tira en arrière. Puis il s'agenouilla à côté d'Eleanor et lui prit le bras droit. Il lui serra la main autour de l'arme que Sun lui avait procurée. Il tira une balle dans le mur, près de l'ascenseur. Enfin il reposa délicatement son bras par terre, la main toujours serrée sur l'arme.

– Qu'est-ce que vous faites ? voulut savoir Sun Yee.

– Les résidus de poudre. L'arme est-elle propre ou pourra-t-on en remonter la trace jusqu'au type qui vous l'a passée ?

Sun Yee ne réagit pas.

– Sun Yee, l'arme est-elle propre ?

– Elle l'est.

– Alors allons-y. Il va falloir prendre les escaliers. Nous ne pouvons plus rien faire pour elle.

Sun inclina la tête un instant, puis il se releva lentement.

– Ils sont arrivés par l'escalier, dit Bosch en parlant des tueurs. On va prendre le même chemin.

Ils longèrent le couloir, mais Sun s'arrêta brusquement pour examiner les deux hommes étendus par terre.

– Allez ! le pressa Bosch. Il faut y aller.

Sun le suivit enfin. Ils arrivèrent à la porte de la cage d'escalier et commencèrent à descendre.

– C'est pas des triades, dit Sun.

Bosch avait deux pas d'avance sur lui. Il s'arrêta et le regarda.

– Quoi ? Comment le savez-vous ?

– Ils sont pas chinois. Pas chinois, pas triades.

– Ils sont quoi alors ?

– Indonésiens, vietnamiens… Je pense vietnamiens. Pas chinois.

Bosch se remit à descendre et accéléra l'allure. Ils avaient onze volées de marches devant eux. Il continua d'avancer en pensant à cette nouvelle donnée et ne vit pas comment elle pouvait cadrer avec ce qu'on savait déjà de l'affaire.

Sun Yee perdait du terrain. Ce n'était pas étonnant, se dit Bosch. Lorsqu'il était sorti de la cabine d'ascenseur, toute sa vie avait changé de manière irrévocable. Ç'aurait suffi à ralentir n'importe qui.

Bientôt Bosch eut tout un étage d'avance sur Sun Yee. Arrivé en bas, il entrouvrit un rien la porte pour retrouver ses marques. Il s'aperçut qu'elle donnait dans une allée piétonne qui courait entre les Résidences de Chungking et le bâtiment d'à côté. Il entendit la circulation et des sirènes qui se rapprochaient, et comprit que la sortie était très proche de Nathan Road.

Soudain la porte fut refermée d'une poussée. Bosch se retourna et vit que Sun Yee avait posé la main à plat sur la porte. Et qu'il le pointait du doigt de l'autre.

– Vous ! cria-t-il. Vous l'avez fait tuer !

– Je sais. Je sais, Sun Yee. Tout est de ma faute. C'est mon affaire qui a amené tous ces…

– Non, ils sont pas triades ! *Je vous ai dit !*

Bosch le dévisagea un instant sans comprendre.

– Bon, d'accord, ils n'appartenaient pas aux triades. Mais…

– Vous montrez votre argent et eux volent.

Bosch comprit enfin. Sun Yee était en train de lui dire que les deux types étendus par terre au quinzième étage avec Eleanor n'étaient que de vulgaires voleurs qui voulaient son argent. Mais il y avait quelque chose qui clochait. Ça ne cadrait pas. Il fit non de la tête.

– Ils étaient devant nous dans la file d'attente de l'ascenseur, dit-il. Ils n'avaient pas vu mon argent.

– On leur a dit.

Bosch réfléchit, ses pensées revenant vite à l'homme assis sur le tabouret. Il voulait déjà lui rendre une petite visite, le scénario que Sun Yee venait de lui évoquer en rendait le besoin immédiat.

– Sun Yee, dit-il, il faut qu'on sorte d'ici. Les flics vont fermer toutes les issues dès qu'ils seront là et verront ce qui s'est passé.

Sun Yee laissa retomber sa main et Bosch rouvrit la porte. Il n'y avait personne, ils passèrent dans l'allée. Elle donnait dans Nathan Road six ou sept mètres plus loin.

– Où est la voiture ? demanda Bosch.

Sun Yee lui montra l'autre bout de l'allée.

– J'ai payé quelqu'un pour la surveiller.

– D'accord, allez la chercher et ramenez-la devant. Faut que je retourne à l'intérieur, mais je serai devant dans cinq minutes.

– Qu'est-ce que vous allez faire ?

– Vaut mieux pas que vous le sachiez.

30

Bosch sortit de l'allée, passa dans Nathan Road et vit tout de suite la foule de badauds qui s'était rassemblée pour regarder comment les flics répondaient à l'appel qu'ils avaient reçu des Résidences de Chungking. En s'arrêtant, les véhicules de la police et des pompiers créaient des bouchons et une pagaille sans nom. Les chevaux de frise n'avaient pas encore été installés, les policiers qui débarquaient étant probablement trop occupés à essayer d'atteindre le quinzième étage afin de savoir ce qui s'était passé. Harry put ainsi rejoindre la queue d'une file d'ambulanciers en train d'apporter des civières au rez-de-chaussée de l'immeuble.

L'agitation et la pagaille avaient poussé nombre de boutiquiers à se masser aux alentours du renfoncement des ascenseurs. Quelqu'un hurlait des ordres à la foule, mais personne ne semblait s'en soucier. Bosch se faufila entre les gens et rejoignit l'arrière du bâtiment, où se trouvaient les réceptions des hôtels. La diversion jouait beaucoup en sa faveur. L'endroit était totalement désert.

Lorsqu'il parvint au guichet où il avait loué les deux chambres, il s'aperçut qu'on avait descendu à moitié le rideau de sécurité pour indiquer que c'était fermé. Mais l'homme au tabouret était toujours là, au comptoir de derrière, à entasser des papiers dans une mallette, le dos tourné à Bosch. Tout disait qu'il était prêt à partir.

Sans rien perdre de son élan, Bosch sauta par-dessus le comptoir, s'écrasa dans l'homme au tabouret et l'expédia par terre. Puis il lui sauta dessus et lui assena deux coups de poing en pleine figure. Le type avait déjà la tête par terre et en sentit tout l'impact.

— Non, s'il te plaît, réussit-il à cracher entre les coups.

Bosch jeta vite un coup d'œil par-dessus le comptoir pour être sûr qu'il n'y avait toujours personne. Puis il sortit son arme de derrière son dos et en appuya le canon dans le pli graisseux que le type avait sous le cou.

— Tu as réussi à la faire tuer, espèce de fils de pute ! Je vais te buter !

— Non, s'il te plaît ! *Sir*, s'il te plaît !

— C'est toi qui leur as dit, pas vrai ? Tu leur as dit que j'avais de l'argent.

— Non, je n'ai pas dit.

— T'imagine pas de me mentir ou je te tue tout de suite. Tu leur as dit !

L'homme souleva la tête.

— D'accord, écoute, écoute, s'il te plaît. J'ai dit faire mal à personne. Tu comprends ? J'ai dit faire mal à per...

Bosch recula son arme et la lui abattit violemment sur le nez, la tête du type cognant fort sur le béton. Puis il lui rentra la gueule du flingue dans le cou.

— Je me fous de ce que tu leur as dit. Ils l'ont tuée, espèce de merdeux ! Tu comprends ?

Le bonhomme était sonné et saignait, ses yeux n'arrêtant pas de cligner tandis qu'il évoluait aux confins de la conscience. Bosch lui flanqua une claque de la main droite.

— On reste éveillé. Je veux que tu voies la suite.

— S'il te plaît, non... Je suis très navré, *sir*. S'il te plaît, ne...

— Bien, voici ce que tu vas faire. Tu veux vivre, tu me dis qui a loué la chambre 1514 vendredi. La chambre 1514. Tu me le dis tout de suite.

— OK, je te dis. Je te montre.

– OK, tu me montres.

Bosch lui ôta son poids du corps. L'homme saignait de la bouche et du nez, Bosch ayant les phalanges de la main gauche en sang. Il tendit vite la main et baissa le rideau jusqu'au comptoir.

– Tu me montres. Tout de suite.

– OK, c'est ici, dit l'homme en lui indiquant la mallette qu'il était en train de remplir. Il plongea la main dedans, Bosch leva son arme et la lui braqua sur la tête.

– Doucement, dit-il.

Le guichetier sortit une pile de formulaires de police. Bosch vit la sienne sur le dessus. Il tendit la main, l'attrapa et en fit une boule qu'il plaça dans la poche de sa veste. Sans cesser de mettre le type en joue.

– Vendredi, chambre 1514. Tu la trouves.

L'homme posa la pile de fiches sur le comptoir de derrière et commença à chercher. Bosch sut tout de suite qu'il prenait tout son temps. Les flics allaient arriver aux comptoirs des hôtels d'un instant à l'autre et les trouver. Un quart d'heure au moins s'était écoulé depuis la fusillade au quinzième étage. Il vit une étagère sous le comptoir de devant et y posa son arme. Si la police l'attrapait avec, il irait en prison quoi qu'il arrive.

Regarder ainsi l'arme du voleur en la posant sur l'étagère lui rappela qu'il avait laissé son ex-épouse et la mère de sa fille étendue morte et seule à l'étage. Il en eut le cœur brisé. Il ferma les yeux un instant et tenta de repousser cette image et cette pensée loin de son esprit.

– Voilà !

Bosch rouvrit les yeux. L'homme était en train de se détourner de lui et du comptoir de derrière. Bosch entendit un déclic nettement métallique. Il vit le type lever le bras et comprit qu'il avait un couteau dans la main avant même de le voir. En une fraction de seconde, il décida de bloquer l'attaque plutôt que de l'esquiver. Il fonça, rentra dans le type, leva le bras gauche pour arrêter la lame et écrasa son poing droit dans la gorge de son assaillant.

Le couteau traversant la manche de sa veste, il sentit la lame lui entrer dans l'avant-bras. Mais ce fut la seule blessure qu'il reçut. Sous le coup qu'il lui avait porté à la gorge, le guichetier vacilla en arrière et se prit les pieds dans le tabouret qui s'était renversé. Bosch lui retomba aussitôt dessus, lui attrapa le poignet et lui cogna sans arrêt la main par terre jusqu'à ce qu'il lâche son couteau, qui glissa sur le béton en cliquetant.

Puis il se leva en serrant toujours la gorge du type dans sa main et en le maintenant par terre. Il sentit alors le sang couler sur son bras blessé. Et pensa une fois encore à Eleanor étendue morte au quinzième étage. Eleanor à qui l'on avait tout pris, jusqu'à la vie, avant même qu'elle puisse dire un seul mot. Avant même qu'elle puisse revoir sa fille vivante.

Il leva haut le poing gauche et l'abattit vicieusement dans les côtes du guichetier. Encore et encore il le frappa au corps et au visage jusqu'à ce qu'il soit sûr que, la plupart des côtes et la mâchoire brisées, le bonhomme ait enfin sombré dans le coma.

Essoufflé, il ramassa le cran d'arrêt, le replia et le laissa tomber dans sa poche. Puis il se dégagea du type qui ne bougeait plus et ramassa les formulaires éparpillés par terre. Se leva, les renfourna dans la mallette du guichetier et la ferma. Se pencha par-dessus le comptoir pour regarder à travers le rideau de sécurité. La voie était toujours libre, mais il entendait déjà les ordres donnés au porte-voix près du renfoncement des ascenseurs. La procédure, il le savait, voulait que la police ferme tout l'immeuble pour le sécuriser.

Il remonta le rideau d'une cinquantaine de centimètres, reprit l'arme sur l'étagère et la glissa dans le creux de ses reins. Puis il passa par-dessus le comptoir avec la mallette et sortit. Après avoir vérifié qu'il n'avait laissé aucune trace de sang sur le comptoir, il baissa le rideau et s'éloigna.

Toujours en marchant, il leva le bras à la lumière pour regarder sa blessure à travers la déchirure de sa manche. Elle avait l'air superficielle, mais saignait abondamment. Il remonta sa manche pour qu'elle fasse tampon autour et absorbe le sang. Puis il vérifia par terre pour être sûr qu'aucune goutte n'en tombait.

Au renfoncement des ascenseurs, les flics poussaient tout le monde dehors, dans une zone sécurisée où ils pourraient garder les témoins et leur poser des questions sur ce qu'ils avaient vu ou entendu. Bosch savait qu'il n'était pas question d'en passer par là. Il fit demi-tour et prit une allée conduisant de l'autre côté du bâtiment. Il arriva à un croisement et sur sa gauche il surprit deux types qui s'éloignaient en courant de toute cette activité policière.

Il les suivit en comprenant soudain qu'il n'était pas le seul dans l'immeuble à n'avoir aucune envie d'être interrogé par les policiers.

Les deux hommes disparurent dans un passage étroit entre deux boutiques maintenant fermées. Bosch continua de les suivre.

Le passage menait à une cage d'escalier conduisant à un sous-sol où s'alignaient des resserres pour les boutiquiers manquant de place au-dessus. Bosch les suivit dans une allée, puis il tourna à droite. Il vit les deux types se diriger vers un panneau en caractères chinois rouges qui luisaient et comprit que ce devait être une sortie. Ils poussèrent la porte et l'alarme se déclencha. Ils claquèrent la porte derrière eux.

Bosch courut lui aussi vers la porte et la franchit. Et se retrouva dans la même allée piétonne qu'auparavant. Il gagna vite Nathan Road et chercha Sun Yee et la Mercedes des yeux.

Il y eut un appel de phares à une rue de là et Bosch vit que la voiture l'attendait devant l'engorgement de véhicules de police garés n'importe comment à l'entrée des Résidences de Chungking. Sun Yee déboîta du trottoir et roula doucement vers lui. Bosch se dirigea vers la portière arrière, puis se rappela qu'Eleanor n'était plus avec eux. Il s'assit devant.

– Vous avez mis temps, dit Sun Yee.

– Oui, dégageons de là.

Sun Yee jeta un coup d'œil à la mallette et aux doigts ensanglantés qui tenaient la poignée. Il garda le silence. Il accéléra et s'éloigna des Résidences. Bosch se retourna sur son siège, son regard remontant la façade du bâtiment jusqu'à l'étage où ils avaient laissé Eleanor. D'une manière ou d'une autre, il avait toujours pensé qu'ils vieilliraient ensemble. Leur divorce ne comptait pas. Les amants et amantes de passage non plus. Ils avaient eu une relation en pointillé, mais ça non plus, ça n'avait aucune importance. Dans sa tête, leurs séparations ne pouvaient être que temporaires. Bien sûr, ils avaient Madeline et ce serait toujours un lien, mais pour lui un jour il y aurait plus.

Maintenant tout cela était fini et c'était à cause des décisions qu'il avait prises. Peu importait que tout soit parti de son affaire ou de la bévue qu'il avait commise en faisant étalage de son argent. Tout ramenait à lui et il ne savait pas trop comment il allait s'en débrouiller.

Il se pencha en avant et se prit la tête dans les mains.

– Sun Yee, dit-il, je suis désolé… Moi aussi, je l'aimais.

Sun Yee garda longtemps le silence et lorsque enfin il parla, ses mots sortirent Bosch de la spirale descendante dans laquelle il était parti et le ramenèrent à la réalité :

– Nous devons trouver votre fille maintenant. Pour Eleanor nous ferons ça.

Bosch se redressa et acquiesça d'un signe de tête. Puis il se pencha en avant et tira la mallette sur ses genoux.

– Garez-vous dès que vous pourrez. Il faut que vous regardiez ces trucs.

Sun Yee prit plusieurs tournants et mit quelques rues entre eux et les Résidences de Chungking avant de se ranger le long du trottoir. Ils se trouvaient alors en face d'un marché de bric et de broc envahi de touristes occidentaux.

– C'est quoi, cet endroit ? lui demanda Bosch.

– Le marché de jade. Très fameux pour Occidentaux. Vous ne serez pas remarqué.

Bosch acquiesça. Il ouvrit la mallette et lui tendit la pile de formulaires en vrac. Il y en avait une bonne cinquantaine. La plupart des fiches ayant été remplies en chinois, Bosch ne pouvait les comprendre.

– Je cherche quoi ? lui demanda Sun Yee.

– La date et le numéro de chambre. Vendredi, on était le 11. C'est ça qu'on veut, et la chambre 1514. C'est forcément là-dedans.

Sun se mit à lire. Bosch l'observa un moment, puis il regarda le marché de jade. Par les entrées il vit rangée sur rangée d'éventaires où des vieux, hommes et femmes, vendaient leurs articles sous des auvents branlants en toile et en contreplaqué. On allait et venait, et il y avait foule.

Il pensa aux singes de jade attachés au fil rouge qu'il avait trouvés dans la chambre de sa fille. Elle était donc passée là. Il se demanda si elle avait fait seule tout le trajet de chez elle ou si elle était venue avec des amis, Lui et Quick en particulier.

Devant une des entrées, une vieille femme vendait des bâtonnets d'encens et entretenait un feu dans un baquet. Sur une table pliante à côté d'elle se trouvaient des rangées d'objets en papier mâché qu'elle vendait pour qu'on les brûle. Il vit une rangée de tigres et se demanda pourquoi un ancêtre mort pouvait bien avoir besoin d'un tigre.

– Ici, dit Sun Yee en montrant une fiche de police à Bosch pour qu'il la lise.

– Qu'est-ce que ça dit ?

– Tuen Mun. On y va.

Bosch eut l'impression qu'il avait dit *tin moon*[1].

– *Tin moon* ? C'est quoi ?

– Non, Tuen Mun. C'est dans les Nouveaux Territoires. Cet homme y habite.

– Comment s'appelle-t-il ?

– Peng Qingcai.

1. « La lune en étain ». *(NdT.)*

Qingcai, se dit Bosch. Américaniser ce nom en Quick pour impressionner les filles au centre commercial n'était peut-être pas si difficile que ça. Et si ce Peng Qingcai était le frère aîné de Lui, le garçon avec lequel Madeline avait quitté le centre commercial ?

– La fiche mentionne-t-elle son âge ou sa date de naissance ?

– Non, pas d'âge.

Il y avait peu de chances. Lui non plus n'avait pas donné sa date de naissance quand il avait loué les chambres, le réceptionniste s'était contenté de son numéro de passeport et n'avait pas exigé qu'il lui fournisse tous les autres renseignements d'identité nécessaires.

– Il y a l'adresse ?

– Oui.

– Vous pouvez la trouver ?

– Oui, je connais cet endroit.

– Parfait. Allons-y. Ça prendra combien de temps ?

– C'est long en voiture. Il faut aller nord, puis ouest. Ça prendra une heure ou plus. Le métro irait plus vite.

Le temps était essentiel, mais la voiture les rendrait autonomes.

– Non, dit Bosch. Nous aurons besoin de la voiture quand nous l'aurons trouvée.

Sun Yee marqua son accord d'un signe de tête et déboîta du trottoir. Une fois en route, Bosch ôta sa veste et remonta sa manche de chemise pour examiner de plus près sa blessure au bras. L'entaille faisait cinq centimètres de long et courait sur la face interne de son avant-bras dans la partie supérieure. Le sang commençait enfin à coaguler.

Sun Yee y jeta un rapide coup d'œil et regarda de nouveau la route.

– Qui vous a fait ça ? demanda-t-il.

– Le type derrière le comptoir.

Sun hocha la tête.

– C'est lui qui a monté le coup. Il a vu mon fric et nous a piégés. Qu'est-ce que j'ai pu être idiot !

– C'était une erreur.

Sun Yee en avait certainement beaucoup rabattu sur les accusations rageuses dont il l'avait accablé dans la cage d'escalier. Cela dit, pas question pour Bosch d'en rabattre sur ce qu'il pensait : c'était bien à cause de lui qu'Eleanor s'était fait tuer.

– Oui, mais ce n'est pas moi qui ai payé pour ça, dit-il.

Il sortit le cran d'arrêt de la poche de sa veste et attrapa la couverture posée sur la banquette arrière. Il y découpa une grande bande et se l'enroula autour du bras en en ramenant le bout sous le pansement. Puis il s'assura que le bandeau n'était pas trop serré, juste assez pour empêcher le sang de dégouliner sur son bras.

Il redescendit sa manche. Elle était trempée de sang entre le coude et la manchette. Heureusement le sang était déjà noir et l'on ne remarquait pas facilement les taches.

Au fur et à mesure qu'ils s'enfonçaient dans Kowloon, la dégradation urbaine et la densité de la foule augmentaient de façon exponentielle. Comme dans toutes les grandes villes, se dit-il. Plus on s'éloigne des lieux où il y a de l'argent, plus sordides et désespérantes sont les apparences.

– Parlez-moi de Tuen Mun, dit-il à Sun Yee.

– Très peuplé. Seulement Chinois. Dur, dur.

– Dur, dur côté triades ?

– Oui. C'est pas bon endroit pour votre fille.

Bosch ne le pensait pas non plus. Mais il y avait un élément positif là-dedans. Y cacher une jeune Blanche était peut-être difficile à faire sans qu'on le remarque. Si c'était bien à Tuen Mun que Madeline était détenue, il la retrouverait. *Ils*, tous les deux.

31

Ces cinq dernières années, la seule contribution de Harry Bosch aux besoins de sa fille avait été de lui payer ses voyages à Los Angeles, de lui donner de l'argent de poche de temps en temps et de signer un chèque de 12 000 dollars à Eleanor pour couvrir la moitié des frais d'inscription à l'école très huppée qu'elle fréquentait dans la Happy Valley. Cette dernière participation aux dépenses de sa fille ne résultait d'aucune demande que son ex-épouse lui aurait formulée. Eleanor Wish gagnait très confortablement sa vie et pas une seule fois ne lui avait, directement ou indirectement en faisant appel à la loi, réclamé un seul dollar de pension alimentaire. C'était toujours lui qui avait besoin et exigeait d'avoir l'autorisation de mettre au pot d'une manière ou d'une autre. À tort ou à raison, aider à régler les frais de scolarité de Madeline lui donnait l'impression de prendre une part active à son éducation.

Il en était donc venu à s'impliquer de façon très paternelle dans ses études. Que ce soit en personne durant ses visites à Hong Kong ou très tôt – pour lui – le dimanche matin lors de ses coups de fil hebdomadaires, il discutait de ses devoirs avec elle et lui posait des questions sur les leçons qu'on lui avait données à apprendre.

De tout cela lui était venue une connaissance livresque de l'histoire de Hong Kong. Il savait donc que ces Nouveaux Territoires vers lesquels ils se dirigeaient n'avaient de fait rien de nouveau pour la ville. L'énorme zone géographique entourant la péninsule de Hong Kong avait été ajoutée à l'agglomération par un bail remontant à plus d'un siècle, l'opération visant à créer un butoir à l'invasion de la colonie britannique. Lorsque, le bail venant à son terme, la souveraineté de la ville avait été transférée de l'administration britannique aux autorités de la république populaire de Chine, en 1997, les Nouveaux Territoires étaient restés partie intégrante de la Région sous administration spéciale (RSAS) permettant à Hong Kong de fonctionner comme un des grands centres du capitalisme mondial, à savoir un endroit unique en son genre où se rencontrent l'Occident et l'Orient.

Gigantesques et essentiellement ruraux, les NT comportaient aussi des zones de forte population où se retrouvaient les plus pauvres et les moins éduqués de la RSAS. La criminalité y était plus importante, l'argent plus rare et l'attrait des triades plus puissant. Tuen Mun ne pouvait être qu'un de ces endroits.

– Beaucoup de pirates ici quand je grandissais, dit Sun Yee.

Chacun ayant plongé dans ses pensées, c'était la première phrase depuis vingt minutes qu'ils roulaient. Ils venaient juste d'entrer dans la ville par l'autoroute. Bosch aperçut rangée après rangée de grands bâtiments résidentiels tellement uniformes et monolithiques qu'il sut tout de suite qu'il ne pouvait s'agir que de HLM gouvernementaux. Tout autour d'eux des quartiers plus anciens abritaient des maisons plus petites disséminées dans des collines et des vallons. Pas de ligne d'horizon étincelante de gratte-ciel ici. Miteux et déprimant, c'était un village de pêcheurs qu'on avait transformé en un énorme entassement d'habitations verticales.

– Que voulez-vous dire ? lui demanda Bosch. Vous êtes de Tuen Mun ?

– J'ai grandi ici, oui. Jusqu'à j'ai l'âge vingt-deux ans.

– Vous faisiez partie d'une triade ?

Sun Yee garda le silence. Il fit semblant d'être très occupé à mettre le clignotant et à vérifier des trucs fort importants dans les rétroviseurs tandis qu'ils quittaient l'autoroute.

– Je m'en fous, vous savez. Il n'y a qu'une chose qui m'intéresse.

Sun hocha la tête.

– Nous la trouverons, dit-il.

– Je sais.

Après avoir franchi un fleuve, ils étaient entrés dans un canyon formé par les murs des édifices de quarante étages bordant les deux côtés de la rue.

– Et ces pirates ? reprit Bosch. Qui c'était ?

– Des contrebandiers. Ils arrivaient de mer de Chine et remontaient le fleuve. C'était eux qui le contrôlaient.

Bosch se demanda si Sun Yee essayait de lui dire quelque chose en lui parlant de ça.

– Quel genre de contrebande ?

– De tout. Des armes et de la drogue. Et des gens.

– Et qu'est-ce qu'ils faisaient sortir ?

Sun Yee hocha la tête comme si Bosch avait répondu à une question plutôt que d'en avoir posé une.

– Qu'est-ce qu'ils font sortir maintenant ?

Un long moment s'écoula avant que Sun Yee réponde :

– Électronique. DVD américains. Des enfants de temps en temps. Filles et garçons.

– Et où vont-ils ?

– Ça dépend.

– De quoi ?

– Ce qu'ils veulent faire avec. Certains pour le sexe. Certains pour organes. Beaucoup Chinois du continent achètent des garçons parce qu'ils ont pas de fils.

Bosch repensa au papier-toilette taché de sang. Eleanor en avait immédiatement conclu qu'ils avaient fait une piqûre à Madeline, qu'ils l'avaient droguée pour mieux la contrôler. Il se rendit compte que plutôt que lui avoir fait une piqûre, ils pouvaient très bien lui avoir fait une prise de sang afin de déterminer son groupe sanguin. Le tas de feuilles de papier-toilette aurait pu être une compresse destinée à arrêter l'écoulement du sang après le retrait de l'aiguille.

– Elle vaudrait cher, non ?

– Si.

Bosch ferma les yeux. Tout venait de changer. Il n'était pas impossible que les types qui avaient kidnappé sa fille ne la gardent pas simplement jusqu'à ce qu'il libère Chang à Los Angeles. Ils pouvaient très bien se préparer à l'expédier, voire à la vendre, dans un enfer d'où elle ne reviendrait jamais. Il essaya de ne plus penser à cette possibilité et regarda par la vitre.

– On a le temps, dit-il en sachant parfaitement qu'il se parlait à lui-même plutôt qu'à Sun Yee. Il ne lui est encore rien arrivé. Ils ne feraient rien avant de savoir ce qui s'est passé à L.A. Même s'ils avaient dans l'idée de ne jamais la rendre, ils n'auraient toujours pas agi.

Il se tourna vers Sun Yee, qui acquiesça d'un signe de tête.

– On la trouvera, dit-il.

Il se passa la main dans le dos et sortit l'arme qu'il avait prise à l'un des types tués aux Résidences de Chungking. Il l'examina pour la première fois et la reconnut aussitôt.

– Je crois que vous aviez raison quand vous m'avez dit que ces types étaient peut-être vietnamiens, dit-il.

Sun Yee jeta un coup d'œil à l'arme, puis se concentra de nouveau sur la route.

– S'il vous plaît, ne tirez pas dans la voiture, dit-il.

Malgré tout ce qui s'était produit, Bosch ne put s'empêcher de sourire.

– Ne vous inquiétez pas. Je n'ai pas besoin de ça. Je sais déjà me servir de ce truc et je doute que le type qui l'avait ait choisi une arme qui ne marchait pas.

Il la prit de la main gauche et visa le plancher en gardant les yeux sur le cran de mire. Puis il la leva et l'examina de nouveau. C'était un colt .45 de fabrication américaine, modèle 1911 A1. Il avait le même lorsqu'il avait fait la guerre du Vietnam quelque quarante ans plus tôt. À l'époque, sa mission consistait à s'enfiler dans les tunnels et à y chercher et tuer les soldats ennemis.

Il éjecta le chargeur et la balle engagée dans la chambre. Il avait bien les huit projectiles de l'arme. Il vérifia l'action plusieurs fois, puis se mit en devoir de recharger le pistolet. Et s'arrêta en remarquant une marque sur le côté du chargeur. Il la regarda de près et tenta de voir de quoi il s'agissait.

Il découvrit des initiales et des chiffres gravés à la main dans le côté en acier noir du chargeur, mais le temps et l'usage – le fait de charger et de recharger l'arme – les avaient presque effacés. En tournant le chargeur à la lumière, Bosch lut l'inscription *JFE Sp4, 27th.*

Dans l'instant, il se rappela le soin avec lequel les rats de tunnel s'occupaient de leurs armes et de leurs munitions. Quand on descend dans le noir avec son .45, une lampe torche et quatre chargeurs de rab, on vérifie tout au moins deux fois, et on revérifie encore un coup. Ce n'est pas à trois cents mètres sous terre qu'on a envie de s'apercevoir que son flingue s'est enrayé, que ses munitions sont mouillées ou que les batteries sont mortes. Bosch et ses copains rats de tunnel marquaient et thésaurisaient leurs chargeurs de la même manière que les soldats en surface protégeaient leurs cigarettes et leurs revues.

Il étudia les marques de près. Quel qu'ait pu être son nom, JFE avait été un spécialiste de grade 4 au 27e bataillon d'infanterie. Ce qui voulait dire qu'il avait peut-être été rat de tunnel. Bosch se demanda si l'arme qu'il tenait dans sa main avait été abandonnée dans une galerie quelque part dans le Triangle de fer ou si elle avait été arrachée de la main morte et glacée du soldat JFE.

– On y est, dit Sun Yee.

Bosch leva la tête. Sun Yee s'était arrêté en plein milieu de la rue. Il n'y avait pas de voitures derrière eux. À travers le pare-brise, Sun Yee lui montrait une tour de HLM tellement haute que Bosch dut se pencher sous le pare-soleil pour en apercevoir le toit. À tous les étages, le bâtiment était muni de coursives extérieures d'où l'on pouvait voir les portes et fenêtres d'au moins trois cents logements. Par endroits du linge était accroché aux balustrades, presque à tous les étages, cela faisant de la lugubre façade de l'immeuble une mosaïque pleine de couleurs qui le différenciait des bâtiments voisins. Un panneau en plusieurs langues placé au-dessus de l'entrée en forme de tunnel informait de manière plutôt incongrue qu'on était en présence des Demeures paysagères de Miami Beach.

– C'est au sixième étage, reprit Sun Yee après avoir vérifié l'adresse sur la fiche de police des Résidences de Chungking.

– On se gare et on monte.

Sun Yee acquiesça et se gara après le bâtiment. Au carrefour suivant, il fit demi-tour et se rangea le long du trottoir d'une aire de jeux fermée par une clôture de trois mètres de haut et remplie d'enfants accompagnés de leurs mères. Bosch comprit que Sun Yee s'était garé à cet endroit pour que la voiture ne soit pas volée ou vandalisée en leur absence.

Ils descendirent et longèrent la clôture, puis ils tournèrent à gauche pour gagner l'entrée du bâtiment.

Le tunnel était couvert des deux côtés par des boîtes aux lettres, dont la plupart avaient les serrures cassées et de petits insignes gravés dessus. Le passage conduisait à un alignement d'ascenseurs, devant lesquels deux femmes attendaient en tenant des petits enfants par la main. Ni l'une ni l'autre ne s'intéressèrent à Sun et à Bosch. Un gardien était assis derrière un comptoir minuscule, mais pas une fois il ne leva le nez de son journal.

Bosch et Sun emboîtèrent le pas aux deux femmes qui montaient dans un ascenseur. L'une d'elles inséra une clé au bas du panneau de contrôle avant d'appuyer sur deux boutons. Mais avant même qu'elle ait retiré sa carte-clé, Sun tendit vite la main en avant et appuya sur le bouton du sixième.

Ce fut le premier arrêt. Bosch et Sun empruntèrent le couloir extérieur conduisant à la troisième porte à gauche. Bosch remarqua que devant celle de l'appartement voisin, tout contre la balustrade, on avait installé un petit autel avec une boîte à cendres qui fumait encore suite à un sacrifice offert aux fantômes affamés. L'air était imprégné d'une odeur de plastique brûlé.

Bosch se posta à droite de la porte devant laquelle Sun Yee venait de s'arrêter. Il passa le bras dans son dos et serra la main sur son arme, mais ne la sortit pas. Il sentit sa blessure au bras se rouvrir avec le geste qu'il venait de faire. Il allait se remettre à saigner.

Sun le regarda, Bosch lui fit signe qu'il était prêt. Sun frappa à la porte et ils attendirent.

Personne ne leur ouvrit.

Sun Yee frappa de nouveau. Plus fort cette fois.

Ils attendirent encore. Bosch jeta un coup d'œil à l'aire de jeux, on n'avait pas touché à la Mercedes pour l'instant.

Toujours personne pour leur ouvrir.

Sun Yee finit par s'éloigner de la porte.

– Que souhaitez-vous faire ?

Bosch regarda la boîte à cendres qui fumait une dizaine de mètres plus loin.

– Il y a quelqu'un dans l'appartement d'à côté, dit-il. Essayons de savoir si quelqu'un a vu notre bonhomme.

Sun ouvrit la marche et frappa à la porte voisine. Cette fois on leur ouvrit. Sun fit une courbette, sourit et parla à la voisine en chinois. Bientôt la femme se détendit et ouvrit un peu plus grand sa porte. Sun continua de lui parler et la femme finit par lui ouvrir tout grand et s'effaça pour les laisser entrer.

Au moment où Bosch franchissait le seuil de l'appartement, Sun lui murmura :

– 500 dollars de Hong Kong. J'ai promis.

– Pas de problème.

Petit, l'appartement ne comportait que deux pièces. La première servait de cuisine, de living et de salle à manger. Très peu meublée, elle sentait l'huile de cuisson brûlante. Bosch sortit 500 dollars de sa liasse de billets sans la montrer. Puis il les posa sous une soucoupe remplie de sel posée sur la table de la cuisine. Il tira une chaise et s'assit.

Sun resta debout, comme la femme. Il continua de lui parler en chinois et montra Bosch du doigt. Bosch hocha la tête et fit comme s'il comprenait ce qui se disait.

Trois minutes s'écoulèrent avant que Sun arrête de parler pour lui résumer la teneur de l'entretien :

– Elle s'appelle Fengyi Mai. Elle est toute seule ici. Elle dit n'avoir pas vu Peng Qingcai depuis hier matin. Il habite à côté avec sa mère et sa jeune sœur. Elle ne les a pas vues non plus. Mais elle les a entendues hier après-midi. À travers le mur.

– Quel âge a Peng Qingcai ?

Sun communiqua la question, puis traduisit la réponse.

– Elle pense qu'il a dix-huit ans. Il ne va plus à l'école.

– Comment s'appelle sa sœur ?

Deuxième aller-retour, Sun finissant par répondre que la sœur s'appelait Lui. Mais il ne prononça pas ce nom comme Madeline.

– Est-elle sûre que c'est hier qu'elle l'a vu ? Hier, samedi matin ? Qu'est-ce qu'il faisait ?

Bosch attendit la réponse en observant la femme de près. Alors qu'elle avait bien regardé Sun Yee en face pour les premières questions, elle se détournait de plus en plus en répondant aux dernières.

– Elle est sûre. Elle a entendu du bruit devant sa porte hier matin et quand elle a ouvert, Peng faisait l'offrande. Il se servait de son autel à elle.

Bosch hocha la tête, mais eut la certitude que la femme omettait quelque chose ou mentait.

– Qu'est-ce qu'il brûlait ?

Sun transmit la question. La femme lui répondit en regardant obstinément par terre.

– Elle dit qu'il brûlait des billets.

Bosch se leva et gagna la porte. Une fois dehors, il retourna la boîte à cendres. Elle était plus petite qu'un seau d'eau ordinaire. De la cendre noire fumante se répandit par terre. Fengyi May venait manifestement de brûler une offrande dans l'heure écoulée. Il prit un bâtonnet d'encens sur l'autel et s'en servit pour remuer les restes fumants. Il y trouva des bouts de carton pas entièrement consumés, mais pour l'essentiel il n'y avait bien que des cendres. Bosch chercha encore et découvrit un morceau de plastique fondu. Noirci et informe. Il essaya de s'en emparer, mais il était encore trop chaud.

Il rentra dans l'appartement.

– Demandez-lui quand elle s'est servie de son autel pour la dernière fois et ce qu'elle y a brûlé.

Sun lui traduisit la réponse.

– Elle s'en est servie ce matin. Elle a aussi brûlé des billets.

Bosch ne s'était pas rassis.

– Demandez-lui pourquoi elle ment.

Sun hésita.

– Demandez-lui.

Sun lui posa la question et la femme nia avoir menti. Bosch hocha la tête en entendant sa réponse, puis il gagna la table. Ôta la soucoupe pleine de sel de dessus les cinq billets et les remit dans sa poche.

– Dites-lui qu'on ne paie rien pour les mensonges, mais que je suis prêt à lui donner 2 000 dollars pour la vérité.

La femme protesta en entendant la traduction, mais brusquement Sun changea d'attitude et, très en colère, lui aboya dessus, la femme prenant visiblement peur. Elle joignit les mains comme pour lui demander pardon et passa dans l'autre pièce.

– Qu'est-ce que vous lui avez dit ? demanda Bosch.

– Qu'elle devait dire la vérité, sinon elle allait perdre l'appartement.

Bosch haussa les sourcils. Sun Yee avait certainement fait monter la pression d'un cran.

– Elle croit que je suis policier et vous mon superviseur, ajouta-t-il.

– D'où sort-elle cette idée ?

Avant que Sun ait le temps de lui répondre, la femme revenait avec une petite boîte en carton. Elle se porta aussitôt à la rencontre de Bosch, la lui tendit, lui fit une révérence et recula. Bosch l'ouvrit et trouva les restes fondus et calcinés d'un téléphone portable.

Pendant que la femme donnait des explications à Sun Yee, Bosch sortit son propre portable de sa poche et le compara avec l'appareil calciné. Malgré les dommages, il était clair que le téléphone que la femme avait retiré de sa boîte à cendres était identique.

– Elle dit que Peng faisait brûler ça, reprit Sun. Ça faisait très mauvaise odeur qui n'aurait pas plu aux fantômes, alors elle l'a enlevé.

– C'est celui de ma fille.

– Vous êtes sûr ?

– C'est moi qui le lui ai acheté. Oui, j'en suis sûr.

Bosch ouvrit son portable et passa en revue ses dossiers photos. Il fit défiler celles de sa fille jusqu'à ce qu'il en trouve une où elle était en uniforme d'écolière.

– Montrez-lui ça, dit-il. Demandez-lui si elle l'a vue avec Peng.

Sun tendit les clichés à la femme et lui posa la question. Elle hocha violemment la tête en répondant et joignit les mains pour souligner que cette fois elle disait la vérité. Bosch n'eut pas besoin d'attendre la traduction. Il sortit son argent et mit 2 000 dollars de Hong Kong sur la table – soit moins de 300 dollars américains – et se dirigea vers la porte.

– Allons-y, dit-il.

32

Ils frappèrent de nouveau à la porte de Peng, mais n'obtinrent pas de réponse. Bosch s'agenouilla pour relacer sa chaussure. Et en profita pour examiner la serrure.

– Qu'est-ce qu'on fait ? demanda Sun après que Bosch se fut relevé.

– J'ai des rossignols. Je peux ouvrir la porte.

Bosch vit tout de suite la répugnance se marquer sur le visage de Sun Yee, malgré les lunettes de soleil.

– Ma fille pourrait se trouver à l'intérieur, ajouta-t-il. Et si elle n'y est pas, il y aura peut-être quelque chose qui nous dira où elle est. Mettez-vous derrière moi et empêchez qu'on me voie. On sera dedans en moins d'une minute.

Sun jeta un bref coup d'œil au mur de bâtiments identiques qui les entourait.

– On regarde d'abord, dit-il.

– On regarde ? répéta Bosch. On regarde quoi ?

– La porte. Peng pourrait revenir. Il pourrait nous conduire à Madeline.

Bosch consulta sa montre. Il était une heure et demie.

– Je ne crois pas qu'on ait le temps. On ne peut pas rester statiques.

– C'est quoi, « statiques » ?

– On ne peut pas rester à ne rien faire. Il faut continuer à se remuer si on veut la retrouver.

Sun se détourna de la vue et fixa Bosch droit dans les yeux.

– Une heure. On regarde. Si on revient ouvrir la porte, vous ne prenez pas l'arme ?

Bosch acquiesça. Il comprenait. Se faire prendre en flagrant délit d'effraction était une chose. Se faire prendre en plus avec une arme pouvait valoir dix ans de tout autre chose.

– D'accord, dit-il, une heure.

Ils redescendirent par l'ascenseur et ressortirent par le tunnel. Chemin faisant, Bosch prit Sun Yee par le bras et lui demanda quelle était la boîte aux lettres de Peng. Sun Yee la trouva – la serrure avait disparu depuis longtemps. Bosch jeta un coup d'œil dans le tunnel et vit le gardien qui lisait son journal. Il ouvrit la boîte et y découvrit deux lettres.

– On dirait que personne n'a relevé le courrier de samedi, dit-il. Je pense que Peng a filé avec sa famille.

Ils regagnèrent la voiture, Sun déclarant qu'il voulait la garer dans un endroit moins en vue. Il remonta la rue, fit demi-tour et la rangea près du mur derrière lequel on mettait les poubelles du building d'en face et de l'immeuble voisin. Ils voyaient toujours le couloir du sixième étage et la porte de Peng.

– Je pense qu'on perd notre temps, dit Bosch. Ils ne reviendront pas.

– Une heure, Harry. S'il vous plaît.

Bosch remarqua que c'était la première fois que Sun Yee l'appelait par son prénom. Cela ne l'adoucit en rien.

– Vous ne faites que lui donner une heure d'avance, dit-il.

Il sortit la boîte de la poche de sa veste. L'ouvrit et regarda le téléphone.

– Vous surveillez, dit-il. Moi, je vais travailler sur ce truc.

Les gonds en plastique de l'appareil ayant fondu, il eut du mal à l'ouvrir. Le portable finit par se briser en deux lorsqu'il appuya trop fort dessus. L'écran LCD était fendu et avait fondu en partie. Bosch le mit de côté et se concentra sur le reste de l'engin. Le couvercle du compartiment de la batterie ayant fondu lui aussi, les bords avaient fusionné. Il ouvrit sa portière et se pencha dehors. Puis cogna l'appareil trois fois sur le rebord du trottoir, de plus en plus fort, jusqu'à ce que, les impacts ayant raison des bords, le couvercle finisse par se détacher.

Il réintégra la voiture et ferma la portière. La batterie avait l'air intacte, mais là encore les déformations du plastique empêchaient de l'ôter facilement. Cette fois, il sortit son porte-écusson, y prit un de ses rossignols et s'en servit pour l'extraire. Dessous se trouvait le logement de la carte SIM.

Il était vide.

– Merde !

Il jeta le portable par terre. Encore une impasse.

Il consulta sa montre. Vingt minutes à peine s'étaient écoulées depuis qu'il avait accepté de donner une heure à Sun Yee. Mais il ne pouvait pas rester à ne rien faire. Son instinct lui disait qu'il fallait absolument entrer dans cet appartement. Il se pouvait que sa fille y soit encore.

– Désolé, Sun Yee, dit-il. Vous pouvez attendre ici, pas moi. J'y vais.

Il se pencha en avant et sortit son arme de sa ceinture. Il voulait la laisser hors de la Mercedes au cas où les flics le surprendraient dans l'appartement et feraient le lien avec la voiture. Il l'enveloppa dans la couverture de sa fille, ouvrit sa portière et descendit. Puis il passa dans une ouverture du mur des poubelles et la déposa sur un des conteneurs qui débordaient. Il n'aurait aucun mal à l'y reprendre lorsqu'il reviendrait.

Il sortait de derrière le mur lorsqu'il tomba sur Sun Yee qui l'attendait devant la voiture.

– OK, dit Sun Yee. On va.

Ils repartirent vers l'immeuble de Peng.

– Permettez que je vous demande quelque chose, reprit Bosch. Vous ne les enlevez jamais, ces lunettes de soleil ?

La réponse de Sun Yee fut sans explication :

– Non, dit-il.

Une fois encore le gardien dans l'entrée ne leva pas le nez. L'immeuble était suffisamment grand pour qu'il y ait toujours quelqu'un avec une carte-clé pour attendre l'ascenseur. Cinq minutes plus tard, ils étaient de retour devant la porte de Peng. Pendant que Sun Yee se tenait à la balustrade pour surveiller les alentours en même temps qu'il masquait Bosch, celui-ci se mit à genoux et travailla la serrure. La manœuvre lui prit un peu plus longtemps que prévu – presque quatre minutes –, mais il réussit à l'ouvrir.

– Bien, dit-il.

Sun Yee lâcha la balustrade et suivit Bosch dans l'appartement.

Avant même d'avoir refermé la porte, Bosch sut que la mort les attendait. Il n'y avait ni odeur renversante, ni sang sur les murs, ni indice physique dans la première pièce, mais après avoir examiné plus de cinq cents scènes de crime au fil des ans, il avait développé un véritable sixième sens pour le sang. Sans avoir quoi que ce soit de scientifique pour étayer sa théorie, il pensait que le sang versé altère la composition de l'air environnant et c'était bien là ce qu'il sentait maintenant. Que ce sang puisse être celui de sa fille rendait la chose encore plus horrible.

Il leva la main pour empêcher Sun Yee d'entrer plus avant dans l'appartement.

– Vous sentez ? lui demanda-t-il.

– Non. Sentir quoi ?

– Il y a un mort. Ne touchez à rien et marchez dans mes pas si vous pouvez.

La disposition de l'appartement était la même qu'à côté. Deux pièces occupées par une mère avec ses deux enfants adolescents. Il n'y avait aucun signe de trouble ou de danger dans la première pièce. Un sofa avec un oreiller et un drap jetés n'importe comment dessus. Bosch en conclut que le gamin dormait sur le canapé, la mère et la sœur occupant la chambre.

Bosch traversa la pièce et gagna la chambre. Un rideau ayant été tiré en travers de la fenêtre, la pièce était plongée dans le noir. Bosch appuya du coude sur l'interrupteur et un plafonnier s'alluma au-dessus du lit. Il n'était pas fait, mais il n'y avait personne dedans. Ni non plus de signe de lutte, de bagarre ou de mort. Bosch se tourna vers la droite. Il y avait deux autres portes. Il se dit que la première était celle d'une penderie, l'autre donnant dans la salle de bains.

Il avait toujours des gants en latex dans la poche de sa veste. Il en sortit une paire et enfila le gauche. Et commença par ouvrir la porte de droite. C'était bien une penderie, et elle était bourrée de vêtements accrochés à des cintres et empilés par terre. L'étagère du haut croulait sous des boîtes pleines d'inscriptions en chinois. Bosch recula et passa à la deuxième porte. Il l'ouvrit sans hésitation.

La salle de bains était couverte de sang séché. Il avait éclaboussé au-dessus du lavabo, du siège des W-C et sur le sol carrelé. Il y en avait des taches et des coulures sur le mur du fond et le rideau de douche en plastique sale à motif floral.

Il aurait été impossible de faire un pas dans la pièce sans marcher dans une traînée de sang. Mais Bosch s'en moquait. Il fallait qu'il arrive au rideau de douche. Il fallait qu'il sache.

Il traversa vite la pièce et tira le rideau d'un coup sec.

La cabine était petite par rapport aux standards américains. Elle avait la taille de la vieille cabine téléphonique devant chez Du-Par au Farmers Market. Mais Dieu sait comment quelqu'un avait réussi à y empiler trois cadavres.

Bosch retint son souffle en se penchant pour essayer d'identifier les victimes. Elles étaient tout habillées. Le gamin, qui était le plus grand, se trouvait au-dessus. Il reposait la tête en bas sur une femme d'une quarantaine d'années – sa mère – affalée contre la paroi. La façon dont leurs corps étaient disposés évoquait une manière de fantasme œdipien qui n'était sans doute pas dans les intentions du tueur. On leur avait tranché sauvagement la gorge d'une oreille à l'autre à tous les deux.

Derrière, et apparemment sous la mère – comme si elle se cachait –, se trouvait le cadavre d'une jeune fille. Ses longs cheveux noirs lui couvraient le visage.

– Ah, mon Dieu ! s'exclama Bosch. Sun Yee !

Il entendit Sun Yee entrer aussitôt et retenir son souffle, et commença à enfiler le deuxième gant.

– Il y a une fillette au fond et je n'arrive pas à voir si c'est Maddie, dit-il. Mettez ça.

Il prit une deuxième paire de gants dans sa poche et les tendit à Sun Yee, qui les passa tout de suite. Ensemble ils sortirent le cadavre du garçon de la cabine et l'étendirent par terre sous le lavabo. Après quoi, Bosch déplaça doucement le corps de la mère jusqu'à ce qu'il puisse voir le visage de la jeune fille en dessous. Elle aussi avait la gorge tranchée. Elle avait les yeux ouverts et regardait la mort d'un air terrifié. Bosch en eut le cœur brisé, mais non, ce n'était pas le visage de sa fille.

– Ce n'est pas elle, dit-il. Ça doit être sa copine. Lui.

Il se détourna du carnage, passa devant Sun Yee, regagna la chambre et s'assit sur le lit. Il entendit un bruit sourd dans la salle de bains et se dit que Sun Yee devait être en train de remettre les corps dans la position où ils les avaient trouvés.

Il expira fort et se pencha en avant, les bras croisés en travers de la poitrine. Il repensait aux yeux terrorisés de la jeune fille. Il faillit en tomber du lit.

– Qu'est-ce qui s'est passé là-dedans ? se demanda-t-il dans un murmure.

Sun Yee sortit de la salle de bains et prit la posture du garde du corps. Il garda le silence. Bosch remarqua qu'il avait du sang sur ses gants.

Il se leva et regarda autour de lui comme si quelque chose pouvait expliquer la scène d'à côté.

– Une autre triade pourrait-elle l'avoir prise à Peng ? demanda-t-il. Et avoir tué tout le monde pour embrouiller les pistes ?

Sun Yee fit non de la tête.

– Ç'aurait déclenché une guerre. Et le gamin n'appartient pas à une triade.

– Quoi ? Comment le savez-vous ?

– Il n'y a qu'une triade dans Tuen Mun. La triade du Triangle d'or. J'ai regardé et il n'avait pas la marque.

– Quelle marque ?

Sun hésita un instant, se tourna vers la porte de la salle de bains, puis revint vers Bosch. Il ôta un de ses gants, porta la main à sa bouche et baissa sa lèvre inférieure. Sur la peau à l'intérieur on voyait deux caractères chinois tatoués il y avait longtemps et légèrement flous. Bosch se dit qu'ils signifiaient « Triangle d'or ».

– Donc vous appartenez à cette triade ?

Sun Yee relâcha sa lèvre et fit non de la tête.

– Plus maintenant, dit-il. Il y a plus de vingt ans.

– Je croyais qu'on ne pouvait pas se libérer d'une triade. Qu'on ne pouvait la quitter que dans un cercueil.

– J'ai fait un sacrifice et le conseil m'a permis de partir. J'ai aussi dû quitter Tuen Mun. C'est comme ça que je suis allé à Macao.

– Quel genre de sacrifice ?

Sun eut l'air encore plus réticent à lui répondre que lorsqu'il lui avait montré son tatouage. Mais il porta quand même la main à son visage et cette fois il ôta ses lunettes de soleil. Pendant quelques instants Bosch ne remarqua rien d'anormal, puis il s'aperçut qu'en guise d'œil gauche Sun Yee avait une prothèse. Un œil de verre. Il avait aussi une très légère cicatrice en forme de crochet à la commissure de la paupière.

– Putain ! s'écria-t-il. Vous avez dû leur donner un œil pour être libre ?

– Je ne regrette pas ma décision, dit-il, et il remit ses lunettes de soleil.

Entre ce que venait de lui révéler Sun Yee et la scène d'horreur dans la salle de bains, Bosch commença à avoir l'impression de se trouver dans un tableau du Moyen Âge. Puis il se rappela que sa fille n'était pas dans la salle de bains et qu'elle était donc toujours vivante quelque part.

– OK, dit-il. Je ne sais ni ce qui s'est passé ici, ni pourquoi, mais il ne faut pas lâcher la piste. Il y a forcément quelque chose qui nous dira où est Maddie. Il faut qu'on le trouve et on commence à manquer de temps.

Il glissa la main dans sa poche, mais il n'y avait rien dedans.

– Je n'ai plus de gants, dit-il, alors faites attention à ce que vous touchez. Il est aussi probable qu'on ait du sang sous les chaussures. Inutile de le transférer un peu partout.

Il ôta ses chaussures et, Sun faisant de même après lui, en nettoya le sang à l'évier de la kitchenette. Puis ils entamèrent la fouille de l'appartement en commençant par la chambre pour remonter jusqu'à la porte d'entrée. Ils ne trouvèrent rien d'intéressant jusqu'à ce que Bosch remarque que, comme dans le logement voisin, il y avait une soucoupe pleine de sel posée sur la table. Sauf que dans celle-là le tas était plus élevé, Bosch y apercevant vite des traces de doigts laissées par la personne qui avait rassemblé les grains pour en faire un monticule. Il y passa la main et découvrit un petit carré de plastique noir enfoui sous le sel. Il comprit aussitôt que c'était la carte SIM d'un portable.

– J'ai quelque chose, dit-il.

Sun se détourna d'un tiroir qu'il était en train de fouiller, Bosch tenant la carte à la lumière, sûr et certain que c'était celle du portable de sa fille.

– Elle était dans le sel, dit-il. C'est peut-être lui qui l'y a cachée en les entendant arriver.

Il regarda le petit morceau de plastique. Ce n'était pas sans raison que Peng Qingcai l'avait ôté de son logement avant de brûler le portable. Et ce n'était pas sans raison non plus qu'il avait essayé ensuite de le cacher. Bosch aurait bien aimé commencer à réfléchir tout de suite à ces raisons, mais il décida que prolonger leur séjour dans un appartement où la cabine de douche hébergeait trois cadavres n'était pas très futé.

– Sortons d'ici, dit-il.

Il gagna la fenêtre à côté de la porte et jeta un œil dehors à travers le rideau avant de donner le feu vert. Sun ouvrit la porte et ils sortirent rapidement. Bosch la referma avant d'ôter ses gants. Il s'éloigna en regardant derrière lui et vit que la vieille femme d'à côté était repassée dans le couloir et, à genoux devant son autel, y brûlait encore une offrande pour les fantômes. Il sursauta en voyant qu'elle avait pris une bougie pour allumer un des vrais billets de 100 dollars qu'il lui avait donnés.

Il fit demi-tour et descendit le couloir dans l'autre sens. Il sut alors qu'il était entré dans un univers qui le dépassait. Mais il n'avait qu'une chose à comprendre : la mission qu'il avait entreprise pour retrouver sa fille. Rien d'autre ne comptait.

33

Il reprit son arme, mais laissa la couverture. Et dès qu'il fut à nouveau dans la voiture, il sortit son portable. Exactement identique à celui de sa fille, il faisait partie de l'offre publicitaire qu'il avait acceptée en achetant le sien. Il en ouvrit le dos, dégagea la batterie et la carte SIM, et inséra celle-ci dans le logement de son appareil. Après quoi, il remit la batterie, referma le portable et l'alluma.

Pendant qu'ils attendaient que le téléphone s'initialise, Sun déboîta du trottoir et ils s'éloignèrent de l'immeuble où s'était produit le carnage.

– Où va-t-on ? demanda Bosch.

– Au fleuve. Il y a un jardin public. On y va jusqu'à ce qu'on sache où aller.

En d'autres termes, on n'avait toujours pas de plan. Le plan, c'était la carte SIM.

– Ce truc que vous m'avez raconté sur les pirates de votre enfance, c'était bien des triades, non ?

Au bout d'un moment, Sun hocha une fois la tête.

– C'est ça que vous faisiez ? Vous faisiez passer des gens ?

Sun gardant le silence, Bosch décida de ne pas le presser davantage. Le portable était prêt. Il ouvrit vite le journal des appels. Rien. La page était vide.

– Il n'y a rien là-dedans, dit-il. Aucun appel enregistré.

Il passa aux *e-mails* et une fois encore la page était vide.

– Rien sur la carte, dit-il, l'émotion montant dans sa voix.

– C'est habituel, dit calmement Sun Yee. Seuls les dossiers permanents transférés sur la carte SIM. Regardez s'il y a des vidéos ou des photos.

Avec la petite bille insérée au milieu du clavier, Bosch chercha l'icône vidéo et la sélectionna. Le dossier était vide.

– Pas de vidéos, dit-il.

Il lui vint à l'esprit que Peng avait peut-être retiré la carte du portable de Madeline parce qu'il se disait qu'on y trouverait une trace de tous les emplois qu'en avait faits sa fille. Sauf que non. Le dernier et meilleur indice possible avait tout l'air d'une impasse supplémentaire.

Il appuya sur l'icône des photos et trouva une liste de clichés en JPEG.

– J'ai des photos, dit-il.

L'une après l'autre, il commença à les ouvrir, mais les seuls clichés récents semblaient être ceux des poumons de John Li et de ses tatouages aux chevilles que Bosch lui avait envoyés. Le reste du dossier se composait de photos de classes vertes et d'amis de Madeline. Elles n'étaient pas datées précisément, mais ne donnaient pas l'impression d'avoir un lien quelconque avec son enlèvement. Il trouva aussi quelques clichés de son expédition au marché de jade de Kowloon. Elle avait photographié des petites sculptures d'un couple dans certaines positions du *Kamasutra*. Bosch les mit sur le compte d'une curiosité d'adolescente. Malaise oblige, ça devait faire beaucoup pouffer les copines du lycée.

– Rien, annonça-t-il à Sun Yee.

Il essaya encore en passant d'une icône à l'autre dans l'espoir de tomber sur un message caché. Il finit par découvrir que le carnet d'adresses de sa fille avait lui aussi été transféré sur sa carte SIM.

– Y a son carnet d'adresses.

Il ouvrit le dossier. Ne connaissant pas tous les copains et copines de sa fille, il n'avait aucun moyen de savoir les noms qui auraient pu détonner. Sans même parler du fait que pour beaucoup il s'agissait de surnoms.

Il appuya sur *Dad* et eut droit à un écran avec ses propres numéros de portable et de fixe, et rien d'autre – rien qui n'aurait pas dû s'y trouver.

Il revint à la liste et la refit défiler jusqu'au moment où il arriva aux T. Il y avait là une adresse à Tuen Mun, laquelle se réduisait à un unique numéro de téléphone.

Sun Yee avait garé la voiture dans un jardin public tout en longueur qui courait le long du fleuve et passait sous un pont. Bosch lui tendit le portable.

– J'ai trouvé un numéro, dit-il. Sous « Tuen Mun ». C'est le seul numéro qui n'est pas relié à un nom.

– Pourquoi elle aurait ce numéro ?

Bosch réfléchit un instant en essayant de tout raccorder ensemble.

– Je ne sais pas, dit-il enfin.

Sun s'empara du portable et contempla l'écran.

– C'est un numéro de portable, dit-il.

– Comment le savez-vous ?

– Il commence par un 9. C'est l'indicatif des portables de Hong Kong.

– Bon, qu'est-ce qu'on en fait ? C'est marqué « Tuen Mun ». Ça pourrait être le numéro du type qui a ma fille.

Sun essaya de trouver une réponse et un plan d'action en regardant fixement le fleuve à travers le pare-brise.

– On pourrait envoyer un texto, dit-il. Peut-être qu'il nous répondra.

Bosch acquiesça.

– Voilà, on essaie de l'appâter. Ça nous donnera peut-être un lieu.

– C'est quoi, « appâter » ?

– Mettre un leurre dans un piège. Tromper. Faire comme si on le connaissait et organiser un rendez-vous. Et lui nous dit où il est.

Sun envisagea l'hypothèse en continuant de contempler le fleuve. Une péniche y descendait lentement vers la haute mer. Bosch commença à envisager un autre plan. Là-bas, à L.A., David Chu avait peut-être ce qu'il fallait pour retrouver les nom et adresse attachés à un numéro de Hong Kong.

– Il pourrait reconnaître le numéro et deviner que c'est un leurre, répondit enfin Sun Yee. On devrait prendre mon portable.

– Vous êtes sûr ?

– Oui. Je pense que ce message devrait être envoyé en chinois traditionnel. Pour aider l'appât.

Bosch acquiesça de nouveau.

– Juste. Bonne idée.

Sun Yee sortit son portable et demanda à Bosch de lui dicter le numéro. Il ouvrit un texto, puis il hésita.

– Qu'est-ce que je dis ? demanda-t-il.

– Bon, il faut que ça ait l'air urgent. Faites en sorte qu'il se sente obligé de réagir et d'accorder le rendez-vous.

Ils échangèrent des idées pendant quelques minutes et finirent par concocter un texte aussi simple que direct. Sun Yee le traduisit en chinois et l'envoya. Cela donnait : *Avons un problème avec la fille. Où nous rencontrons-nous ?*

– Bien, et maintenant on attend, dit Bosch.

Il avait décidé de ne pas mettre Chu dans le coup à moins que ce ne soit absolument nécessaire.

Il consulta sa montre. Quatorze heures. Cela faisait déjà neuf heures qu'il était à Hong Kong et il n'était toujours pas plus près de sa fille que lorsqu'il volait à quelque onze mille mètres au-dessus du Pacifique. Entre-temps, il avait perdu à jamais Eleanor Wish et se lançait maintenant dans un petit jeu où rien ne pourrait empêcher le deuil et la culpabilité de l'envahir entièrement. Il jeta un coup d'œil au portable que Sun Yee tenait dans sa main en espérant qu'on réponde vite au message.

Rien ne vint.

Aussi lentement que les bateaux sur le fleuve, de longues minutes de silence s'écoulèrent. Bosch essaya de se concentrer sur Peng Qingcai et sur la manière dont l'enlèvement de Madeline avait été mené. Faute de certains renseignements, il y avait là des choses qui n'avaient aucun sens, mais il n'en restait pas moins une chronologie et un enchaînement d'événements qu'on pouvait mettre en ordre. Il le fit et sut aussitôt que tout partait de ce qu'il avait fait, lui.

– Tout part de moi, dit-il à Sun Yee. C'est moi qui ai commis l'erreur qui a ouvert la voie à tout ce truc.

– Harry, lui renvoya Sun Yee, il n'y a pas de raisons de…

– Non, attendez. Écoutez-moi jusqu'au bout. Il faut que vous sachiez tout ça parce que vous pourriez y voir quelque chose que je suis incapable de saisir.

Sun gardant le silence, Bosch poursuivit en ces termes :

– Tout part de moi. Je travaillais sur un suspect lié à une triade de L.A. Comme je n'arrivais pas à avoir de réponses, j'ai demandé à ma fille de me traduire les idéogrammes d'un tatouage dont je lui ai envoyé la photo. Je lui ai dit qu'il s'agissait d'une affaire de triade et qu'elle ne devait ni montrer le tatouage ni en parler à qui que ce soit. Mais c'est là que j'ai fait une erreur. Dire ça à une fille de treize ans, c'était le crier au monde entier. Elle traînait avec Peng et sa sœur. Peng et sa sœur qui sont du mauvais côté de la ligne rouge. Elle a dû vouloir les impressionner. Et donc elle leur parle du tatouage et de l'affaire, et c'est de là que c'est parti.

Il regarda Sun Yee, mais fut incapable de lire quoi que ce soit sur son visage.

– Quelle ligne rouge ? demanda Sun Yee.

– Vous occupez pas, c'est juste une expression. Ils n'étaient pas de Happy Valley, voilà tout ce que ça veut dire. Et comme vous l'avez fait remarquer, Peng n'appartenait à aucune triade de Tuen Mun, mais il connaissait peut-être des gens… et voulait peut-être en rejoindre une. Il traînait de l'autre côté du port, à Happy Valley, et peut-être connaissait-il quelqu'un et se disait-il que ça pourrait le faire accepter. Il lui a donc raconté ce qu'il avait appris. C'est là que les types de la triade ont fait le lien avec L.A. et lui ont dit de s'emparer de la fille et de m'envoyer le message. La vidéo.

Bosch s'arrêta un instant, l'idée de ce que sa fille était en train de subir le déconcentrant à nouveau.

– Mais là il s'est passé quelque chose, reprit-il. Quelque chose a changé. Peng l'a donc amenée à Tuen Mun. Peut-être l'a-t-il offerte à la triade, qui s'en est emparée. Sauf que lui, ils ne l'ont pas accepté et qu'au lieu de ça ils l'ont tué, ainsi que sa famille.

Sun hocha un rien la tête et parla enfin. Dans l'histoire que lui racontait Bosch il y avait quelque chose qui n'avait aucun sens à ses yeux.

– Mais pourquoi faire ça ? Pourquoi tuer toute sa famille ?

– Pensez au *timing*. La voisine entend des voix de l'autre côté du mur en fin d'après-midi, d'accord ?

– Oui.

– À ce moment-là, j'étais dans l'avion. J'arrivais et Dieu sait comment ils le savaient. Ils ne pouvaient pas courir le risque que je trouve Peng, sa sœur ou sa mère. Ils ont donc éliminé cette menace et ont bouclé l'affaire. S'il n'y avait pas la carte SIM qu'il a cachée, où serions-nous ? Dans une impasse.

Sun mit le doigt sur quelque chose que Bosch avait laissé de côté.

– Comment savaient-ils que vous veniez par avion ?

– Bonne question, dit Bosch en hochant la tête. Pour moi, ils le savaient parce que dès le début il y a eu une fuite dans l'enquête.

– À Los Angeles ?

– Oui, à L.A. Quelqu'un a averti le suspect qu'on l'avait dans le collimateur et c'est ça qui l'a obligé à filer. C'est pour ça qu'on a dû l'arrêter avant d'être prêts, pour ça aussi qu'ils se sont emparés de Maddie.

– Vous ne savez pas qui ?

– Je n'en suis pas sûr. Mais j'essaierai de le trouver dès mon retour. Et je m'en occuperai.

Sun vit plus de choses dans cette réponse que Bosch ne s'y attendait.

– Même si Maddie est saine et sauve ?

Avant que Bosch ait pu lui répondre, le portable vibra dans la main de Sun Yee. Il venait de recevoir un texto. Bosch se pencha pour regarder par-dessus son épaule. Le message, écrit en chinois, était court.

– Qu'est-ce qu'il dit ?

– Mauvais numéro.

– C'est tout ?

– Il n'a pas marché dans le piège.

– Merde.

– Et maintenant quoi ?

– Renvoyez-lui un message. Dites-lui qu'on se retrouve ou que nous, on va voir les flics.

– Trop dangereux. Il pourrait décider de se débarrasser d'elle.

– Pas s'il a un acheteur. Vous m'avez dit qu'elle valait beaucoup. Que ce soit pour le sexe ou pour ses organes, elle est précieuse. Il ne se débarrassera pas d'elle. Il pourrait accélérer la transaction et c'est le risque qu'on court, mais non, il ne se débarrassera pas d'elle.

– On ne sait pas si c'est la bonne personne. C'est juste un numéro de téléphone de votre fille.

Bosch hocha la tête. Sun Yee avait raison. Balancer des messages au hasard était trop risqué. Il repensa à David Chu. Il n'était pas du tout impossible que cet inspecteur de l'AGU soit à l'origine de la fuite qui avait conduit à l'enlèvement de Madeline. Fallait-il courir le risque de l'appeler maintenant ?

– Sun Yee, dit-il, avez-vous quelqu'un à la sécurité du casino qui pourrait nous trouver un nom et une adresse de facturation pour ce numéro ?

Sun Yee réfléchit un bon moment à la question, puis il secoua la tête.

– Non, dit-il, ce n'est pas possible avec mes associés. Il y aura une enquête à cause d'Eleanor...

Bosch comprit. Sun Yee devait faire le nécessaire pour limiter les retours de bâton pour le casino et pour sa société. Du coup, la balance pencha pour Chu.

– Bon, dit Bosch, je pense connaître quelqu'un.

Il ouvrit son portable et se préparait à passer à son carnet d'adresses lorsqu'il se rappela qu'il avait toujours la carte SIM de sa fille dans son appareil. Il entama le processus consistant à y remettre sa propre carte et à réinitialiser ses contacts et options avancées.

– Qui allez-vous appeler ? lui demanda Sun Yee.

– Un gars avec qui je travaillais. Il fait partie de l'antigang section Asie et a des contacts ici.

– C'est l'homme qui pourrait être à l'origine de la fuite ?

Bonne question. Bosch hocha la tête.

– Je ne peux pas l'exclure. Mais ça pourrait aussi être quelqu'un dans son unité ou dans un autre service de police avec lequel on travaillait. Pour l'instant, je ne vois pas qu'on ait le choix.

Son téléphone réinitialisé, il ouvrit son carnet d'adresses et trouva le numéro de portable de Chu. Il passa l'appel et consulta sa montre. Il était presque minuit et on était encore samedi à Los Angeles.

Chu décrocha à la première sonnerie.

– Inspecteur Chu.

– David, c'est Bosch. Désolé de vous appeler si tard.

– Ce n'est pas tard du tout. Je bosse encore.

Bosch fut surpris.

– Sur l'affaire Li ? Il y a du nouveau ?

– Oui, j'ai passé une bonne partie de la soirée avec Robert Li. J'essaie de le convaincre de coopérer ; on aimerait accuser Chang d'extorsion.

– Et Li est prêt à aider ?

Il y eut un instant de silence avant que Chu réponde.

– Pour l'instant, non. Mais j'ai jusqu'à lundi matin pour le travailler au corps. Vous êtes toujours à Hong Kong, non ? Avez-vous retrouvé votre fille ? demanda-t-il, l'urgence montant dans sa voix.

– Pas encore. Mais j'ai une piste. Et c'est là que j'ai besoin de votre aide. Pouvez-vous me retrouver un numéro de portable de Hong Kong ?

Deuxième silence.

– Harry, les flics de là-bas sont nettement plus à même de faire ça que moi.

– Je sais, mais je ne travaille pas avec les flics.

– Vous ne travaillez pas avec les flics, répéta Chu, et ce n'était pas une question.

– Je ne peux pas risquer une fuite. Je suis près du but. Je l'ai pistée toute la journée et il ne me reste plus qu'à trouver à quoi correspond ce numéro. Je pense que c'est celui du type qui la détient. Pouvez-vous m'aider ?

Chu mit un bon moment à répondre :

– Si je vous aide, ma source sera quelqu'un dans la police de Hong Kong, vous le savez, n'est-ce pas ?

– Sauf que vous n'avez pas à lui dire pourquoi vous avez besoin de ce renseignement ou la personne à qui il est destiné.

– Non, mais si ça pète de votre côté, ça me reviendra dans le nez.

Bosch commençait à perdre patience, mais essaya de n'en rien faire entendre dans sa voix lorsqu'il décrivit sans fioritures le cauchemar qui était, il le savait, en train de se dérouler :

– Écoutez, dit-il, nous n'avons pas beaucoup de temps. D'après nos renseignements, elle est en train d'être vendue. Aujourd'hui même, il y a toutes les chances. Peut-être même à l'instant. J'ai besoin de ce renseignement, Dave. Pouvez-vous me le trouver, oui ou non ?

Cette fois il n'y eut aucune hésitation :

– Donnez-moi ce numéro.

34

Chu l'informa qu'il lui faudrait au moins une heure pour transmettre le numéro de portable à ses contacts dans la police de Hong Kong. Bosch détestait l'idée de devoir perdre autant de temps alors que chaque minute qui s'écoulait pouvait être celle qui verrait sa fille passer dans d'autres mains, mais il n'avait pas le choix. Il se disait que Chu avait bien compris l'urgence de la situation. Il conclut son appel en lui demandant de taire sa requête à tous les membres du service.

– Vous pensez toujours qu'il y a une fuite ?

– Je sais qu'il y en a une, mais ce n'est pas le moment d'en parler.

– Et moi ? Vous me faites confiance ?

– Je vous ai appelé, non ?

– Pour moi, vous ne faites confiance à personne. Vous m'avez appelé parce que vous n'aviez personne d'autre.

– Vous voulez que je vous dise ? Contentez-vous de travailler ce numéro et rappelez-moi.

Il referma son portable et regarda Sun.

– D'après lui, ça pourrait prendre jusqu'à une heure.

Sun Yee resta impassible. Il mit le contact et fit démarrer la voiture.

– Vous devriez manger quelque chose pendant qu'on attend, dit-il.

Bosch hocha la tête.

– Non, dit-il, je suis incapable de manger. Pas avec ma fille quelque part dans… et tout ce qui s'est passé. J'ai l'estomac… Je ne pourrais rien garder.

Sun Yee éteignit le moteur. C'était là qu'ils allaient attendre l'appel de Chu.

Lentes et de plus en plus coûteuses, les minutes s'écoulèrent. Bosch reprit tous ses faits et gestes à partir du moment où il s'était accroupi derrière le comptoir de Fortune Liquors et avait examiné le corps de John Li. Et en vint à comprendre que c'était sa poursuite implacable de l'assassin qui avait mis tout le monde en danger. Sa fille. Son ex. Une famille entière dans la lointaine Tuen Mun. Le poids de la culpabilité était le plus lourd qu'il allait devoir supporter et il n'était pas très sûr d'y arriver.

Pour la première fois de sa vie il devait mettre des *si* dans l'équation de son existence. *Si* jamais il retrouvait sa fille, il trouverait un moyen de se racheter. *S'*il ne la revoyait plus, il ne pourrait y avoir aucune rédemption.

Tout s'arrêterait.

Ces prises de conscience le faisant littéralement trembler, il se retourna et ouvrit sa portière.

– Je vais faire un tour, dit-il.

Il sortit de la voiture et referma la portière avant que Sun Yee ait le temps de lui poser une question. Il y avait un sentier qui longeait le fleuve, il commença à le fouler. L'esprit plein de sombres pensées, il avançait tête baissée sans remarquer ni les gens qu'il croisait ni les bateaux qui filaient rapidement sur l'eau à côté de lui.

Il finit par comprendre que s'appesantir sur des choses dont il n'avait pas la maîtrise ne les aidait ni lui ni sa fille. Il essaya d'écarter le linceul qui descendait sur lui et de se concentrer sur quelque chose d'utile. La question soulevée par la carte SIM de sa fille était toujours ouverte et l'agaçait. Pourquoi donc Madeline avait-elle noté le numéro de portable référencé « Tuen Mun » dans son téléphone ?

Après l'avoir tournée et retournée dans sa tête, il entrevit enfin une réponse qui lui avait échappé jusque-là. Madeline avait été enlevée. Son portable lui avait donc été pris. Conséquence, c'était probablement son ravisseur et pas elle qui y avait noté ce numéro. Cette conclusion ouvrait toutes sortes de possibilités. C'était Peng qui avait pris la vidéo et la lui avait envoyée. Il pouvait très bien s'être servi de ce portable plutôt que du sien pour finaliser l'enlèvement et mettre sur pied l'échange de Madeline contre ce pour quoi il l'avait monnayée.

Il était donc probable qu'il ait alors enregistré ce numéro sur la carte SIM. Soit parce qu'il s'en servait beaucoup dans ses négociations, soit parce qu'il voulait tout simplement laisser une trace si jamais il arrivait quelque chose. Dans ce cas, ç'aurait été la raison pour laquelle il avait laissé la carte dans le tas de sel. Pour que quelqu'un la trouve.

Bosch fit demi-tour pour mettre Sun Yee au courant de sa dernière conclusion. Il était à une centaine de mètres de la voiture lorsqu'il vit que celui-ci était déjà sorti de la Mercedes et lui faisait de grands signes d'un air excité. Bosch jeta un coup d'œil à l'écran de son portable. Il n'avait raté aucun appel, il n'y avait donc aucune raison pour que l'excitation de Sun Yee ait un rapport quelconque avec le coup de fil qu'il venait de passer à Chu.

Il se mit à courir.

Sun Yee réintégra la voiture et ferma sa portière, Bosch bondissant sur le siège à côté de lui.

– Qu'est-ce qu'il y a ? demanda-t-il.

– Un autre message. Un texto.

Sun Yee lui montra son portable pour qu'il voie bien le message, même si celui-ci était écrit en chinois.

– Qu'est-ce que ça dit ?

– Ça dit : *Quel problème ? Qui êtes-vous ?*

Bosch hocha la tête. Il y avait encore pas mal de déni dans ces deux questions. Celui qui l'avait envoyé feignait toujours l'ignorance. Il ne savait pas de quoi il s'agissait et pourtant il avait envoyé son texto sans qu'on le lui demande. Pour Bosch cela signifiait qu'ils approchaient du but.

– Comment on répond ? demanda Sun Yee.

Bosch garda le silence. Il réfléchissait.

Le portable de Sun Yee se mit à vibrer. Il regarda l'écran.

– C'est un appel. C'est lui. C'est le numéro.

– Ne répondez pas, lâcha Bosch. Ça pourrait tout péter. On pourra toujours rappeler. Attendons simplement de voir s'il laisse un message.

Le portable recommençant à vibrer, ils attendirent. Bosch réfléchit à ce qu'il convenait de faire dans ce petit jeu aussi sensible que mortel. Au bout d'un moment, Sun Yee hocha la tête.

– Pas de message. J'aurais déjà été alerté.

– Que dit votre message d'accueil ? Y donnez-vous votre nom ?

– Non, pas de nom. Je me sers de l'annonce automatique.

C'était parfait. Rien de précis dans le message. Celui qui avait appelé espérait sans doute trouver un nom, entendre une voix ou récolter une autre info de ce genre.

– OK, renvoyez-lui un texto. Informez-le qu'on ne parle pas au téléphone et qu'on n'envoie pas de textos parce que ce n'est pas sûr. Dites-lui que vous voulez le rencontrer en personne.

– C'est tout ? Ils veulent savoir quel est le problème. Je ne réponds pas ?

– Non, pas tout de suite. On les fait patienter. Plus on fait durer, plus on donne de temps à Maddie. Vous voyez ?

Sun Yee hocha une fois la tête.

– Oui, je vois, dit-il.

Il tapa le message que lui suggérait Bosch et l'envoya.

– Et maintenant on attend encore, dit-il.

Bosch n'avait pas besoin qu'on le lui rappelle. Mais quelque chose lui disait que l'attente ne serait pas longue. L'appât avait fonctionné et quelqu'un avait mordu au texto. Bosch n'était pas plus tôt parvenu à cette conclusion qu'un autre texto arriva sur le portable de Sun Yee.

– Il veut une rencontre, dit Sun Yee en regardant son écran. Cinq heures au Geo.

– Qu'est-ce que c'est ?

– Un restaurant de la Gold Coast. Très célèbre. Dimanche après-midi, il sera plein.

– C'est loin ?

– Presque une heure de route d'ici.

Bosch devait envisager que le type puisse être en train de les rouler en les expédiant à une heure de route du bon endroit. Il consulta sa montre. Cela faisait pratiquement une heure qu'il avait parlé à Chu. Avant de s'engager pour le rendez-vous de la Gold Coast, il avait besoin de savoir ce que Chu avait trouvé. Sun Yee avait remis la voiture en marche et commençait à sortir du jardin public lorsque Bosch composa de nouveau le numéro de Chu.

– Inspecteur Chu.

– C'est Bosch. Ça fait une heure.

– Pas tout à fait et j'attends toujours. J'ai passé l'appel et je n'ai pas eu de retour.

– Vous avez parlé à quelqu'un en particulier ?

– Euh... non. J'ai laissé un message à mon bonhomme. Je me dis qu'il est si tard qu'il pourrait bien ne pas...

– Il n'est pas tard, Chu ! Il est tard chez vous, pas ici. Avez-vous passé cet appel, oui ou non ?

– Harry, je vous en prie, oui, j'ai passé l'appel. Je viens de me tromper. Il est tard ici et chez vous c'est dimanche. Je me dis que puisque c'est dimanche, il n'est peut-être pas aussi collé à son téléphone que d'habitude. Mais oui, j'ai passé l'appel et je vous rappellerai dès que j'aurai quelque chose.

– Ouais, bon, mais il se pourrait que ça soit trop tard à ce moment-là.

Bosch referma son portable. Il regrettait de lui avoir fait confiance.

– Non, rien, dit-il à Sun Yee.

Ils arrivèrent à la Gold Coast en quarante-cinq minutes. Situé à l'extrémité ouest des Nouveaux Territoires, l'endroit satisfaisait les besoins des Chinois du continent, mais aussi de ceux de Hong Kong et des touristes du reste du monde. Étincelant de tous ses feux, un grand hôtel dominait Castle Peak Bay, des restaurants en plein air se pressant le long de la promenade qui faisait le tour du port.

Celui qui avait envoyé le texto avait eu raison de choisir le Geo. Coincé entre deux restaurants en plein air identiques, il était comme eux noir de monde. Une exposition d'artisanat ajoutait encore au nombre de badauds et doublait les endroits où un observateur pouvait se cacher. Identifier quelqu'un qui n'avait aucune envie de l'être aurait été extrêmement difficile.

Suivant le plan qu'ils avaient concocté en roulant, Bosch descendit de voiture à l'entrée de la Gold Coast. Les deux hommes synchronisèrent leurs montres et Sun Yee poursuivit sa route. En traversant l'hôtel, Bosch s'arrêta à la boutique de cadeaux et s'acheta des lunettes de soleil et une casquette de base-ball avec le logo doré de l'établissement cousu dessus. Il fit aussi l'acquisition d'une carte routière et d'un appareil photo jetable.

Il était cinq heures moins dix lorsqu'il arriva à l'entrée du restaurant La Fleur jaune, juste à côté du Geo dont on voyait parfaitement les tables. Le plan était simple. Ils voulaient identifier le propriétaire du numéro de portable que Bosch avait trouvé dans le carnet d'adresses de sa fille et le suivre dès qu'il quitterait les lieux.

La Fleur jaune, le Geo et un troisième restaurant de l'autre côté, le Big Sur, débordaient de tables protégées par des parasols blancs. La brise de mer tenait les clients au frais et les parasols en mouvement. Bosch consulta sa montre et surveilla les restaurants bondés en attendant qu'on lui propose une place.

Il y avait là de grandes tablées, des familles entières venues faire un bon repas parce que c'était dimanche. Inutile de chercher là le type au portable : Bosch ne s'attendait guère à ce qu'il soit entouré de tout un tas de gens. Mais il n'empêche – il comprit vite à quel point il allait être difficile de le repérer. Qu'ils soient tombés d'accord pour se rencontrer au Geo ne signifiait nullement que le type se trouverait dans cet établissement. Il pouvait très bien s'être installé dans n'importe lequel des trois restaurants et faire exactement la même chose que Bosch et Sun Yee, à savoir localiser en douce le contact adverse.

Mais Bosch n'avait pas d'autre choix que de continuer à appliquer le plan. Il appela l'hôtesse d'un signe de la main et fut conduit à une table d'angle avec vue sur les trois restaurants, mais pas sur la mer. C'était une mauvaise table qu'on attribuait aux personnes seules, soit exactement ce que Bosch espérait.

Il consulta de nouveau sa montre, puis il étala la carte routière sur la table. Il la maintint en place avec l'appareil photo et enleva sa casquette. Non seulement elle était mal faite, mais elle ne lui allait même pas. Il fut content de l'ôter.

Il regarda encore une fois tous les restaurants avant cinq heures, mais ne vit aucun individu qui aurait pu être leur homme. Personne n'était comme lui assis seul à une table, ou avec de mystérieux individus portant des lunettes de soleil, ou toute autre forme de déguisement. Il commença à se dire que l'appât n'avait pas fonctionné. Que le contact avait percé à jour leur petite comédie et était en train de les piéger à son tour.

Il consulta sa montre au moment même où la grande aiguille arrivant sur le douze, il allait être exactement cinq heures. C'était à cet instant précis que devait partir le texto de Sun.

Bosch observa les trois restaurants en espérant y surprendre un geste vif, quelqu'un qui jette un coup d'œil à un texto reçu sur son portable. Mais il y avait beaucoup trop de monde et, les secondes s'égrenant, il ne vit rien de tel.

– *Sir* ? Tout seul ?

Une serveuse se tenait devant lui. Il l'ignora, son regard continuant de passer d'un individu à un autre aux tables du Geo.

– *Sir* ?

Il lui répondit sans la regarder.

– Pouvez-vous m'apporter un café pour l'instant ? Noir.

– OK, *sir.*

Il sentit sa présence s'éloigner. Il passa encore une minute les yeux fixés sur la foule. Puis il étendit sa recherche à la Fleur jaune et au Big Sur. Il vit une femme parler dans son portable, mais rien d'autre.

Son propre portable vibra dans sa poche. Il le sortit et décrocha en sachant que ce serait Sun Yee.

– Il a répondu au premier texto. Il dit : « J'attends. » C'est tout.

Le plan voulait que Sun Yee envoie un texto à cinq heures pile – texto qui dirait qu'il était coincé dans la circulation et qu'il serait en retard. Il l'avait fait, son message avait été reçu et on y répondait.

– Je n'ai vu personne, dit Bosch. C'est trop grand. Il a choisi le bon endroit.

– Oui.

– Où êtes-vous ?

– Au Big Sur. Au bar du fond. Je n'ai vu personne.

– OK. Prêt pour le suivant ?

– Prêt.

– On réessaie.

Bosch referma son portable au moment où une serveuse lui apportait son café.

– Prêt à commander ?

– Non, pas encore. Il faut que je regarde le menu.

Elle repartit. Il avala vite une gorgée du café brûlant, puis il ouvrit le menu. Il l'étudia en gardant la main droite sur la table de façon à pouvoir consulter sa montre. À cinq heures cinq, Sun Yee allait envoyer le texto suivant.

La serveuse revint et une fois de plus lui demanda sa commande. Le message était clair. Ou bien il commandait, ou bien il dégageait. On avait besoin de la table.

– Avez-vous du *guilinggao* ?

– C'est de la *gélatine de carapace de tortue,* lui dit-elle d'un ton laissant entendre qu'il se trompait.

– Je sais. Ça soigne tous les maux de la terre. Vous en avez ?

– Pas au menu. C'est pour les touristes ici.

– Cela veut-il dire que vous n'en avez pas ou que ce n'est pas au menu ?

– Nous en avons. Vous êtes sûr ?

Bosch lui jeta un bref coup d'œil.

– Oui, je suis sûr, répondit-il en lui rendant le menu pour qu'elle s'en aille.

Elle le laissa, il vérifia encore une fois l'heure avant de reprendre sa surveillance. Le texto était en train de partir. Il regarda vite toutes les tables. Et encore une fois il ne surprit rien qui aurait collé. La femme qu'il avait remarquée avait reçu un autre appel et parla brièvement à quelqu'un. Elle était assise avec un petit garçon qui donnait l'impression de s'ennuyer et semblait mal à l'aise dans ses habits du dimanche.

Le portable de Bosch vibra sur sa table.

– J'ai une autre réponse, dit Sun Yee. Si je ne suis pas là dans cinq minutes, le rendez-vous est annulé.

– Et vous n'avez vu personne ?

– Personne.

– Vous avez envoyé le suivant ?

– Je l'envoie à cinq heures dix.

– D'accord.

Bosch referma le portable et le reposa sur la table. Le troisième texto devait être celui qui ferait sortir le type du bois. Le message serait que Sun Yee annulait la rencontre parce qu'il avait repéré une filature et pensait que c'était la police. Et que le contact devait quitter immédiatement le Geo.

La serveuse reparut et posa un bol rempli d'une gelée marron foncé devant lui. L'affaire sentait très fort les épices chinoises. Bosch consulta sa montre. Il avait le temps. Il plongea une cuillère dans la gélatine épaisse et goûta. Et fit la grimace tant c'était amer, reposa la cuillère et repoussa le bol.

Son portable bourdonna. Il jeta un coup d'œil à sa montre avant de répondre.

– Vous l'avez déjà envoyé ?

Au début personne ne se manifesta.

– Sun Yee ?

– Harry, c'est Chu.

Bosch vérifia encore une fois l'heure. Le moment était venu d'envoyer le dernier texto.

– Je vous rappelle, dit-il.

Il referma son portable et une fois encore parcourut des yeux les tables des trois restaurants en espérant y saisir l'aiguille dans le tas de foin, en l'occurrence le moment où le contact se dévoilerait – quelqu'un qui lit un texto, voire qui rédige sa réponse.

Rien ne vint. Il ne vit personne sortir un portable de sa poche et regarder l'écran. Il y avait trop de gens à surveiller en même temps et l'inanité de son plan commença à le déprimer sérieusement. Il chercha la table où la femme et le gamin avaient pris place et s'aperçut qu'ils avaient disparu. Il balaya le restaurant du regard et les vit qui s'en allaient. La femme marchait vite en tirant le garçon par la main. Dans l'autre elle tenait un portable.

Bosch rouvrit le sien et appela Sun Yee. Qui répondit dans l'instant.

– La femme et le gamin. Ils viennent de votre côté. Ça pourrait être elle.

– Elle a reçu le texto ?

– Non, je pense qu'on nous l'a envoyée pour établir le contact. Les textos allaient ailleurs. Il faut la suivre. Où est la voiture ?

– Devant.

Bosch se leva, posa trois billets de 100 dollars hongkongais sur la table et se dirigea vers la sortie.

35

Sun Yee était déjà dans la voiture et l'attendait devant l'entrée de la Fleur jaune. Au moment où il ouvrait la portière, Bosch entendit quelqu'un l'appeler :

– *Sir* ! *Sir* !

Il se retourna, c'était la serveuse qui venait vers lui en lui tendant sa casquette et la carte. Elle lui rapportait aussi sa monnaie.

– Vous avez oublié ça, *sir*, dit-elle.

Bosch prit le tout, la remercia et lui redonna la monnaie.

– C'est pour vous.

– Je vous avais bien dit que vous n'aimeriez pas la *gelée de tortue* !

– Ça, vous aviez raison !

Il baissa la tête pour monter dans la voiture en espérant que ce petit retard ne leur coûterait pas leur filature. Sun Yee déboîta aussitôt, se glissa dans le flot des véhicules et lui montra quelque chose par le pare-brise.

– Ils sont dans la Mercedes blanche, dit-il.

La voiture qu'il désignait était à une rue de là et il n'y avait pas beaucoup de circulation.

– C'est elle qui conduit ?

– Non, ils sont montés dans une voiture qui les attendait. C'est un type qui conduit.

– OK, vous les suivez ? Il faut que je passe un appel.

– Je les suis.

Sun Yee suivant la Mercedes blanche, Bosch rappela Chu.

– Bosch, dit-il.

– Bon, j'ai eu quelques renseignements par la police de Hong Kong. Mais ils m'ont posé des tas de questions, Harry.

– Commencez par me donner les infos.

Il sortit son carnet et son stylo.

– Bien, le numéro que vous avez est celui d'une société. La Northstar Seafood and Shipping[1]. *Northstar* en un seul mot. Siège à Tuen Mun. C'est dans les Nou…

– Je sais. Vous avez l'adresse exacte ?

Chu lui donna une adresse dans Hoi Wah Road, Bosch la répétant à haute voix. Sun Yee hocha la tête. Il savait où c'était.

– Bien, autre chose ?

– Oui. La Northstar est soupçonnée.

– Ça veut dire quoi ? Soupçonnée de quoi ?

– Je n'ai rien pu apprendre de précis. Sans doute de transporter des marchandises illégales et de pratiques commerciales illicites.

– Du genre trafic d'êtres humains ?

– Ce n'est pas impossible. Comme je vous l'ai dit, je n'ai pas réussi à avoir des renseignements précis. Rien que des questions sur la raison qui me poussait à remonter ce numéro.

– Qu'est-ce que vous leur avez répondu ?

– Que c'était une recherche en aveugle. Qu'on avait trouvé le numéro sur un morceau de papier lors d'une enquête sur un homicide. J'ai dit que je ne voyais pas de lien.

– C'est bien. Y a-t-il un nom associé à ce numéro ?

– Pas directement, non. Mais le propriétaire de la Northstar Seafood and Shipping est un certain Dennis Ho. Il a quarante-cinq ans. C'est tout ce que j'ai pu avoir sans donner l'impression de remonter une piste précise. Ça vous aide ?

– Oui, ça m'aide. Merci.

1. « Les Fruits de mer de l'étoile du nord, transports maritimes ». *(NdT.)*

Bosch mit fin à l'appel et rapporta ce qu'il venait d'apprendre à Sun Yee.

– Avez-vous entendu parler d'un certain Dennis Ho ? lui demanda-t-il.

– Non, jamais, répondit Sun Yee en hochant la tête.

Bosch savait qu'ils allaient devoir prendre une décision de première importance.

– Nous ne savons pas si cette femme a quoi que ce soit à voir avec tout ça, dit-il en montrant la Mercedes blanche devant eux. On pourrait très bien être en train de pédaler dans la semoule. Et donc on laisse tomber et on va directement à la Northstar.

– On n'a pas besoin de décider tout de suite.

– Comment ça ? Je ne veux pas perdre de temps.

Sun Yee lui indiqua la Mercedes d'un geste du menton. Elle avait quelque deux cents mètres d'avance sur eux.

– On a déjà pris la direction du front de mer. Il n'est pas impossible qu'ils s'y rendent, eux aussi.

Bosch acquiesça. Les deux possibilités marchaient toujours.

– Et côté essence ?

– C'est une diesel et on a tout ce qu'il faut.

La demi-heure qui suivit les vit longer la côte par Castle Peak Road en restant à bonne distance de la Mercedes, mais sans jamais la perdre de vue. Ils roulèrent sans rien se dire. Ils étaient arrivés à un moment où ils savaient qu'ils n'avaient plus beaucoup de temps et il n'y avait rien à ajouter. Ou bien la Northstar ou la Mercedes les conduisait à Maddie, ou bien il y avait toutes les chances pour qu'ils ne la revoient plus jamais.

L'amoncellement de HLM du centre de Tuen Mun apparaissait devant eux lorsque le clignotant de la Mercedes s'alluma. La voiture allait quitter le bord de mer pour prendre à gauche.

– Ils tournent, dit Bosch.

– Là il y a un problème. La zone industrielle du front de mer est tout droit. Ils partent vers des quartiers résidentiels.

L'un comme l'autre, ils gardèrent le silence un instant en espérant qu'un plan se matérialise ou que le chauffeur de la Mercedes se rende soudain compte qu'il fallait continuer tout droit et corrige le tir.

Rien de tel ne se produisit.

Sun Yee finit par demander :

– De quel côté va-t-on ?

Bosch sentit quelque chose se déchirer en lui. Le choix qu'il allait faire pouvait être celui qui tuerait sa fille. Il savait bien que Sun Yee et lui ne pouvaient pas se séparer, l'un suivant la Mercedes tandis que l'autre rejoignait le front de mer. Bosch était dans un monde qu'il ne connaissait pas et où, seul, il ne pouvait rien faire d'utile. Il avait besoin d'avoir Sun Yee avec lui. Il arriva à la même conclusion qu'avec Chu.

– Laissez-la partir, dit-il enfin. On va à la Northstar.

Sun Yee continuant tout droit, ils dépassèrent la Mercedes qui prenait à gauche, dans Tsing Ha Lane. Bosch jeta un coup d'œil par la vitre au moment où la voiture ralentissait. L'homme au volant lui renvoya son regard, mais seulement un bref instant.

– Merde ! s'écria Bosch.

– Qu'est-ce qu'il y a ?

– Il m'a regardé. Le chauffeur. Pour moi, ils savaient qu'on les suivait. Je crois qu'on ne se trompait pas... Elle est dans le coup.

– Alors c'est bien.

– Quoi ? Qu'est-ce que vous racontez ?

– S'ils savent qu'on les suit, qu'ils tournent pour s'éloigner du front de mer pourrait très bien être une ruse pour nous tenir à distance de la Northstar. Vous voyez ?

– Je vois, oui. Espérons que vous avez raison.

Ils entrèrent bientôt dans une zone industrielle de front de mer pleine de hangars délabrés et d'installations de conditionnement alignées le long des quais et des jetées. Il y avait là des péniches et des petits cargos amarrés de tous les côtés, parfois même sur deux ou trois rangs de profondeur. Tout semblait abandonné pour la journée. On ne travaille pas le dimanche.

Plusieurs bateaux de pêche mouillaient dans le port, tous bien à l'abri derrière le rempart antityphon formé par la jetée en ciment délimitant le périmètre extérieur des installations portuaires.

La circulation se faisant de moins en moins dense, Bosch se mit à craindre que l'élégante Mercedes noire du casino ne soit un peu trop visible alors qu'ils approchaient du siège de la Northstar. Sun Yee devait penser la même chose car il se gara sur le parking d'un bouiboui fermé et arrêta la voiture.

– On est tout près, dit-il. Je pense qu'on laisse la voiture ici.

– Je suis d'accord.

Ils descendirent du véhicule et firent le reste du trajet à pied en se collant à la façade des hangars et en cherchant partout des gens qui auraient pu les surveiller. Sun Yee ouvrait la marche, Bosch sur ses talons.

La Northstar Seafood and Shipping se trouvait au quai numéro 7. Un grand hangar avec des inscriptions en anglais et en chinois sur le côté donnait sur le quai et sur une jetée qui s'avançait loin dans la baie. Quatre chaluts d'une trentaine de mètres de longueur avec des coques noires et des cabines de pilotage vertes étaient amarrés de part et d'autre de la jetée. Plus loin, on voyait un bateau nettement plus gros avec une grande grue qui pointait vers le ciel.

De l'endroit qu'il occupait au coin d'un hangar du quai numéro 6, Bosch ne vit aucune activité. Les portes des baies de chargement du hangar de la Northstar étaient toutes baissées et les bateaux avaient l'air fermés pour le week-end. Bosch commença à se dire qu'il avait commis une horrible erreur en renonçant à filer la Mercedes blanche. C'est alors que Sun lui tapota sur l'épaule et lui montra le bateau à la grue au bout de la jetée.

Il visait loin. Bosch suivit la direction de son doigt jusqu'à la grue. La flèche en acier partait d'une plate-forme installée sur un rail positionné trois mètres au-dessus du pont du bateau. La grue pouvait se déplacer d'un bout à l'autre de l'embarcation selon la cale du bateau qu'il fallait charger. Le cargo était manifestement construit pour la haute mer, sa fonction étant de recueillir la pêche de chaluts plus petits. Les manœuvres de la grue étaient contrôlées du haut d'une petite cabine installée sur la plate-forme supérieure et protégeant le grutier du vent et d'autres éléments en pleine mer.

C'était les vitres teintées de cette cabine que Sun lui montrait du doigt. Le soleil brillant dans le ciel au-delà du bateau, Bosch n'eut pas de mal à y distinguer la silhouette d'un homme.

Il recula derrière le coin du hangar avec Sun Yee.

– Ça y est ! s'écria-t-il, sa voix se tendant sous la brusque montée d'adrénaline. Vous croyez qu'il nous a vus ?

– Non, répondit Sun Yee. Je n'ai remarqué aucune réaction de sa part.

Bosch hocha la tête et envisagea la situation. Il était maintenant fermement convaincu que sa fille était quelque part à bord de ce bateau. Mais y arriver sans se faire repérer par le guetteur semblait impossible. Ils pouvaient attendre qu'il descende manger un morceau ou qu'on change la garde, mais il n'y avait aucun moyen de savoir à quel moment cela se produirait, voire si cela arriverait jamais. Et attendre allait à l'encontre du sentiment d'urgence qui grandissait en lui.

Il consulta sa montre. Il était presque six heures. Il faudrait encore patienter au moins deux heures avant la nuit noire. Mais cela risquait d'être trop long. Les textos avaient mis les kidnappeurs en alerte. Il n'était pas du tout impossible qu'ils soient prêts à passer à autre chose avec sa fille.

Comme pour bien lui faire comprendre combien cela était possible, le grondement profond d'un moteur de bateau se fit soudain entendre au bout du quai. Bosch risqua un œil au coin du hangar et vit de la fumée monter à la poupe du bateau à la grue. Et du mouvement derrière les vitres de la cabine de pilotage.

Il recula.

– Il nous a peut-être repérés, lança-t-il. Ils viennent de faire démarrer le bateau.

– Combien de types avez-vous vus ? lui demanda Sun Yee.

– Au moins un dans la cabine de pilotage et un autre en haut de la grue. Il faut qu'on fasse quelque chose. Tout de suite.

Pour souligner l'urgence d'agir, il passa le bras dans son dos et sortit son arme. Il était tenté par l'idée de tourner le coin du hangar et de descendre la jetée en tirant. Il avait un .45 chargé et ses chances n'étaient pas mauvaises. Il avait connu pire dans les tunnels du Vietnam. Huit balles, huit dragons. Et après, il y aurait lui. Le neuvième dragon, ce serait lui, et pas plus qu'une balle, rien ne pourrait l'arrêter.

– C'est quoi, le plan ? demanda Sun Yee.

– Il n'y en a pas. J'y vais et je la ramène. Et si je n'y arrive pas, je fais tout ce qu'il faut pour qu'aucun de ces types ne parvienne à ses fins non plus. À ce moment-là, c'est vous qui y allez, qui l'emmenez et la mettez dans un avion. Son passeport est dans le coffre. Voilà, c'est ça, le plan.

Sun Yee hocha la tête.

– Attendez. Ils sont sûrement armés. Ce plan ne vaut rien.

– Vous avez une meilleure idée ? On ne peut pas attendre la nuit tombée. Et ce bateau est sur le point de partir.

Bosch s'avança et risqua de nouveau un œil. Rien n'avait changé. Le guetteur était toujours dans sa cahute et il y avait quelqu'un dans la cabine de pilotage. Le bateau grondait au point mort, mais était toujours amarré à la jetée. À croire qu'ils attendaient quelque chose. Ou quelqu'un.

Bosch recula et se calma. Il recensa tout ce qu'il y avait autour de lui et dont il pouvait se servir. Peut-être y avait-il mieux à faire que courir au suicide. Il regarda Sun Yee.

– Il nous faut un bateau, dit-il.

– Un bateau ?

– Un petit. On ne pourra pas descendre la jetée sans être vus. Ils s'y attendent. Mais avec un petit bateau, on pourrait faire diversion de l'autre côté de la jetée.

Sun Yee passa devant lui et risqua un œil à son tour. Il étudia l'extrémité de la jetée, puis recula.

– Oui, un bateau, ça pourrait marcher. Vous voulez que je vous le trouve ?

– Oui, j'ai mon flingue et je m'en vais descendre cette jetée pour chercher ma fille.

Sun acquiesça. Il glissa la main dans sa poche et en sortit les clés de la voiture.

– Prenez-les, dit-il. Dès que vous aurez votre fille, montez dans la voiture et partez. Ne vous inquiétez pas pour moi.

– Non, répondit Bosch en hochant la tête, on trouvera un coin sûr pas trop loin et je vous appellerai. On vous attendra.

Sun acquiesça de nouveau.

– Bonne chance, Harry, dit-il en se tournant pour partir.

– Bonne chance à vous aussi, lui renvoya Bosch.

Après le départ de Sun Yee, Bosch se colla le dos à la façade du hangar et se prépara à attendre. Il ne savait absolument pas comment Sun Yee allait pouvoir s'emparer d'un bateau, mais il lui faisait confiance pour y arriver d'une manière ou d'une autre et ainsi créer la diversion qui lui permettrait de passer à l'action.

Il songea aussi à appeler la police de Hong Kong maintenant qu'il avait localisé sa fille, mais il eut tôt fait d'écarter cette idée-là. Que les flics envahissent les quais ne garantissait pas la sécurité de sa fille à coup sûr. Il préféra s'en tenir à son plan.

Il se tournait pour jeter encore une fois un coup d'œil à ce qui se passait du côté du bateau lorsqu'il vit une voiture arriver du sud. Il remarqua le style bien particulier de la calandre Mercedes. Et cette Mercedes était blanche.

Il se baissa contre le mur pour ne pas être repéré. Des filets pendaient aux gréements de deux bateaux et la voiture qui approchait lui offrait elle aussi de quoi se cacher. Il la regarda ralentir, tourner au quai numéro 7 et se diriger vers le bateau à la grue. C'était celle qu'ils avaient suivie à partir de la Gold Coast. Il aperçut le chauffeur et le reconnut : c'était bien avec lui qu'il avait échangé des regards un peu plus tôt.

Il remit vite les choses dans leur contexte et conclut que c'était lui dont Peng avait mis le numéro dans le carnet d'adresses du portable de sa fille. Il avait envoyé la femme et le gamin – son épouse et son fils, c'était probable – au Geo pour qu'ils l'aident à identifier le type qui lui écrivait des textos. Soudain effrayé par le dernier message de Sun Yee, il les avait ramenés chez lui ou en lieu sûr, puis il avait pris le chemin du quai numéro 7 où Maddie était détenue.

C'était beaucoup s'avancer dans le raisonnement vu le peu de renseignements dont il disposait, mais Bosch était maintenant sûr d'être au bon endroit et qu'il allait bientôt se produire des choses que le chauffeur n'avait pas prévues dans son plan. Déjà, le bonhomme en déviait. En bousculant les événements, en déplaçant la marchandise, voire pire... en s'en débarrassant.

La Mercedes s'arrêta devant le bateau à la grue. Le conducteur en descendit d'un bond et enfila vite une passerelle pour monter à bord. Il cria quelque chose au type de la grue, mais sans ralentir pour autant sa progression vers la cabine de pilotage.

Pendant quelques instants, il n'y eut pas d'autre mouvement sur le quai. Puis le type de la grue sortit de l'habitacle et entama sa descente vers le pont. Après l'avoir atteint, il suivit l'individu de la Mercedes dans la cabine de pilotage.

Bosch sut alors qu'ils venaient de commettre une grosse erreur stratégique qui allait lui donner un avantage momentané. À savoir la possibilité de s'élancer sur la jetée sans être vu. Il ressortit son portable et appela Sun Yee.

– Sun, dit-il, où êtes-vous ? Le type de la Mercedes est arrivé et ils viennent de laisser le bateau sans surveillance. Laissez tomber la manœuvre de diversion. Revenez tout de suite et préparez-vous à conduire. J'y vais.

Il remit son portable dans sa poche et se redressa. Regarda le bateau à la grue une dernière fois, tourna le coin du hangar et se rua. Il traversa le quai jusqu'à la jetée et s'y engagea. Il tenait son arme à deux mains, bien droit devant lui, prêt à faire feu.

36

Des caisses vides empilées sur la jetée la couvraient en partie, mais les vingt derniers mètres pour arriver à la passerelle étaient complètement à découvert. Il accéléra l'allure, les parcourut à toute vitesse et juste au dernier moment se baissa derrière la Mercedes dont le moteur diesel tournait au point mort. Il en perçut l'odeur et le bruit bien particuliers. Il jeta un coup d'œil par-dessus le coffre et constata que personne n'avait réagi à son approche. Il quitta sa planque, enfila la passerelle rapidement et en silence, et se faufila entre des bâches jetées sur des écoutilles de deux mètres de large. Enfin il ralentit en arrivant à la cabine de pilotage et se tassa contre la paroi, juste à côté de la porte.

Il respira moins vite et tendit l'oreille. Il n'entendit rien par-dessus le grondement des moteurs, hormis les sifflements du vent dans les gréements des bateaux amarrés à la jetée. Il se tourna pour jeter un coup d'œil par une petite fenêtre carrée découpée dans la porte. Personne à l'intérieur. Il posa la main sur la poignée, ouvrit sans faire de bruit et entra.

La pièce abritait le centre opérationnel du bateau. Derrière la barre, Bosch découvrit des cadrans qui brillaient, deux écrans de radar, des papillons de gaz et une grande boussole à cardan. Contre le mur du fond une table à cartes se dressait à côté de plusieurs couchettes munies de rideaux qu'on pouvait tirer pour avoir plus d'intimité.

Dans le plancher à gauche une écoutille s'ouvrait sur une échelle qui s'enfonçait dans la cale. Bosch s'accroupit près de l'ouverture. Il entendit des voix en dessous, mais c'était en chinois qu'on parlait. Il essaya de les distinguer et de compter combien d'hommes il pouvait y avoir, mais les échos générés par la coque rendaient l'opération impossible. Il se rendit compte qu'ils étaient au moins trois. Il n'entendit pas la voix de sa fille, mais il savait qu'elle était là, elle aussi.

Il gagna le panneau de contrôle. Il y avait quantité de cadrans, de boutons et d'interrupteurs, mais leurs fonctions étaient décrites en chinois. Pour finir, il s'intéressa aux deux interrupteurs que surmontaient des témoins rouges. Il en abaissa un et entendit aussitôt le bourdonnement des moteurs diminuer de moitié. Il venait d'en arrêter un.

Il attendit cinq secondes et abaissa l'autre interrupteur, le second moteur s'arrêta à son tour. Puis il gagna le fond de la salle et s'installa sur la couchette du bas. Il tira le rideau à moitié, s'accroupit et attendit. Il savait qu'il serait dans un point aveugle pour quiconque monterait de la cale. Il remit son arme dans sa ceinture et sortit son cran d'arrêt de la poche de sa veste. Et l'ouvrit dans le plus grand calme.

Il ne tarda pas à entendre des bruits de pas en dessous. Les hommes s'étaient réunis dans la partie avant de la cale. Il distingua les pas d'un type, un seul. Sa tâche serait plus facile.

Un homme parut dans l'écoutille, dos aux couchettes et les yeux fixés sur le panneau de contrôle. Sans regarder autour de lui, il se rapprocha vite des manettes et chercha ce qui avait bien pu arrêter les moteurs. Ne voyant rien, il répéta le processus de mise en marche. Bosch sortit de la couchette et se dirigea vers lui. Le deuxième moteur venait à peine de revenir à la vie lorsqu'il posa la pointe du cran d'arrêt sur la colonne vertébrale du type.

Puis il le prit par le colback, le tira en arrière, loin du panneau de contrôle, et lui murmura :

– Où est la fille ?

Le type baragouina quelque chose en chinois.

– Dis-moi où est la fille !

L'homme secoua la tête.

– Combien y a-t-il de types en bas ?

L'homme gardant le silence, Bosch le fit passer sur le pont en le tirant violemment en arrière. Puis il le poussa tête en avant jusqu'au bastingage. L'eau était quatre mètres en dessous.

– Alors, connard, tu sais nager ? lui demanda-t-il. Où est la fille ?

– Pas… parler, réussit à lui répondre le Chinois. Pas parler.

Sans cesser de le pousser par-dessus le bastingage, Bosch chercha Sun Yee des yeux – Sun Yee, son traducteur –, mais il ne le vit pas. Où était-il, nom de Dieu ?

Cet instant d'inattention permit au type de passer à l'attaque. Il flanqua un grand coup de coude dans les côtes de Bosch. Impact direct, Bosch alla s'écraser dans la paroi du poste de pilotage. L'homme se retourna aussitôt et leva les bras pour cogner. Bosch se préparait à parer le coup, mais ce fut le pied qui arriva le premier et le frappa au poignet, son cran d'arrêt s'envolant dans les airs.

Le type ne se donna même pas la peine de suivre le vol plané de l'arme blanche. Il fonça vite sur son adversaire et lui décocha une volée de petits coups de poing précis et puissants dans le ventre. Bosch sentit l'air s'échapper violemment de ses poumons juste au moment où un dernier coup de pied lui arrivait pile sous le menton.

Il s'effondra. Il essaya d'oublier l'impact, mais son champ visuel commença à rétrécir. Très calmement, son agresseur se dégagea, Bosch entendant clairement le cran d'arrêt racler sur le plancher tandis qu'il le ramassait. Bosch essayait désespérément de revenir à lui lorsqu'il passa la main dans son dos pour s'emparer de son arme.

Son assaillant s'approcha et lui lança dans un anglais parfaitement clair :

– Alors, connard, tu sais nager ?

Bosch sortit son arme de derrière son dos et fit feu à deux reprises, la première balle ne faisant qu'érafler l'épaule de son adversaire, la seconde, plus précise, lui entrant dans le côté gauche de la poitrine. Le Chinois s'effondra, un air de grande surprise sur le visage.

Bosch se remit lentement à quatre pattes et vit un filet de sang et de salive couler de sa bouche sur le pont. Il s'appuya à la paroi de la cabine de pilotage et se releva. Il savait qu'il ne fallait pas tarder à agir. Les détonations ne pouvaient pas ne pas avoir été entendues par l'équipage.

Juste au moment où enfin il se retrouvait debout, un véritable déluge de feu lui arriva de la proue du bateau. Les balles sifflaient au-dessus de sa tête et ricochaient sur les parois en acier de la cabine de pilotage. Bosch se baissa juste derrière. Puis se redressa et trouva une ligne de tir, là, par les fenêtres de la structure. Il vit un type s'avancer vers la poupe, un pistolet dans chaque main. Derrière lui se trouvait le panneau de l'écoutille par laquelle il était monté.

Bosch savait qu'il ne lui restait plus que six balles et qu'il devait compter sur le fait que le type avait commencé à tirer avec ses chargeurs pleins. Côté munitions, il était en mauvaise posture. Il devait donc passer à l'offensive et liquider le tueur aussi vite qu'efficacement.

Il regarda autour de lui et aperçut une rangée de butoirs en caoutchouc le long du plat-bord arrière. Il glissa son arme dans sa ceinture et sortit un des butoirs de son logement. Il se faufila jusqu'à la fenêtre arrière de la cabine de pilotage et regarda encore une fois à l'intérieur. Le tueur avait choisi d'attaquer par bâbord et se préparait à repartir vers la poupe. Bosch recula d'un pas, leva à deux mains le butoir d'un mètre de long au-dessus de sa tête et le jeta haut par-dessus le toit de la cabine de pilotage. Et là, pendant qu'il était encore en l'air, il se mit à remonter vers tribord et ressortit son arme en avançant.

Il arriva devant la cabine juste au moment où le tueur se baissait pour éviter le butoir. Il tira et tira encore jusqu'à ce que l'homme finisse par s'écrouler sans avoir pu faire feu une seule fois.

Bosch s'approcha et vérifia qu'il était bien mort. Puis il jeta son colt .45 par-dessus bord et prit les armes du Chinois – en l'occurrence deux autres Black Star semi-automatiques. Et réintégra la salle de pilotage.

La pièce était toujours déserte. Bosch savait qu'il y avait au moins un type avec sa fille dans la cale en dessous. Il sortit les deux chargeurs et s'aperçut qu'il lui restait encore onze balles.

Il glissa les pistolets dans sa ceinture et descendit l'échelle tel un pompier, en serrant les pieds contre les barres verticales et se laissant glisser jusqu'en bas. Où il fit un roulé-boulé en sortant ses armes et en s'attendant à ce qu'on lui tire dessus, mais non, rien : aucun projectile n'arriva.

Ses yeux s'accoutumant à la pénombre, il s'aperçut qu'il était dans un dortoir vide donnant sur un passage central qui courait tout le long de la cale. La seule lumière provenait de l'écoutille ouverte à l'extrémité de la proue. Entre lui et ce point se trouvaient six compartiments fermés par des hayons – trois de chaque côté. Le dernier à gauche était grand ouvert. Bosch se releva et mit un de ses pistolets dans sa ceinture pour garder une main libre. Il s'avança, l'autre pistolet levé et prêt à tirer.

Chaque hayon était muni d'un système de fermeture à quatre points permettant de clore hermétiquement le compartiment où l'on déversait la pêche. Des flèches dessinées sur l'acier qui rouillait indiquaient le sens dans lequel tourner la poignée afin de déverrouiller et d'ouvrir le compartiment. Il descendit le passage en vérifiant chaque compartiment un par un – tous étaient vides, mais ils n'avaient manifestement pas servi à emmagasiner du poisson depuis longtemps. Parois en acier, pas de hublot et le fond jonché de bouteilles d'eau vide et de vieilles boîtes de céréales et autres nourritures, ils se ressemblaient tous. Des caisses en bois débordaient de toutes sortes de cochonneries. Des filets de pêche servant de hamacs pendaient à des crochets boulonnés dans les parois. Une odeur pestilentielle montait de chaque compartiment et cela n'avait rien à voir avec celle du poisson qu'on y avait déversé autrefois. Ce bateau-là, c'était des humains qu'il transportait.

Ce furent les boîtes de céréales qui l'inquiétèrent le plus. Toutes de la même marque, on y voyait un panda de dessin animé debout, tout sourire, au bord d'un bol rempli à ras bord de grains de riz soufflé étincelant de sucre. De la nourriture pour enfants.

C'était à l'autre bout de l'allée centrale que se trouvait le hayon ouvert. Bosch se baissa et entra dans le compartiment d'une seule enjambée sans accroc.

Il était vide.

Mais pas comme les autres. On n'y voyait aucun détritus. Une loupiote à piles pendait au bout d'un fil attaché à un crochet fixé dans le plafond. Des boîtes de céréales pas encore ouvertes, des paquets de nouilles et des bonbonnes d'eau s'y entassaient sur une caisse de chargement posée à l'envers. Il chercha jusqu'au moindre signe indiquant que c'était dans ce compartiment qu'on avait gardé sa fille, mais ne trouva rien.

Puis il entendit les gonds du hayon grincer fort dans son dos. Il se retournait vivement lorsque le panneau se referma en claquant. Il vit le verrou du coin supérieur gauche se mettre en position fermée et s'aperçut aussitôt que le volant d'ouverture avait été ôté à l'intérieur. On était en train de le piéger. Il sortit son deuxième pistolet, braqua ses deux armes sur le hayon et attendit que le deuxième verrou commence à se mettre en position fermée.

Celui-là se trouvait dans la partie inférieure droite du panneau. Dès qu'il commença à bouger, Bosch visa et tira avec ses deux armes, ses projectiles transperçant le hayon usé par la rouille qui le rongeait depuis des années. Il entendit quelqu'un qui criait comme s'il était surpris ou avait mal. Puis il y eut un bruit dans le passage – celui d'un type qui s'effondre par terre.

Bosch se rapprocha du hayon et tenta de déverrouiller la fermeture du haut à la main. La barre du verrou était trop mince pour qu'il puisse l'attraper. De désespoir, il recula d'un pas, puis se rua sur la porte en espérant que tout le système de verrouillage se brise. Mais rien ne bougea et la douleur qu'il sentit à l'épaule lui fit comprendre que le hayon ne lâcherait pas.

Il était prisonnier.

Il se rapprocha du hayon et pencha la tête pour écouter. Il n'entendit que le bruit des moteurs. Il tapa fort avec la crosse d'un de ses pistolets sur le panneau en métal.

– Maddie ! cria-t-il. Maddie, tu es là ?

Pas de réponse. Il tapa de nouveau, encore plus fort.

– Je veux juste un signe, ma chérie. Si tu es là, fais du bruit !

Il n'eut pas plus de réponse. Il prit son portable et l'ouvrit pour appeler Sun Yee. Et s'aperçut qu'il n'avait plus de réseau. Il essaya quand même, sans résultat. Il se trouvait dans une pièce aux murs couverts de métal et son portable ne servait à rien.

Il se retourna et tapa encore une fois sur la porte en appelant sa fille.

Toujours pas de réponse. Vaincu, il appuya son front couvert de sueur contre le panneau rouillé. Il était coincé dans un caisson en métal et se rendait compte que sa fille pouvait très bien ne pas se trouver à bord. Il avait échoué et n'avait que ce qu'il méritait, ce qu'il avait gagné en choisissant cette ligne de conduite.

Une douleur physique lui traversa la poitrine, égale à celle qu'il éprouvait dans son âme. Aiguë, profonde, implacable. Sa respiration se fit lourde et il s'adossa au panneau. Il ouvrit son col de chemise et se laissa glisser le long de la paroi jusqu'au moment où il se retrouva assis, les genoux dans la figure. Il était dans un endroit aussi propice à la claustrophobie que les tunnels dans lesquels il avait évolué jadis. La pile de la lampe au-dessus de lui commençait à faiblir, bientôt il serait seul dans les ténèbres. Le désespoir et une impression de défaite le submergèrent. Il avait manqué à tous ses devoirs envers sa fille et envers lui-même.

37

Mais soudain il cessa de ruminer ses échecs. Il avait entendu quelque chose. Là, au milieu du grondement monotone des moteurs, il avait entendu un claquement. Pas au-dessus de lui. Plus bas dans le passage.

Il se redressa d'un coup et se retourna vers le panneau d'ouverture. Entendit un nouveau claquement et comprit que quelqu'un vérifiait les compartiments comme il l'avait fait lui-même.

Il cogna sur le panneau avec les crosses de ses deux pistolets. Il cria encore plus fort pour couvrir les échos du métal frappant le métal.

– Sun Yee ? Hé ! Plus bas ! Y a quelqu'un ? Ici !

Pas de réponse, mais le verrou supérieur droit commença à tourner. Quelqu'un était en train d'ouvrir la porte. Bosch recula, s'essuya la figure sur sa manche et attendit. Le verrou inférieur gauche une fois débloqué, la porte s'ouvrit lentement. Bosch leva ses deux pistolets en se demandant s'il avait encore de quoi faire feu.

Dans la pénombre du passage il découvrit le visage de Sun Yee. Il s'avança et ouvrit complètement le hayon d'une poussée.

– Mais où vous étiez, bordel ?

– Je cherchais un bateau et…

– Je vous ai appelé. Je vous disais de revenir.

Une fois dans le passage, Bosch découvrit le cadavre du type à la Mercedes. Il gisait à quelques pas du hayon. Bosch se précipita vers lui, espérant le trouver vivant. Il le retourna dans sa mare de sang.

Il était mort.

— Harry, reprit Sun Yee, où est Madeline ?

— Je ne sais pas. Tout le monde est mort et je ne sais pas ! À moins que...

Un dernier plan se fit jour dans l'esprit de Bosch. C'était leur ultime chance. La Mercedes blanche toute neuve qui brillait de tous ses feux. Elle devait être équipée de toutes les options, dont un GPS contenant l'adresse de son propriétaire.

C'était là qu'ils allaient se rendre. Chez le type à la Mercedes. Et Bosch ferait tout ce qu'il faudrait pour retrouver sa fille. Même s'il fallait coller le canon d'un pistolet sur la tempe du gamin qu'il avait vu s'ennuyer au Geo. Alors la femme du type parlerait. Et lui rendrait Maddie.

Il examina le corps étendu devant lui et se dit qu'il devait s'agir de Dennis Ho, le patron de la Northstar. Il fouilla dans les poches du mort en espérant y trouver ses clés de voiture, mais n'en découvrit aucune, le plan qu'il venait d'élaborer disparaissant aussi vite qu'il s'était formé dans son esprit. Où étaient ces clés ? Il fallait absolument que le GPS lui dise où habitait ce type et comment s'y rendre.

— Harry, qu'est-ce qu'il y a ? lui demanda Sun Yee.

— Les clés de la voiture. Il nous les faut, sinon...

Soudain il s'arrêta. Et se rendit compte qu'il avait oublié un détail. Lorsque, après avoir descendu le quai en courant, il s'était baissé derrière la Mercedes pour être à couvert, il avait entendu tourner le moteur et senti l'odeur du diesel. Le type n'avait pas coupé le contact.

Sur le coup, cela ne lui avait pas paru important dans la mesure où, pour lui, Madeline était à bord du bateau-grue. Maintenant ce n'était plus du tout pareil.

Il se redressa et commença à descendre le passage pour rejoindre l'échelle tandis que son esprit s'emballait. Il entendit Sun Yee derrière lui.

Il ne pouvait y avoir qu'une raison au fait que Dennis Ho avait laissé tourner le moteur de la Mercedes. Il avait l'intention d'y revenir. Et pas avec Maddie, parce qu'elle n'était pas à bord. Non, Maddie, il voulait aller la prendre dès que le compartiment à fond de cale serait prêt et qu'il pourrait l'y transférer.

Bosch se rua hors de la cabine de pilotage et descendit la passerelle jusqu'au quai. Puis il courut jusqu'à la portière côté conducteur de la Mercedes blanche et l'ouvrit violemment. Il vérifia la banquette arrière, il n'y avait personne. Il examina le tableau de bord pour y trouver le bouton d'ouverture du coffre.

Ne le trouvant pas, il coupa le contact et s'empara des clés. Il gagna l'arrière de la voiture et appuya sur la partie ouverture du coffre de la clé de contact.

Le capot se souleva automatiquement. Bosch se pencha et là, étendue sur une couverture, il y avait sa fille. Bâillonnée, un bandeau sur les yeux et les bras maintenus serrés contre son corps par plusieurs longueurs d'adhésif. Même chose pour ses chevilles. Bosch ne put s'empêcher de hurler :

– Maddie !

Il bondit presque dans le coffre pour lui retirer le bandeau et s'attaquer au bâillon.

– C'est moi, ma chérie ! C'est papa !

Elle ouvrit les yeux et battit des paupières.

– Tu es sauvée, Maddie. Tu es en sécurité !

Le bâillon se détachant, Maddie poussa un cri qui transperça le cœur de son père et qu'il ne devait jamais oublier. Exorcisme de la peur, appel à l'aide, soulagement, joie, c'était tout cela ensemble.

– Papa !

Elle se mit à pleurer tandis que Bosch lui tendait les bras et la sortait du coffre. Soudain Sun Yee était là et l'aidait.

– Ça va aller maintenant, dit Bosch. Tout ira bien.

Ils aidèrent la jeune fille à tenir debout, Bosch se servant vite d'une des clés de contact pour sectionner l'adhésif. Il remarqua que Maddie portait toujours son uniforme d'écolière. Dès qu'elle eut les bras et les mains libres, elle prit son père par le cou et se serra contre lui de toutes ses forces.

– Je savais que tu viendrais, dit-elle entre deux sanglots.

Bosch sut alors que jamais encore il n'avait entendu des paroles qui lui aillent pareillement droit au cœur. Il la serra tout aussi fort qu'elle dans ses bras. Puis il baissa la tête et murmura :

– Maddie ?

– Quoi, papa ?

– Es-tu blessée, Maddie ? Je veux dire physiquement. S'ils t'ont fait du mal, il faut t'emmener tout de suite à...

– Non, je ne suis pas blessée.

Il s'écarta de sa fille, posa les mains sur ses épaules et la regarda droit dans les yeux.

– Tu es sûre ? Tu peux me le dire, tu sais.

– J'en suis sûre, papa. Tout va bien.

– Bien, alors il faut partir. (Il se tourna vers Sun Yee.) Vous pouvez nous amener à l'aéroport ?

– Pas de problème.

– Alors allons-y.

Bosch prit sa fille par la taille et ils suivirent Sun Yee. Maddie s'accrocha à son père tout le long du chemin et ce ne fut que lorsqu'ils arrivèrent en vue de la voiture qu'elle parut comprendre ce que signifiait la présence de Sun Yee et posa la question que Bosch redoutait.

– Papa ?

– Quoi, ma fille ?

– Où est maman ?

38

Bosch éluda sa question. Il lui dit simplement que sa mère ne pouvait pas être avec eux pour l'instant, mais qu'elle lui avait préparé un sac et qu'ils devaient aller tout de suite à l'aéroport pour quitter Hong Kong. Sun Yee garda le silence, marcha plus vite et leur passa devant pour ne pas interférer dans la discussion.

L'explication qu'il avait donnée à Maddie donna quelques instants à Bosch pour envisager comment et à quel moment répondre à la question qui changerait à jamais la vie de sa fille. Lorsque enfin ils arrivèrent à la Mercedes noire, il la fit monter à l'arrière, puis il gagna le coffre pour y prendre le sac à dos. Il ne voulait pas qu'elle voie celui qu'Eleanor s'était préparé pour elle-même. Il en vérifia le contenu et y trouva le passeport de sa fille, qu'il glissa dans sa poche.

Il s'assit devant et lui tendit le sac. Il lui demanda de quitter son uniforme d'écolière et de changer de vêtements. Enfin il consulta sa montre et adressa un signe de tête à Sun Yee.

– Allons-y, dit-il. On a un avion à prendre.

Sun Yee démarra et sortit rapidement de la zone portuaire, mais sans rouler trop vite pour ne pas attirer l'attention.

– Y a-t-il un ferry ou un train où vous pourriez nous lâcher pour rejoindre directement l'aéroport ? demanda Bosch.

– Non, ils ont fermé le ferry et vous devriez changer de métro. Ce serait mieux que je vous emmène. Je souhaite le faire.

– D'accord, Sun Yee.

Ils roulèrent quelques minutes sans rien dire. Bosch voulait se retourner pour parler à sa fille, poser les yeux sur elle et être sûr qu'elle allait bien.

– Maddie, tu t'es changée ?

Elle ne répondit pas.

– Maddie ?

Bosch se retourna et la regarda. Elle s'était changée. Appuyée à la portière derrière Sun Yee, elle regardait fixement par la vitre en serrant son oreiller contre elle. Des larmes coulaient sur ses joues. Il ne semblait pas qu'elle eût remarqué le trou qu'avait fait la balle en traversant l'oreiller.

– Maddie, ça va ?

– Elle est morte, n'est-ce pas ? dit-elle sans vraiment lui répondre ni se détourner de la vitre.

– Quoi ?

Bosch savait parfaitement de qui elle parlait, mais il essayait de gagner du temps, de repousser l'inévitable autant que faire se pouvait.

– Je ne suis pas idiote, tu sais. Tu es là. Sun Yee est là. Elle aussi devrait être là. Elle y serait s'il ne lui était pas arrivé quelque chose.

Bosch reçut comme un coup de poing en pleine poitrine. Madeline serrait fort l'oreiller sans cesser de regarder par la vitre, les yeux pleins de larmes.

– Maddie, je suis désolé. Je voulais te le dire, mais ce n'était pas le bon moment.

– Et ce serait quand, le bon moment ?

Il hocha la tête.

– Jamais, bien sûr. Tu as raison.

Il se pencha vers elle et lui posa la main sur le genou, mais elle la repoussa aussitôt. C'était le premier signe du reproche qui ne le quitterait plus.

– Je suis vraiment navré. Je ne sais pas que te dire. Quand j'ai atterri ce matin, ta mère était là, à l'aéroport, à m'attendre. Avec

Sun Yee. Elle ne voulait qu'une chose, Maddie : te ramener à la maison saine et sauve. Rien d'autre ne comptait, elle-même comprise.

– Qu'est-ce qui lui est arrivé ?

Il hésita, mais il n'y avait pas d'autre moyen de lui répondre qu'en lui disant la vérité.

– Elle a été tuée. Quelqu'un me tirait dessus et elle a été touchée. Je ne pense pas qu'elle l'ait senti.

Madeline se couvrit les yeux des mains.

– Tout est de ma faute, dit-elle.

Elle ne le regardait pas, mais il hocha quand même la tête.

– Non, Maddie, non. Écoute-moi. Ne dis jamais ça. Ne le pense même pas. Ce n'est pas de ta faute. C'est de la mienne. Tout ici est de ma faute.

Elle ne répondit pas. Elle serra l'oreiller encore plus fort et garda les yeux fixés sur le bord de la route qui filait et devenait de plus en plus flou.

Une heure plus tard ils arrivèrent à la dépose de l'aéroport. Bosch aida sa fille à sortir de la Mercedes, puis se tourna vers Sun Yee. Ils ne s'étaient pas dit grand-chose dans la voiture. Mais maintenant l'heure était venue de se dire adieu et Bosch savait bien que sa fille n'aurait jamais pu s'en sortir sans son aide.

– Sun Yee, dit-il, merci d'avoir sauvé ma fille.

– C'est vous qui l'avez sauvée. Rien ne pouvait vous arrêter, Harry Bosch.

– Qu'allez-vous faire ? La police va au minimum vous poser des questions pour Eleanor, sinon pour tout le reste.

– Je me débrouillerai et ne parlerai pas de vous. C'est ma promesse. Quoi qu'il arrive, je vous laisserai, vous et votre fille, en dehors de tout ça.

Bosch acquiesça.

– Bonne chance, dit-il.

– Bonne chance à vous aussi.

Bosch lui serra la main et s'éloigna un peu. Après un instant de gêne, Madeline s'avança et prit Sun Yee dans ses bras. Même cachée par ses lunettes de soleil, Bosch vit l'expression de son visage. Quelles qu'aient pu être leurs différences, il comprit que Sun avait trouvé une manière de résolution dans le sauvetage de Madeline. Peut-être cela lui permettrait-il de se réfugier en lui-même.

– Je suis navrée, dit Madeline.

Sun Yee recula et brisa leur étreinte.

– Allez, va-t'en maintenant, dit-il. Je te souhaite une vie heureuse.

Ils le laissèrent là, franchirent les portes en verre et entrèrent dans le terminal principal.

Ils trouvèrent le guichet des premières de Cathay Pacific, où Harry acheta deux billets pour le vol de vingt-trois heures quarante. Il se fit rembourser le billet de retour qu'il avait pris pour le lendemain matin, mais dut quand même se servir de deux cartes de crédit pour couvrir la dépense. Il s'en moquait. Il savait que les voyageurs de première ont un statut spécial qui leur permet de franchir rapidement les contrôles de sécurité et d'être les premiers dans l'avion. Le personnel des aéroports et des compagnies d'aviation avait toutes les chances de moins s'intéresser à un passager de première classe, même avec les cheveux en bataille, du sang sur sa veste et une fillette de treize ans qui semblait incapable de contenir ses larmes.

Il comprenait aussi que sa fille était traumatisée par les dernières soixante heures qu'elle venait de vivre et, s'il ne savait absolument pas comment s'y prendre pour l'aider de ce côté-là, il se disait que tout confort supplémentaire ne pouvait pas faire de mal.

Remarquant son aspect débraillé, l'employée derrière le comptoir lui rappela que le salon des premières était équipé de douches. Bosch la remercia, prit les cartes d'embarquement et suivit une hôtesse jusqu'au contrôle de sécurité. Comme prévu, ils le franchirent sans aucun problème grâce au pouvoir de leurs billets de première.

Ils avaient presque trois heures à tuer et, bien que tenté de prendre une douche, Bosch décida que se nourrir était peut-être plus pressant. Il ne se rappelait même plus quand il avait mangé pour la dernière fois – quant à savoir quoi… – et supposa que sa fille était elle aussi privée de nourriture depuis un bon moment.

– Mads, dit-il, tu as faim ?

– Pas vraiment.

– Ils t'ont nourrie ?

– Euh… non. De toute façon, je n'arrivais pas à avaler. (Elle réfléchit.) J'ai mangé une tranche de pizza au centre commercial vendredi. Avant…

– Bon, dit-il, alors il faut qu'on mange.

Ils prirent un escalator qui les conduisit dans une zone remplie de toutes sortes de restaurants dominant une véritable Mecque de magasins en *duty free*. Bosch en choisit un au milieu de la salle, avec une belle vue sur le niveau inférieur. Maddie commanda des bâtonnets de poulet, Bosch leur préférant un steak-frites.

– Il ne faut jamais commander de steaks dans un aéroport, dit-elle.

– Et pourquoi donc ?

– Parce qu'ils sont de mauvaise qualité.

Il acquiesça. C'était la première fois qu'elle disait plus d'un mot ou deux depuis qu'ils avaient fait leurs adieux à Sun Yee. Harry l'avait vue s'effondrer peu à peu, au fur et à mesure que, la peur s'amenuisant avec sa libération, la réalité de ce qu'elle avait subi et de ce qui était arrivé à sa mère s'ancrait en elle. Il craignait qu'elle soit victime d'une forme de choc et sa remarque bizarre sur la qualité des steaks dans les aéroports était un coq-à-l'âne qui semblait indiquer qu'elle n'avait plus le sens des réalités.

– Bah, dit-il, je vais bien voir.

Elle fit dévier la conversation sur un autre sujet :

– Alors, comme ça, maintenant je vais vivre à L.A. avec toi ?

– Ben oui.

Il examina son visage, et non, regard vide et fixe au-dessus des joues rayées de tristesse et de larmes séchées, il n'avait pas changé.

– J'en ai envie, précisa-t-il. Et la dernière fois que tu es venue, tu m'as dit que tu voulais rester.

– Oui, mais pas comme ça.

– Non, bien sûr.

– Est-ce que je pourrai retourner à Hong Kong chercher mes affaires et dire au revoir à mes amis ?

Il réfléchit un instant avant de répondre.

– Je ne pense pas, non, dit-il enfin. Tes affaires, je devrais pouvoir te les faire expédier. Mais il va probablement falloir que tu te contentes d'envoyer des *mails* à tes amis. Ou de leur téléphoner.

– Que je puisse au moins dire adieu.

Il hocha la tête et garda le silence : la référence à sa mère était évidente. Puis elle se remit à parler, son esprit tel un ballon pris dans le vent et atterrissant tantôt ici, tantôt là, en obéissant à des courants imprévisibles.

– On est genre... recherchés par la police d'ici ? demanda-t-elle.

Bosch regarda autour de lui pour voir si quelqu'un avait entendu sa question, puis il se pencha vers elle pour lui répondre.

– Je ne sais pas, dit-il calmement. Ce n'est pas impossible. Moi en tout cas. Mais je n'ai aucune envie de vérifier ici. Il vaudra bien mieux s'occuper de tout ça une fois à Los Angeles.

Après un autre silence, elle lui posa une question qui frappa fort :

– Papa, est-ce que tu as tué les types qui me tenaient ? J'ai entendu beaucoup de coups de feu.

Il réfléchit à la manière dont il convenait de lui répondre – en flic ? en père ? –, mais ne traîna pas :

– Disons qu'ils n'ont eu que ce qu'ils méritaient. Et que tout ce qui leur est arrivé, ce sont eux qui l'ont cherché en faisant ce qu'ils ont fait. D'accord ?

– D'accord.

Dès que la nourriture arriva, ils cessèrent de parler et mangèrent voracement. Bosch avait choisi le restaurant, la table et sa place de façon à bien voir les magasins et le contrôle de sécurité un peu plus loin. Il mangea en essayant de repérer le moindre signe d'activité inhabituelle de la part du personnel de sécurité. Tout mouvement impliquant plusieurs de ces agents ou signalant une recherche quelconque l'aurait inquiété. Il ne savait même pas s'il était dans le collimateur de la police, mais il avait laissé un beau sillage de mort dans tout Hong Kong et devait rester sur ses gardes au cas où cela l'aurait rattrapé.

– Tu ne veux pas finir tes frites ? lui demanda-t-elle.

– Non, vas-y.

Lorsqu'elle tendit le bras en travers de la table, sa manche remonta et il vit le pansement qu'elle avait au creux du coude. Il pensa au papier-toilette taché de sang qu'Eleanor avait trouvé dans la poubelle de la chambre des Résidences de Chungking.

– Maddie, dit-il en lui montrant son bras, comment tu t'es fait ça ? Ils t'ont fait une prise de sang ?

Elle posa la main sur sa blessure comme si cela pouvait empêcher qu'on envisage la question.

– Il faut vraiment qu'on parle de ça maintenant ? demanda-t-elle.

– Dis-moi seulement une chose.

– Oui, Quick m'a pris du sang.

– C'est autre chose que j'allais te demander. Où étais-tu avant qu'ils t'enferment dans le coffre de la voiture pour t'emmener au bateau ?

– Je ne sais pas, une espèce d'hôpital. Comme le cabinet d'un docteur. J'y suis restée tout le temps enfermée dans une pièce. Je t'en prie, papa. Je ne veux pas en parler. Pas maintenant.

– D'accord, ma chérie. On en parlera quand tu voudras.

Après le repas, ils se dirigèrent vers les magasins. Dans une boutique de vêtements pour hommes Bosch s'acheta une paire de chaussures de jogging et de quoi se rhabiller complètement, puis il fit l'acquisition de bandeaux antisueur pour les bras dans un magasin d'articles de sport. Maddie refusa que son père lui offre de nouveaux vêtements et s'en tint à ceux qu'elle avait dans son sac à dos.

Ils s'arrêtèrent ensuite dans un magasin où Maddie choisit un panda en peluche dont elle affirma vouloir se servir comme d'un oreiller et choisit un livre intitulé *Le Voleur de foudre*[1].

Après avoir fait leurs achats, ils se dirigèrent vers le salon des premières, où ils s'inscrivirent pour les douches. Malgré tout le sang, la sueur et la crasse qu'il avait accumulés en un jour, Bosch prit une douche rapide : il ne voulait pas être séparé longtemps de sa fille. Avant de se rhabiller, il jeta un coup d'œil à la blessure qu'il avait au bras. Le sang avait coagulé et une croûte commençait à se former. Il prit les bandeaux qu'il venait d'acheter et s'en servit pour bander la plaie.

Une fois habillé, il ôta le couvercle de la poubelle à côté du lavabo de la cabine de douche. Puis il roula ses vieux vêtements et ses chaussures en boule et les entassa sous les serviettes en papier et autres cochonneries déposées dans le réceptacle. Il ne voulait pas qu'on repère ses vêtements et les en retire, surtout les chaussures avec lesquelles il avait marché sur le carrelage ensanglanté de Tuen Mun.

Se sentant un peu plus frais et prêt à affronter le long vol de retour, il sortit de la douche et chercha sa fille des yeux. Il ne la vit nulle part dans le salon et retourna l'attendre près de l'entrée des douches réservées aux femmes. Au bout d'un quart d'heure qu'il ne la voyait toujours pas, il commença à s'inquiéter. Il attendit encore cinq minutes, puis il gagna la réception et demanda à l'employée derrière le comptoir d'envoyer quelqu'un voir ce que faisait sa fille.

La femme lui dit qu'elle allait s'en charger elle-même. Bosch la suivit, puis attendit lorsqu'elle entra dans la salle des douches.

1. Roman d'aventures de Rick Riordan. *(NdT.)*

Il entendit l'eau couler lorsqu'elle ouvrit la cabine. Et aussi des voix, la réceptionniste ressortant vite de la salle.

– Elle est toujours sous la douche et vous fait dire que tout va bien. Ça va lui prendre un peu plus longtemps.

– D'accord, merci.

Elle regagna son poste et Bosch consulta sa montre. L'embarquement ne commencerait pas avant au moins une demi-heure. Ils avaient le temps. Il repassa au salon et s'assit dans un fauteuil proche de l'allée qui conduisait aux douches. Et continua de surveiller.

Pas moyen d'imaginer ce que pouvaient être les pensées de sa fille. Il savait qu'elle aurait besoin d'aide et qu'il n'avait absolument pas ce qu'il fallait pour la lui fournir. Sa préoccupation principale était de la ramener à Los Angeles, et après il verrait. Il avait déjà quelqu'un à appeler pour assister Madeline dès qu'il l'aurait mise en lieu sûr.

Juste au moment où l'embarquement allait commencer, Madeline descendit l'allée, ses cheveux noirs tout mouillés tirés en arrière. Elle portait les mêmes habits que lorsqu'elle s'était changée dans la voiture, mais avait enfilé en plus un sweat-shirt à capuchon. Elle semblait avoir froid.

– Ça va ? lui demanda Bosch.

Elle ne répondit pas. Elle resta seulement plantée devant lui, tête baissée.

– Oui bon, je sais : question idiote, dit-il. Mais tu es prête ? Ils viennent d'annoncer l'embarquement. Il faut y aller.

– Je suis prête. J'avais besoin d'une grande douche bien chaude.

– Je comprends.

Ils quittèrent le salon et rejoignirent leur porte d'embarquement, Bosch ne remarquant rien d'inhabituel du côté de la sécurité. On leur prit leurs cartes, vérifia leurs passeports et leur donna l'autorisation de monter à bord.

L'avion était un gros porteur à deux étages avec la cabine de pilotage au niveau supérieur, la première classe se trouvant juste en dessous, dans le nez de l'appareil. Un steward les informa qu'ils étaient les seuls passagers de première et qu'ils pouvaient choisir leurs places. Ils prirent les deux sièges de la première rangée et eurent l'impression d'avoir tout l'avion pour eux. Bosch n'avait pas l'intention de lâcher sa fille des yeux jusqu'à ce qu'ils arrivent à Los Angeles.

L'embarquement était presque terminé lorsque le pilote annonça que le vol durerait treize heures. C'était plus court qu'à l'aller parce qu'ils auraient les vents avec eux. Cela dit, ils remonteraient le temps. Ils atterriraient à Los Angeles à neuf heures du soir dimanche, soit deux heures avant leur décollage de Hong Kong.

Bosch fit le calcul et se rendit compte que cela lui ferait une journée de trente-neuf heures. La plus longue de sa vie.

Enfin l'énorme appareil reçut l'autorisation de décoller et, à l'heure, prit lourdement la piste, accéléra l'allure et grimpa bruyamment dans le ciel noir. Bosch respira un peu mieux en regardant par le hublot et en voyant les lumières de Hong Kong disparaître sous les nuages. Il espérait ne plus jamais y retourner.

Sa fille tendit le bras entre leurs deux sièges et lui prit la main. Il se tourna vers elle et soutint son regard. Elle s'était remise à pleurer. Bosch lui serra fort la main et hocha la tête.

– Ça va aller, dit-il.

Elle lui renvoya son hochement de tête et continua de lui tenir la main.

Dès que l'avion fut de nouveau à l'horizontale, le steward revint les voir et leur proposa à boire et à manger, mais l'un comme l'autre, ils déclinèrent son offre. Madeline regarda un film de vampires adolescents et, privilège des premières, ouvrit son siège à plat et chercha le sommeil.

Elle s'endormit vite et profondément tandis que Bosch imaginait une manière de processus de guérison s'emparant d'elle : les armées du sommeil chargeant dans son esprit et se lançant à l'assaut de ses mauvais souvenirs.

Il se pencha et l'embrassa légèrement sur la joue. Puis les secondes, les minutes et les heures défilant à l'envers, il la regarda dormir en espérant l'impossible : il voulait que le temps remonte assez loin en arrière pour qu'il puisse recommencer cette journée. Pur fantasme. La réalité était bien que sa vie était maintenant presque tout autant altérée que celle de sa fille. Elle vivait avec lui à présent. Et il savait que quoi qu'il ait fait ou induit jusqu'à cet instant-là de son existence, ce serait elle qui lui donnerait la possibilité de se racheter.

Qu'il arrive à la protéger et à la servir et il aurait une chance de tout rattraper. Absolument tout.

Il avait décidé de veiller sur elle toute la nuit. Mais l'épuisement ayant eu raison de lui, il finit lui aussi par fermer les yeux. Et rêva bientôt d'un endroit près d'une rivière. Il y avait une table dehors, une table avec une nappe blanche que le vent faisait onduler. Il était assis en face d'Eleanor et de Madeline, et toutes deux lui souriaient. C'était d'un endroit qui jamais n'avait existé et jamais n'existerait qu'il s'était pris à rêver.

TROISIÈME PARTIE

Protéger et servir

39

Le dernier obstacle à franchir fut le contrôle des douanes et des passeports à l'aéroport de Los Angeles. L'agent scanna leurs passeports et semblait prêt à les tamponner comme d'habitude quand quelque chose sur son écran d'ordinateur attira son regard. Bosch retint son souffle.

– Monsieur Bosch, dit-il, vous êtes resté à Hong Kong moins d'une journée ?

– C'est exact. Je n'ai même pas eu besoin de faire une valise. Je suis juste allé chercher ma fille.

L'agent hocha la tête comme s'il comprenait et avait déjà entendu cette histoire. Et leur tamponna leurs passeports. Puis il regarda Madeline et lui lança :

– Bienvenue à Los Angeles, jeune dame.

– Merci, lui répondit-elle.

Il était presque minuit lorsqu'ils arrivèrent à la maison de Woodrow Wilson Drive. Bosch porta le sac à dos jusqu'à la chambre d'amis, sa fille sur les talons. Elle connaissait cette pièce pour y avoir déjà dormi lors de plusieurs visites.

– Maintenant que tu vas vivre ici à plein temps, dit-il, on va t'arranger cette chambre comme tu voudras. Je sais que tu avais des tas d'affiches et de trucs à Hong Kong. Ici, tu pourras faire ce que tu voudras.

Deux cartons remplis de vieux dossiers que Bosch avait photocopiés étaient empilés dans un coin.

– Je t'enlève tout ça, dit-il.

Il les emporta dans sa chambre l'un après l'autre. Sans cesser de lui parler au fur et à mesure qu'il montait et descendait le couloir.

– Je sais que tu n'as pas de salle de bains privée, reprit-il, mais celle de la chambre d'amis dans le couloir est toute à toi. Je ne reçois guère d'amis ici.

Après avoir déménagé ses cartons, il s'assit sur le lit et regarda sa fille. Elle était toujours debout au milieu de la pièce. L'expression de son visage l'émut au plus profond de lui-même. Il voyait la réalité la frapper de plein fouet. Peu importait qu'elle ait plusieurs fois manifesté le désir de vivre à L.A. Elle y serait maintenant en permanence, et en mesurer toutes les conséquences n'était pas une tâche facile.

– Maddie, il faut que je te dise quelque chose, ajouta-t-il. Jusqu'à maintenant je n'ai été ton père que quatre semaines par an. Ce n'était pas difficile. Là ça va être dur. Je vais commettre des erreurs et il va falloir que tu sois patiente avec moi pendant que j'apprendrai. Mais je ferai de mon mieux, je te le promets.

– OK.

– Bon, et maintenant qu'est-ce que je peux faire pour toi ? As-tu faim ? Es-tu fatiguée ? Quoi ?

– Non, ça va. Je n'aurais sans doute pas dû dormir autant dans l'avion.

– Aucune importance. Tu en avais besoin. Et le sommeil, c'est toujours bon. Ça répare.

Elle acquiesça d'un signe de tête et regarda gauchement autour d'elle. C'était une chambre d'amis réduite à sa plus simple expression. Un lit, une commode, une table avec une lampe.

– Demain, on va aller te chercher une télé. Un écran plat. Et aussi un ordinateur et un bureau. On va devoir faire beaucoup de shopping.

– Je vais avoir besoin d'un nouveau portable. Quick m'a pris le mien.

– OK, on va en acheter un autre. Comme j'ai ta carte SIM, tu auras tous tes contacts.

Elle le regarda et il comprit qu'il avait commis une erreur.

– Tu as ma carte ? C'est Quick qui te l'a donnée ? Et sa sœur était là ?

Il leva les bras en signe d'apaisement et fit non de la tête.

– Je n'ai jamais rencontré Quick ou sa sœur, dit-il. J'ai trouvé ton portable, mais il était cassé. Je n'ai pu récupérer que ta carte SIM.

– Elle a essayé de me sauver. Elle a compris que Quick allait me vendre et a tenté de l'en empêcher. Mais il l'a jetée de la voiture.

Il attendit qu'elle en dise davantage, mais ce fut tout. Il aurait aimé lui poser des tas de questions sur le frère, la sœur et tout le reste, mais son rôle de père prit le pas sur celui du flic. Ce n'était pas le bon moment. Il fallait qu'il la calme et l'aide à s'y retrouver. Il y aurait tout le temps de redevenir flic et de l'interroger sur Quick et Lui, et de lui apprendre ce qui leur était arrivé.

Il scruta son visage qui semblait vide de toute émotion. Elle avait toujours l'air fatiguée, même après avoir autant dormi dans l'avion.

– Madeline, dit-il, tout ira bien. Je te le promets.

Elle acquiesça.

– Euh… Est-ce que je pourrais rester seule un instant ?

– Bien sûr. C'est ta chambre. Je pense avoir quelques coups de fil à passer de toute façon.

Il se leva et se dirigea vers la porte. Juste au moment où il allait la fermer derrière lui, il hésita et se retourna pour regarder sa fille.

– Tu me dis si tu as besoin de quoi que ce soit, d'accord ?

– Oui, papa. Merci.

Il referma la porte et gagna la salle de séjour. Il sortit son portable et appela David Chu.

– Bosch à l'appareil. Désolé de vous déranger si tard.

– Pas de problème. Comment ça va là-bas ?

– Je suis de retour.

– Vous êtes rentré ? Et votre fille ?

– Elle est saine et sauve. Où en est-on pour Chang ?

Chu hésita un peu avant de répondre. Il ne voulait pas être le porteur de mauvaises nouvelles.

– Eh bien… il sera libéré dans la matinée. On n'a rien contre lui.

– Même pas côté extorsion ?

– J'ai essayé une dernière fois avec Li et Lam aujourd'hui même. Ils refusent de porter plainte. Ils ont trop peur de la triade. Li m'a dit que quelqu'un l'avait menacé par téléphone.

Bosch réfléchit à la menace téléphonique qu'il avait lui aussi reçue le vendredi précédent. Ce devait être le même bonhomme.

– On a donc Chang qui sort de prison dans la matinée et qui file aussitôt à l'aéroport. Il prend l'avion et nous, on ne le revoit plus jamais, dit-il.

– Oui, il semblerait bien que celui-là, on l'ait perdu.

La colère le submergeant, Bosch hocha la tête.

– Putain d'enculés !

Se rendant compte que sa fille pouvait l'entendre, il ouvrit une des portes coulissantes et passa sur la terrasse de derrière. Le bruit de la circulation en bas dans le col allait étouffer ce qu'il disait.

– Ils s'apprêtaient à vendre ma fille, dit-il. Pour ses organes.

– Nom de Dieu ! s'écria Chu. Je pensais qu'ils voulaient seulement vous faire peur.

– Oui, bon, ils lui ont pris du sang et il devait correspondre à celui d'un type bourré de fric parce que le plan a changé.

– C'est-à-dire que… ils auraient pu lui faire une prise de sang pour s'assurer qu'elle était saine avant de…

Il s'arrêta : l'alternative n'avait rien de réconfortant. Il changea de sujet.

– Elle est de retour avec vous ?

– Je vous l'ai dit : elle est saine et sauve.

Bosch savait que Chu ne pourrait voir qu'un manque de confiance dans cette réponse indirecte, mais bon… comme si c'était nouveau ! Il n'avait pas pu s'en empêcher après la journée qu'il venait de se taper. Il essaya de changer de sujet.

– Quand avez-vous parlé à Ferras ou à Gandle pour la dernière fois ?

– Je n'ai pas parlé à votre coéquipier depuis vendredi. Mais je viens de m'entretenir avec le lieutenant il y a quelques heures. Lui aussi voulait savoir où on en était. Tout cela le rendait assez fumasse.

Dimanche soir, minuit ou pas loin, et pourtant l'autoroute en dessous était pleine de voitures sur ses dix files. Il faisait frais et, agréable changement avec Hong Kong, l'air était vif.

– Qui est censé dire aux mecs du bureau du *district attorney* de le libérer ?

– J'allais les appeler dans la matinée. Mais si voulez le faire…

– Je ne suis pas sûr d'être là. Si vous voulez vous en charger… mais attendez dix heures pour passer votre coup de fil.

– D'accord, mais pourquoi dix heures ?

– Ça me donnera le temps d'aller faire un saut là-bas pour dire au revoir à M. Chang.

– Harry, ne faites pas quelque chose que vous pourriez regretter.

Bosch repensa aux trois jours qu'il venait de passer.

– Trop tard, dit-il.

Il mit fin à l'appel et, appuyé à la rambarde, il scruta les ténèbres. Se retrouver chez lui avait certes quelque chose de rassurant, mais il ne put s'empêcher de songer à tout ce qui avait été perdu et laissé pour compte. C'était comme si les fantômes affamés de Hong Kong l'avaient suivi à travers le Pacifique.

– Papa ?

Il se retourna. Sa fille se tenait dans l'encadrement de la porte.

– Oui, ma chérie.

– Ça va ?

– Bien sûr, pourquoi ?

Elle passa sur la terrasse et le rejoignit à la rambarde.

– J'ai eu l'impression que tu étais en colère quand tu parlais au téléphone.

– Bah, c'est pour cette affaire. Ça ne marche pas très bien.

– Je suis désolée.

– Ce n'est pas de ta faute. Mais écoute... dans la matinée il va falloir que j'aille faire un tour en ville. Je vais passer quelques coups de fil et voir si je peux trouver quelqu'un pour te surveiller pendant mon absence. Et après, dès que je rentre, on va acheter des trucs comme je t'ai dit. D'accord ?

– Tu veux dire... comme un baby-sitter ?

– Non... je veux dire, euh... oui, peut-être.

– Papa, je n'ai plus de gouvernante ou de baby-sitter depuis que j'ai eu genre... douze ans.

– Ouais, bon, mais ça n'est quand même que depuis l'année dernière.

– Je devrais pouvoir m'en sortir toute seule. Je veux dire que maman, elle, me laisse aller au centre commercial toute seule après l'école.

Il remarqua qu'elle avait parlé au présent. Il fut tenté de lui rappeler que l'idée de la laisser aller toute seule au centre commercial n'avait pas été si bonne, mais il fut assez malin pour lui épargner ça pour l'instant. Le fond du problème était que la sécurité de sa fille devait passer avant tout. Les forces qui l'avaient kidnappée à Hong Kong pouvaient-elles la retrouver ici même, dans sa maison ?

Cela semblait assez improbable, mais même dans ce cas il ne pouvait pas courir le risque de la laisser seule chez lui. L'ennui était qu'il ne savait vraiment pas qui appeler à l'aide. Il ne fréquentait pas les gens du quartier. Il n'était que le flic du coin à qui s'adresser quand il y avait un problème. Il ne connaissait pas ses voisins, ni d'ailleurs personne en dehors de ses collègues flics. Il ne savait pas qui pouvait être sûr et différent du premier baby-sitter qu'il trouverait dans l'annuaire. Il était complètement perdu et commença à se dire qu'il n'avait aucun droit d'élever sa propre fille.

– Maddie, écoute. Nous sommes à un des moments où je t'ai dit d'être patiente avec moi. Je ne veux pas te laisser seule. Pas encore. Tu peux rester dans ta chambre si tu veux... Il y a des chances que tu dormes encore à cause du décalage horaire. Mais je veux qu'il y ait un adulte avec toi dans la maison. Quelqu'un en qui je puisse avoir confiance.

– Comme tu voudras.

Qu'il soit le flic du coin dans le quartier lui donna une idée.

– Bon... Si tu ne veux pas de baby-sitter, je pense à quelque chose. Il y a une école en bas de la rue. C'est un collège d'État. Je crois que les cours ont commencé la semaine dernière parce que j'ai vu des tas de voitures devant en partant au boulot. Je ne sais pas si c'est là que tu finiras par aller ou si nous essaierons de te mettre dans une école privée, mais je pourrais t'y emmener, et toi, tu pourrais y jeter un coup d'œil. Peut-être même, tiens, suivre un cours ou deux pendant que je descends en ville. Ça te dirait ? Je connais l'adjointe du principal et je lui fais confiance. Elle prendra soin de toi.

Madeline fit passer une mèche de ses cheveux derrière son oreille et regarda fixement la vue quelques instants avant de répondre :

– Bon, ça pourrait marcher.

– Bien, alors c'est ce qu'on va faire. Je l'appelle demain matin et j'arrange ça.

Problème résolu, songea-t-il.

– Papa ?

– Quoi, ma chérie ?

– J'ai entendu ce que tu disais au téléphone.

Il se figea.

– Je suis désolé, dit-il. Je vais essayer de ne plus parler comme ça. Et jamais devant toi.

– Non, c'est pas ça. C'est... quand tu étais ici. Ce que tu as dit comme quoi ils voulaient me vendre pour mes organes. C'est vrai ?

– Je ne sais pas, mon amour. Je ne sais pas ce qu'ils avaient vraiment en tête.

– Quick m'a pris du sang. Il m'a dit qu'il allait te l'envoyer. Tu vois... pour que tu fasses une analyse ADN et que tu saches qu'on m'avait vraiment kidnappée.

Il hocha la tête.

– Oui, bon, il te mentait. La vidéo qu'il m'a envoyée avait suffi à me convaincre. Je n'avais pas besoin de ton sang. Il te mentait, Maddie. Il t'a trahie et n'a eu que ce qu'il méritait.

Elle se tourna aussitôt vers lui, Bosch se rendant compte qu'il avait encore lâché une bêtise.

– Qu'est-ce que ça veut dire ? Qu'est-ce qui lui est arrivé ?

Il n'avait pas envie de s'embarquer sur la voie ô combien glissante du mensonge avec sa fille. Il savait aussi qu'elle aimait beaucoup la sœur de Quick, voire Quick lui-même. Elle ne mesurait probablement pas l'étendue de la trahison dont elle avait été victime.

– Il est mort, dit-il.

Elle retint son souffle et porta la main à sa bouche.

– Tu l'as...

– Non, Maddie, ce n'est pas moi qui l'ai tué. Je l'ai trouvé mort en même temps que je retrouvais ton portable. Je pense que tu l'aimais bien et j'en suis désolé. Mais il t'avait trahie, ma fille, et il faut que je te dise que j'aurais très bien pu le tuer si je l'avais trouvé vivant. Et maintenant il vaudrait mieux rentrer.

Il se détourna de la rambarde.

– Et Lui ?

Il s'immobilisa et la regarda.

– Je ne sais pas.

Il gagna la porte et rentra. Ça y était : il venait de lui mentir pour la première fois. Il l'avait fait pour lui épargner de la peine, mais cela n'avait pas d'importance. Il sentit qu'il s'était embarqué dans la voie du mensonge.

40

À onze heures le lendemain matin, Bosch arriva devant la prison municipale et attendit la libération de Bo-jing Chang. Il ne savait pas trop ce qu'il allait faire ou dire au moment où il sortirait complètement libre. Mais il n'était pas question de laisser passer cet instant sans intervenir, et ça, il le savait. C'était l'arrestation de Chang qui avait déclenché tous les événements de Hong Kong, jusques et y compris la mort d'Eleanor Wish. Jamais il ne pourrait se regarder en face s'il ne saisissait pas l'occasion d'affronter cet assassin.

Son portable bourdonnant dans sa poche, il fut tenté de ne pas répondre et – qui sait ? – risquer de louper Chang, mais il regarda l'écran et vit que c'était le lieutenant Gandle. Il décrocha.

– J'ai appris que vous étiez de retour.

– Oui, j'allais vous appeler.

– Vous avez votre fille ?

– Oui, saine et sauve.

– Où est-elle ?

Bosch hésita, mais pas vraiment.

– Elle est avec moi.

– Et sa mère ?

– Toujours à Hong Kong.

– Comment ça va se passer ?

– Ma fille va vivre avec moi. Au moins pendant un temps.

– Qu'est-ce qui est arrivé là-bas ? Des trucs dont il faudrait que je m'inquiète ?

Bosch ne savait pas trop quoi lui répondre. Il décida de botter en touche.

– J'espère que ça ne nous pétera pas dans le nez, dit-il. Mais sait-on jamais ?

– Je vous tiens au courant si j'apprends des choses. Vous allez passer ?

– Euh... non, pas aujourd'hui. Je vais avoir besoin de deux ou trois jours pour installer ma fille... l'école et tout et tout. J'aimerais qu'elle bénéficie d'un soutien psychologique.

– On parle congés ou temps blanc ? Il faut que je le note.

Le rattrapage des jours de congé était appelé « temps blanc » au LAPD. C'était en effet sur des formulaires blancs que les superviseurs le répertoriaient.

– Aucune importance. Je crois avoir encore du temps blanc.

– Bon, on marche comme ça. Ça va, Harry ?

– Ça va, oui.

– J'imagine que Chu vous a dit que Chang était viré de la prison municipale.

– Oui, il me l'a dit.

– Son enfoiré d'avocat était déjà là ce matin pour lui prendre sa valise. Je suis vraiment désolé, Harry. On n'a rien pu y faire. On n'a pas ce qu'il faut et ces deux fesses molles dans la Valley ne veulent pas nous donner un coup de main pour une accusation d'extorsion.

– Je sais.

– Ça ne nous a pas vraiment aidés que votre coéquipier soit resté chez lui tout le week-end. Il a prétendu être malade...

– Bah...

Ferras avait épuisé la patience de Bosch, mais ça, c'était entre eux deux. Il n'était pas encore question d'en parler avec Gandle.

La porte du bureau des libérations s'ouvrant, Bosch vit un Asiatique en costume sortir, une mallette à la main. Ce n'était pas Chang. Le type maintint la porte ouverte avec son corps et fit signe à une voiture qui attendait dans la rue. Bosch comprit qu'on y était. Le type en costume n'était autre qu'un célèbre avocat de la défense appelé Anthony Wing.

– Lieutenant, dit-il, il faut que j'y aille. Je peux vous rappeler plus tard ?

– Appelez-moi pour me dire combien de jours vous voulez prendre, que je puisse voir quand vous remettre dans le circuit. En attendant, je trouverai quelque chose à faire pour Ferras. Un truc de bureau.

– Je vous rappelle plus tard.

Bosch referma son portable au moment même où la Cadillac Escalade noire se mettait en route et Bo-jing Chang sortait du bureau des libérations. Bosch s'interposa entre lui et le 4 × 4, Wing se plantant aussitôt entre lui et Chang.

– Je vous demande pardon, inspecteur, dit Wing, mais vous empêchez mon client de se mouvoir.

– Parce que ce serait ça que je fais ? Je l'empêcherais de se mouvoir ? Et lui, il n'aurait pas empêché John Li de se mouvoir, et de manière définitive ?

Bosch vit Chang sourire de mépris et hocher la tête derrière Wing. Il entendit une portière de voiture claquer dans son dos, Wing regardant aussitôt par-dessus son épaule.

– Assurez-vous de bien avoir ça dans la boîte, ordonna Wing.

Bosch se retourna et vit qu'un type était descendu du 4 × 4 avec une caméra vidéo et la braquait sur lui.

– Qu'est-ce que c'est que ça ? demanda-t-il.

– Inspecteur, lui renvoya Wing, touchez et harcelez M. Chang de quelque manière que ce soit, et ce sera sur bande et transmis aux médias.

Bosch se retourna vers Wing et Chang. La grimace de mépris de Chang s'était muée en un sourire satisfait.

– Parce que tu crois que c'est terminé ? lança-t-il à Chang. Que tu ailles ici ou là, je m'en fous car c'est loin d'être fini. Tes copains et toi avez fait de cette affaire quelque chose qui me concerne personnellement, et ça, espèce de trou du cul, je ne l'oublierai pas.

– Inspecteur, l'interrompit l'avocat en jouant très clairement la comédie pour la caméra, si vous voulez bien vous écarter du passage… M. Chang nous quitte parce qu'il est innocent des charges que vous avez essayé de concocter contre lui. Il retourne à Hong Kong suite au harcèlement que lui a fait subir la police de Los Angeles. À cause de vous, il n'est plus en mesure de goûter à la vie qui était la sienne ici depuis plusieurs années.

Bosch s'écarta de leur chemin et les laissa rejoindre la voiture.

– Tout ça, c'est des conneries, Wing. Votre caméra, vous pouvez vous la foutre au cul !

Chang monta à l'arrière de l'Escalade, Wing faisant alors signe au cameraman de prendre place devant.

– Vos menaces sont enregistrées, inspecteur, reprit Wing. Ne l'oubliez pas.

Wing s'assit à côté de Chang et ferma la portière. Bosch resta planté là, à regarder l'énorme 4 × 4 s'éloigner comme en glissant et, c'était plus que probable, emmener Chang directement à l'aéroport afin qu'il puisse ainsi achever le processus parfaitement légal de sa libération.

Une fois revenu à l'école, Bosch gagna le bureau de Sue Bambrough, l'adjointe du principal. Elle avait déjà autorisé Madeline à suivre les cours de quatrième pour voir si l'établissement lui plaisait. Sue Bambrough lui demanda de s'asseoir et se mit en devoir de l'informer que sa fille était toujours en cours et semblait tout assimiler comme il convenait. Cela faisait à peine plus de douze heures qu'elle était à L.A. après avoir perdu sa mère et passé un week-end de captivité plus qu'éprouvant, et Bosch pensait que la mettre à l'école se solderait par un désastre.

Il connaissait déjà Sue Bambrough. Quelques années plus tôt, un voisin qui avait son gamin à l'école lui avait demandé de parler aux enfants de la criminalité et de son travail de policier. Administratrice intelligente et qui n'hésitait pas à mettre les mains dans le cambouis, Bambrough l'avait longuement questionné avant de l'autoriser à parler aux élèves. Les avocats de la défense l'avaient rarement soumis à pareil interrogatoire au tribunal. Elle voyait le travail des policiers de la ville d'un mauvais œil, mais ses arguments étaient bien construits. Bosch la respectait.

– Le cours se termine dans dix minutes, dit-elle. Je vous emmènerai la voir à ce moment-là. Mais il y a quelque chose dont j'aimerais vous parler d'abord, inspecteur Bosch.

Il s'assit devant son bureau.

– Je vous l'ai déjà dit la dernière fois, appelez-moi Harry. De quoi voulez-vous me parler ?

– Eh bien… votre fille semble avoir beaucoup d'imagination. À la récréation, on l'a entendue raconter qu'elle arrivait de Hong Kong parce qu'elle y avait été kidnappée et sa mère assassinée. Je m'inquiète de la voir se donner de l'importance pour…

– Tout est vrai.

– Que voulez-vous dire ?

– Qu'elle a été effectivement kidnappée et que sa mère a été tuée alors qu'elle tentait de la sauver.

– Ah, mon Dieu ! Quand est-ce arrivé ?

Il regretta de ne pas lui avoir dit tout cela lorsqu'ils s'étaient parlé plus tôt ce matin-là. Il l'avait seulement informée que sa fille allait vivre avec lui et qu'elle voulait voir à quoi ressemblait l'école.

– Ce week-end, répondit-il, à Hong Kong. Nous sommes arrivés hier soir.

Bambrough donnait l'impression d'avoir reçu un coup de poing dans la figure.

– Ce week-end ? répéta-t-elle. Vous ne mentez pas ?

– Bien sûr que non. Elle a beaucoup souffert. Je savais que c'était peut-être un peu trop tôt pour la mettre à l'école, mais ce matin… j'avais un rendez-vous que je ne pouvais pas éviter. Je vais la ramener à la maison et si elle veut revenir dans quelques jours, je vous le ferai savoir.

– Oui, bon, mais… elle n'a pas besoin d'assistance ? Et côté physique ?

– Je m'y emploie.

– N'ayez pas peur de lui chercher de l'aide. Les enfants aiment parler. Seulement parfois ce n'est pas à leurs parents. J'ai découvert qu'ils ont un sens inné de ce dont ils ont besoin pour guérir et réchapper de tout. Privée de sa mère et avec un père tout nouveau dans l'art d'élever un enfant, elle pourrait avoir besoin d'un tiers à qui se confier.

Il hocha la tête à la fin de sa tirade.

– Elle obtiendra tout ce dont elle aura besoin. Que faudra-t-il que je fasse si elle décide de fréquenter votre école ?

– Passez-moi un coup de fil, c'est tout. Vous êtes dans notre secteur géographique et nous avons de la place. Il y aura un peu de paperasse à faire pour l'inscrire et nous aurons besoin que l'école de Hong Kong nous envoie son dossier scolaire. Il nous faudra aussi son acte de naissance et… c'est à peu près tout.

Il se rendit soudain compte que ce document avait toutes les chances de se trouver dans l'appartement de Hong Kong.

– Je ne l'ai pas, dit-il. Il va falloir que j'en demande un. Je crois qu'elle est née à Las Vegas.

– Vous… croyez ?

– Je ne… euh… je ne l'ai jamais vue avant ses quatre ans. À l'époque, elle vivait avec sa mère à Las Vegas et je pense que c'est là qu'elle est née. Je le lui demanderai.

Bambrough eut l'air encore plus interloquée.

– Mais je peux vous montrer son passeport, reprit-il. Ça y sera. C'est juste que je n'ai pas encore regardé.

– Bon, on pourra s'en contenter jusqu'à ce que vous ayez l'acte de naissance. Pour l'instant, je crois que le plus important est de veiller au bien-être psychologique de votre enfant. Le traumatisme qu'elle vient de subir est terrible. Il faut que vous la convainquiez de parler à un psychologue.

– Ne vous inquiétez pas, je le ferai.

Une cloche signalant la fin du cours, Bambrough se leva. Ils quittèrent le bureau et descendirent un grand couloir. Construit à flanc de colline, le bâtiment était long et étroit. Il vit que Bambrough essayait toujours de digérer tout ce qui était arrivé à Madeline et ce à quoi elle avait échappé.

– Ma fille est solide, dit-il.

– Il faudra bien, après une expérience pareille.

Il voulait changer de sujet.

– Quels cours a-t-elle suivis ?

– Elle a commencé par des maths et après une petite récréation elle a fait de la socio. Puis elle est allée déjeuner et elle vient juste de finir un cours d'espagnol.

– À Hong Kong, elle apprenait le chinois.

– C'est évidemment un des nombreux changements difficiles par lesquels elle devra passer.

– Elle est solide, je vous l'ai dit. Je pense qu'elle s'en sortira.

Elle se retourna et lui sourit.

– Comme son père, c'est ça ?

– Sa mère était encore plus solide.

Les enfants qui changeaient de classes embouteillaient le couloir. Bambrough vit Madeline avant lui et l'appela.

Bosch lui fit signe. Elle avançait avec deux autres filles et donnait l'impression de s'être déjà fait des amies. Elle leur dit au revoir et se précipita vers eux.

– Bonjour, papa !

– Alors, ça t'a plu ?

– Bah, c'est pas mal, ouais.

Le ton étant réservé, il se demanda si c'était parce que l'assistante du principal se tenait à côté de lui.

– Et l'espagnol ? lui demanda Bambrough.

– Euh… là j'étais un peu perdue.

– On m'a dit que vous appreniez le chinois. C'est beaucoup plus difficile que l'espagnol. Pour moi, vous devriez vous en sortir rapidement.

– Peut-être.

Bosch décida de lui épargner les parlotes inutiles.

– Bon, tu es prête ? dit-il. On va aller acheter des trucs, tu te rappelles ?

– Bien sûr que je suis prête.

Bosch regarda Bambrough et hocha la tête.

– Je vous remercie d'avoir fait ça pour nous et je vous tiens au courant, dit-il.

Sa fille y alla de ses propres remerciements et ils quittèrent l'école. Dès qu'ils furent dans la voiture, Bosch monta la côte vers sa maison.

– Bon, maintenant qu'on est seuls, qu'est-ce que tu en as vraiment pensé ?

– Euh… ça va. C'est juste que c'est pas du tout pareil, tu sais ?

– Bien sûr. Si tu veux, on peut aller voir des écoles privées. Il y en a quelques-unes du côté de la Valley.

– Je ne veux pas être une *Valley girl*[1].

– Je doute fort que tu en deviennes jamais une. En plus, l'important, ce n'est pas l'école où on va.

– Celle-là fera l'affaire, dit-elle au bout d'un instant de réflexion. J'y ai déjà rencontré des filles sympa.

– Tu es sûre ?

– Je pense, oui. Je peux commencer demain ?

Bosch lui jeta un bref coup d'œil, puis se concentra de nouveau sur la route.

– Ce n'est pas un peu rapide ? Tu n'es arrivée ici qu'hier soir.

– Je sais, mais qu'est-ce que je vais faire ? Rester à la maison et pleurer du matin au soir ?

– Non, mais ce que je dis, c'est que si on y allait doucement, on pourrait…

– Je ne veux pas prendre de retard. Les cours ont commencé la semaine dernière.

---

1. Expression qui désigne les filles très gâtées de la Valley. *(NdT.)*

Bosch repensa à ce que Bambrough lui avait dit sur la faculté des enfants à savoir ce dont ils avaient besoin pour guérir et décida de faire confiance aux intuitions de sa fille.

– Bon, dit-il, si tu penses que c'est bien... Je vais rappeler Mme Bambrough pour lui dire que tu veux t'inscrire. À propos... tu es bien née à Las Vegas, non ?

– Quoi ? Tu ne le sais pas ?

– Bien sûr que si. Je voulais juste être sûr parce qu'il faut que je fasse une demande d'acte de naissance. Pour l'école.

Elle ne réagit pas. Bosch se gara sous l'auvent à côté de sa maison.

– Et donc c'est bien Las Vegas, non ?

– Mais oui, quoi ! Tu ne le savais donc pas ? Ah, mon Dieu !

Avant qu'il ait le temps de trouver une réponse, son portable le sauva. Il venait de bourdonner, il le sortit de sa poche. Sans même consulter l'écran, il dit à sa fille qu'il fallait absolument qu'il réponde.

C'était Ignacio Ferras.

– Harry, on vient de me dire que tu es de retour et que ta fille est saine et sauve.

– Oui, tout va bien.

Il avait appris la nouvelle bien tard. Bosch ouvrit la porte de la cuisine et la tint pour sa fille.

– Oui, ça va, répéta-t-il.

– Tu vas prendre quelques jours ?

– C'est bien l'idée générale. Tu travailles sur quoi ?

– Oh, juste deux ou trois trucs. Je résume les faits pour le dossier John Li.

– Pour quoi faire ? C'est terminé et on a merdé.

– Je sais, mais il faut que le rapport soit impeccable, et j'ai besoin de donner les résultats de la fouille au tribunal. C'est même pour ça que... euh... je t'appelle. Tu as filé vendredi sans laisser de notes sur ce que tu avais trouvé dans le portable et la valise. Pour la voiture, j'ai déjà tout rédigé.

– Oui, ben, en fait je n'ai rien trouvé. C'est même une des raisons pour lesquelles on n'a pas pu bâtir de dossier d'accusation, tu te rappelles ?

Il jeta ses clés sur la table de la salle à manger et regarda sa fille gagner sa chambre au bout du couloir. Et se sentit de plus en plus agacé par Ferras. À un moment donné il avait envisagé de former ce jeune inspecteur et de lui apprendre ce qu'était la mission. Force lui était maintenant de reconnaître que Ferras ne guérirait jamais d'avoir été blessé en service commandé. Physiquement, pas de problème. Mais psychologiquement, jamais il ne redeviendrait ce qu'il avait été. Un gratte-papier, voilà ce qu'il serait désormais.

– Bon alors, je mets « aucun résultat » ? demanda Ferras.

Bosch repensa à la carte de visite professionnelle du service de taxis de Hong Kong. Il l'avait encore dans son portefeuille, mais elle avait conduit à une impasse et ne valait sans doute pas qu'on l'inscrive dans la liste des résultats à envoyer au juge qui avait autorisé la fouille.

– Oui, d'accord : « aucun résultat ». Y avait vraiment rien, dit Bosch.

– Et rien pour le portable.

Mais brusquement il comprit quelque chose – et sut aussitôt qu'il était probablement trop tard.

– Non, rien dans le portable, reprit-il, mais toi et les autres gars du service avez bien vérifié auprès de la compagnie du téléphone, hein ?

Chang pouvait avoir effacé toute trace des appels qu'il avait passés sur son portable, mais il était impossible qu'il ait trafiqué le relevé qu'en avait gardé son serveur. Ferras marqua une pause avant de répondre :

– Non, je me disais... C'est toi qui avais le portable, Harry. J'ai pensé que tu contacterais la compagnie.

– Je ne l'ai pas fait parce que j'allais à Hong Kong.

Toutes les compagnies de téléphone avaient des protocoles précis pour répondre aux demandes de perquisition formulées par les autorités judiciaires. En général, cela se réduisait à faxer l'autorisation de perquisition signée au service juridique de la société. Rien de plus simple, mais c'était passé à l'as. Et Chang était libre et avait toutes les chances d'avoir filé depuis longtemps.

– Merde ! s'écria Bosch. Tu aurais dû t'en occuper, Ignacio !

– Moi ? Alors que tu avais le portable ? J'ai cru que tu l'avais fait !

– Oui, j'avais le portable, mais c'est toi qui t'occupais des demandes de fouilles et de perquises. Tu aurais dû vérifier avant de rentrer chez toi vendredi.

– C'est quoi, ces conneries ? Tu veux me faire porter le chapeau pour ça ?

– Non, c'est nous deux que j'accuse. C'est vrai que j'aurais pu le faire, mais toi, tu aurais dû t'assurer que c'était fait. Tu ne t'en es pas occupé parce que tu es parti tôt et que tu as laissé filer. Même que c'est tout le boulot que tu laisses filer à vau-l'eau !

Ça y était – il l'avait dit.

– Non, mais c'est quoi, ces merdes ? Tu veux dire que parce que je ne suis pas comme toi, parce que je ne sacrifie pas ma famille au profit du boulot, parce que je ne risque pas son existence pour le boulot, je *laisse filer* le travail ? Tu ne sais pas ce que tu dis.

Le coup que venait de lui porter Ferras laissa Bosch sans voix. Il l'avait frappé pile dans la faille de ce qu'il venait de vivre ces dernières soixante-douze heures. Il finit par récupérer et revint à ce qui l'occupait.

– Ignacio, dit-il calmement, je ne sais pas quand je vais être de retour à la salle des inspecteurs cette semaine, mais dès que j'y serai, il faudra qu'on cause.

– Parfait. J'y serai.

– Bien sûr que tu y seras. Tu y es du matin au soir. Et donc à plus.

Bosch referma son portable avant que Ferras puisse protester contre ce coup de pied de l'âne. Il était sûr que Gandle le soutiendrait quand il demanderait qu'on lui affecte un nouveau coéquipier. Il regagna la cuisine pour y prendre une bière et laisser retomber la tension. Il ouvrit le frigo et tendait déjà la main lorsqu'il s'arrêta. Il était trop tôt et il devait emmener sa fille faire du shopping tout l'après-midi dans la Valley.

Il referma le frigo et descendit le couloir. La porte de la chambre de sa fille était close.

– Maddie, tu es prête à y aller ?

– Je suis en train de me changer. J'arrive dans une minute.

Ton sec, du genre ne-me-casse-pas-les-pieds. Il ne sut pas trop qu'en penser. Le plan était de commencer par la boutique de portables, puis de passer aux habits et aux meubles, et de finir par l'achat d'un ordinateur. Il allait lui acheter tout ce qu'elle voudrait et elle le savait. Mais elle s'était montrée cassante avec lui et il ne voyait pas pourquoi. À peine un jour de boulot de père à temps plein et il se sentait déjà perdu en mer.

41

Le lendemain matin, Bosch et sa fille se mirent en devoir d'installer certains des achats de la veille. Maddie n'était toujours pas à l'école, son inscription demandant une journée de plus pour franchir tous les obstacles de la bureaucratie scolaire – et ce délai, Bosch l'appréciait beaucoup car il lui permettait de passer plus de temps avec elle.

Premiers sur la liste d'assemblage, le fauteuil et le bureau d'ordinateur dont ils avaient fait l'acquisition au magasin Ikea de Burbank. Fournitures scolaires, vêtements, appareils électroniques et mobilier, ils avaient passé quatre heures à tout acheter et entasser dans la voiture de Bosch, celui-ci éprouvant un sentiment de culpabilité qu'il ne connaissait pas encore. Il savait qu'acheter tout ce qu'elle lui demandait ou montrait du doigt était une façon d'essayer d'acheter le bonheur de sa fille... et le pardon qui l'accompagnerait, du moins l'espérait-il.

Il avait poussé la table basse dans un coin et étalé toutes les pièces du bureau préfabriqué sur le plancher de la salle à manger. D'après le mode d'emploi, l'affaire pouvait être montée à l'aide d'un seul outil – une clé Allen livrée avec l'ensemble. Assis par terre en tailleur, Harry et Madeline tentaient de comprendre les schémas.

– On dirait qu'il faut commencer par attacher les panneaux latéraux au plateau, lança Madeline.

– Tu es sûre ?

– Oui, regarde : tout ce qui est marqué « 1 » fait partie de la première étape.

– Je croyais que ça indiquait seulement qu'on n'a qu'un élément de chaque partie.

– Non, il y a deux panneaux latéraux et tous les deux sont marqués « 1 ». Pour moi, ça doit vouloir dire première étape.

– Ah.

Un portable se mettant à sonner, ils se regardèrent. Madeline s'en était acheté un la veille et encore une fois l'appareil était en tous points semblable à celui de son père. L'ennui était qu'elle n'avait pas choisi une sonnerie propre et que les deux appareils avaient la même. Toute la matinée durant, elle avait reçu des appels de ses amis de Hong Kong auxquels elle avait envoyé des textos pour leur dire qu'elle avait déménagé à Los Angeles.

– Je crois que c'est ton portable. J'ai laissé le mien dans ma chambre.

Bosch se mit lentement debout, ses genoux lui faisant mal d'être restés si longtemps croisés. Il gagna la table de la salle à manger juste à temps pour décrocher avant que son correspondant ne raccroche.

– Harry, c'est le Dr Hinojos. Comment allez-vous ?

– On fait avec. Merci de m'avoir rappelé.

Il ouvrit la porte coulissante, passa sur la terrasse et referma derrière lui.

– Désolé de ne pas vous avoir rappelé avant aujourd'hui, reprit Hinojos. Le lundi est toujours horrible ici. Quoi de neuf ?

Hinojos dirigeait la section des sciences du comportement de la police, à savoir l'unité qui offrait de l'aide psychologique aux policiers de base. Bosch la connaissait depuis presque quinze ans, surtout depuis que, psychologue en première ligne, elle avait été chargée de l'évaluer après qu'il avait agressé physiquement son supérieur à la division de Hollywood.

Bosch baissa la voix.

– Je voulais vous demander si vous pourriez me rendre un service.

– Ça dépendra du service.

– J'aimerais que vous ayez un entretien avec ma fille.

– Avec votre fille ? La dernière fois que vous m'avez parlé d'elle, elle vivait à Las Vegas avec sa mère.

– Après, elles ont déménagé. Ça faisait six ans qu'elles habitaient à Hong Kong. Maintenant Madeline est avec moi. Sa mère est morte.

Hinojos marqua une pause avant de répondre. Bosch entendit un signal d'appel dans son oreille, mais l'ignora et attendit la réaction de Hinojos.

– Harry, vous savez qu'ici on ne voit que des policiers, pas leurs familles. Je peux vous indiquer quelqu'un qui travaille avec les enfants.

– Je ne veux pas de psy pour enfants. Si j'en voulais un, j'ai les Pages jaunes sous les yeux. C'est là que ça devient un service. J'aimerais qu'elle vous parle. Vous me connaissez, je vous connais, voilà, comme ça.

– Mais Harry, ça ne marche pas comme ça ici.

– Elle a été enlevée là-bas, à Hong Kong. Et sa mère a trouvé la mort en essayant de la sauver. Ça lui fait un sacré dossier, docteur.

– Ah, mon Dieu ! Et ça remonte à quand ?

– Au week-end dernier.

– Oh, Harry !

– Ouais, c'est pas bon. Elle a besoin de parler à quelqu'un d'autre que moi. Et j'aimerais que ce soit vous, docteur.

Deuxième pause. Bosch la laissa se prolonger. Il n'y avait pas grand sens à pousser Hinojos. Il le savait d'expérience.

– Bon, je pourrais peut-être la voir en dehors du service. A-t-elle demandé à parler avec quelqu'un ?

– Non, elle ne l'a pas demandé, mais je lui ai dit que moi, je voulais qu'elle le fasse et elle n'a pas dit non. Je crois que vous lui plairez bien. Quand pourriez-vous la voir ?

Il poussait un peu et il le savait. Mais c'était pour la bonne cause.

– C'est-à-dire que… j'ai un peu de temps libre aujourd'hui. Je pourrais la voir après le déjeuner. Comment s'appelle-t-elle ?

– Madeline. À quelle heure ?

– À une heure, c'est possible ?

– Absolument. Vous voulez que je vous l'amène ou ça risque de poser un problème ?

– Ça devrait aller. Je ne la déclarerai pas en consultation officielle.

Le portable de Bosch sonna à nouveau. Cette fois il l'écarta de son oreille pour vérifier l'identité du correspondant. C'était Gandle.

– D'accord, docteur, dit-il. Un grand merci.

– Ça me fera plaisir de vous revoir. Peut-être même qu'on pourrait avoir un petit entretien tous les deux. Je sais que votre ex comptait encore beaucoup pour vous.

– Commençons par nous occuper de ma fille. On pourra s'inquiéter pour moi après. Je vous la déposerai et je filerai. Je passerai peut-être chez Philippe.

– À tout à l'heure, Harry.

Il raccrocha et regarda si Gandle avait laissé un message. Il n'y en avait pas. Il rentra dans la maison et vit que sa fille avait assemblé l'essentiel du bureau.

– Eh bien, dis donc, on dirait que tu sais ce que tu fais !

– C'est vraiment pas difficile.

– Ça n'en a pas l'air.

Il s'était assis à nouveau par terre lorsque le fixe se mit à sonner dans la cuisine. Il se releva et se dépêcha d'aller décrocher. C'était un vieil appareil mural sans écran d'identification.

– Bosch, que faites-vous ?

C'était le lieutenant Gandle.

– Je vous avais dit que je prendrais quelques jours.

– Je sais. Mais j'ai besoin que vous passiez ici… Et amenez votre fille.

Bosch contemplait l'évier vide.

– Ma fille ? Pourquoi, lieutenant ?

– Parce qu'il y a deux mecs de la police de Hong Kong dans le bureau du capitaine Dodds et qu'ils veulent vous parler. Vous ne m'avez pas dit que votre ex était morte, Harry. Vous ne m'avez rien dit de tous les cadavres que, selon eux, vous auriez laissés dans votre sillage.

Bosch marqua une pause pour réfléchir à la situation.

– Dites-leur que je les verrai à une heure et demie, répondit-il enfin.

La réaction de Gandle fut abrupte.

– Une heure et demie ? répéta-t-il. Pourquoi vous faut-il trois heures pour venir ? Descendez ici tout de suite.

– Je ne peux pas. Je les verrai à une heure et demie.

Il raccrocha le fixe et sortit son portable de sa poche. Il savait bien que les flics de Hong Kong finiraient par débarquer et avait déjà élaboré un plan d'action.

Le premier appel qu'il passa fut pour Sun Yee. Il savait qu'il était tard à Hong Kong, mais il ne pouvait pas attendre. Le téléphone sonna huit fois, puis il eut droit à la boîte vocale.

– C'est moi, Bosch, dit-il. Rappelez-moi dès que vous aurez ce message.

Il raccrocha et regarda fixement son portable pendant un bon moment. Il était inquiet. Il était une heure et demie du matin à Hong Kong, et on pouvait s'attendre à ce que Sun Yee ne soit pas loin de son téléphone. À moins que ce ne soit pas par choix délibéré.

Il fit défiler sa liste de contacts et trouva un numéro qu'il n'avait pas appelé depuis au moins un an.

Il le composa et cette fois la réponse fut immédiate :

– Mickey Haller.

– C'est Bosch.

– Harry ? Je ne croyais pas…

– Je pense avoir besoin d'un avocat.

Il y eut une pause.

– D'accord. Quand ça ?

– Tout de suite.

42

Gandle sortit de son bureau en trombe dès qu'il vit Bosch entrer dans la salle des inspecteurs.

– Bosch, je vous avais dit de venir ici dans l'instant. Pourquoi ne répondez-vous pas à...

Il s'arrêta net en découvrant l'individu qui accompagnait Bosch. Mickey Haller était un avocat de la défense très connu. Aucun inspecteur du LAPD n'ignorait à quoi il ressemblait.

– C'est votre avocat ? demanda Gandle d'un air dégoûté. Je vous avais demandé d'amener votre fille, pas votre avocat.

– Lieutenant, lui renvoya Bosch, disons les choses clairement d'entrée de jeu. Ma fille ne fait pas partie de l'équation. Maître Haller est ici pour me conseiller et m'aider à expliquer aux types de Hong Kong que je n'ai commis aucun crime pendant mon séjour dans leur ville. Bon, et maintenant voulez-vous me présenter à eux ou préférez-vous que je le fasse moi-même ?

Gandle hésita, puis renonça.

– Par ici, dit-il.

Il les conduisit dans la salle de conférences, en retrait du bureau du capitaine Dodds. Deux hommes les y attendaient. Ils se levèrent à l'arrivée de Bosch et lui tendirent leurs cartes de visite professionnelles. Alfred Lo et Clifford Wu. Ils appartenaient tous les deux au bureau des Triades de la police de Hong Kong.

Bosch leur présenta Haller et lui tendit leurs cartes.

– Messieurs, dit Haller, aurons-nous besoin d'un traducteur ?

– Ce n'est pas nécessaire, répondit Wu.

– Voilà qui commence bien. Pourquoi ne pas nous asseoir pour attaquer ce gros morceau ?

Tout le monde, y compris Gandle, s'assit autour de la table de conférence. Ce fut Haller qui parla le premier :

– Permettez-moi d'abord de vous dire que pour l'instant mon client ici présent, l'inspecteur Harry Bosch, ne renonce à aucun des droits que lui garantit la Constitution de ce pays. Nous sommes sur le sol américain et cela signifie qu'il n'est nullement tenu de vous parler, messieurs. Cela dit, il est aussi inspecteur et sait très bien contre quoi vous luttez tous les jours. Malgré mes conseils, il est donc prêt à vous parler. Voici donc comment nous allons procéder : vous pouvez lui poser des questions et il essaiera d'y répondre si je pense qu'il le doit. Aucun enregistrement ne sera fait de cet entretien, mais vous pouvez prendre des notes si vous le désirez. Notre espoir est qu'à la fin de cette conversation nous ayons tous une meilleure compréhension des événements de ce dernier week-end à Hong Kong. Une chose doit cependant rester claire : vous ne pourrez pas repartir avec l'inspecteur Bosch. Sa coopération dans cette affaire cessera à l'instant même où cette réunion prendra fin.

Et de ponctuer cette première salve par un sourire.

Avant de venir au nouveau siège de la police, Bosch avait passé presque une heure à l'arrière de la Lincoln Town Car de Haller. Ils s'étaient garés dans le jardin public réservé aux chiens de Franklyn Canyon et avaient pu regarder la fille de Harry s'y promener en flattant les toutous de bonne compagnie pendant qu'ils parlaient. Et lorsqu'ils en avaient eu terminé, ils avaient emmené Maddie pour son premier entretien avec le Dr Hinojos et avaient enfin rejoint les nouveaux bâtiments de la police.

Ils ne travaillaient pas en parfaite harmonie, mais ils avaient quand même réussi à élaborer une stratégie commune. Une rapide recherche sur le Net grâce au portable de Haller leur avait même fourni de quoi l'étayer. C'était fin prêts à présenter l'affaire Bosch aux hommes de Hong Kong qu'ils étaient entrés dans la salle de conférences.

Sa qualité d'inspecteur de police obligeait Bosch à marcher sur des œufs. Il voulait que ses collègues de Hong Kong sachent ce qui s'était passé, mais il n'était pas question qu'il mette sa fille, Sun Yee ou lui-même en danger. À ses yeux, tout ce qu'il avait fait à Hong Kong était justifié. Il avait expliqué à Haller que c'était dans des situations où il faut tuer pour ne pas être tué qu'il s'était trouvé et que ces situations, ce n'était pas lui qui les avait initiées. Cela incluait sa rencontre avec le gérant des Résidences de Chungking. Il était certes sorti victorieux de toutes ces situations, mais cela ne constituait pas un crime. Pas pour lui en tout cas.

Lo sortit un stylo et un carnet de notes cependant que Wu posait la première question, révélant ainsi que c'était lui le patron :

– D'abord, nous demandons pourquoi vous êtes allé à Hong Kong pour voyage aussi court.

Bosch haussa les épaules comme si la réponse allait de soi.

– Pour retrouver ma fille et la ramener ici.

– Samedi matin votre ancienne femme a déclaré votre fille manquante à la police, dit Wu.

Bosch le dévisagea un long moment.

– C'est une question ?

– Avait-elle disparu ?

– D'après ce que j'ai compris, elle avait effectivement disparu, mais ce samedi matin j'étais à douze mille mètres au-dessus du Pacifique. Je ne peux pas répondre de ce que mon ex-épouse faisait à ce moment-là.

– Nous pensons que votre fille enlevée par un certain Peng Qingcai. Le connaissez-vous ?

– Je ne l'ai jamais rencontré.

– Peng est mort, dit Lo.

Bosch hocha la tête.

– La voisine de M. Peng, Mme Fengyi Mai, elle se rappelle parler avec vous dans sa maison dimanche, reprit Wu. Vous et M. Sun Yee.

– Oui, nous avons frappé à sa porte. Elle ne nous a pas beaucoup aidés.

– Pourquoi est-ce ainsi ?

– Sans doute parce qu'elle ne savait rien. Elle ne savait pas où était Peng.

Wu se pencha en avant, son langage corporel n'ayant rien de difficile à comprendre. Il pensait être en train de cerner Bosch.

– Êtes-vous allés à l'appartement de Peng ?

– Nous avons frappé à sa porte, mais personne n'a répondu. Au bout d'un moment nous sommes partis.

Wu se renversa en arrière, très déçu.

– Vous reconnaissez avoir été avec Sun Yee ?

– Bien sûr. Oui, j'étais avec lui.

– D'où connaissez-vous cet homme ?

– Par mon ex-épouse. Ils sont venus me chercher à l'aéroport dimanche matin et m'ont informé qu'ils cherchaient ma fille parce que la police de chez vous ne croyait pas qu'elle avait été enlevée.

Il regarda attentivement les deux hommes un instant avant de continuer :

– Voyez-vous, c'est votre police qui a laissé tomber. J'espère bien que vous le mettrez dans votre rapport. Parce que si jamais on m'entraîne là-dedans, moi, je le dirai, c'est certain. J'appellerai tous les journaux de Hong Kong… et peu importe qu'ils soient dans telle ou telle langue… et je leur raconterai toute l'histoire.

Laisser peser une menace de gros embarras international pour la police de Hong Kong afin que ses deux inspecteurs y aillent doucement, tel était le plan.

– Savez-vous, reprit Wu, votre ex-épouse, Eleanor Wish, est morte de blessures à la tête par arme à feu au quinzième étage des Résidences de Chungking à Kowloon ?

– Oui, je le sais.

– Étiez-vous présent quand ça s'est produit ?

Bosch jeta un coup d'œil à Haller qui acquiesça d'un signe de tête.

– Oui, j'y étais et j'ai vu ce qui s'est passé.

– Pouvez-vous nous dire ?

– Nous cherchions notre fille. Nous ne la trouvions pas. Nous étions dans le couloir et nous nous apprêtions à partir quand deux hommes ont commencé à nous tirer dessus. Eleanor a été touchée et elle... elle est morte. Et les deux hommes, eux aussi, ont été touchés. C'était de la légitime défense.

Wu se pencha en avant.

– Qui a abattu ces hommes ?

– Je pense que vous le savez.

– Dites-nous, s'il vous plaît.

Bosch songea à l'arme qu'il avait mise dans la main d'Eleanor. Il était à deux doigts de leur lâcher un mensonge lorsque Haller se pencha en avant à son tour.

– Je ne pense pas autoriser M. Bosch à se lancer dans des théories sur qui a tué qui, dit-il. Je suis sûr que votre belle police a de fantastiques capacités d'analyses scientifiques et qu'elle a déjà la réponse à cette question grâce à l'examen des armes et aux tests balistiques.

Wu enchaîna :

– Sun Yee se trouvait au quinzième étage ?

– Pas à ce moment-là.

– Pouvez-vous donner les détails ?

– Sur la fusillade ? Non. Mais je peux vous dire certaines choses sur la pièce où ils détenaient ma fille. Nous avons trouvé des mouchoirs tachés de sang. Ils lui avaient pris du sang.

Bosch scruta les deux hommes pour voir si ce renseignement les faisait réagir. Ils ne montrèrent rien.

Il y avait un dossier sur la table devant eux. Wu l'ouvrit et en sortit un document attaché avec un trombone. Il le passa à Bosch en travers de la table.

– Voici déclaration de Sun Yee, dit-il. Elle a été traduite en anglais. S'il vous plaît, lisez et vérifiez exactitude.

Haller se pencha à côté de Bosch et ils se mirent à lire ensemble le document de deux pages. Bosch y vit tout de suite un piège. C'était leur théorie à eux, mais présentée sous la forme d'une déclaration de Sun Yee. Une bonne moitié n'était pas fausse. Le reste n'était que conjectures fondées sur des interrogatoires et certains éléments de preuve. Tout y accusait Bosch et Sun Yee des meurtres de la famille Peng.

Harry savait qu'ils essayaient de le bluffer pour qu'il dise ce qui s'était vraiment passé. C'était ça, ou ils avaient arrêté Sun Yee et l'avaient forcé à signer l'histoire qu'ils avaient concoctée, à savoir que Bosch était responsable d'une véritable série de massacres dans tout Hong Kong. Ç'aurait été la meilleure façon d'expliquer ces neuf morts violentes d'un dimanche. C'était l'Américain qui avait tout fait.

Mais Bosch n'avait pas oublié ce que Sun Yee lui avait dit à l'aéroport : « Je me débrouillerai et ne parlerai pas de vous. C'est ma promesse. Quoi qu'il arrive, je vous laisserai, vous et votre fille, en dehors de tout ça. »

– Messieurs, dit Haller après avoir fini de lire la pièce, ce document est un...

– ... un monceau de conneries, dit Bosch, finissant sa phrase.

Et de jeter en travers de la table le document, qui alla frapper Wu dans la poitrine.

– Non, non ! s'écria Wu. C'est très réel. C'est signé par Sun Yee.

– C'est vrai que si vous lui avez mis un flingue sur la tempe... C'est comme ça que vous faites là-bas, à Hong Kong ?

– Inspecteur Bosch ! s'écria Wu. Vous viendrez à Hong Kong et répondrez de ces accusations !

– Je ne m'approcherai plus jamais de Hong Kong de ma vie.

– Vous avez tué beaucoup de personnes. Vous avez utilisé armes à feu. Vous avez mis votre fille au-dessus tous citoyens chinois et...

– Ils étaient en train de chercher son groupe sanguin ! lui renvoya Bosch en colère. Ils lui avaient fait une prise de sang. Vous savez quand ils font ce genre de trucs ? Ils le font quand ils essaient de trouver des organes compatibles !

Il marqua une pause et constata le malaise grandissant qui se lisait sur le visage de Wu. Lo ne l'intéressait pas. Le pouvoir, c'était Wu qui l'avait. Que Bosch arrive à le mettre de son côté et tout irait bien. Haller avait raison. À l'arrière de la Lincoln, c'était lui qui avait arrêté la stratégie subtile à suivre pendant l'entretien. Plutôt que d'essayer de justifier ce que Bosch avait fait en invoquant la légitime défense, mieux valait montrer aux hommes de Hong Kong tout ce qui risquait de se produire sur la scène médiatique internationale si jamais ils tentaient de l'accuser de quoi que ce soit.

L'heure était venue de jouer le coup et ce fut fort calmement que Haller prit le relais et sonna l'hallali.

– Messieurs, vous pouvez vous en tenir au témoignage signé que vous avez là, dit-il en y allant du sourire qu'il semblait avoir sur la figure à tout instant. Mais permettez que je vous résume les faits qu'étayent les vrais éléments de preuve. C'est dans votre ville de Hong Kong qu'une jeune Américaine de treize ans a été enlevée. Comme il était de son devoir, sa mère a donc appelé votre police pour lui signaler ce crime. Mais votre police a refusé d'enquêter sur cette affaire et…

– Elle avait fugué avant ! s'écria Lo. Il n'y avait pas raison de…

Haller leva un doigt pour l'interrompre.

– Aucune importance, lâcha-t-il d'un ton outragé comme s'il avait du mal à se contenir, toute trace de sourire maintenant absente de son visage. On informe vos services de police qu'une jeune Américaine a disparu et vous, pour quelque raison que ce soit, vous ignorez cet appel ! C'est cela qui a obligé sa mère à se lancer à la recherche de sa fille. La première chose qu'elle a donc faite a été de demander au père de la jeune fille de venir de Los Angeles.

Et de montrer Bosch du doigt et d'ajouter :

– L'inspecteur Bosch est donc venu et, avec son ex-épouse et un ami de la famille, M. Sun Yee, ils ont entamé les recherches que la police de Hong Kong n'avait pas jugé bon d'entreprendre. C'est complètement seuls qu'ils ont découvert la preuve que leur fille avait été kidnappée pour qu'on lui prenne des organes. Cette jeune Américaine, ses ravisseurs avaient tout simplement décidé de la vendre pour ses organes !

Sa colère montait tellement que Bosch fut certain qu'elle n'était pas feinte. Haller laissa ses paroles en suspens tel un nuage d'orage avant de reprendre en ces termes :

– Bien. Et maintenant, messieurs, comme vous le savez, des gens se sont fait tuer. Et mon client ne va pas entrer dans le détail de tout cela avec vous. Je me contenterai de dire que c'est laissés seuls dans Hong Kong par une police et une administration qui refusaient de les aider que cette mère et ce père qui essayaient de retrouver leur fille sont tombés sur des gens très peu recommandables et que cela a donné lieu à des situations où il fallait tuer pour ne pas être tué. Pro-vo-ca-tion il y a eu !

Bosch vit les deux inspecteurs se tasser sur eux-mêmes lorsque Haller leur hurla cette dernière phrase. Et tout aussitôt Haller enchaîna sur le ton calme et bien modulé auquel il recourait au tribunal :

– Nous savons que vous aimeriez savoir ce qui s'est passé et que vous avez des rapports à établir et des superviseurs à satisfaire. Cela dit, vous devez quand même, et très sérieusement, vous demander si c'est bien ainsi qu'il convient de procéder.

Deuxième pause, puis ceci :

– Tout ce qui s'est produit à Hong Kong n'est arrivé que parce que vos services de police ont laissé tomber cette jeune Américaine et ses parents. Même que si vous décidez de vous calmer et d'analyser tout ce qu'a dû faire l'inspecteur Bosch parce que vos services n'ont pas été à la hauteur… si c'est un bouc émissaire que vous avez dans l'idée de ramener à Hong Kong avec vous… eh bien, sachez que ce n'est pas ici que vous allez le trouver. Il n'est pas question de coopérer sur ce terrain-là. Cela dit, j'ai ici quelqu'un à qui vous pourrez parler de toute cette affaire. Si vous voulez qu'on commence avec lui...

Haller sortit une carte de visite professionnelle de sa poche de chemise et la leur glissa en travers de la table. Wu la prit et se mit à l'examiner. Haller l'avait montrée à Bosch un peu plus tôt. C'était celle d'un reporter du *Los Angeles Times*.

– Jock Mikivoï, dit Lu. Il a renseignements sur ça ?

– C'est Jack McEvoy qu'il s'appelle. Non, il n'en a aucun pour l'instant. Mais c'est le genre d'histoire qui le passionnerait.

Tout cela faisait partie du plan. Haller bluffait. La vérité, et Bosch la connaissait, était que McEvoy s'était fait virer du *Los Angeles Times* six mois plus tôt. Haller avait juste sorti sa carte d'un tas d'autres qu'il conservait bien serrées par un élastique dans sa Lincoln.

– Voilà comment commencerait son enquête, reprit Haller toujours aussi calmement. Et moi, je pense que ça serait une histoire géniale. Comment donc, alors qu'une jeune Américaine se fait enlever en Chine pour ses organes, la police décide de ne rien faire. Comment ses parents sont alors obligés d'entrer en action, la mère de l'enfant finissant par se faire tuer alors qu'elle tente de sauver sa fille. Ça, c'est sûr que la presse internationale aimerait beaucoup. Tous les journaux, toutes les chaînes de télé du monde entier voudront un morceau du gâteau. Et Hollywood en fera un film. Avec Oliver Stone comme metteur en scène !

Haller ouvrit alors le dossier qu'il avait apporté. Il contenait les éléments de l'histoire qu'il avait imprimés dans sa voiture suite à la recherche à laquelle il s'était livré sur le Web. Il en glissa un tirage à Wu et à Lo. Qui se rapprochèrent pour l'examiner.

– Pour finir, enchaîna-t-il, voici donc l'ensemble des articles que je me propose de passer à M. McEvoy et à tous les autres journalistes qui nous en feront la demande, à moi et à l'inspecteur Bosch. Ces articles font toute la lumière sur l'importance grandissante du marché noir des organes en Chine. On dit que la liste d'attente serait la plus longue du monde, certains rapports faisant même état d'un million d'individus, si ce n'est plus, en attente d'organes à tout moment. N'aide pas non plus le fait qu'il y a quelques années, et ce sous la pression internationale, le gouvernement chinois a interdit la récolte d'organes sur des condamnés à mort passés par les armes. Cela n'a fait qu'augmenter la demande et donc la valeur des organes humains au marché noir. Je suis certain que vous trouverez sans peine ces articles tirés de journaux fiables, telle la *Beijing Review*, à laquelle M. McEvoy soumettra tout naturellement son article. Cela étant, c'est maintenant à vous de décider si c'est vraiment ce que vous voulez qu'il arrive ici.

Wu se tourna pour pouvoir chuchoter des trucs à toute vitesse dans l'oreille de Lo.

– Il est inutile de chuchoter, messieurs, reprit Haller. Nous ne comprenons pas le chinois.

Wu se redressa.

– Nous aimerions passer appel privé avant de continuer entrevue, dit-il.

– À Hong Kong ? demanda Gandle. Il va bientôt être cinq heures du matin là-bas.

– Ceci pas d'importance, dit Wu. Je dois faire l'appel, s'il vous plaît.

Gandle se leva.

– Vous pouvez prendre mon bureau, dit-il. Vous serez tranquilles.

– Merci, lieutenant.

Les enquêteurs de Hong Kong se levèrent pour s'y rendre.

– Une dernière chose, messieurs, lança Haller.

Ils le regardèrent, l'air de se demander : quoi encore ?

– Je veux juste que vous, ou la personne que vous allez appeler, sachiez que nous sommes très inquiets concernant le sort de M. Sun Yee dans cette affaire. Nous tenons à vous dire que nous nous mettrons en contact avec lui et que si jamais nous n'arrivions pas à le joindre ou apprenions qu'il a été en quelque manière que ce soit attenté à sa liberté, cela aussi, nous le porterions à l'attention du tribunal de l'opinion publique.

Et de sourire encore, avant d'ajouter :

– Il s'agit là d'une offre globale, messieurs. Ne manquez pas d'en informer vos hommes.

Il hocha la tête et pas un seul instant ne se départit de son sourire, tout dans ses manières démentant la menace évidente qu'il venait de proférer. Wu et Lo hochèrent la tête à leur tour pour lui signifier qu'ils avaient compris le message et suivirent Gandle hors de la pièce.

– Qu'est-ce que t'en penses ? demanda Bosch à Haller dès que les Chinois eurent quitté la salle. On est à l'abri ?

– Je crois que oui. Pour moi, l'affaire est close. Ce qui s'est produit à Hong Kong ne sortira pas de Hong Kong.

43

Bosch décida de ne pas attendre le retour des hommes de Hong Kong dans la salle de conférences. Toujours embêté par l'altercation qu'il avait eue avec son coéquipier la veille, il gagna la salle des inspecteurs dans l'espoir de l'y trouver.

Mais Ferras avait filé et Bosch se demanda si c'était de propos délibéré qu'il était parti déjeuner tôt, afin d'éviter tout autre affrontement. Il entra dans son propre box pour voir s'il n'avait pas du courrier interne et d'autres correspondances. Il n'y avait rien de tout cela, mais il s'aperçut que le voyant rouge de son téléphone clignotait. Il avait reçu un message. Il n'avait pas encore pris l'habitude de vérifier sa messagerie sur son fixe. Dans la salle des inspecteurs de Parker Center, tout était nettement plus antique et il n'y avait pas de messagerie vocale. Tous les messages étaient dirigés sur une ligne centrale que suivait l'opératrice affectée au service des inspecteurs. Dès qu'elle en recevait un, elle le notait sur une fiche qui atterrissait sur le bureau du récipiendaire ou dans sa boîte aux lettres. Si l'appel était urgent, elle se chargeait d'en retrouver le destinataire en l'appelant sur son bipeur ou son portable.

Bosch s'assit et entra son code dans l'appareil. Il avait cinq messages. Les trois premiers étaient de pure routine et concernaient d'autres affaires. Il prit quelques notes sur un bloc et effaça les messages. Le quatrième avait été laissé la veille au soir par l'inspecteur Wu de la police de Hong Kong. Il venait d'arriver à son hôtel et voulait organiser une rencontre avec lui. Bosch effaça le message.

Le cinquième était de Teri Sopp au service des empreintes. Le message était arrivé à neuf heures et quart ce matin-là, à peu près au moment où Bosch ouvrait l'emballage plat contenant le nouveau bureau de sa fille.

« Harry, on a fait le test d'amplification électrostatique sur la douille que tu m'as filée. On a réussi à en sortir une empreinte et tout le monde est très excité dans le service. On a une concordance à l'ordinateur central de la Justice ! Appelle-moi dès que tu auras ce message. »

Bosch appela le service des empreintes en regardant par-dessus la cloison de son box et vit Gandle escorter les deux inspecteurs de Hong Kong jusqu'à la salle de conférences. Et lui faire signe de les rejoindre. Bosch leva un doigt – il avait besoin d'une minute.

– Service des empreintes.

– Pouvez-vous me passer Teri, s'il vous plaît ?

Il attendit dix secondes, son excitation ne cessant de croître. Pour ce qu'il en savait, Bo-jing Chang avait peut-être réussi à se faire libérer et était peut-être même de retour à Hong Kong, mais s'il avait laissé ses empreintes sur une des balles qui avaient tué John Li, la partie changerait du tout au tout. Ce serait une pièce à conviction. D'où la possibilité de l'accuser de meurtre et de réclamer son extradition.

– Teri à l'appareil.

– Bosch. Je viens juste d'avoir ton message.

– Je me demandais où tu étais passé. On a une concordance pour ta douille.

– Génial ! C'est Bo-jing Chang ?

– Je suis au labo. Laisse-moi aller à mon bureau. C'était bien un nom chinois, mais pas celui que tu m'avais laissé sur la carte. Je te mets en attente.

Elle s'éclipsa, Bosch sentant comme une grande lézarde se dessiner dans ses théories.

– Harry, vous venez ou quoi ?

Bosch leva la tête et regarda par-dessus la cloison de son box. Gandle l'appelait de la porte de la salle de conférences. Bosch lui montra le téléphone et fit non de la tête. Pas satisfait, Gandle sortit de la salle de conférences et rejoignit Bosch dans son box.

– Écoutez, ils laissent tomber, dit-il d'un ton pressant, mais il faut que vous reveniez pour finir ce truc.

– Mon avocat peut s'en occuper. Je viens de recevoir le coup de fil.

– Quel coup de fil ?

– Celui qui va tout chan...

– Harry ?

C'était Sopp. Elle reprenait la ligne. Bosch couvrit l'écouteur de sa main.

– Lieutenant, dit-il, il faut absolument que je réponde.

Il ôta sa main de l'écouteur.

– Teri, reprit-il, donne-moi le nom.

Gandle hocha la tête et repartit vers la salle de conférences.

– Bon, alors ce n'est pas le type que tu m'as dit. C'est... Henry Lau, L-a-u. Date de naissance : 9 septembre 1982.

– Qu'est-ce que dit l'ordinateur central ?

– Arrêté pour conduite en état d'ivresse il y a deux ans. À Venice.

– C'est tout ?

– Oui. En dehors de ça, rien.

– T'as une adresse ?

– Celle de son permis de conduire... 18 Quarterdeck, Venice. Appartement 11.

Bosch nota le renseignement dans son carnet.

– Bon, dit-il, et l'empreinte que vous avez, c'est du costaud, hein ?

– Absolument, Harry. Aussi lumineuse qu'un sapin à Noël. Cette nouvelle technologie est merveilleuse. Ça va tout changer.

– Et il est question que l'État de Californie en fasse un dossier test ?

– Là, moi, je ne me précipiterais pas. Mon superviseur veut d'abord voir comment ça marche dans ton affaire. Tu sais bien… histoire de voir si ce mec est bien ton tireur et comment ça se goupille avec les autres éléments de preuve. Ce qu'on cherche, c'est une affaire où la technologie fait partie intégrante de l'accusation.

– Ben, tu le sauras quand moi, je le saurai. Un grand merci, Teri. On va s'en servir tout de suite.

– Bonne chance, Harry.

Il raccrocha et regarda par-dessus la cloison de son box. Les jalousies de la salle de conférences étaient baissées, mais les lames ouvertes. Il vit Haller faire de grands gestes à l'adresse des deux hommes de Hong Kong. Bosch jeta encore une fois un coup d'œil au bureau de son coéquipier – encore une fois il était vide. Alors il prit sa décision et décrocha à nouveau.

David Chu était bien au bureau de l'AGU et répondit. Bosch le mit au courant de la découverte de l'empreinte et lui demanda de voir si Lau figurait au fichier des triades. En attendant, il allait, lui, passer le prendre.

– Pour aller où ? lui demanda Chu.

– Chercher ce type.

Bosch raccrocha et se dirigea vers la salle de conférences, mais pas pour prendre part à la discussion. Seulement pour mettre Gandle au courant de ce qui avait tout l'air d'être une belle avancée dans le dossier.

Gandle avait pris son air c'est-pas-trop-tôt lorsque Bosch ouvrit la porte et lui demanda de sortir un instant.

– Harry, ces messieurs ont encore des questions à vous poser.

– Ben, ils devront attendre un peu. On a une piste dans l'affaire John Li et il faut agir. Tout de suite.

Gandle se leva et se dirigea vers la porte.

– Harry, lança Haller de sa place, je devrais pouvoir gérer. Mais il y a une question à laquelle il faut répondre.

Bosch le regarda, Haller hocha la tête pour lui faire comprendre que la question était sans danger.

– Quoi ?

– Est-ce que tu veux qu'on rapatrie le corps de ton ex à Los Angeles ?

Bosch réfléchit. La réponse immédiate était oui, bien sûr, mais l'hésitation portait sur les conséquences de cette décision sur sa fille.

– Oui, finit-il par dire. Qu'on me l'envoie.

Il laissa Gandle sortir de la pièce et referma la porte.

– Qu'est-ce qui se passe ? lui demanda Gandle.

Chu l'attendait devant l'immeuble de l'AGU lorsque Bosch se gara le long du trottoir. Il tenait une mallette à la main – Bosch en déduisit qu'il avait trouvé quelque chose sur Henry Lau. Chu sauta dans la voiture et Bosch démarra.

– On commence par Venice ? demanda Chu.

– C'est ça. Qu'est-ce que vous avez trouvé sur Lau ?

– Rien.

Bosch se tourna vers lui.

– Rien ?

– Pour ce qu'on en sait, il a le nez propre. Je n'ai vu son nom nulle part dans nos dossiers. J'ai aussi parlé à des gens et passé quelques coups de fil. Rien. À ce propos… j'ai imprimé la photo de son permis de conduire.

Il se pencha en avant, ouvrit sa mallette et en sortit un tirage couleur. Puis il le passa à Bosch, qui y jeta quelques rapides coups d'œil en continuant de conduire. Ils arrivaient à la bretelle de Broadway, Bosch prit la 101 jusqu'à la 110. Les autoroutes étaient encombrées en centre-ville.

Lau avait souri à l'objectif. Le visage était frais et la coupe de cheveux ne manquait pas de style. Difficile de relier tout ça à un boulot des triades, surtout au meurtre de sang-froid d'un propriétaire de magasin de vins et spiritueux. Et l'adresse de Venice ne cadrait pas vraiment non plus.

– J'ai vérifié auprès du bureau des Tabacs et Armes à feu, reprit Chu. Henry Lau y est enregistré comme possédant un 9 mm de marque Glock, modèle 19. Il ne l'a donc pas seulement chargé, il en est aussi le propriétaire.

– Quand l'a-t-il acheté ?

– Il y a six ans, le lendemain de ses vingt et un ans.

Tout cela disait à Bosch qu'ils touchaient au but. C'était la bonne arme dont Lau était propriétaire, et qu'il en ait fait l'acquisition dès qu'il avait eu l'âge légal indiquait à coup sûr que son désir d'en posséder une n'était pas nouveau. Cela faisait donc de lui un monsieur qui évoluait dans le monde que Bosch connaissait bien. Ses liens avec John Li et Bo-jing Chang apparaîtraient clairement dès qu'on le collerait en taule et se mettrait à lui décortiquer son passé.

Arrivés à la 10, ils prirent à l'ouest, vers le Pacifique. Son téléphone ayant bourdonné, Bosch décrocha sans regarder l'écran – il s'attendait à ce que ce soit Haller qui lui confirme que la réunion avec les inspecteurs de Hong Kong avait pris fin.

– Harry, c'est moi, le Dr Hinojos. On vous attend.

Il avait complètement oublié. Depuis trente ans il faisait tout simplement ce qu'il fallait dès qu'une enquête l'exigeait. Jamais il n'avait eu à penser à autrui.

– Oh, docteur ! s'écria-t-il. Je suis désolé. J'ai complètement... je suis à deux doigts de coffrer un suspect.

– Que voulez-vous dire ?

– Que nous avons du nouveau et que j'ai dû... Y aurait-il moyen que Maddie reste un peu plus longtemps avec vous ?

– C'est-à-dire que... oui, elle devrait pouvoir rester ici. En fait, je n'ai que du travail administratif jusqu'à ce soir. Mais... vous êtes sûr que c'est ça que vous voulez ?

– Écoutez, je sais que c'est nul. C'est vraiment mal. Elle vient juste d'arriver et moi, je vous la laisse et j'oublie. Mais c'est à cause de cette affaire qu'elle est ici. Je ne peux pas faire autrement que d'aller jusqu'au bout. Je vais serrer ce type s'il est chez lui et je reviens tout de suite en ville. Je vous rappellerai à ce moment-là. Et je viendrai la chercher.

– D'accord, Harry. Parler un peu plus longtemps avec elle ne fera pas de mal. Et vous et moi allons devoir nous trouver un petit moment pour causer. De Maddie d'abord, et après de vous.

– C'est entendu. Elle est avec vous ? Je peux lui parler ?

– Je vous la passe.

Maddie prit la ligne au bout de quelques instants.

– Papa ?

Dans ce seul mot elle avait fait tout passer : sa surprise, sa déception, son incrédulité, la terrible impression que son père la laissait tomber.

– Je sais, ma chérie. Je suis vraiment désolé. Il y a du nouveau et il faut que je suive. Reste encore un peu avec le Dr Hinojos et je viens te chercher dès que je peux.

– Bon.

Double ration de déception. Bosch se dit que ce ne serait sans doute pas la dernière fois.

– D'accord, Mad. Je t'aime fort.

Il referma son portable et le rangea.

– Je ne veux pas en parler, lança-t-il avant que Chu ait le temps de lui poser la question.

– OK, dit Chu.

La circulation se dégageant, ils entrèrent dans Venice moins d'une demi-heure plus tard. Bosch reçut un autre appel, et celui-là, il l'attendait : Haller lui annonçait que la police de Hong Kong renonçait à lui chercher des poux dans la tête.

– Et donc c'est terminé ?

– Ils vous contacteront pour le corps de votre ex-épouse, mais oui, c'est terminé. Ils laissent tomber tout ce qui vous concerne.

– Merci, Mickey.

– Bah, dans la foulée…

– Envoie-moi la note.

– Non, Harry, on est quittes. Au lieu de t'envoyer la facture, j'aimerais assez que ma fille fasse la connaissance de la tienne. Elles ont à peu près le même âge, tu sais.

Bosch hésita. Il savait bien que Haller lui demandait nettement plus qu'une petite rencontre entre les deux filles. Bien que Haller soit son demi-frère, ils n'avaient fait connaissance qu'à la faveur d'une affaire à peine un an plus tôt. Que les deux filles se fréquentent et il faudrait que les deux pères en fassent autant, et ça, Bosch n'était pas trop sûr d'y être prêt.

– OK, dit-il, dès que ce sera le bon moment. Pour l'instant, elle est surtout censée commencer l'école demain et il faut que je l'installe correctement chez moi.

– Ça me va. Fais attention à toi, Harry.

Il referma son portable et se mit en devoir de chercher l'adresse de Henry Lau. Les rues des quartiers sud de Venice étant dans l'ordre alphabétique, Quarterdeck se trouvait presque au bout, juste avant la pointe et Marina del Rey.

Passablement bohème, Venice n'en était pas moins chère. La résidence où logeait Henry Lau faisait partie de celles qui, tout en verre et stuc, commençaient à bousculer les petits bungalows de week-ends au bord de la plage. Bosch se gara dans une ruelle en retrait de Speedway et revint vers la plage avec Chu.

La résidence était en copropriété. Des pancartes placées devant indiquaient que deux maisons de ville étaient à vendre, mais aucun de ces panneaux ne précisait lesquelles. Ils franchirent une porte vitrée et se retrouvèrent dans un petit vestibule fermé par une porte de sécurité munie d'un panneau avec boutons d'interphones pour appeler les maisons. Bosch n'avait pas envie d'appuyer sur celui de la onzième. S'il découvrait qu'il y avait des flics à la porte de la résidence, Lau pouvait très bien filer par une issue de secours.

– On fait quoi ? demanda Chu.

Bosch appuya sur les boutons des autres maisons. Ils attendirent, enfin une femme répondit.

– Oui ?

– Police de Los Angeles, madame. On aimerait vous parler, dit Bosch.

– Me parler de quoi ?

Bosch hocha la tête. Il avait été une époque où personne n'aurait mis sa parole en doute. Une époque où on lui aurait ouvert immédiatement.

– Nous enquêtons sur un homicide. Pouvez-vous nous ouvrir, s'il vous plaît ?

Ils attendirent si longtemps que Bosch eut envie de sonner à nouveau, mais se rendit brusquement compte qu'il ne savait plus trop si le bouton sur lequel il avait appuyé était bien celui de la dame.

– Pouvez-vous montrer vos badges à la caméra, s'il vous plaît ?

Bosch se retourna. Il ne s'était pas aperçu qu'il y en avait une.

– Là, dit Chu en lui montrant une petite ouverture en haut du panneau.

Ils levèrent leurs badges, la sonnerie de la porte intérieure ne tardant pas à se faire entendre. Bosch poussa la porte.

– Je ne sais même plus dans quelle maison elle est, dit-il.

Ils entrèrent dans une manière de hall à ciel ouvert. Une petite piscine se trouvait au milieu, les douze unités d'habitation ayant chacune une entrée qui y donnait, quatre au nord, quatre au sud, quatre à l'ouest et quatre à l'est. Située à l'ouest, la 11 avait donc vue sur l'océan.

Bosch s'approcha de la porte et frappa. Personne ne répondit. C'est alors que la porte de la 12 s'ouvrit et qu'une femme fit son apparition.

– Je croyais vous avoir entendus dire que vous vouliez me parler, dit-elle.

– En fait, c'est M. Lau qu'on cherche, répondit Chu. Savez-vous où il est ?

– Peut-être à son travail. Mais il m'a dit avoir une séance de tournage tous les soirs de la semaine.

– Qu'est-ce qu'il tourne ? demanda Bosch.

– Il est scénariste et travaille sur un film ou une émission de télé, je ne sais plus très bien.

Pile à cet instant, la porte de la 11 s'entrouvrit un rien. Regard trouble et cheveux en bataille, un type les lorgna. Bosch reconnut l'homme dont Chu lui avait montré la photo.

– Henry Lau ? lança-t-il. Police de Los Angeles. Nous aimerions vous poser quelques questions.

44

Lau était propriétaire d'une maison spacieuse, avec à l'arrière une terrasse qui surplombait la promenade au bord de l'océan de plus de trois mètres et offrait une vue du Pacifique couvrant pratiquement toute la plage de Venice. Il invita Bosch et Chu à entrer et à s'asseoir dans sa salle de séjour. Chu s'assit, mais Bosch resta debout, le dos tourné au panorama de façon à garder toute sa concentration pendant l'interrogatoire. Ce qu'il éprouvait ne correspondait pas à ce à quoi il s'attendait. Lau donnait l'impression de prendre leur arrivée comme si c'était pure routine et quelque chose à quoi on pouvait normalement s'attendre. Ce n'était pas du tout ce que Bosch escomptait.

Lau portait un jean, des baskets et un tee-shirt à manches longues sur lequel était imprimée l'image d'un chevelu à lunettes de soleil, la légende déclarant : « Le mec s'incline[1]. » S'il avait dormi, c'était tout habillé.

Bosch lui montra un fauteuil carré en cuir noir équipé d'accoudoirs de trente centimètres de large.

– Asseyez-vous, monsieur Lau, dit-il. Nous allons essayer de ne pas vous prendre trop de temps.

Petit, Lau avait des allures de chat. Il s'assit et ramena les genoux sous le menton.

– C'est au sujet de la fusillade ? demanda-t-il.

1. Citation du film *The Big Lebowski. (NdT.)*

Bosch jeta un coup d'œil à Chu, puis reporta son attention sur Lau.

– De quelle fusillade parlez-vous ?

– Celle qui a eu lieu là, dehors, sur la plage. Le vol à main armée.

– C'était quand ?

– Je ne sais pas. Il y a quelques semaines. Mais il faut croire que ce n'est pas pour ça que vous êtes ici si vous ne savez même pas quand ça s'est produit.

– Effectivement, monsieur Lau. Nous enquêtons bien sur une fusillade, mais pas celle-là. Acceptez-vous de nous parler ?

Lau haussa les épaules.

– Je ne sais pas. Je n'ai pas connaissance d'autres fusillades, messieurs les agents.

– Inspecteurs.

– Inspecteurs ? De quelle fusillade parlez-vous ?

– Connaissez-vous un certain Bo-jing Chang ?

– Bo-jing Chang ? Non, je ne connais personne de ce nom.

Il avait l'air sincèrement surpris. Bosch fit signe à Chu, qui sortit de sa mallette la photo d'identité judiciaire de Chang et la tendit à Lau. Pendant que celui-ci l'étudiait, Bosch gagna un autre endroit dans la pièce pour le regarder sous un angle différent. Il ne voulait pas rester immobile. Il voulait le désarçonner.

Lau hocha la tête après avoir regardé la photo.

– Non, dit-il, connais pas. De quelle fusillade parlons-nous ici ?

– Permettez que nous posions les questions, lui renvoya Bosch. Nous passerons aux vôtres après. Votre voisine nous a dit que vous êtes scénariste.

– C'est exact.

– Un film que je pourrais connaître ?

– Nan.

– Comment le savez-vous ?

– Je le sais parce que jusqu'à maintenant, je n'ai jamais écrit quoi que ce soit qui ait été produit. Il n'y a donc rien que vous auriez pu voir.

– Mais alors… qui paie cette très jolie piaule au bord de l'eau ?

– Moi. On me paie pour écrire. C'est juste que rien de ce que j'ai écrit n'a encore été porté à l'écran. Ça prend du temps, vous savez ?

Bosch passant derrière lui, le jeune homme dut se tourner dans son fauteuil pour ne pas le perdre de vue.

– Où avez-vous grandi, Henry ?

– À San Francisco. Je suis descendu ici pour faire mes études et je suis resté.

– Vous êtes né à San Francisco ?

– C'est exact.

– Vous êtes pour les Giants ou pour les Dodgers ?

– Les Giants, mec.

– C'est bien dommage. Quand vous êtes-vous trouvé dans South L.A. pour la dernière fois ?

La question étant totalement inattendue, Lau dut réfléchir avant de pouvoir répondre.

– Je ne sais pas, dit-il en secouant la tête. Au moins cinq ou six ans. Un bon moment en tout cas. Mais j'aimerais assez que vous me disiez de quoi il s'agit pour que je puisse vous aider.

– Ce qui fait que si quelqu'un disait vous avoir vu là-bas la semaine dernière, ce serait un gros menteur ?

Lau eut une grimace de mépris, comme s'ils jouaient à des petits jeux avec lui.

– Oui, ou alors ils se tromperaient. Vous savez bien ce qu'on dit.

– Non, qu'est-ce qu'on dit ?

– Que nous nous ressemblons tous.

Il eut un grand sourire et regarda Chu, en quête d'approbation. Chu resta de marbre et lui renvoya un regard complètement mort.

– Et Monterey Park, ça vous dit quelque chose ? reprit Bosch.

– Vous voulez dire… est-ce que j'y suis allé ?

– Oui, c'est bien ce que je veux dire.

– Euh… j'y suis allé dîner deux ou trois fois, mais ça ne vaut pas vraiment le détour.

– Ce qui fait que vous ne connaissez personne à Monterey Park ?

– Non, pas vraiment.

Bosch n'arrêtait pas de tourner autour du pot, ses questions générales commençant à enfermer Lau dans ses rets. L'heure était venue de passer au combat rapproché.

– Où est votre arme, monsieur Lau ?

Lau reposa les pieds par terre, regarda Chu, puis revint sur Bosch.

– C'est mon arme qui vous intéresse ?

– Il y a six ans vous avez acheté et déclaré un Glock modèle 19. Pouvez-vous nous dire où il se trouve ?

– Oui, bien sûr. Il est dans le coffret fermé à clé que je garde dans un tiroir près de mon lit. Là où il se trouve depuis toujours.

– Vous en êtes sûr ?

– D'accord, je comprends, laissez-moi deviner. M. Trou-du-Cul du 8 m'a vu le tenir sur la terrasse après la fusillade de la plage et a porté plainte.

– Non, Henry, nous n'avons jamais parlé à M. Trou-du-Cul. Et vous nous dites bien que vous aviez votre arme après la fusillade sur la plage, c'est ça ?

– C'est ça. J'ai entendu des coups de feu et des cris. J'étais chez moi, j'avais donc parfaitement le droit de me protéger.

Bosch fit un signe à Chu, qui ouvrit la porte coulissante, passa sur la terrasse et referma derrière lui. Et sortit son portable pour demander ce qui s'était passé sur la plage.

– Écoutez, reprit Lau, si on vous dit que j'ai tiré, sachez que c'est des conneries.

Bosch le regarda longuement. Il sentait confusément comme un trou dans cette histoire, comme un élément de la conversation qu'il ignorait encore.

– Pour autant que je sache, personne n'a rien dit de tel.

– Alors, je vous en prie, dites-moi de quoi il retourne.

– Je vous l'ai dit. Cela concerne votre Glock. Pouvez-vous nous le montrer, Henry ?

– Bien sûr, je vais le chercher.

Il bondit de son fauteuil et se dirigea vers l'escalier.

– Henry ! lui cria Bosch. On ne bouge pas. Nous allons vous accompagner.

Lau se retourna.

– Comme vous voulez. Finissons-en.

Bosch se tourna vers la terrasse. Chu en franchissait déjà la porte pour rentrer. Ils suivirent Lau dans l'escalier, puis le long d'un couloir qui obliquait vers le fond de la maison. Photographies encadrées, affiches de cinéma et diplômes s'étalaient sur les deux murs du couloir. Ils passèrent devant la porte ouverte d'une chambre qui faisait office de bureau, puis ils entrèrent dans la chambre de maître – superbe, avec un plafond de quatre mètres de haut et des fenêtres de trois donnant sur la plage.

– Je viens d'appeler la Pacific Division, dit Chu en regardant Bosch. La fusillade de la plage a eu lieu le soir du 1er. On a déjà deux suspects en garde à vue.

Bosch songea à la chronologie des événements. L'assassinat de John Li avait eu lieu une semaine après le mardi 1er.

Lau s'assit sur le lit défait, à côté d'une table de nuit à deux tiroirs. Il ouvrit celui du bas et en sortit un coffret en acier avec une poignée sur le couvercle.

– Un instant, lui dit Bosch.

Lau posa le coffret sur le lit et se leva, les mains en l'air.

– Hé, mais je n'allais rien faire de mal, moi. C'est vous qui avez demandé à voir le Glock.

– Laissez donc mon coéquipier ouvrir votre coffret.

– Comme vous voudrez.

– Inspecteur…

Bosch prit une paire de gants en latex dans la poche de sa veste et la tendit à Chu. Puis il s'approcha de Lau de façon à être à portée de main du type si cela s'avérait nécessaire.

– Pourquoi avez-vous acheté cette arme, Henry ? reprit-il.

– Parce que, à l'époque, je vivais dans un trou perdu et qu'il y avait des jeunes gangsters absolument partout. Mais c'est drôle. J'ai payé un million de dollars pour cette baraque et ces mecs sont toujours là, sur la plage, à tirer dans tous les coins.

Chu enfila le second gant et regarda Lau.

– Nous autorisez-vous à ouvrir ce coffret ? demanda-t-il.

– Bien sûr, allez-y. Je ne sais toujours pas de quoi il retourne, mais bon... pourquoi pas ? Ouvrez-le. La clé est suspendue à un petit crochet à l'arrière de la table de nuit.

Chu passa la main derrière le meuble, la trouva et ouvrit le coffret. Un sac à pistolet en feutre noir y reposait sur des enveloppes et des journaux pliés. Il y avait aussi un passeport et une boîte de balles. Chu sortit très précautionneusement le sac, l'ouvrit et découvrit un semi-automatique en acier noir. Il le retourna dans sa main et l'examina.

– Une boîte de balles de 9 mm Cor Bon et un Glock modèle 19, dit-il. Pour moi, c'est bien ça, Harry.

Il éjecta le chargeur et examina les balles. Puis il sortit celle déjà engagée dans la chambre.

– Chargé et prêt à faire feu, ce flingue, ajouta-t-il.

Lau fit un pas vers la porte, mais Bosch lui posa aussitôt la main sur la poitrine pour l'arrêter avant de le pousser contre le mur.

– Écoutez, dit Lau, je ne sais pas de quoi il s'agit, mais vous commencez à me foutre les jetons. Qu'est-ce qui se passe, bordel de merde ?

Bosch garda sa main sur sa poitrine.

– Contentez-vous donc de me parler de ce flingue, Henry. Vous l'aviez le soir du 1er. A-t-il toujours été en votre possession depuis cette date ?

– Oui, je... C'est ici que je le range.

– Où étiez-vous mardi dernier à trois heures de l'après-midi ?

– Euh... la semaine dernière je ne suis pas sorti de chez moi. Je devais donc être ici à travailler. Le tournage n'a commencé que jeudi.

– Vous travaillez seul ?

– Oui. Écrire est une entreprise solitaire. Non, attendez ! Attendez ! Mardi dernier, j'ai passé toute la journée aux studios Paramount. Nous avons effectué un filage du scénario avec la distribution. J'y suis resté tout l'après-midi.

– Et il y a des gens qui pourront en témoigner ?

– Une douzaine au minimum. Matthew McConaughey le fera. Il était là. C'est lui qui tient le rôle principal.

Bosch passa brusquement à autre chose, le changement étant destiné à faire perdre pied à Lau. C'était étonnant, ce qui tombait des poches du suspect quand on ne cessait de le bombarder de questions apparemment sans rapport les unes avec les autres.

– Avez-vous des liens avec une triade, Henry ? demanda-t-il.

Lau éclata de rire.

– Quoi ? Mais qu'est-ce que c'est que ces conneries… Bon, écoutez, moi, je m'en vais.

Il repoussa la main de Bosch d'une tape et se dégagea du mur pour gagner la porte. Mais Bosch s'attendait à cette tentative. Il l'attrapa par le bras et lui fit faire demi-tour. Puis il lui fit encore un croche-pied et le jeta sur le lit, le nez dans les couvertures. Ensuite il s'approcha et lui colla le genou dans le dos en même temps qu'il le menottait.

– Putain, mais c'est dingue ! s'écria Lau. Vous n'avez pas le droit !

– Du calme, Henry, du calme. Nous allons descendre en ville éclaircir toute cette histoire.

– Mais j'ai un film, moi ! Il faut que je sois sur le plateau dans trois heures !

– Au cul le cinéma, Henry. Nous sommes dans le réel et nous allons descendre en ville.

Bosch le releva et lui indiqua la porte.

– Dave, dit-il, tout est sécurisé ?

– C'est fait.

– OK. Ouvrez-nous le chemin.

Chu quitta la pièce avec le coffret en métal où était enfermé le Glock. Bosch le suivit en veillant à ce que Lau reste devant lui et en gardant la main sur la chaîne des menottes. Ils longèrent le couloir, mais lorsqu'ils arrivèrent en haut des marches, Bosch tira sur les menottes comme sur les rênes d'un cheval et s'arrêta.

– Minute, dit-il. On revient un peu en arrière.

Il fit marcher Lau à reculons jusqu'au milieu du couloir. Quelque chose avait attiré son attention lorsqu'ils étaient passés devant, mais il ne s'en était rendu compte qu'en arrivant à l'escalier. Il regarda le diplôme encadré de l'université de Californie du Sud. Lau y avait obtenu sa licence ès arts en 2004.

– Vous êtes allé à l'UCS ? demanda-t-il.

– Oui, à l'école de cinéma. Pourquoi ?

Aussi bien l'école que l'année d'obtention de la licence cadraient avec le diplôme qu'il avait vu dans l'arrière-salle du magasin Fortune Fine Foods & Liquor. Sans même parler du lien avec la Chine. Bosch savait en effet que beaucoup de jeunes gens fréquentaient l'UCS, dont plusieurs milliers d'origine chinoise qui y obtenaient leurs diplômes. Et Bosch n'avait jamais cru aux coïncidences.

– Connaissez-vous un certain Li... L-i ?

– Oui, répondit Lau en hochant la tête, je le connais. Il était dans la même thurne que moi.

Bosch sentit soudain que des tas de choses se mettaient en place avec une force indéniable.

– Et Eugene Lam, vous le connaissez aussi ?

Lau acquiesça de nouveau.

– Je le fréquente toujours, dit-il. Lui aussi partageait ma piaule.

– Où ça ?

– Comme je vous l'ai déjà dit, c'était un truc de merde en plein milieu d'un territoire de gang. Près du campus.

Bosch savait que l'UCS était une oasis de belle et très chère éducation supérieure au milieu d'un quartier misérable où la sécurité posait problème. Quelques années plus tôt un joueur de football américain qui s'entraînait sur un terrain avait été touché par une balle perdue lors d'un règlement de comptes intergangs.

– Est-ce pour ça que vous avez acheté votre arme ? Pour vous protéger ?

– Exactement.

Chu s'était rendu compte qu'il les avait perdus de vue et remonta vite l'escalier pour reprendre le couloir.

– Harry, dit-il, qu'est-ce qui se passe ?

Bosch leva sa main libre pour lui faire signe de reculer et de se taire.

– Henry, reprit-il, et ces types que vous connaissez savent que vous avez acheté cette arme il y a six ans ?

– Nous sommes allés l'acheter ensemble ! C'est eux qui m'ont aidé à la choisir. Pourquoi me posez-vous ces...

– Vous êtes toujours amis ? Vous êtes encore en contact ?

– Oui, mais quel rapport avec...

– Quand avez-vous vu l'un d'eux pour la dernière fois ?

– Je les ai vus tous les deux la semaine dernière. On joue au poker pratiquement toutes les semaines.

Bosch jeta un coup d'œil à Chu. L'affaire venait de s'éclaircir.

– Où ça, Henry ? Où jouez-vous au poker ?

– Les trois quarts du temps ici même. Robert habite toujours chez ses parents et Huge a une piaule minuscule dans la Valley. Je veux dire : regardez un peu, j'ai toute la plage à moi ici.

– Quel jour de la semaine dernière avez-vous joué au poker ?

– C'était... mercredi.

– Sûr ?

– Oui, je me rappelle que c'était la veille du jour où le tournage allait démarrer et que je n'avais pas trop envie de jouer. Mais ils se sont pointés et j'ai fini par jouer un petit moment avec eux. La soirée a été courte.

– Et la fois d'avant, c'était quand ?

– Une huitaine de jours avant. Mercredi ou jeudi, je ne sais plus très bien.

– Mais c'était après la fusillade sur la plage, non ?

Lau haussa les épaules.

– Oui, c'est presque sûr. Pourquoi ?

– Et la clé du coffre ? L'un d'eux savait-il où elle se trouvait ?

– Qu'est-ce qu'ils ont fait ?

– Contentez-vous de répondre à ma question, Henry.

– Oui, ils le savaient. De temps en temps ils aimaient bien prendre le flingue et déconner avec.

Bosch sortit ses clés et lui ôta ses menottes. Le scénariste se retourna et commença à se masser les poignets.

– Je me suis toujours demandé comment ça faisait, dit-il. Pour pouvoir le décrire. La dernière fois qu'on me les a passées, j'étais trop saoul pour m'en souvenir.

Enfin il leva la tête et découvrit le regard perçant de Bosch.

– Qu'est-ce qui se passe ? demanda-t-il.

Bosch lui posa la main sur l'épaule et le fit pivoter vers l'escalier.

– Redescendons parler dans la salle de séjour, dit-il. J'ai comme l'impression que vous allez nous apprendre des tas de choses.

45

Ils attendirent Eugene Lam dans la ruelle derrière le magasin Fortune Fine Foods & Liquor. Il y avait un petit parking réservé aux employés coincé entre une rangée de bennes à ordures et des tas de cartons aplatis. Deux jours s'étaient écoulés depuis qu'ils avaient rendu visite à Henry et que l'affaire s'était éclaircie. Ils les avaient mis à profit pour procéder à des tests, réunir des preuves et préparer une stratégie. Bosch avait aussi pris le temps d'inscrire sa fille à l'école du bas de la côte. Et ce jeudi matin-là, Madeline avait commencé ses cours.

Si pour eux Eugene Lam était l'assassin, c'était aussi le suspect le moins plausible des deux. Ils avaient donc décidé de l'amener au commissariat en premier, puis de passer à Robert Li. Ils étaient on ne peut plus prêts, et là, alors qu'il surveillait le parking, Bosch ne doutait pas un seul instant qu'on allait enfin comprendre le meurtre de John Li et résoudre l'affaire avant la fin de la journée.

– Ça y est, dit Chu en lui montrant l'entrée de la ruelle.

La voiture de Lam venait de s'y engager.

Ils collèrent Lam dans la première salle d'interrogatoire et l'y laissèrent mijoter un moment. Le temps est toujours du côté de celui qui pose les questions, jamais du suspect. À la brigade des Vols et Homicides, on appelait ça « assaisonner le rôti ». On le laissait mariner dans son jus et ça ne manquait jamais de le rendre plus tendre. Bo-jing Chang avait été l'exception à la règle. Il n'avait pas dit un mot ni varié d'un pouce. Être innocent le permettait et c'était une qualité que Lam n'avait pas.

Une heure plus tard, après avoir discuté avec un procureur du bureau du *district attorney*, Bosch entra dans la salle avec un carton rempli d'éléments de preuve et s'assit en face de Lam. Qui le regarda, l'air effrayé. Les suspects ne faisaient jamais autre chose après quelques heures d'isolement. Ce qui dehors n'était qu'une heure devenait une éternité à l'intérieur. Bosch posa le carton par terre et croisa les bras sur la table.

— Eugene, lança-t-il, je vais vous expliquer quelques petites choses. Écoutez bien ce que je vais vous dire parce que le choix que vous devrez faire est capital. La réalité est, bien sûr, que vous allez finir en taule. Ça ne fait aucun doute. Cela dit, la durée du séjour que vous y effectuerez dépendra de ce que vous allez me dire dans quelques minutes. Un, vous pourriez y rester jusqu'à un âge très avancé, ou deux, jusqu'à ce qu'on vous colle une aiguille dans le bras et vous pique comme un chien... Mais vous avez aussi la possibilité de retrouver la liberté un jour. Vous êtes très jeune, Eugène. J'espère pour vous que vous ferez le bon choix.

Il marqua une pause et attendit sa réaction. Mais rien ne vint.

— C'est assez marrant, reprit-il. Il y a longtemps que j'exerce ce métier et ce n'est pas la première fois que je m'assieds comme ça en face d'un type qui a tué. Je ne peux pas dire que tous ces assassins étaient mauvais ou avaient le mal en eux. Certains avaient leurs raisons ou étaient manipulés. On les avait obligés à prendre ce chemin.

Bravache, Lam hocha la tête.

— Je vous l'ai déjà dit à tous : je veux un a-vo-cat. Je connais mes droits. Vous n'avez plus celui de me poser des questions dès que je demande un avocat.

Bosch acquiesça d'un signe.

— C'est vrai, dit-il, vous avez raison, Eugene. Absolument raison. Dès que vous invoquez vos droits, nous ne pouvons plus vous interroger. C'est terminé. Mais, voyez-vous, c'est justement pour ça que je ne vous demande rien. Je vous dis simplement ce qui va se passer. Et vous dis aussi et répète que vous avez un choix à faire. Vous taire serait effectivement un choix. Mais faites-le et vous ne reverrez plus jamais le monde extérieur.

Lam hocha de nouveau la tête et regarda la table.

– Je vous en prie, laissez-moi tranquille, dit-il.

– Peut-être cela vous aiderait-il que je vous résume la situation et vous indique clairement où vous en êtes. Je suis tout à fait prêt à partager ça avec vous, mec. C'est toutes les cartes que j'ai en main que je suis prêt à vous montrer. Parce que vous savez quoi ? C'est un flush royal. Vous jouez bien au poker, non ? Vous savez donc qu'il n'y a rien de plus haut. Eh oui, c'est bien ce que j'ai en main. Un putain de flush royal.

Il marqua une autre pause. Et vit la curiosité s'allumer dans les yeux de Lam. Il ne pouvait pas s'empêcher de se demander ce que les flics avaient contre lui.

– Nous savons donc que dans cette histoire c'est vous qui avez fait le sale boulot, enchaîna Bosch. Vous êtes entré dans cette boutique et vous avez liquidé M. Li de sang-froid. Mais nous sommes à peu près certains que l'idée ne venait pas de vous. Non, c'est Robert qui vous a envoyé tuer son père. Et nous, c'est lui qu'on veut. J'ai en ce moment même un adjoint du *district attorney* qui est prêt à vous proposer un marché… de quinze ans à perpète si vous nous donnez Robert. Les quinze ans, c'est sûr que vous les ferez, mais après vous avez une chance de retrouver la liberté. Arrivez à convaincre un jury d'application des peines qu'au fond vous n'étiez qu'une victime dans cette affaire et que vous avez été manipulé par un maître en la matière et vous pourrez sortir… Oui, tout cela est possible. Mais si jamais vous décidez de prendre l'autre chemin, c'est le coup de dés. Et si vous perdez, c'est cuit. Ce qui se profile, c'est cinquante ans de taule… à moins que les jurés se mettent en tête de vous coller l'aiguille dans le bras.

– Je veux un avocat, dit posément Lam.

– D'accord, mec, dit Bosch d'un ton résigné, c'est vous qui choisissez. On va vous en trouver un.

Il leva la tête vers l'endroit du plafond où se trouvait la caméra et se mit un portable imaginaire à l'oreille.

Puis il regarda Lam et comprit qu'il n'arriverait pas à le convaincre avec des mots. L'heure était venue de passer à la leçon de choses.

– Bien, dit-il. Ils vont l'appeler. En attendant, et si ça ne vous gêne pas, je vais vous dire deux ou trois trucs que vous pourrez rapporter à votre avocat dès qu'il arrivera.

– Comme vous voulez, lui renvoya Lam. Je me fous totalement de ce que vous allez me dire du moment que je finis par avoir mon avocat.

– D'accord. Nous commencerons donc par la scène de crime. C'est dès le début que certains trucs m'ont fait tiquer. Le premier, c'est que M. Li avait le flingue juste sous son comptoir et qu'il n'a même pas eu le temps de l'en sortir. Le deuxième, c'est qu'on ne lui a pas trouvé de blessures à la tête. C'est dans la poitrine que M. Li a reçu les trois balles qui l'ont tué. Pas une seule dans la figure.

– Drôlement intéressant, tout ça, lui renvoya Lam d'un ton sarcastique.

Bosch l'ignora.

– Et vous savez ce que tout ça me disait ? Ça me disait que M. Li connaissait très probablement son assassin et qu'il ne se sentait pas menacé. Ça restait dans le domaine du travail. Il n'y avait pas de vengeance là-dedans, et cela n'avait rien de personnel. C'était les affaires et rien d'autre.

Bosch prit le carton et en ôta le couvercle. Il en sortit le sachet d'éléments de preuve contenant la douille extraite de la gorge de la victime et la jeta devant Lam.

– Tenez, Eugene, reprit-il. Vous vous rappelez l'avoir cherchée ? Vous vous rappelez avoir fait le tour du comptoir et avoir poussé le corps de côté en vous demandant où était passée cette putain de douille ? Eh bien, la voici. Et c'est cette erreur-là qui vous fait tomber toute la baraque sur la tête.

Il cessa de parler tandis que Lam regardait fixement la douille et que la peur s'installait à demeure dans ses yeux.

– Sachez donc qu'on ne laisse jamais une douille derrière soi. C'est pas ça, la règle de l'assassin ? Sauf que vous, c'est ce que vous avez fait. Vous avez laissé cette douille derrière vous et c'est elle qui nous a conduits à votre porte.

Il prit le sachet entre deux doigts et le lui montra.

– Il y avait une empreinte sur cette douille, Eugene. Nous l'avons découverte grâce à ce qu'on appelle l'amplification électrostatique, « AE » en abrégé. Tout nouveau pour nous, ce procédé scientifique, vous savez ? Et l'empreinte que nous y avons relevée appartenait à votre ancien colocataire, Henry Lau. Oui, c'est à Henry que ça nous a conduits et Henry s'est montré très coopératif. Il nous a dit avoir tiré et rechargé son flingue à un stand de tir il y a environ huit mois de ça. Et c'est son empreinte qui était restée sur cette douille ! Oui, pendant tout ce temps !

Il se baissa vers le carton et y prit l'arme de Henry Lau toujours enfermée dans son sac en feutre. Il l'en sortit et la posa sur la table.

– Nous sommes donc allés chez Henry et il nous a donné son arme. Hier, nous l'avons fait analyser par nos services de balistique, et oui, c'est bel et bien l'arme du crime. C'est bien l'arme qui a tué John Li à son magasin le 8 septembre. Le problème là-dedans, c'est que Henry Lau a un alibi en béton pour l'heure à laquelle ça s'est produit. À ce moment-là, il se trouvait dans une pièce avec treize autres personnes. Même qu'il a Matthew McConaughey comme témoin ! Et comme il nous avait certifié n'avoir jamais laissé personne lui emprunter son Glock…

Il se renversa en arrière et se gratta le menton comme s'il essayait toujours de comprendre comment le Glock avait fini par servir à tuer John Li.

– Putain, c'était pas simple, ce problème ! s'écria-t-il. Sauf que, bien sûr, on a eu un coup de pot. Les bons en ont souvent, de ces coups de pot. Et c'est vous qui nous l'avez offert, Eugene.

Il marqua encore un temps d'arrêt pour voir l'effet que ça lui faisait et lui assener le coup de grâce.

– Non parce que le type qui s'est servi du flingue de Henry pour tuer John Li a pris la précaution de le nettoyer après et de le recharger pour que Henry ne s'aperçoive pas qu'on le lui avait emprunté pour liquider quelqu'un. C'était un assez bon plan, sauf pour cette erreur.

Il se pencha au-dessus de la table et regarda Lam droit dans les yeux. Et tourna l'arme sur la table de façon à lui en pointer la gueule sur la poitrine.

– Et sur une des balles qui avaient été remplacées dans le chargeur il y avait une empreinte parfaitement lisible. La vôtre, Eugène. Nous l'avons donc comparée à celle que vous avez donnée pour faire transférer votre permis de conduire de l'État de New York à celui de Californie.

Lam détourna lentement les yeux et regarda la table.

– Tout ça, ça veut rien dire, marmonna-t-il sans grande conviction dans la voix.

– Tiens donc ! lui renvoya Bosch. Vous croyez ça ! Ben, moi, je ne sais pas. Je crois même plutôt que ça veut dire des tas de choses, Eugene. Et le procureur qui se trouve de l'autre côté de la caméra là-haut pense exactement comme moi. Pour lui, tout ça ressemble beaucoup au bruit d'une porte de prison qui se referme sur vous.

Il reprit le Glock et le sachet contenant la douille, les remit dans le carton, s'en empara et se leva.

– Bref, voilà où nous en sommes, Eugene. Réfléchissez-y bien en attendant votre avocat.

Il se dirigea lentement vers la porte. Il espérait que Lam lui dise de revenir parce qu'il acceptait le marché. Mais Lam garda le silence. Bosch glissa le carton sous son bras, ouvrit la porte et sortit.

Il rapporta son carton de pièces à conviction à son box et le fit tomber lourdement sur son bureau. Puis il jeta un coup d'œil au box de son collègue pour être sûr qu'il était encore vide. On avait laissé Ferras dans la Valley pour surveiller Robert Li. Celui-ci pouvait très bien essayer de filer si jamais il devinait que Lam était en garde à vue et s'était mis à table. Ferras n'avait pas trop apprécié qu'on lui fasse jouer les baby-sitters, mais Bosch s'en foutait un peu. Ferras s'était mis lui-même sur la touche et c'était là qu'il allait rester.

Chu et Gandle, qui avaient regardé Bosch tenter le coup avec Lam, ne mirent guère de temps à sortir de la salle de l'audio-visuel et le rejoignirent dans son box.

– Je vous l'avais dit que c'était faiblard ! lança Gandle. Il est futé et on le savait. Il a dû mettre des gants avant de recharger l'arme. Vous avez perdu la partie dès qu'il a compris que vous essayiez de le piéger.

– Oui, bon, lui renvoya Bosch, mais pour moi c'était ce qu'on avait de mieux.

– Pour moi aussi, dit Chu, montrant son soutien à Bosch.

– Peu importe, rétorqua Gandle, on va quand même devoir le libérer. On savait qu'il avait la possibilité de prendre le flingue, mais on n'a rien pour prouver qu'il l'a fait. Avoir la possibilité matérielle de faire ceci ou cela ne suffit pas. On ne pourra pas porter l'affaire devant un tribunal uniquement avec ça.

– C'est ce qu'a dit Cook ?

– C'est ce qu'il pensait.

Abner Cook était le procureur adjoint du bureau du *district attorney* qui était venu du tribunal regarder ce qui se passait dans la salle d'interrogatoire.

– À ce propos… où est-il ?

Comme s'il tenait à répondre à la question en personne, Cook appela Bosch à l'autre bout de la salle des inspecteurs.

– Venez par là ! cria-t-il.

Bosch se redressa et jeta un œil par-dessus la cloison de son box. Cook lui faisait de grands signes à l'entrée de la salle de l'audiovisuel.

– Il vous demande ! Revenez !

Bosch accéléra l'allure en regagnant la salle d'interrogatoire, puis il ralentit et se composa un visage avant d'ouvrir la porte et d'entrer calmement dans la pièce.

– Qu'y a-t-il ? lança-t-il. On a appelé votre avocat et il arrive.

– Le plaider coupable… c'est toujours possible ?

– Pour l'instant, oui. Mais le procureur est sur le point de partir.

– Dites-lui de rester. J'accepte le marché.

Bosch s'avança et referma la porte derrière lui.

– Eugene, dit-il, qu'est-ce que vous voulez nous donner ? Si vous voulez vraiment plaider coupable, il faut que je sache ce que vous allez me donner. Je ferai venir le procureur quand je saurai ce que vous voulez mettre sur la table.

Lam acquiesça d'un signe de tête.

– Je vous donne Robert Li… et sa sœur. Ce sont eux qui ont tout concocté. Le vieux refusait obstinément de changer. Robert et Mia voulaient fermer sa boutique pour en ouvrir une autre dans la Valley. Une boutique qui rapporterait. Mais le vieux s'y opposait. Il n'arrêtait pas de dire non et un jour Rob n'a plus supporté.

Mia impliquée ? Bosch se glissa de nouveau sur sa chaise en essayant de cacher sa surprise.

– Et la sœur était complice ?

– Mieux que ça : c'est elle qui a monté le coup. Sauf que…

– Sauf que quoi ?

– Sauf qu'elle voulait les liquider tous les deux. Le père et la mère. Elle voulait que j'arrive tôt à la boutique et que je les flingue tous les deux. Mais Robert a dit non. Il ne voulait pas faire de mal à sa mère.

– Qui a eu l'idée de faire passer ça pour un assassinat des triades ?

– Elle, et c'est Robert qui l'a mise en forme. Ils savaient que les flics mordraient à l'hameçon.

Bosch hocha la tête. Il connaissait à peine Mia, mais en savait assez sur ce qu'elle avait vécu pour que tout cela l'attriste.

Il leva la tête et regarda la caméra en espérant que son coup d'œil suffise à faire comprendre à Gandle qu'il devait lancer quelqu'un à la recherche de Mia Li afin que les équipes d'arrestation puissent opérer ensemble. Puis il se concentra de nouveau sur Lam et vit qu'il contemplait la table d'un air abattu.

– Et vous, Eugene, reprit-il, pourquoi vous êtes-vous embringué dans cette histoire ?

Lam hocha la tête et Bosch lut du regret dans ses yeux.

– Je ne sais pas, dit-il. Robert menaçait de me virer parce que la boutique de son père perdait trop d'argent. Il m'a fait comprendre que je pourrais sauver mon emploi… et que lorsqu'ils ouvriraient le deuxième magasin dans la Valley, ce serait moi qui m'en occuperais.

La réponse n'était pas plus pitoyable que toutes celles qu'il avait déjà entendues au fil des ans. Découvrir le mobile d'un assassinat ne réserve guère de surprises.

Il réfléchit à ce qu'il fallait encore élucider avant qu'Abner ne vienne entériner le marché.

– Et Henry Lau là-dedans ? demanda-t-il. Il vous a donné le flingue ou bien c'est vous qui l'avez pris sans qu'il le sache ?

– On l'a pris tous les deux… Non, moi. C'est moi qui l'ai pris. Un soir on a joué au poker chez lui et j'ai dit que j'avais besoin d'aller aux toilettes. Je suis entré dans la chambre et je l'ai pris. Je savais où il rangeait la clé de l'étui. Je l'ai pris et je l'ai remis à sa place après… lorsque nous sommes revenus jouer au poker la fois suivante. Ça faisait partie du plan. On ne pensait pas qu'il s'en apercevrait.

Bosch trouvait tout cela complètement plausible. Mais il savait que dès que l'accord serait scellé par Cook, il pourrait questionner Lam plus en détail sur tout ce qui avait trait à l'affaire. Il ne lui restait qu'un dernier point à éclaircir avant d'aller chercher Cook.

– Et Hong Kong ? demanda-t-il.

La question parut surprendre Lam.

– Hong Kong ? répéta-t-il. Quoi, Hong Kong ?

– Qui d'entre vous avait le lien avec Hong Kong ?

Lam hocha la tête, l'air sincèrement dépassé.

– Je ne vois pas de quoi vous parlez, dit-il. Ma famille est de New York, pas de Hong Kong. Je ne connais personne à Hong Kong, et pour autant que je sache, Robert et Mia non plus. Personne n'a jamais mentionné Hong Kong dans les discussions.

Bosch réfléchit. Et ce fut à son tour d'être un peu perdu. Quelque chose ne collait pas dans cette histoire.

– Vous me dites bien que pour autant que vous le sachiez, ni Robert ni Mia n'ont appelé quelqu'un à Hong Kong au sujet de cette affaire et des gens qui enquêtaient dessus ?

– Pas à ma connaissance, non. Je ne crois vraiment pas qu'ils connaissent quelqu'un à Hong Kong.

– Et Monterey Park ? La triade qui rançonnait M. Li ?

– On en avait entendu parler et Robert savait quel jour de la semaine Chang passait prendre l'argent. C'est même autour de ça qu'on a bâti le plan. Je l'ai attendu et je suis entré dans le magasin quand je l'ai vu partir. Robert m'a dit de sortir le DVD de la machine, mais de laisser les autres. Il savait qu'il y en avait un où on voyait Chang et que la police prendrait ça pour un indice.

Jolie petite manipulation de la part de Robert, pensa Bosch. Et dire qu'il avait marché, exactement comme Robert l'avait prévu !

– Qu'avez-vous raconté à Chang lorsqu'il est passé au magasin l'autre soir ?

– Ça aussi, ça faisait partie du plan. Robert savait qu'il viendrait le voir pour prendre le fric.

Il baissa la tête et détourna les yeux. Il avait l'air gêné.

– Bon, alors qu'est-ce que vous lui avez dit ?

– Robert lui a dit que la police nous avait montré sa photo et que pour elle c'était lui le coupable. Il lui a aussi dit que les flics le cherchaient et qu'ils voulaient l'arrêter. On pensait que ça l'obligerait à filer. Pour nous, il allait quitter la ville et ça donnerait l'impression que c'était bien lui qui avait tué M. Li.

Et si jamais il retournait en Chine et y disparaissait, ça serait encore mieux.

Bosch dévisagea longuement Liam tandis que les tenants et aboutissants de ce qu'il venait de lui révéler lui entraient lentement dans le crâne. Il s'était fait avoir de bout en bout.

— Qui m'a appelé ? demanda-t-il. Qui m'a téléphoné pour me dire de laisser tomber l'enquête ?

Lam hocha la tête.

— Moi, dit-il. Robert m'avait écrit ce qu'il fallait dire et je vous ai appelé d'une cabine du centre-ville. Je suis vraiment désolé, inspecteur Bosch. Je ne voulais pas vous effrayer, mais je devais faire ce que Robert me demandait.

Bosch hocha la tête à son tour. Lui aussi était désolé, mais pas pour les mêmes raisons.

46

Une heure plus tard, Bosch et Cook ressortaient de la salle d'interrogatoire avec les aveux complets d'Eugene Lam et sa promesse formelle de coopérer avec la police. Cook annonça qu'il allait tout de suite porter plainte contre le jeune assassin, mais aussi contre Robert et Mia Li. À ses yeux, il y avait plus qu'assez de preuves pour arrêter le frère et la sœur.

Bosch se retrouva dans la salle de conférences avec Chu, Gandle et quatre autres inspecteurs pour discuter de la procédure à suivre. Ferras surveillait toujours Li, mais Gandle déclara qu'un inspecteur dépêché au domicile de ce dernier dans le district de Wilshire lui avait rapporté que la voiture du suspect avait disparu et qu'il semblait n'y avoir plus personne à la maison.

– On attend l'arrivée de Mia ou on serre Robert avant qu'il commence à se poser des questions sur Lam ? demanda Gandle.

– Moi, je suis d'avis d'y aller, dit Bosch. Il se demande sûrement déjà où est passé Lam. Et si jamais il soupçonnait des trucs, il pourrait avoir envie de filer.

Gandle regarda autour lui pour voir si on avait des objections. Personne n'en avait.

– Alors à cheval ! lança-t-il. On coince Robert au magasin et après on cherche Mia. Je veux que tout le monde soit au gnouf avant ce soir. Harry… vous, vous appelez votre coéquipier pour avoir confirmation que Robert est bien toujours au même endroit. Et vous lui dites qu'on arrive. Je pars avec vous et Chu.

Il était rare que le lieutenant veuille quitter son bureau. Mais l'affaire dépassait la simple routine. Gandle avait l'air de vouloir être là lorsque les arrestations y mettraient fin.

Tout le monde se leva et se mit en devoir de quitter la salle de conférences en file indienne. Bosch et Gandle traînèrent derrière. Bosch sortit son portable et appela Ferras en numérotation rapide. La dernière fois qu'il avait vérifié, Ferras était toujours dans sa voiture à surveiller le magasin de l'autre côté de la route.

– Harry, dit Gandle, vous savez ce que je n'arrive toujours pas à comprendre ?

– Non, qu'est-ce que vous n'arrivez toujours pas à comprendre ?

– Qui a enlevé votre fille ? Lam prétend ne rien savoir de tout ça. Et au point où il en est, il n'a aucune raison de mentir. Vous pensez toujours que ce sont les copains de Chang qui ont fait le coup alors même qu'on sait qu'il n'a rien à voir avec l'assassinat de Li ?

Le coéquipier de Bosch décrocha avant que ce dernier puisse répondre à Gandle.

– Ferras à l'appareil.

– C'est moi, dit Bosch. Où est Li ?

Il leva un doigt pour demander à Gandle d'attendre un peu, qu'il ait fini de parler à Ferras.

– Toujours au magasin. Tu sais, Harry, dit-il, il faut qu'on cause.

Rien qu'au ton qu'il avait pris, Bosch sut que ce n'était pas de Robert Li que Ferras avait envie de lui parler. Il était assis dans sa voiture depuis le matin et quelque chose le rongeait.

– On causera plus tard. Pour l'instant il faut agir. On a retourné Lam et il nous a tout donné. Robert et sa sœur. Elle était dans le coup. Elle est au magasin, elle aussi ?

– Pas que je l'aurais vue. Elle a déposé sa mère, mais elle est partie après.

– Quand ?

– Il y a environ une heure.

Fatigué d'attendre et bien décidé à être prêt à partir avec les équipes d'arrestation, Gandle regagna son bureau, Bosch se croyant aussitôt libre de ne pas répondre tout de suite à sa question. Pour l'instant il ne devait s'occuper que de Ferras.

– Bon, dit-il, tu restes où tu es et tu m'avertis s'il y a du changement.

– Tu sais quoi, Harry ?

– Non. Quoi, Ignacio ? lui renvoya Bosch d'un ton impatient.

– Tu ne m'as pas donné ma chance, mec.

Le ton un rien pleurnichard qu'il y avait dans sa voix mit Bosch à cran.

– Quelle chance ? demanda-t-il. De quoi tu parles ?

– Avoir dit au lieutenant que tu voulais un autre coéquipier... Tu aurais dû me donner une deuxième chance. Il essaie de me faire passer aux vols de bagnoles, tu vois ? Il m'a dit que je n'étais pas assez fiable et que c'était moi qui devais partir.

– Écoute, Ignacio, ça fait deux ans que ça dure, d'accord ? Des chances, je t'en ai donné pendant deux ans. En plus, c'est pas le moment de parler de tout ça. Alors, en attendant, tu ne bouges pas. On arrive.

– Non, c'est toi qui ne bouges pas, Harry.

Bosch marqua une pause.

– Et ça voudrait dire quoi ?

– Que c'est moi qui vais m'occuper de Li.

– Ignacio, écoute-moi bien. Tu es seul. Il est hors de question que tu entres dans ce magasin sans avoir une équipe d'arrestation avec toi. Tu m'as compris ? Tu veux lui passer les menottes, pas de problème, tu pourras. Mais tu attends qu'on arrive.

– J'ai pas besoin de renforts et j'ai pas besoin de toi non plus, Harry.

Il coupa la communication. Bosch appuya aussitôt sur la touche « rappel » en se dirigeant vers le bureau du lieutenant. Ferras refusa de décrocher et l'appel fut transféré sur la boîte vocale. Lorsque Bosch entra dans le bureau de Gandle, celui-ci finissait de boutonner sa chemise par-dessus le gilet en kevlar qu'il venait d'enfiler pour l'opération.

– Faut y aller, dit Bosch. Y a Ferras qui dévisse.

47

De retour de l'enterrement, Bosch ôta sa cravate et prit une bière dans le frigo. Puis il passa sur la terrasse, s'assit dans la chaise longue et ferma les yeux. Il avait envie de mettre de la musique, un peu d'Art Pepper pour sortir de son cafard.

Mais il se retrouva incapable de bouger. Il continua de fermer les yeux et tenta d'oublier tout ce qu'il pouvait de ce qu'il avait vécu ces deux dernières semaines. Il savait bien que ce serait impossible, mais ça valait le coup d'essayer et la bière aiderait un peu, même de manière seulement temporaire. C'était la dernière qu'il avait au frigo et il s'était juré que ce serait aussi la dernière pour lui. Il avait une fille à élever et il allait devoir être aussi bon que possible dans ce rôle.

Comme si ces pensées l'avaient fait venir, il entendit la porte coulissante qui s'ouvrait.

– Bonjour, Mads, dit-il.

– Papa.

Un seul mot, mais le ton était différent, troublé. Il rouvrit les yeux et plissa les paupières dans la lumière de l'après-midi. Elle avait enlevé sa robe d'écolière et enfilé le blue-jean et une chemise sortis du sac que lui avait préparé sa mère. Bosch avait déjà remarqué qu'elle portait beaucoup plus les quelques vêtements que sa mère avait glissés dans son sac à dos à Hong Kong que tous ceux qu'ils avaient achetés ensemble.

– Quoi de neuf ?

– Je voudrais te parler.

– D'accord.

– Je suis vraiment désolée pour ton coéquipier.

– Moi aussi. Il a fait une grosse erreur et il a payé. Mais je ne sais pas... je n'ai pas l'impression que la punition corresponde à la faute, tu sais ?

Bosch revit l'horrible scène qu'il avait découverte dans le bureau du directeur de Fortune Fine Foods & Liquor. Ferras face contre terre, abattu de quatre balles dans le dos. Robert Li tassé dans un coin à gémir et trembler en regardant le cadavre de sa sœur près de la porte. Après avoir tué Ferras, Mia avait retourné son arme contre elle. Mme Li, la matriarche de cette famille d'assassins et de victimes, se tenait stoïquement sur le seuil lorsque Bosch était arrivé.

Ignacio n'avait pas vu venir Mia. Elle avait déposé sa mère au magasin, puis elle était repartie en voiture. Mais quelque chose l'ayant fait retourner sur ses pas, elle s'était glissée dans la ruelle et garée dans le parking de derrière. Un peu plus tard dans la salle des inspecteurs, il avait été avancé qu'elle avait repéré Ferras et compris que la police était sur le point de débarquer. Elle était passée chez elle, s'était emparée de l'arme que son père assassiné rangeait sous le comptoir de son magasin et avait regagné la boutique de la Valley. Ce qu'elle avait en tête n'était pas clair et resterait à jamais un mystère. Il n'était pas impossible qu'elle ait cherché Lam ou sa mère. Voire qu'elle ait attendu la police. Toujours est-il qu'elle était revenue au magasin et y avait pénétré par la porte de derrière – celle réservée aux employés – au moment même ou presque où Ferras, lui, entrait par celle de devant pour essayer d'arrêter Robert sans aucune aide. Elle l'avait regardé entrer dans le bureau de son frère et était arrivée dans son dos.

Bosch se demanda quelles pensées avait bien pu avoir Ignacio tandis que les balles lui criblaient le corps. Il se demanda si son jeune coéquipier s'était étonné que la foudre puisse frapper à deux reprises – et finir le travail la deuxième fois.

Bosch écarta cette vision et ces réflexions, se releva et regarda sa fille. Et vit la douleur dans ses yeux et sut ce qui allait arriver.

– Papa ?

– Qu'est-ce qu'il y a, mon ange ?

– Moi aussi, j'ai fait une grosse erreur. Sauf que ce n'est pas moi qui ai payé.

– Que veux-tu dire ?

– Quand j'ai parlé avec le Dr Hinojos, elle m'a dit que je devais me libérer. Que je devais dire ce qui me pesait sur le cœur.

Des larmes commencèrent à couler sur ses joues. Bosch s'assit en biais sur la chaise longue, guida sa fille jusqu'à un siège à côté de lui et lui passa un bras autour des épaules.

– Tu peux tout me dire, tu sais, fit-il.

Elle ferma les yeux, posa une main dessus et serra celle de son père de l'autre.

– C'est à cause de moi que maman s'est fait tuer, dit-elle. Elle s'est fait tuer à cause de moi et c'est moi qui aurais dû mourir.

– Minute, minute, Madeline. Tu n'es pas responsa...

– Non, attends, écoute-moi. Écoute-moi. Si, je suis responsable. C'est à cause de moi, papa, et il faut que j'aille en prison.

Bosch la serra fort dans ses bras et l'embrassa sur le haut du crâne.

– Bon, dit-il, maintenant, c'est toi qui m'écoutes, Mads. Il n'est pas question d'aller en prison ou ailleurs. Tu restes ici avec moi. Je sais ce qui s'est passé, mais ça ne te rend pas responsable de ce qu'ont fait les autres. Je ne veux pas que tu le penses.

Elle s'écarta et le regarda.

– Parce que... tu sais ? Tu sais ce que j'ai fait ?

– Je crois que tu as fait confiance à la mauvaise personne... et le reste... tout le reste, c'est la faute de ce type.

Elle hocha la tête.

– Non, non. Tout ça, c'était mon idée. Je savais que tu viendrais et je me disais que tu arriverais peut-être à ce que maman me laisse partir avec toi.

– Je sais.

– Comment le sais-tu ?

Il haussa les épaules.

– Peu importe. L'important, c'est que tu ne pouvais pas savoir ce que ferait Quick. Tu ne pouvais pas savoir qu'il te piquerait ton plan et le ferait sien.

Elle baissa la tête.

– Peu importe. J'ai tué ma mère.

– Non, Madeline, non. Si quelqu'un est responsable de quoi que ce soit là-dedans, c'est moi. Elle s'est fait tuer à cause de quelque chose qui n'a rien à voir avec toi. À cause d'un vol qui s'est produit parce que j'ai été idiot… parce que j'ai montré mon argent dans un endroit où je n'aurais jamais dû le faire. D'accord ? Tout ça, c'est de ma faute, pas de la tienne. L'erreur, c'est moi qui l'ai commise.

Mais pas moyen de la calmer ou de la consoler. Elle secouait si violemment la tête que Bosch en eut les larmes aux yeux.

– Tu ne serais même pas venu si je ne t'avais pas envoyé la vidéo, reprit-elle. Et c'est ce que j'ai fait. Je savais ce que ça donnerait ! Je savais que tu sauterais dans le premier avion ! J'allais m'échapper avant que tu atterrisses. Et toi, tu arriverais, tout rentrerait dans l'ordre, et tu dirais à maman que Hong Kong n'est pas une ville sûre pour moi, et tu me ramènerais ici avec toi.

Bosch se contenta de hocher la tête. C'était à peu près le scénario auquel il était lui-même arrivé quelques jours auparavant, lorsqu'il avait compris que Bo-jing Chang n'était pour rien dans le meurtre de John Li.

– Mais maintenant maman est morte ! Et ils sont morts ! Et tout le monde est mort et c'est tout de ma faute !

Bosch l'attrapa par les épaules et la tourna vers lui.

– Qu'as-tu dit de tout ça au Dr Hinojos ?

– Rien.

– Parfait.

403

– Je voulais t'en parler d'abord. Et maintenant il faut que tu me conduises en prison.

Bosch la serra encore contre lui et lui mit la tête contre son épaule.

– Non, ma fille, tu restes ici. Avec moi.

Il lui caressa doucement les cheveux et reprit calmement :

– Des erreurs, nous en commettons tous. Tout le monde en fait. Des fois, comme mon coéquipier, on en fait une et on ne peut pas la rattraper. On n'en a pas la possibilité. Mais d'autres fois on l'a. Et nos erreurs à nous, nous allons pouvoir essayer de les rattraper. Tous les deux.

Les larmes de sa fille s'étaient calmées. Bosch l'entendit renifler et se dit que c'était peut-être pour ça qu'elle était venue le voir. Pour trouver une issue.

– On pourra peut-être faire du bien et essayer de se rattraper pour tout ce qu'on a fait. On le fera, ma fille.

– Comment ? lui demanda-t-elle d'une petite voix.

– Je te montrerai, Maddie. Je te montrerai et tu verras que nous pourrons nous rattraper pour tout cela, dit-il en s'approuvant d'un signe de tête.

Et il serra fort sa fille contre lui et espéra ne jamais avoir à la laisser partir de nouveau.

Remerciements

Ce livre n'aurait pas pu être écrit sans l'aide de Steven Vascik et Dennis Wojciechowski. Steve m'a montré tout ce dont j'avais besoin à Hong Kong et Wojo tout ce dont j'avais besoin sur le Net. Je leur en serai toujours reconnaissant.

D'une très grande aide m'ont aussi été Asya Muchnick, Bill Massey, Michael Pietsch, Shannon Byrne, Jane Davis, Siu Wai Mai, Pamela Marshall, Rick Jackson, Tim Marcia, Michael Krikorian, Terrill Lee Lankford, Daniel Daly, Roger Mills, Philip Spitzer, John Houghton et Linda Connelly. Un grand merci à vous tous.

Mes remerciements tout particuliers à William J. Bratton, chef de police du LAPD de 2002 à 2009, qui nous a ouvert tant de portes, à Harry Bosch et à moi-même.

L'Oiseau des ténèbres
Seuil, 2001
et « Points », n° P1042

Wonderland Avenue
Seuil, 2002
et « Points », n° P1088

Darling Lilly
Seuil, 2003
et « Points », n° P1230

Lumière morte
Seuil, 2003
et « Points », n° P1271

Los Angeles River
Seuil, 2004
et « Points », n° P1359

Deuil interdit
Seuil, 2005
et « Points », n° P1476

La Défense Lincoln
Seuil, 2006
et « Points », n° P1690

Chroniques du crime
Seuil, 2006
et « Points », n° P1761

Echo Park
Seuil, 2007
et « Points », n° P1932

À genoux
Seuil, 2008
et « Points », n° P2157

Le Verdict du plomb
Seuil, 2009
et « Points », n° P2397

L'Épouvantail
Seuil, 2010
et « Points », n° P2623

RÉALISATION : NORD COMPO À VILLENEUVE-D'ASCQ
IMPRESSION : NORMANDIE ROTO IMPRESSION S.A.S À LONRAI
DÉPÔT LÉGAL : MAI 2011. N° 92388 (111389)
IMPRIMÉ EN FRANCE

DERNIERS TITRES PARUS

Lawrence Block
Mensonges en tout genre
Heureux au jeu
Keller en cavale

C. J. Box
Sanglants Trophées
L'Homme délaissé
Meurtres en bleu marine
Ciels de foudre
Zone de tir libre
Le Prédateur

Gianrico Carofiglio
Les Raisons du doute
Le Silence pour preuve

Lee Child
Sans douceur excessive
La Faute à pas de chance
L'espoir fait vivre

James Church
Un mort à l'hôtel Koryo
Quand la lune disparaît
La Sève et le Sang

Michael Connelly
Deuil interdit
La Défense Lincoln
Chroniques du crime
Echo Park
À genoux
Le Verdict du plomb
L'Épouvantail

Thomas H. Cook
Les Leçons du Mal

Arne Dahl
Misterioso
Qui sème le sang

Knut Faldbakken
L'Athlète
Frontière mouvante

Sue Grafton
T... comme traîtrise

Veit Heinichen
Les Requins de Trieste
Les Morts du Karst
Mort sur liste d'attente
À l'ombre de la mort
La Danse de la mort

Steve Hodel
L'Affaire du Dahlia noir

Charlie Huston
Trop de mains dans le sac
Le Vampyre de New York
Pour la place du mort
Le Paradis (ou presque)

Thierry Jonquet
Mon vieux

Jonathan Kellerman
Fureur assassine
Comédies en tout genre
Meurtre et Obsession
Habillé pour tuer
Jeux de vilains

Michael Koryta
La Mort du privé
Et que justice soit faite
Une tombe accueillante
La Nuit de Tomahawk

Volker Kustsher
Le Poisson mouillé
La Mort muette

Laura Lippman
Ce que savent les morts

Henning Mankell
L'Homme qui souriait
Avant le gel
Le Retour du professeur de danse
L'Homme inquiet

Alexandra Marinina
Le Requiem
La 7ᵉ Victime

Petros Markaris
Le Che s'est suicidé
Actionnaire principal
L'Empoisonneuse d'Istanbul

Deon Meyer
Jusqu'au dernier
Les Soldats de l'aube
L'Âme du chasseur
Le Pic du diable
Lemmer, l'invisible
13 heures

Håkan Nesser
Le Mur du silence
Funestes carambolages
Eva Moreno

George P. Pelecanos
Hard Revolution
Drama City
Les Jardins de la mort
Un jour en mai
Mauvais fils

Elvin Post
Jour de paie
Faux et usage de faux
Losers nés

Scott Pratt
Angel est innocente
En tout bien tout honneur

Joseph Wambaugh
Flic à Hollywood
Corbeau à Hollywood
L'Envers du décor